故事会

2011 · 46

(总第 490-493 期)

合订本

STORIES

上海故事会文化传媒有限公司　出品

图书在版编目(CIP)数据

2011《故事会》合订本.46/《故事会》编辑部编.

上海: 上海锦绣文章出版社,2011.10

ISBN 978-7-5452-1010-1

Ⅰ.① 2··· Ⅱ.①故··· Ⅲ.①故事－作品集－中国－当代 Ⅳ.Ⅰ ① 1247.8

中国版本图书馆 CIP 数据核字(2011)第 202789 号

责任编辑: 刘迎曦

封面设计: 李宝强

责任督印: 张　凯

2011 故事会合订本 46

(总第 490-493 期)

《故事会》编辑部　编

上海锦绣文章出版社·上海故事会文化传媒有限公司出版

地址: 上海绍兴路 74 号

电子信箱: gushihui@263.net

网址: www.slcm.com

中国图书进出口上海公司发行

地址:上海市广中路88号

电话:36357888

ISBN 978-7-5452-1010-1/Ⅰ · 336

490 2011 SEMIMONTHLY 上半月刊 7月 STORIES

欢迎登录本刊主办的"故事中国网"（www.storychina.cn）

故事会
—STORIES—

2011年7月
上半月·红版

何承伟：社 长·主 编
夏一鸣：副社长
吴 伦：常务副主编（兼绿版负责人）
姚自豪：副主编（兼红版负责人）
本期责任编辑：李天然
电子信箱：chin_poet@163.com
红版发稿编辑：
姚自豪 吕 佳 叶小萌
美术编辑：李宝强
电脑制作：郭瑾玮
本社办公室电话：021-64375030
上半月刊编辑部电话：021-64332325
下半月刊编辑部电话：021-64336469
（上海市绍兴路74号 邮编：200020）
主管、主办：上海文艺出版（集团）有限公司
出版单位：《故事会》编辑部
发行范围：公升

制作、发行总监：张 凯
电话：021-64313938
广告业务：上海故事会文化传媒有限公司
广告总监：张 淮
广告业务：021-34010383
广告投诉：021-64333738
广告经营许可证
沪工商广字3100320080016号
发行：中国图书进出口上海公司

决斗

生物学家卡尔正在实验室里做实验，一名不速之客闯进来，那人和卡尔曾有过节。

那人是个彪形大汉，他对卡尔大吼："可找到你这家伙了，听着，我要和你决斗！"

卡尔轻蔑地笑道："你要与我决斗，这没问题，但按照惯例，我有权选择决斗的方式。"

那人想了想，说："可以。"

卡尔指着桌上说："这里是两只烧杯，一杯装着致命细菌，另一杯装着清水。你可以随便选一杯喝掉，剩下的那杯我来喝。"

（唐育铮）

（本栏插图：包丰一）

带钱了吗

王阿姨和女儿一起逛街，因为两人喜好不同，逛不到一块儿去，就决定分开逛。分开前，王阿姨关心地问了句："你带钱了吗？"

女儿说："没带。"她心里很感动，虽说母亲和自己喜好不同，但还是准备出钱让自己买喜欢的东西。

谁知王阿姨放心地说："那就好，逛去吧。"

（李从渊）

10米长的火柴

一名男子来到烟花柜台，问有没有10米长的火柴。

售货员以为他精神不正常，没好气地说："你家能生产10米长的火柴吗？"

男子一听就来气了，拍着柜台说："那我在你这儿买的烟花怎么办？你看看，标签上写着——站在10米之外燃放！"

（艾尔）

技 巧

老李和老张家的水表出了故障，都走得特别快。这天，两人遇上了，又说起了水表的事，老张说："都打了一礼拜的电话，自来水公司还没派人来修，你的呢？"

老李说："早修好了。"

"你怎么这么快？"

老李微微一笑："你说水表是倒转的，他们不就很快来了吗？"

（秋 树）

顺便帮忙

一次，银行遭到抢劫，劫匪把银行经理绑住，并往他嘴里塞布。出门前，劫匪注意到银行经理挣扎着想说话，于是好奇地走上前去，拿出塞在嘴里的布。

经理喘了口气，乞求道："请把账本也带走吧，里面有500万元的坏账！"

（星 辰）

忧郁的原因

两个医生碰面，医生甲满脸忧郁。

"怎么了？"医生乙问道，"你刚治好了一个重症病人，很成功嘛！干吗愁眉苦脸的？"

医生甲说："可我实在记不清楚，究竟是用哪种药把他治好了。"

（邱晨英）

鸭梨大

妈妈买了好多大鸭梨回家，儿子一看就抱怨："你买鸭梨干什么？"

妈妈说："怎么啦，你不是一向爱吃鸭梨的吗？"

儿子说："你没听人说，'鸭梨'就是'压力'吗？我们功课那么忙，你还买那么多大鸭梨回来，嫌我压力不够大啊？"

妈妈一听，说："这好办。"接着她就把鸭梨塞进冰箱冷冻室。儿子不解，妈妈说："如果你有鸭梨（压力），把它放冰箱里，它就会变成冻梨（动力）！"

（庄 怀）

妖怪来了

夏天，大力的室友介绍他去拔火罐，说这样可以预防中暑。

大力在诊所一共拔了7个火罐，在背上留下7块红印。拔完火罐，大力就去泳池游泳。

大力戴着新买的泳镜，下了水，正游得高兴，忽然听到身后有个小女孩大叫一声："快看，是七星瓢虫！"大力没反应过来，就回头看了小女孩一眼。小女孩一见他戴着泳镜，立马哭喊道："妈妈，是瓢虫精，他还会游泳呢！"

（林　生）

神奇的经历

一天，迈克对托尼说："我经常一觉醒来，发现自己身边坐着一个美女。"

托尼听了以后，十分羡慕，央求道："你教教我吧，怎样才会有这样神奇的经历呢？"

迈克微笑着说："你在地铁里找一张没有人坐的椅子睡觉，醒来之后，就总能遇见这样的事了。"　　　（唐育铮）

也有不吃的

有个作家与朋友聊天，朋友说："文人胃口真好，在你们笔下什么都能吃——吃苦、吃力、吃醋、吃官司、饮泣、饮恨、食言……还有什么不吃的？"作家说："也有不吃的——不吃软、不吃硬、不吃眼前亏。"

（罗洪专）

不分手的原因

小刚的女朋友要和他分手了，说好老死不相往来，小刚很伤心，但没有办法。

分手第二天，小刚查手机账单，发现他和女朋友之间的"情侣通话包月"还剩499分钟，他突然灵机一动，给女朋友发了一条短信："咱们的情侣通话包月还有499分钟呢，要不咱再凑合一个月，下个月再分？"

很快女朋友回复了："对，不能便宜了移动公司……"（芊　子）

啥时跑步

最近，小丽总是说自己胖了，脸变圆了，腿变粗了，腹部的脂肪也在堆积。不敢乱吃减肥药，又不愿意委屈自己的胃，她整天摆出一副无比苦恼的样子。

这天，小丽又为减肥的事发牢骚，办公室的李姐说"你多运动运动呀，比如跑跑步什么的，也可以减肥！"小丽立刻就说"跑步我又不是没跑过，而且还经常跑，可好像没什么效果呀！"

李姐问："你一般什么时候跑步？"小丽说："上班快要迟到的时候……"

（焦淳朴）

需要新角度

杰茜40岁才去上大学，一天早晨，她向丈夫比尔抱怨她是班里年龄最大的学生，她说："咱们班的教授都比我小呢。"

"是吗？"比尔乐观地说，"不过，你可以用我的观点来看待这个问题，这样，你就会舒服多了。"

杰茜问他有什么观点，比尔笑着说："我从没想到都快50岁了，还会围着一个大学女生团团转呢。"

（子兵子）

腰带为界

小洪逛街，看到一个成衣店门口的海报上写着："做上衣送下衣，做下衣送上衣。"

小洪知道老板在玩促销手段，他走进店里，故意问老板："上下衣怎么分呀？"

老板说："这还用问吗？以腰带为界呀！"

小洪说"好"，便进了试衣间，不一会儿，他慢慢挪出来，老板一看就傻了，只见小洪把腰带系在脚踝上，还笑眯眯地说："我做的'下衣'是棉袜子，上面的——老板你就送了吧！"

（郭领军）

你家养牛了吗

□ 无字仓颉

张三和李四住在相邻的两个村子里，是新结识的朋友，两人意气相投，关系处得像亲戚。

最近，张三有些郁闷，不知为啥，老婆总借故和他吵架，不明不白地就干上一仗。张三心情不好，就常找李四喝酒。不过，张三是个好面子的人，一直没跟李四说他家里的事。

这天，两人又约好在镇上一家小饭馆喝酒，正喝得兴起，从门外蹀进来一个老头，这老头穿一件长袍，像个浪迹天涯的游方术士。镇上的人，两人多少都有些面熟，可这个老头却从来没有打过照面，不由得对他多打量了几眼。

老头找了个角落坐下，要了两样小菜，一壶烧酒，自斟自酌地喝了起来。过了一会儿，老头去后院找厕所，偏巧李四也想去方便，于是就尾随老

头进了茅房。老头蹲下，李四也蹲下，老头看见李四，"哈哈"一笑，打了个招呼，李四见老头人挺爽快，两人就聊了起来。

李四猜测道："莫非您是个算命先生？"老头笑笑，不说是也不说不是，但李四看出来了，老头必定是个扶乩占卜的高人，就说："老先生，要不您替我算上一卦？"

老头"呵呵"一笑，说："人生事无非是吃喝拉撒，既然眼下在一起出恭，也算是难得的机缘，我今天就送你一卦。"李四大喜，赶紧作揖求教，

洗耳恭听。

老头说："我问你，你家养牛了吗？"

李四一愣，也摸不准老头是什么门道，就老老实实回答："养了。"

老头说："那么，你家一定有个大院子。"

"是的，我家院子是全村最大的。"

"哦，你家的房子也很大，对不对？"

李四越听越奇："对，我家的房子有三层，光睡房就有八间，有正厅，有小厅，还有好几个茅房。"

"你的孩子一定很多，是吧？"

"没错，我有三个孩子，两男一女，嘿嘿。"这老头真不一般，样样都被他说中了。

"那你们夫妻俩的关系一定不错。"

李四一听，心想：连这都知道，老头也太神了吧？

其实，算命占卦全是靠蒙的：既然家里能养牛，院子自然是大的；院子大，房子自然是多的；房子多，人丁兴旺，孩子自然是多的；孩子多，夫妻关系自然是好的，你看，这哪一句都是"蒙"的。接着，老头又说了一番"命数好、财势旺"之类的好话，哄得李四乐不可支，要不是蹲在茅坑上，他没准当场就给这"活神仙"下跪了。

卦算完了，两人也方便完了，提上了裤子，然后回来继续喝酒。李四为了表示尊敬，偷偷替老头把账结了，倒把张三弄得一头雾水，便问："你这是干吗？"

李四说："这老头是个活神仙啊，能请他的客，积德哟！"

张三一听，也来了兴趣，赶紧要问个明白。李四说："你别急呀，人家活神仙还坐着呢，让他听到多不好，等他走了，我再告诉你。"

老头坐了没多久，就起身去柜台结账，柜台里的人跟老头说了几句

话，老头回身，然后朝李四、张三拱了拱手，也不多说感谢的话，就飘然而去。

老头一走，张三急不可耐地问李四：老头都说了些什么？

李四故作神秘地眨眨眼，说"老头教会了我算卦，要不，我也给你算一卦？"

李四会算卦？张三不知李四葫芦里卖的啥药，心里想，随他的便，看他能整出什么幺蛾子来！

李四挤眉弄眼一番，突然开口说道："我问你，你家养牛了吗？"

张三回答："没有啊！"

李四哈哈大笑，说："那么，你跟嫂子夫妻关系一定不好！"

张三一听，顿时大惊：自己还没跟李四提过和老婆吵架呢，他怎么知道？莫非去了趟茅厕，李四就得了那老头的真传？这么看来，老头还真是个高人哪！

喝完酒，张三回到家，见老婆不在，就翻箱倒柜了一阵儿，没一会儿，又出了门。

等张三再回来的时候，只见老婆杵在门口，老远见到张三，就跳着脚，破口大骂："张三，你这臭贼，柜子的钱是不是你偷的？"

平时张三背着老婆做点啥事，都躲躲藏藏的，谁知今天他却大大方方地说："对喽！"老婆先是一愣，紧接着再一看，傻了，张三背后还跟着一头牛！

原来，张三没跟老婆商量，拿了钱，就到牛市上买牛去了。

这一下，老婆不依不饶了，她大骂张三"杀千刀"、"败家货"，还说有牛没她，有她没牛，接着又动起手来，扇得张三脸上、手臂上道道红印子。

平时遇到这事，张三都忍了，今儿个也不知为啥，他破天荒地来了牛脾气，冲着老婆大吼："臭婆娘，知道咱家为啥老吵架吗，就是因为没养牛！"

（题图、插图：安玉民　梁　丽）

合 资

很多西方企业与中国企业的合资特别成功，这种现象很引人注目，一天万事公司的老总应邀去一家大学开讲座，有个学生问道："先生，您的公司与中国公司的合作如此成功，请问有什么秘诀？"

老总回答："因为我们彼此尊重，两国文化在合资公司中都能受到优先的待遇，所以合作起来非常顺畅。"

那位学员不太理解："两国文化不同，在一家公司中总有轻重，怎么可能同时受到尊重而又互不影响？"

老总笑道："很简单，因为中西文化的互补性强，比如姓名，中国人姓在前，名在后，西方人则相反。我们成立的合资公司叫——上海万事公司，中国人觉得他们受到了尊重，因为这家公司姓上海；我们也觉得非常自豪，因为这家公司姓万事。"

（作者：云 弓）

绿苑小区离城区五公里，给那些在城区上学的孩子带来了不便。

只收一元

这天早上，送孩子的家长们在小区电线杆上发现一则广告："尊敬的绿苑小区各位家长，我是一名出租车司机，乐意为你们接送孩子，每天只收一元……"下面还留了接送地点和时间。

家长们想，天底下哪有这等好事？谁知第二天一早，还真有个40多岁的男子开着出租车等在小区门口，为证明身份，他掏出了工作证、身份证……

由于有了"一元钱"接送车，家长们不再为每天接送孩子费神了。这天，孩子家长组成"感谢团"找到司机家里，发现他家里不仅一贫如洗，而且还有一个瘫痪在床的妻子。

有人问："师傅，你生活这么艰难，可每天只收一元钱接送别人的孩子，你图的啥？"

司机说"我妻子曾意外流产，后

来瘫痪了，不能生孩子了。自从接送你们的孩子以后，我开车经过自家门口时会放慢速度，让妻子看一眼满车的孩子，所以，说谢谢的该是我……"

（作者：汪 志）

东湖鱼

从前，有个嗜好吃鱼的官员，一日不沾鱼腥，便打不起精神来。他听说东湖的鲫鱼异常美味，就派差役们前去大肆捕捞，挑选肥嫩者烹制，以饱口腹之欲。

这天，几个差役奉命去捕鱼，却浑身湿透、狼狈不堪地回来，禀报说，

他们刚要捕鱼，却不知从哪儿跑来一个少年，先是阻拦他们，后来又不知道施了什么妖术，弄了他们一身的水。

官员大怒，亲自带领官兵气势汹汹地赶往湖边捕鱼。少年果然又出现了，双方争斗起来，少年寡不敌众，受了伤，他跃入水中，瞬间没了踪影，湖面随后掀起狂风大浪。

官员见状大惊，心想，一定是遇到了神灵。回去后，考虑再三，终于下令禁止捕鱼，可因为吃不到鲫鱼，他总是闷闷不乐。

这天，有个神秘人送来一篮绿色的豆腐，闻着竟有一股清香。官员赶紧让人烹制了，一尝，竟比鲫鱼还美味！从此，他便戒除荤腥，以绿色豆腐代替鱼，精神也渐渐好了起来。

几年后，官员在任的地方遭遇大旱，庄稼绝收。这天，东湖忽然涌出数不胜数的绿色豆腐，百姓们大喜，纷纷捞取，靠着这些豆腐，大家才度过饥荒。

当晚，官员梦见曾在湖边见过的少年，少年自称是东湖里的鲫鱼王，他感谢官员保全了东湖鲫鱼的性命，为了救助灾民，他献上了用湖底水草做成的绿色豆腐……

从此，绿色豆腐成了当地特产，捕鱼的人越来越少……

（作者：霍伟华）

（**本栏插图**：安玉民 梁 丽）

贵客来访

□谢丰荣

有一个老人，独自住在一个寂静的小山村里。这天，老人正坐在院子里晒着太阳，喝着热茶，一辆摩托车在院外停了下来。骑车人是个二十多岁的小伙子，老人很诧异，慢慢站起身来，注视着他走进院门。

"你好，大爷，太阳不错，暖暖的！"小伙子搭讪着，虽然他的外表有点凶巴巴的，但说出话来，语气却很温和。老人点点头，仍看着他。小伙子给老人递上一支烟，老人接了，两人开始抽起烟来。

老人试探着问："你是……"

"我认识你儿子，跟他是朋友。"小伙子很随便，自己进屋拿了把椅子出来，坐在老人身边。听他这么一说，老人放心不少，"呵呵"笑着，说："原来是小洪的朋友呀，那就是贵客了，欢迎欢迎！"然后，他又细问小伙子跟儿子小洪是什么关系，有什么事。

小伙子支吾起来，说已经好多年没见小洪了，只知道他住这里，今天路过，顺便来看看。老人说小洪正在外地念书，每年只回家两趟，小伙子听了，就为见不着朋友表示惋惜。说话间，小伙子不时盯着老人看，问老人高寿，听说是七十岁，就恭维起来"哎呀，神仙呀，身体这么硬朗，起码要活一百二十岁，好好享福吧！"看来这小伙子很会说话，很快两人就无所不谈了，老人甚至拿出杯子，给小伙子也泡了一杯茶。

老人似乎想起了什么，问道"你刚才说路过这里，你有事？"

"是这样的，我要到山那边的村

子里吃喜酒，要送红包，却忘了买红纸袋，好像这里没什么店铺能买，可送礼总得沾点红。我想起小洪就住在这里，就来讨一张红纸，大爷，你有吗？我用红纸把钱包上，凑合着送去也成。"小伙子边喝茶边说，仿佛他和老人是天天见面的老邻居。

老人沉吟起来："山那边……喜酒……这么说，李多福的儿子结婚了？早听说就在这些天里头。"

小伙子连连点头。老人笑了，说"就这点事呀，有的有的！乡下人，就爱在家备点红纸。"说完，他走进里

屋，打开柜子，从一大堆衣物里翻找起来，小伙子也跟着走进屋来。

老人继续找红纸，小伙子就站在他的身后，嘴里同他聊着，手却悄悄伸进裤兜里，慢慢摸着什么东西。这时，老人突然转过身来，看着小伙子，吃惊地问："你摸什么？"小伙子干笑着，说摸手机看看时间。

老人说："不用看，10点半，我猜得准着哩，不急，误不了吃喜酒的时间。"说着，他将从柜子里找出来的红纸递给了小伙子，小伙子只裁了巴掌大一块，然后从身上掏钱，突然一跺脚，叫道："糟糕，我只有零钱，连一张100元的都没有，这可怎么办？"

老人摇摇头，像数落自己的儿子一样对他说："你呀，太粗心了，小洪就细心多啦，今天幸好遇到我，我给你换换吧！"说着，老人从箱底翻出一个塑料包，当着小伙子的面打开，里边全是百元钞票，不下1万。

小伙子惊讶地说"老人家，你钱真多，怎么不存银行呢？"老人有点沾沾自喜，说，银行里还存着呢，这些钱是为小洪准备的。他拿出两张来，小伙子也数了200元的零钱，交换了。老人转身把零钱放进塑料包，理平整，再捆好，他的动作很慢很细致。

这时，小伙子又向他靠近了些，手慢慢移向腰间，突然，门外响起了刺耳的声音，小伙子叫道："糟了，怕是有人想偷我的车……"说着，他抬

腿向外跑，哪知道跑得急了，一头撞在床栏上，身子晃了晃，差点跌倒。老人见此情景，连柜子也顾不上关，急忙向外跑去，去看摩托车，可到外面一看，院子里一个人也没有，摩托车好好地停在原地。老人不解，嘀咕道："好好的，怎么叫起来了呢？"

这时，小伙子也出来了，见车安然无恙，像是松了一口气，说："车没丢就好，大爷，红纸有了，钱也换了，我得先去送礼才好，改天再来看望你老人家吧！"老人便笑着将他送出老远，然后又回来喝茶。

喝着茶，晒着太阳，老人又想到小洪，老人没结过婚，小洪是他五十岁那年捡的，爷儿俩相依为命，却比亲人还亲。小洪很聪明，考上了重点大学，再过几个月就该毕业了。

人老了就爱忘事，老人喝了好一会儿茶，这才想起屋里的柜子还没关呢，他走进屋去，摁亮灯，一看却傻了：那个装钱的塑料包不见了。他忽然想起，刚才刺耳的车叫声，一定是小伙子故意弄出来的，当时的一切都是精心设计的。

好一会儿，老人慢慢走出屋，坐在椅子上，拿出手机，给远方的小洪拨了一个电话。这手机是小洪专门为他买的，说是爸岁数大了，儿子好随时问候老人。

老人还在拨着号的时候，小洪却先打过来了，他急切地问："爸，刚才

没吓着您吧！"

原来，小洪在大学里成绩优异，最近获得一个出国名额，但他想到父亲一天天老了，便想回到家乡工作，好照顾父亲。到底是出国深造还是回家乡？正在犹豫，偏巧他上网看到家乡接连出了几起诈骗案，都是针对老弱病残的，就赶紧联系了家乡一个初中同学，让他过去看看。

小洪的那个同学是个机灵鬼，而且看多了香港"古惑仔"系列电影，他到了老人的家，即兴编排了一场假戏，想看看小洪的父亲会不会对陌生人有所防范。他心想，如果小洪的父亲很警觉，那小洪就可以放心出国留

学,等几年再回到父亲身边。结果老人毫无戒心,不仅随便让外人进屋,还在他面前露了钱财。当然,那同学没把装钱的塑料包拿走,只是开了个玩笑,把包放在了老人的床上,自己还掏了200元钱,算是初次见面孝敬老人的,把钱和小洪写的信放在一起,而这一切,他都是在老人听到车的叫声跑出去后完成的。那同学在离开老人的屋子后,马上打电话向小洪如实讲了整个过程。

小洪对老人说:"爸,尽管你不是我的亲爹,但没有你就没有我。俗话说,父母在,不远游,离开你这几年,

我心里已经很担心了,如果出国了,以后的日子,一天天,一夜夜,我都无法安心的。所以,我今年一毕业就回家乡工作,守在你的身边!"

哪知老人突然笑道:"想骗我,那毛头小子还嫩了点!"

小洪不相信,以为老人故意宽他的心,好坚定他出国深造的念头。老人说:"我早就断定来人是你的同学了,因为我注意到他有个手指头断了一截,你还在念初中时,就说起过这位同学。我老了,记性差了,但你说的每一件事儿我都记得牢牢的!"老人还说,那同学说去山里吃喜酒,老人就故意问是不是李多福儿子结婚,结果那同学露了马脚,因为李多福儿子是昨天结婚的。当时老人就想,一定是那同学耍的花招。

尽管相隔万里,但老人还是听出小洪高兴得跳起来了。

老人接着说:"爸活七十岁了,什么骗局没见过?其实,我故意引你的同学进屋,也有一个心眼儿,是想试探你交的朋友会不会见财起意,为防万一,我把他的车牌号记下了。好在这孩子真不错!小洪,爸也怕你受骗呀!现在我彻底放心啦,你也放心去飞吧,你越飞得高,飞得远,爸越为你感到开心……"

电话那头,小洪已是泪湿了衣襟……

(题图、插图:安玉民 梁 丽)

□ 邵福军

医托儿有多牛

医托儿也有级别

我家住在县城，这段时间得了个新病——痔疮。我的男人大东坚决要带我去做手术，而且，不能在县里做，必须去市里。

市里大医院手术做得好，更主要的是，大东去年在市里做了痔疮手术，熟悉市里的医院和大夫。市里有两家医院做这手术出名，一家是市九院，规模大，但听说那里医托儿多；另一家是社区医院，那里的王大夫很有名，大东的手术就是找他做的，至今大东还留着王大夫的手机号。

打定主意，我们就出发了。

在长途客车上，大东突然讨好地问我："老婆啊，你没忘带钱吧？"

我说"这个嘛，你就甭操心了。"

我家大东和许多臭男人一样，老想攒私房钱，不过嘛，凭我的聪明才智，没让他得过几回逞。

车子很快就到了市里，大东赶紧给王大夫打电话，可通完电话，大东却傻眼了，原来，王大夫外出休假了，要过好几天才回来。王大夫暂且是指望不上了，可病情不等人，最后，我下定决心：就去市九院！

我们打的直奔市九院，一会儿工夫，九院到了，我们向门口走去。这时，有几个人围了过来，喋喋不休地兜揽着生意"二位是来手术的吧，你们有熟人吗？我可以给你们介绍……""做手术得找个好的主刀大夫，你们要做什么手术……"

我们不理他们，目不斜视，跨进了一楼大厅。

"明目张胆的医托儿。"我鄙夷地

·我的故事·

说。不过，那些医托儿倒提醒了我，还真得托人介绍个医术高明的主刀大夫，这才靠谱，可托谁呢？我俩商量着，就托医院里穿白大褂的。

我们看了半天，最后注意到化验室外的椅子上，坐着一个穿护士服的女孩，看样子不算太忙，就找她吧！

走到近前才发现，这还是个美女护士呢，右侧脸颊上长着一颗美人痣。我们说明了来意，没想到她听后摇了摇头，说："真对不起，我在等病人的化验单呢，病人已进了手术室，如果不马上把单子送去，会影响病人手术的……我实在没时间帮你们。"

我有些失望，大东劝我说，没关系，我们再去找别人。

偌大的医院，身边尽是匆匆而过的白大褂，该找谁呢？就在我们茫然无助的时候，忽听身后传来急急的脚步声，回头一看，竟是那个美女护士，手里拿着一张单子。她一眼发现了我们，诧异地问："你们怎么还在这儿？"见我们无可奈何的样子，她想了想又说"我正要回病房，就顺路带你们去见刘大夫吧，刘大夫出身医学世家，手术一流，你们放心好了。"

我们感激涕零地跟在美女护士身后，很快见到了刘大夫，美女护士给我们引荐之后，就又出去忙了。

好呀，我和大东心里那块石头总算落地了，我内急也憋了半天了，就赶紧奔到洗手间，只见从里面走出一个人来——是个姑娘，长得很漂亮。这人有点面熟，好像在哪儿见过？

我看到了姑娘右侧脸颊上那颗明显的美人痣——是那个美女护士！可她的护士服呢？再一看，她手里拎个包，塞在包里的白色护士服露出了一大截。

"美女护士"也看到了我，眼里掠过一丝惊慌，她快步走出洗手间，步履匆匆，一会儿就不见了影儿……

我如梦初醒，赶紧找到大东，拉起他就走："那护士是乔装的假护士，是个医托儿！"我边走边想：和这美女相比，医院门口那些医托儿简直就是小儿科嘛！

医托儿中的"高人"

我一直自认为有些小聪明，可这会儿，我再不敢小看医托儿了。我和大东决定：偏门咱不走了，就按正常流程办，先挂号、再看病，这过程中，不与任何人搭讪。

很快，我们通过正常手续，坐到了一位"马大夫"的诊室里。马大夫给我做了详细的检查后，就让我们办住院手续，明天就手术，由他亲自做。

我长长地舒了口气，这马大夫一看就是个负责任、医术高的人，我们没找任何人，就把事儿搞定了，早知如此，何必当初呢！看来，按常规出牌，到啥时都不会错，这么想着，我

18

心里轻松了许多。

这时，诊室里响起了一阵刺耳的电话铃声。马大夫拿起话筒，过了一会儿，他放下电话，告诉我们，医院正在进行各科室改造，明天轮到他们科，让他们暂停手术。我一听就急了："那我的手术怎么办？"

"你别急，"马大夫微笑着说，"为了对患者负责，我们把病人安排到分院手术。"

我一听急了："什么？你是说，送我到别的医院？"

"不是别的医院，是我们的分院。"马大夫解释道，"而且，还是我去给你做。"

我顿时没了主意，还是大东果断，他说："老婆，就这么定吧，不能再等了。只要是马大夫做，去哪儿都一样。"

"如果你们同意，明早八点准时手术。"马大夫说着，随手写了个纸条，递了过来，上面是那家医院的地址。大东说，明天准时到，说着，拉起我便走出了诊室。

我的心里七上八下的，快走到走廊拐角时，我忽然想看看那家医院的地址，就向大东要那张纸条。纸条呢？这时，大东才发现纸条根本就不在他手里，一掏，衣袋里也没有，一定是刚才走得匆忙，掉在诊室了。于是，我们回到诊室门口，刚要敲门，听见马大夫在里面打电话："对，明早八

点……两个外县的……我给做……费用你加倍收……我的提成按老规矩……"

医托儿的最高级别

夜晚，华灯初上，大城市里灯火璀璨，一片繁华，可我和大东躺在一家小旅馆里，被医托儿折腾了一天，早已身心疲惫。此时谁也不说话，我两眼瞪着天花板，想着这一天不平常的经历，心里忐忑不安：明天还去哪儿呢？马大夫介绍的医院肯定不能去，那是个大陷阱；九院更不能去，那

·我的故事·

儿的医托儿我们今天是彻底领教了，那我们还能去哪儿呢？

就在我们一筹莫展之际，大东的电话突然响了起来。

这么晚，谁来的电话？大东已接起了电话："喂！啊……啊……好……好，太好了！再见……再见！"放下电话，大东竟从床上跳了起来，拉着我的手，兴奋地叫道："老婆，好事啊！"

我苦笑道："还有什么好事啊？"

"老婆，不骗你，你转运啦！"

"我的手术有着落了？"

"你猜对了！"大东激动地说，"你再猜猜刚才来电话的是谁——"

"我怎么知道？"接着我提醒大东，"医托儿现在可是无孔不入，小心上当！"

可大东一说那人的名字，我也禁不住一阵欣喜：就是去年给大东做手术的那位王大夫，因为医院有急事，他提早结束休假，从外地回来啦！

第二天，我们来到社区医院，没费任何周折，就顺利入院。一会儿，王大夫就满面春风地来了，我快步迎上去，伸出双手，紧紧握住了他的手，连声道谢。此时的我，心情无比激动，真有一种要跪下来磕头谢恩的冲动。

接下来便进行常规检查，两小时后开始手术，30分钟后手术完成，非常成功。

手术后第7天，我已完全康复，准备出院了。正巧王大夫来病房探望，我想到这一回几次遭遇医托儿，要不是遇上王大夫，真不知道会是一个什么结果，我越想越激动，紧紧握着王大夫的手说："王大夫，我们就要走了，真不知该怎样感谢你……"

王大夫和气地说："别客气，我是医生嘛，再说去年给大东做手术时，我们就成了好朋友，所以我一回来就通知他了……"

说起大东，我忽然发现大东不在，该死的，这家伙去哪儿了？

"他在我办公室办……办出院手续呢。"王大夫表情有些异样，说着，他就回办公室了。

我对王大夫刚才表情上的变化有些不解，对了，我得去看看，这次手术花了多少钱。于是，我疾步来到王大夫办公室门前，正要敲门，忽听里面传出两人的说话声——

"我说大东，这多余的钱，我会按你的要求，转账给你的，一分都不会多收你们的手术费。哼，你小子真行，为了攒私房钱，竟当起了自己老婆的医托儿。"

"嘘，您小声点，要是让我老婆听见，就全完啦……"听到这里，我才算恍然大悟，原来最牛的医托就潜伏在身边啊！

（题图、插图：张恩卫）

20

千百年来，无论社会如何发展，"香火"总是中国人心里一个解不开的死结……

孩子姓什么

□ 滕建军

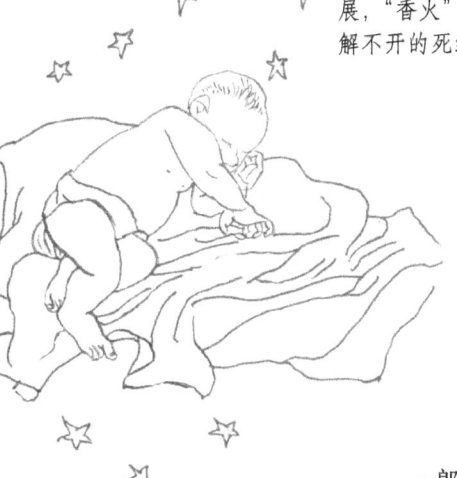

社会上流传着这么一个故事：有一对小夫妻，男的来自农村，很穷，女的是城里的富家千金。后来，两人生了个儿子，女方要求孩子跟妈姓，男的自尊心大受伤害，一气之下，竟然跳楼自杀……

有个叫杨文的小白领，最近也遇到了这样的苦恼：

杨文老家在农村，家里经济拮据，结婚的住房和花费都是老丈人出的，为此他老丈人心里一直不畅快。

最近，老婆柳玉生下了一个大胖小子，杨文的妈特意从农村赶来伺候孙子和儿媳妇。

一天，杨文和媳妇商量着给孩子起名，杨文开玩笑地说："就叫'杨柳一郎'吧，既不会和别人重名，还能把咱俩的姓都加在里边。"柳玉一听，也拍手叫好。杨文的妈正在给孩子换尿布，一听这话，差点把手里的尿布摔到杨文脸上："你个混账东西，竟然想给孩子起个日本名！"

没等杨文解释，柳玉先不乐意了："孩子是我的，我爱叫什么就叫什么，我还想叫他'柳生一杨'呢！"

婆婆气得一屁股坐在了沙发上："我们杨家的骨肉，你竟然敢让他姓柳？"柳玉原先只不过因为和婆婆怄气，随口说了句气话，后来见婆婆和她较起了真，她也认真起来"有什么不敢的，我偏要让他姓柳！"

正在这时，杨文的老丈人来看女儿和宝贝外孙，听说女儿想让外孙姓柳，顿时激动得浑身哆嗦。原来，老

丈人做梦都想有个孙子，可他偏偏只有两个女儿。前几年大女儿给他生了个外孙，老丈人为了满足虚荣心，从来不让外孙喊自己姥爷，让他喊自己爷爷，可有一次人家问"怎么孙子不跟爷爷一个姓"，弄得他十分尴尬，成了他的一块心病。现在听说女儿想让外孙姓柳，这么一来，老柳家的香火可算是续上了，你说他能不激动吗？

于是，老丈人理直气壮地对婆婆

说："你儿子结婚，你们家一分钱没出，婚房也是我花钱买的，我的外孙为什么不能姓柳？再说现在都什么年代了，孩子跟妈姓才是进步，才是真正意义上的男女平等！"

婆婆笨嘴笨舌，说不过他们父女俩，见儿子躲在一边不敢吱声，老太太只得收拾收拾，回乡下找老伴告状去了，临走前撂下了话：如果杨文想要爹娘的命，就让孩子姓柳吧！

一边是爹娘以死相逼，一边是老丈人对他威逼利诱，杨文都快给逼疯了。谁知老丈人又说了，如果杨文不同意孩子姓柳，老丈人就要收回房子，还要劝女儿和他离婚；如果他同意的话，老丈人就出十万块钱让杨文爹娘养老。最后，杨文在老丈人的软硬兼施下终于妥协了。

杨文决定这事先瞒着父母，老父亲脾气暴躁，实在无法想象他一旦知道孙子不姓杨会有什么后果。

转眼到了孩子的"百岁"，老丈人在酒店里大摆筵席庆贺。杨文正在酒店外面迎接客人，一转眼，他看到爹娘竟然出现在酒店门口。原来，老两口算着日子，特意进城来给孙子庆祝"百岁"，先是问儿子小区的邻居，接着又是一路打听，竟然找到这儿来啦！杨文慌得差点栽倒在地，连忙硬着头皮迎上去："爹，娘，你们怎么来啦？"

杨文父亲满面春风，说"这么重

要的日子，我们能不来吗？"说着就要进酒店，一抬头，只见大红条幅挂在门口，上面写着："热烈祝贺柳杨林百岁之喜！"杨文赶紧装模作样地对酒店的服务员说："这是谁贴的字？怎么把字贴倒了？"父亲瞪了他一眼，一句话没说，就和老伴进了酒店。

两家亲家一见面，老丈人上来先给杨文的父亲一个下马威："亲家，你说柳杨林这个名字怎么样？"紧跟在父亲身后的杨文听了差一点没抱头痛哭，依他对父亲的了解，父亲肯定会大发雷霆，看来，一场争"姓"大战马上就要上演了！

就在这个时候，奇怪的事情发生了，杨文的父亲回头看了看儿子，微微一笑："有柳有杨，真好，真好！"这一下，杨文彻底傻了，父亲不会是气糊涂了吧？可看父亲，没有一点生气的样子，反而很开心地和亲家有说有笑。别说杨文糊涂，连老丈人也给搞糊涂了，没想到自己的穷亲家居然这么豁达大度，弄得他倒不好意思起来，觉得以前不该瞧不起亲家。开席以后，他一个劲儿给亲家敬酒，柳玉也觉得对不起婆婆，主动向婆婆示好，说以前自己有些任性，请婆婆原谅，婆婆乐呵呵地接受了。

杨文的心却一直提到了嗓子眼，他不明白父亲的葫芦里究竟卖的什么药，一直挨到酒席结束，杨文送爹娘回家的时候，终于忍不住了："爹，娘，

如果你们心里不好受，就打我两下出出气，千万别憋坏了身体。"

父亲笑了笑，说："刚开始时，确实把我气得不轻，可是现在我已经不生气了，你知道为啥？"

杨文当然想知道。父亲说，当初村里人听说这事都替老杨家不平，可有一个本家长辈来找他，说了这么一件事：很多年前，有一个姓柳的年轻人，逃荒来到村里，在一户姓杨的财主家当长工。姓杨的财主只有一个女儿，他看这年轻人忠厚老实，就想让他入赘到家里，做个倒插门女婿，但这个财主提了个条件，就是年轻人的后代得改姓杨，继承杨家的香火……

说到这儿，父亲看了看杨文，说"这个姓柳的年轻人，就是我们的祖上，没想到当年发生在老辈儿身上的事，又发生到你身上。说来也巧，你媳妇和我们祖上都姓柳，这么一来，恰好把咱家的香火给续上了，你说这是不是天意？"

杨文听完后，不由得又惊又喜，真是世事无常啊，他正这么想着，父亲又像是想起了什么，叮嘱道"等你儿子长大后，家里经济条件好那就最好，如果条件不好的话，你一定要记得提醒他——找媳妇最好找和他同姓的，以后万一再被逼着改姓的话，咱家祖宗跟咱生不起这气啊！"

（题图、插图：魏忠善）

一个和脸面有关的习俗，一位父亲的无奈之举……

人活一张脸

□ 何葆国

在欧更新他们那里，有一个"席设本宅"的习俗，就是村里的孩子考上了中专、大学，于是就在家里摆上酒席，请本村和邻村的亲朋好友前来吃上一顿，当然啦，赴宴的都要送上一个红包。

欧更新是村里的文书，这类"席设本宅"的"告示"都是出自他的手中。他家住在村口，开着一间小卖铺，平时村民的来往信件也都是先送到这里。眼下正是高考发榜时节，邮递员隔三差五送来录取通知书，每当这时，欧更新一看名字，都是别人家的孩子，心里就拔凉拔凉的。

欧更新的儿子去年落榜了，夫妻俩逼着他去复读了一年，今年刚考完，欧更新见儿子那躲躲闪闪的眼神，心想今年的"生意"又赔了，说："那什么——本一本二我不指望了，本三还有戏吧？"

儿子用一种怪怪的腔调说："赵本山不是年年上春晚吗，没戏哪行？"

"你……"欧更新一下子噎住了，知道儿子在调侃他，眼珠子瞪大了。这时，有个村民走上门来，说："来来来，欧文书，给我写张红纸，'席设本宅'——儿子明天升学宴！"外人在场，欧更新只好放过儿子。

欧更新有一天翻开账本看了看，这两三年，红包的行情是水涨船高哪！什么时候才能把送出去的红包钱收回来呢？就说眼下吧，最好的机会就是儿子的升学宴，可是……想到儿子今年可能又落榜了，他一边给别人写着“席设本宅”，一边在心里叹着气。

吃晚饭的时候，欧更新和老婆又忍不住一道数落起儿子来，村里谁谁谁收到通知书、都写好红纸“席设本宅”啦，外村的什么亲戚的女儿也收到了通知书、过几天也要摆酒啦，说到最后，欧更新气也粗了，喷着唾沫对儿子说：“你不能让我们老是付出，那些红包存银行也是有利息的啊！”

儿子撂下饭碗，说：“不就是个破通知书吗？”说着，他噘着嘴走了。

过了两天，儿子突然掏出一张“西泰学院”的录取通知书递到欧更新面前，他猛地一怔，不知是惊喜还是怎么了，竟然变得结巴起来，说：“这、这个……‘西泰学院’，好，也好……不错……”

欧更新的儿子考上“西泰学院”的消息很快传遍了全村，欧更新估摸着外村的亲朋好友也都该听说了，于是和老婆合计一下，请定了厨师，欧更新铺开红纸，熟练地用毛笔写下两行字：

儿子考上西泰学院升学宴
席设本宅

这第二行“席设本宅”四个字，至少比第一行字大出二三倍，也比平时给别人家写的大出一倍，写得雄浑大气，极有派头。他亲自把红纸贴在院墙上，左看右看，眼里竟有点湿漉漉的，心想，唉，总算有了“席设本宅”这么一天啰！

请客前两天，采购、备料、洗桌椅、洗碗筷，厨师和帮工都忙开了。到了“席设本宅”这一天，欧更新家的前院里摆了25桌酒席，屋后的树荫下也摆了5桌。他的老婆拎着一只红提

包迎来送往的，一边说着感谢的话，一边"笑纳"了对方送上的红包，收进了红提包里。席间，客人不免问起"西泰学院"，说"这学校不错吧？"欧更新总是很谦逊地笑着说："一般啦，不是重点，还行吧。"

晚上送走最后一批客人，欧更新和老婆清点了一下红包，真是数钱数到手酸，不过心里却是甜蜜蜜的，这几年送出去的红包钱不仅全部收回了，还略有赚头。

直到第二天醒来，欧更新才想起儿子昨晚露了下脸就不见了，跑到他房间一看，人不在，衣物显然收拾过了一遍，这小子跑哪去了？欧更新暗自疑惑，正在这时，手机响了，正是儿子打来的，儿子在电话里说："我昨晚坐夜车到城里打工去了，你们放心吧，我都这么大了。"没等欧更新发话，儿子又说了："爸，不好意思，那'西泰学院'录取通知书是我捡的……"

欧更新"哼"了一声，说："那通知书就是我故意扔在地上让你捡的。"

儿子在电话里惊讶地叫了一声，欧更新清了清嗓子，说："实话告诉你吧，小子，那天邮递员送来一大叠录取通知书，全都是'西泰学院'寄来的，这玩意就像电信诈骗，海量寄发，蒙一个是一个，一看就知道是骗人的野鸡学校……"

儿子不解地问："那你怎么……"欧更新打断了儿子的话，说："学校是假的，那通知书可是印得像真的一样，我就扔了一张在你房间门口，其他全烧了，不管怎么样，红包回收了，这事也算过了……我看你也不是读书的料，就在城里好好打工吧。"

跟儿子通完电话，欧更新如释重负地松了口气。这时，有个外村的亲戚来了，一进门就高声嚷着："后天我女儿升学宴，席设本宅！"

欧更新连忙说了声"恭喜"，顺口问道："考上什么学校？"

那亲戚手一挥，说："一般啦，不是重点，西泰学院！"

欧更新心头一震，差点叫出声来，他掩饰着脸上惊慌的表情，咽了一口口水，说："还行，'西泰学院'还行吧，跟我儿子是校友啊……"

（题图、插图：魏忠善）

您手中有没有得意之作？本刊辟有二十多个原创性栏目，如新传说、我的故事、情感故事、东方夜谈、幽默世界、16岁故事、海外故事和中篇故事等；您读到或听到什么有趣事可以和大家一起分享吗？3分钟典藏故事、外国文学故事鉴赏和快乐辞典等都是本刊推荐性栏目。热忱欢迎来稿，可从邮局寄发，也可从网上传递。邮寄地址：上海绍兴路74号《故事会》杂志社，邮编：200020；本期责任编辑电子邮箱：chin_poet@163.com。

西沟双雄

□ 老 三

小城西郊有个大型蔬菜批发市场，叫西沟菜市场，后边西沟村里有个闫老汉，自家种了时鲜菜蔬，便拿到菜市场卖。他的菜不打农药，有个薛教授常去光顾他，两人还成了朋友。

这天清晨，薛教授又来到闫老汉的摊子前，拿起捆韭菜，笑呵呵地问道："老头，多少钱啊，这菜？"令他不解的是，闫老汉一脸的严肃，仿佛不认识他一般，说："5块钱一斤。"

"你要疯是不是？"薛教授丈二和尚摸不着头脑，"六、七月的烂韭菜，别人都卖1块1、1块2，你卖5块，

就算你是自家种的，这个价也忒暴利了……"

谁知，闫老汉边挤眉弄眼边冷冷地说："爱买就买，不买滚一边去。"

薛教授勃然大怒，他霍地站了起来，指着闫老汉说："你这老头太没道理！才一天不见你怎么翻脸不认人？慢说咱们认识，陌生人你也不能做鬼脸让人滚啊，骂死你个老犊子！"

薛教授骂了一会儿，忽然，闫老汉笑了，恢复了正常，他悄悄说："刚才有个贼娃子，拿个镊子，在夹你口袋里的东西，我故意做怪，是在提醒你呢！"薛教授这才恍然大悟，闫老汉又告诉薛教授，有伙贼常年在这菜市场偷窃，为首的是个外号叫"白脸狼"的家伙。菜贩们怕被报复，只能眼睁睁看着他们偷，即使胆大一点的，最多也只敢像闫老汉刚才那样，故意弄出点状况来提醒顾客。

不料，接下来半个多月，闫老汉

竟都没出摊。薛教授不知他出了什么事儿，既担心又焦急。

一天上午，闫老汉竟又在菜市场出现了。十多天不见，原本就不胖的他，现在更是瘦了一圈。这时，“白脸狼”一伙六七个人，刚在一个窝棚下的小吃摊上吃完面，正喝着茶水，只见闫老汉直挺挺地就冲他们走了过去，紧接着，他朝“白脸狼”他们大吼了一声：“你们几个兔崽子听好了——立即给我滚，再敢在这儿偷，剁下你们的爪子来！”

“白脸狼”他们不禁一哆嗦，太意外了，居然有人敢在这里和他们叫板！不过他们很快放心了，因为他们瞧清楚了对面站的只是一个貌不惊人的老头，而且附近又没有警察。

“白脸狼”二十八九岁的样子，因为长年横眉立目，白净的面孔上长出一脸僵硬的横肉，令人望而生畏。此刻，他恼羞成怒，扔了烟，跳了起来，朝闫老汉冲去，抡拳就打。

危急关头，有人大吼一嗓子“住手”，随即挺身而出，把闫老汉挡在身后。这人是薛教授，他正巧在这儿遛达。

“白脸狼”见又来一个老头，也没吭声，一伙儿人围上来照着两人就打。薛教授见势不妙，拽起闫老汉就跑，他虽然挨了几十拳头，好在保着闫老汉没挨上打。“白脸狼”他们毕竟为的是偷钱，也不想把事情搞大，俩老头既然已落荒而逃，他们也就坡下驴，收了手。

薛教授护着闫老汉，跑出了几百米，见无人追赶，方才停了下来。闫老汉见薛教授被打得鼻青眼肿，感激之余又失望至极，说：“你以前不是体院的武术教练吗，怎么几个小贼就把你打得这么惨？怪不得人家都说，你们这帮搞武术的全是花拳绣腿，一动真格儿就拉稀了。”

薛教授不尴不尬地哂笑着，揉了揉脸上的青肿，拉着闫老汉的胳膊，出了菜市场，打了个的，拉闫老汉上了车，说：“走走，老哥们，我请你去吃饭。哎呀，你说咱俩上辈子是不是情人啊，几天不见，把我想的呀！”

他们来到一家火锅城，要了份肥牛火锅，叫了瓶陈年景芝白干酒。倒上酒，薛教授说：“老伙计，这些日子你跑哪儿去了？刚回来吗？你去惹‘白脸狼’那帮家伙干吗？”

不料话音刚落，闫老汉却失声痛哭起来，双手掩面，老泪纵横。许久，他才止住泪，向薛教授倾诉了他的不幸：闫老汉有个儿子，在外地工作。半个多月前，他儿子休探亲假，在长途车上，打起盹来，有俩贼偷儿子东西，惊醒了儿子。儿子是个犟脾气，和小偷先争吵后搏斗，被小偷掏出匕首捅倒了，然后小偷逼司机停车开门，大摇大摆下车后，打的逃逸。

闫老汉说："全车三十多人，没一个帮我儿子，眼睁睁看着他被捅死。"

薛教授气得直拍大腿，说："咱们年轻那会儿，小偷是老鼠过街，人人喊打；现如今，小偷是老虎过街，人人害怕，这世道怎么啦？"

闫老汉激动地说："我不怨车上那些人，因为我自己都没做好。'白脸狼'他们偷东西，我不是也不敢管？我有什么资格指责那些乘客？现在儿子死了，我也想通了，要么把我打死，要么我就和那帮小偷没完。我要让他们知道，不怕死的中国人，不怕恶势力的中国人，有，我老汉就是一个！所以今天一回来，我就去找'白脸狼'那帮狗贼……"

薛教授一拍大腿，说："也算我一个！从今往后，我就是你的坚强后盾。俗话说，好汉护三村，好狗护三邻。我空有一身武艺，连家门口的一个菜市场都护不好，本事真是学瞎了。"

闫老汉苦笑着摇摇头，说："知道你退休前是体院的武术教练，我原本还真指望你呢，打算向你拜师学艺呢，可刚才，你那样子……"

"出水才见两腿泥呢……"薛教授丝毫不以为然，他留了闫老汉的手机号，叮嘱他先休息几天，来日方长，收拾"白脸狼"他们，不急。

三天后的清晨，薛教授来电话了，叫闫老汉去他家。闫老汉按照地址，在菜市场旁那个住宅小区，找到了薛教授家那幢楼。薛教授住三楼，来到那个单元前，闫老汉吃惊地看到，"白脸狼"被两个手下搀扶着，三人一起跪在门洞前的水泥地上。几天不见，"白脸狼"小脸惨白，都没人色儿了。

这是咋回事？闫老汉没顾得上多想，忙按响了楼道门上薛教授家的可视门铃。几分钟后，薛教授下来了，他一走出楼道门，"白脸狼"就不住地磕头，哭着央求道："大爷，我们错了，求求您，救我一命，我保证改邪归正，再不敢作恶了！"

原来，昨天在菜市场上，"白脸狼"正溜达着呢，薛教授找上门来了。

白脸狼哪儿把这老头当回事啊，谁知只挨了薛教授一拳，当晚他就感到呼吸困难、胸闷，后半夜又开始咳血。去医院检查，钱大把地花，却得不出个结果。后来找了个老中医，问了情况，才告诉他，他惹着高人了，被人打了穴道。解铃还须系铃人，只有找打他穴道那人，才能治他这病，要是再拖下去，很有可能落下终身残疾。"白脸狼"四处打听，终于找到薛教授的家，从天不亮就跪在那儿负荆请罪，已经跪几个钟头了。

薛教授厉声喝道："'白脸狼'，你真愿意改吗？"

"真愿意改！我回家去种地，哪怕挂棍子要饭，也绝不再偷了。"

薛教授把一张写好的处方笺，往他面前一扔，说："去中药房，按这方抓药，每天早晚煎服一次，一共吃十天。这十天要卧床，另外，三个月内不要干重活，你的身体就能康复。要是还不改，下次让我再遇到你，打下你半截来！"

"白脸狼"抓过药方，小心翼翼地揣进怀里，千恩万谢，由两名手下搀扶着，慢慢远去。

闫老汉惊诧不已，结结巴巴地说："我……我真是狗眼看人低了，你原来真是个大侠呀！"

薛教授微微一笑，说："大侠谈不上，不过如果那天真打的话，不用三分钟，我就能叫他们六七个都躺平了。当时我主要是担心伤着你，才三十六计走为上策，先保护你离开再说。"

闫老汉双膝一曲，就要往下跪，被薛教授硬架了起来。闫老汉说，他要给薛教授当徒弟，学能耐，抓小偷，薛教授爽快地说："徒弟就不要当了，你就当我的兄弟吧，我教你！"

闫老汉因为儿子的死，得到了一笔保险金，他不用再为生计发愁。为了不让儿子白死，从此后，他每天天不亮，就跟着薛教授去小树林里学功夫，学完功夫，两人一起去菜市场巡逻。闫老汉拿着个电喇叭，边巡逻边宣传："那些想偷东西的龟孙子们，我是西沟菜市场的反扒员老闫，这位是我师父老薛，谁敢在这菜市场偷东西，得先过了我们老哥俩这一关！大家不要怕，咱们要团结，让小偷在咱们菜市场，重新变成过街老鼠，人人喊打，大家说，好不好？"

"好——"饱受小偷欺凌的菜贩子们、买菜的顾客们，现在见有人替他们出头，都非常高兴、齐声附和。

你别说，打那以后，西沟菜市场再没出过小偷，因为"白脸狼"的事早在江湖传遍了，哪个毛贼敢来找不自在？菜市场恢复了平静，江湖上还给闫老汉和薛教授送了个绰号，叫"西沟双雄"。

（题图、插图：张恩卫）

生若逢时

□ 王相军

田园是妇产科的主任医师，这天，她的诊室里突然来了一个五大三粗的男人，田园看了看病历卡，又看了看男人，问道："你是柳丽珍？"

"柳丽珍是我老婆！"那人说着，竟掏出厚厚一沓钱来，整整1万块，说："我想和田大夫商量点事……"

田园一头雾水，不知这人要干什么，但既然一进来就送钱，必定不是什么光明正大的事。她很反感，话里便加重了分量"这是妇产科，你要是有病，麻烦你去别的科室，你老婆要看病，要她本人来。我是医生，除了看病，其他事免谈！"说着，她就不容分说把那人逐出了诊室。

做大夫的，一忙起来，一天时间转瞬即过。下班时已是下午四点，田园刚走出医院，就见一辆很扎眼的"悍马"车在对面停着。一个男人快速地从车上下来，向田园的方向一路小跑过来。走近一看，竟还是清早那个男人，男人一见田园便连忙打招呼："田大夫，你有空吗？我一直在等你，想请你吃个饭！"

田园不冷不热地说："有事就在这里说，吃饭不必了！"

"我想问问，田大夫今年……今年多大了？"男人憋了半天，突然冒出这样一句话来。田园理也不理，转身就走，谁知男人竟一把抓住她的肩膀，田园喝道："放手，要不我报警

了！"男人只好把手松开，不甘心地走了。

次日田园上夜班，有个要好的同事悄悄对田园说：那开悍马的男人白天又来了，一见田园不在，就四处打听她的住址和年龄，哪有人会告诉他啊！没想到他竟公然在医院里贴起了小广告，说是谁要能告诉他这些，就给奖金1000块……这下可好，整个医院都沸腾了，一个开着悍马的男人，公然在医院里贴悬赏启事，就是为了打听一个已婚女人的地址、年龄，这让大伙怎么想？

田园问道："那神经病现在哪里？"同事说，被保安带到院长办公室去了，田园暗想：也好，我正想把这事问个清楚呢！

来到院长办公室，田园进门一看，果真是那个男人，正坐着和院长说话。院长一见田园就笑吟吟的："田大夫，你来得正好，这是修城煤矿的杨老板，纯属是一场误会，来，快坐，坐下我给你说说！"院长硬拽着田园坐下，原原本本地把这件事说了——

这姓杨的是一家私营煤矿的老板，前些年，因为工伤事故不断，他不知从哪里找来一个风水先生，按风水先生的主意将矿场改造了。兴许是巧合，从此煤矿竟真的顺风顺水起来。打那以后，杨老板对这风水先生言听计从。这一回，杨老板的老婆到了预产期，这先生千掐万算，为孩子

挑好了一个出生时间——也就是后天晚上10点整，而且最关键、最难办到的一条是：一定要找一个姓田的、属虎的、37岁的女医生给这孩子接生，这样，孩子将来一定是大贵之命……

这说法实在太离奇了，可这杨老板却偏偏深信不疑，还真的跑遍了大大小小的医院，而且竟然真找到了田园。经过明察暗访，知道田园今年正是37岁，属虎！

院长说了事由，他的意思也很明白：无论家属的理由有多荒唐，只要是不影响孕妇和孩子的安全，大夫应该全力配合手术。田园哭笑不得，但心中却是越来越气愤，她说："院长，我是学医的，我只相信孩子临近出生时自有征兆，我不会为了任何莫名其妙的理由去做任何违背科学、违背常规的事情！"说完，她甩门而去。

值班时，田园一直还在愤愤不平：这世界怎么了，难道有钱就可以任意妄为吗？她想起201室的一个孕妇：孕妇血小板过低，必须手术才能分娩，可是住院3天了，孕妇的男人整天去问老板要工钱，到现在还没凑齐1万块手术费用……

天亮时，田园碰见了201室孕妇的男人，他正灰头土脸地从外面回来。田园知道，那男人这几天正为老婆的医药费焦头烂额，老板欠着他的工钱，又白天黑夜地躲着他，可把他愁死了。田园问："你去哪里了？"

32

"我、我去火车站帮人装卸了……"那男人说话低声细语，生怕一不小心得罪了田园。田园一下子不知从哪里来了气，她大声地说："你知不知道你老婆这一天就要生了，你不在这儿陪她，去干装卸？"说完，田园就一步不停地走了，走到走廊尽头，她不禁回头看了一眼，只见那男人正蹲在地上，两手掩面，两肩抽搐着……

又是一天，田园到了医院，刚换上衣服，正想去201室看看，一个女人就进来了，这是一个陌生的孕妇，田园对已住院的孕妇多少都有些印象，看样子她是刚住进来的，田园笑眯眯地问："你是刚住进来的吧，叫什么名字，住哪个病房？"

那女人小声回答："我叫柳丽珍，今天一早住进来的，住202室。"

"柳丽珍？"田园对这名字印象深刻，一下子就又想起了那个开悍马的男人，"你就是要在今天晚上10点生孩子的那个？"田园摇着头冷笑着，她实在不愿再和这些人多说，如果这孩子正常出生是在今晚10点，那这个手术她一定是义不容辞，否则……这样想着，她就要推门离去，可就在这时，身后却忽然传来了椅子倒地的声音，田园回头一看，顿时吓了一跳，原来柳丽珍正一手扶着腰，一手拿着钱——这钱，正是先前杨老板要硬塞给田园的1万块红包！她一条腿竭力地向下弯曲——她这是要跪

下啊，因为动作不便，无意中就把身边的一把椅子碰倒了。田园吓坏了，连忙过去把她扶住"你这是干什么？"只见柳丽珍已是眼泪汪汪、泣不成声："田大夫，求求你，救救我们这一家吧……"

田园搀着柳丽珍坐到椅子上，耐心地听她哭诉起来：原来，杨老板和老婆从小都是孤儿，能走到今天，几乎是尝尽了世间所有的酸甜苦辣。前些年，因为煤矿事故，杨老板的脑子一度受到刺激，这几个月来，为了寻

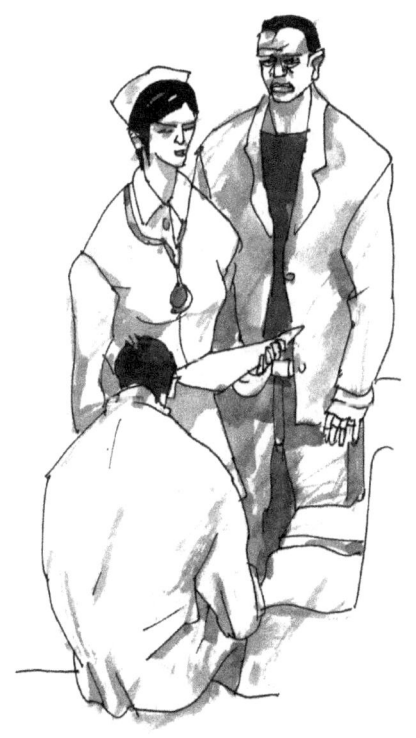

找姓田的医生，他到处奔波，跑了大大小小几十家医院，幸亏碰见了田园，可田园又不愿意，这一惊一乍地他哪受得了？今天，他老毛病似乎又犯了，不吃不喝，一个人在那里念念叨叨……柳丽珍吓坏了，孩子能不能在吉时出生都无所谓，关键是千万不能因为这事再毁了丈夫！

田园看着眼前这个女人，心里真是左右为难：孩子到了预产期，手术10点完成，这并不是很难，关键是这1万块钱，是先收下、明天再退还，还是干脆就不收？这时，门突然开了，一个护士闯了进来，很着急地说："田大夫，201室的产妇阵痛不断，看样子是要生了，可手术费现在还没交上，怎么办？"田园的心"咯噔"了一下：要不……眼前这情况或许只能这样！她咬了咬牙，果断地作出了决定："立刻送手术室，就说钱马上送到！"

护士一走，田园立即写了一张纸条，递给那个叫柳丽珍的女人，说："这是你那1万块钱的欠条，钱怎么处理，孩子生完再说，至于这孩子会不会10点准时出生，只能看运气了！"

很庆幸，201室产妇生产顺利，整个过程不到50分钟就顺利完成。田园稍作休息，就让人把柳丽珍推进手术室，很快，一个7斤多的男婴呱呱落地，时间恰恰正是晚上10点！田园刚如释重负地松了一口气，走廊里就传来了杨老板发疯一般的欢呼声……

天一亮，田园就去了院长办公室。这1万块钱，她必须要向院长解释清楚：这钱她是打了欠条的，又借给201室产妇做手术费，如果201室那家人没有能力偿还，她会自己负责！

田园一进门，就看见杨老板，他见了田园，喜极而泣："谢谢你，田大夫，你真是我们老杨家的大贵人！"田园哭笑不得，就说："要谢你就谢201室那家吧，要不是他家手术顺利，你这孩子也不会准时出生，他们才是你真正的贵人！"

田园正说着，一个人随后进来了，他一进门就"扑通"一声跪倒在地，说："谢谢你田大夫，你是我们家的大恩人，这天底下再也找不到像你这样给人垫医药费的好大夫了！"田园一看，是201室孕妇的男人，忙扶起他，说："这钱不是我垫的，是这位杨老板，要谢，你就谢他吧！"

"杨老板？"到了这个时候，那男的才看清了站在一边的杨老板，而此时的杨老板也早已惊得目瞪口呆。原来男人要找的老板正是杨老板，想不到竟在这儿遇上了！

杨老板的嘴角动了动，想笑没笑出来，想说没说出什么来，一副特滑稽的样儿。田园笑了，不过她不是嘲笑杨老板，而是在想：这1万块钱，救了两家人的命啊！

（题图、插图：谭海彦）

□ 梅永远

真的伤不起

要干一笔大业务

四喜是个捡垃圾的，自小与垃圾结缘，他出生不久就被当作垃圾，扔到了垃圾堆旁，吃着垃圾堆里的食物长大。长大了，他就干起了捡垃圾这行，不过没人的时候，也会顺手牵羊捞几件不是垃圾的"垃圾"。

这天，四喜的一个死党打来电话，说是要跟他合作一个"大项目"。那死党在一个建筑工地做小工，收入也很微薄，四喜经常去那个工地捡垃圾，两人就混熟了。死党见了四喜，紧张兮兮地说："四哥，我有个发财的机会，你想不想干？"

四喜像鸡啄米般地点头，死党说："看工地的老李头要回去一趟，今晚让我帮着看一夜。我们仓库有一堆铜皮，还没过数呢，咱们搞一些出去卖，怎么样？"

听说这铜皮很值钱，干上一票，每个人大概能分七八千块呢！四喜平时捡走的，无非就是纸壳子、塑料盆、旧家电之类的，突然遇上这么大一笔买卖，哪能不心动？

他犹豫了一会儿，不安地问："我记得工地上夜里有狼狗看门，这怎么办？"

死党神秘地笑道："我早就想好了。"他说，工地门口经常会堆放废弃的旧铁桶，他会提前把铜皮装进旧铁桶，放在工地门口，到时候四喜偷偷把铁桶带走就行了。铜皮没过数，少了一些不会有人知道……

这可怎么办

先不说四喜后来如何，且说有个叫张晓娥的人，自小与鹅结缘。他出生的时候，天上下着鹅毛大雪，刚满月，就患上了严重的鹅口疮，鹅口疮好了，鹅掌风却始终伴随着他。现在，他还做烧鹅的生意，托鹅的福，他的生意比鹅头还要红。其实，张晓娥本名叫张晓鹅，后来觉得"鹅"字不好，又找不到合适的字，这才换成了女性化的"娥"字。

张晓娥给市里不少卤烤店供应半成品，本地人尤其喜欢吃烧鹅，所以他的生意自然就好。

俗话说，饱暖思淫欲。张晓娥挣了大钱，就开始动歪脑筋了。离婚他可不敢，他开展了"地下工作"，仗着出手大方，他很快勾搭上一个有夫之妇。那女的丈夫经常出差，两人就趁着她老公不在家的时候鬼混。

这天，张晓娥又接到那女人的短信：今天他出差了。

张晓娥浑身的血开始沸腾起来，费尽心机跟老婆请了假，傍晚便去了女人那里。张晓娥不敢夜不归宿，只跟女人做了半夜的夫妻，一番缠绵之后，他就准备回家了。女人却不让张晓娥走，两人正在卿卿我我时，突然听到房门处传来钥匙转动的声音。

女人吓得脸色苍白："一定是我老公回来了，你赶紧爬窗户走。"

张晓娥顿时魂飞魄散，穿着内裤、抓了手机从后窗爬出去。女人家在二楼，张晓娥深知"常在河边走，哪有不湿鞋"，所以，他早就谋划好了逃跑路线：卧室的窗户外边他绑了两处搭脚的桩子，只要翻过窗户、踩着桩子，就能沿着排水管顺利逃跑了。

好容易着了地，张晓娥开始狼狈地狂奔。好久不锻炼了，他跑得气喘吁吁，就像一只笨拙的肥鹅。他想起小时候看过的《尼尔斯骑鹅历险记》，他多么希望能有那样一只神奇的鹅，驮着他飞离险境啊!

张晓娥慌不择路,一拐弯跑进了右边的一条街,还好,他看见了一个工地,可跑到近前,却发现工地铁门紧锁,这时,他隐约听见有声音渐渐逼近,张晓娥急得抓耳挠腮:这可怎么办啊? 突然,他灵机一动……

给鹅拔毛

再说四喜,捱到半夜,骑着三轮车来到工地。他远远地看到昏暗的路灯下,竖着一个黑漆漆的铁桶,四喜的心狂跳不已,他悄悄地把三轮车推了过去,四处张望、确定没有人后,他开始把铁桶往车上搬。这铁桶可真沉啊,怕是有200多斤吧! 四喜费了九牛二虎之力才把铁桶挪上三轮车,想想这桶里的铜值不少钱,他又是害怕又是兴奋,骑着吱呀作响的三轮车,急匆匆地离开了工地。

回到住处,四喜正要把铁桶从车上搬下来,忽然听到铁桶里传出一个温柔的女声:"快来嘛,我等你啊!"

这女人的声调甜得要把人腻死,四喜却惊得汗毛倒竖,在这寂静的深夜里,这样嗲声嗲气的娇滴滴的声音,听起来就像是鬼怪发出的颤音,何况声音来自一个诡异的铁桶里!

四喜像是触电一样,尖叫着跑远了,他大口地喘着粗气,惊魂未定地死死盯着那个阴森森的铁桶。

铁桶安静地竖在那里,久久没有动静,女人的声音也听不见了,四喜壮着胆子笑了一下,自言自语道"不就是偷点铜皮,至于紧张成这样吗?"说着,四喜走上前去,刚要去揭铁桶盖,突然,那个软绵绵的女声又响了起来"快来嘛,我等你啊!"

四喜吓得连滚带爬躲到一旁,他忽然想起有个前辈说过,捡垃圾这一行,有三不捡戒律:一不捡医院的东西,二不捡祭祀的东西,三不捡贵重的东西。医院的东西不卫生,祭祀的东西不干净,贵重的东西不安全,这些都容易招惹麻烦,甚至会让自己倒大霉。四喜想,是不是因为今天自己破戒了,才把什么鬼怪给招来了?

四喜不知在地上坐了多久,浑身都麻木了,这才想起给死党打个电话问问,还没拨号,却发现手机上有一条新短信,是死党发来的:"四喜哥,今晚不要去了,今天工地门外只有一个旧铁桶,已经被人装了半桶沥青。"

四喜呆呆地站了半天,沥青? 我累死累活偷回来的只是半桶沥青? 那这吓人的声音又是怎么回事? 四喜又壮了壮胆走到铁桶旁,掀起桶盖,借着微弱的星光一看,只见一个光着膀子的男人蜷在里面,浑身被粘稠的沥青粘住,一动不能动,只是嘴里发出有气无力的声音:"救命——"声音实在太轻,盖子盖上后外面根本听不到,而他脑袋旁边,一个手机正不停

地闪烁着，发出那腻歪的铃声："快来嘛，我等你啊！"

四喜怎么也想不明白，自己去偷铜皮，居然偷了个人回来，想不明白就算了，可是眼前这个人怎么办？四喜试着去拉那个可怜的男人，刚拽了两把，那个男人就像杀猪一样嚎了起来："啊，疼呀，不行啊……"

四喜又试了其他方法，想把这个

男人救出来，最后发现都是徒劳，那个男人被沥青牢牢地糊住了，丝毫动弹不得。四喜思前想后，自己顶多是个偷窃未遂，如果闹出人命，可就要吃不了兜着走啦，于是就报了警。

警察到了现场，又呼叫消防队赶来支援，消防队员对铁桶进行了一番破拆，那个男人终于被救了出来……

那个男人自然就是张晓娥，他逃到工地门口，实在跑不动了，又找不到合适的藏身之处，就钻进了铁桶，可是他不知道铁桶里装的是沥青。没过多久，就像个被裹在冰糖里的山楂，连挣扎的机会都没有了。张晓娥的老婆不停地给他打电话，张晓娥只能看着手机干瞪眼。

张晓娥心里委屈地想：我不就是偷个人，至于受这么大罪嘛！

从这以后，张晓娥的生意也渐渐冷清了。他是做半成品鹅的生意，给鹅拔毛很费事，张晓娥以前一直用沥青给鹅拔毛。沥青拔毛快，但是对人体有害，他利欲熏心，不在乎，可自从遭了这回罪后，他再也不敢用沥青给鹅拔毛了，因为张晓娥从沥青桶里被解救出来后，除了脑袋以外，浑身的毛发被沥青粘得一干二净，如同一只被扒光了毛的肥鹅。

张晓娥心想：这么巧的事，如果不是老天有意惩罚我，怎么偏偏就给我碰上啦？

（题图、插图：谭海彦）

　　斯坦利·布宾，英国作家，作品以讽刺见长。《会说话的猫》讽刺了人性中虚伪的一面，它告诉人们：虚伪是许多人的共性，尽管无人愿意承认。

会说话的

猫

□ 邓　笛　译

　　这故事发生在英国。一天下午，大雨刚过，天气阴凉，布莱姆丽女士准备了一桌丰盛的晚宴，招待几个熟悉的朋友。开饭前，客人们围坐在茶几周围，听着阿宾博士侃侃而谈，这些人脸上都显出了目瞪口呆的表情，因为阿宾博士说，他发现了一种能让动物学会说话的方法，而他家的猫——托贝，就是他的第一个得意门生！

　　阿宾得意地说："多年来，我一直在研究这个问题，我发现托贝是一个可塑之才，一只高智商的猫，于是，一周前我开始用它做起了试验。"

　　布莱姆丽女士提出把这只猫带过来，让大家领教一下它的口才，阿宾博士说，他已经把猫带来了，正在隔壁睡觉。布莱姆丽女士的丈夫威尔是一个急性子，还没等阿宾博士同意，便迫不及待地找猫去了。

　　不一会儿，威尔回来了，样子很激动，一进门就说开了："一点也不假，我到了隔壁，看见托贝在睡觉，就把它叫醒了，说一起去喝杯茶吧，大伙儿都等着呢。它抬起头，眯缝着眼，说——'我准备一下就来。'天哪，我

真不相信自己的耳朵！"

大家不约而同地发出一声惊叹，然后就谈开了，只有阿宾博士一言不发，不过脸上流露出掩饰不住的得意。

这时，托贝——那只猫走了进来，平静地来到茶几旁边。大家立即安静下来，不知道怎么去对一只猫讲话，最后还是布莱姆丽女士首先开了口："托贝，来点牛奶？"她说话时声音尖尖的，有一种与猫平等对话的感觉，好像自己也成了一只猫似的。

托贝答道"可以"，布莱姆丽女士非常激动，她端着牛奶走过去，不料手一摆，牛奶溅到了地毯上，她忙说"哦，对不起。"

"不碍事，毕竟——这不是我的地毯。"托贝若无其事地回答。它这么一说，在座的人全惊呆了，接着便是一阵难堪的沉默。

过了一会儿， 位先生彬彬有礼地问那只猫："托贝，你感到学英语难吗？"托贝瞪了他一眼，没有开口，显然对这问题毫无兴趣。

接着，一位小姐问道："对人类的智慧你有什么看法？"

"这个问题让我感到很不舒服。"托贝说，"比方说吧，布莱姆丽女士打算邀请你来这里时，她丈夫很不乐意，他说你是他认识的最蠢的女人。而布莱姆丽女士说，这正是她邀请你的原因，因为她想让你买下她的旧车。她说你非常蠢，会这样做的。"

"别信它的话！"布莱姆丽叫道，"这不是真的！"

那位小姐早就气得脸色发紫了："如果不是真的，你今天上午为什么说你的那部车最适合我不过了？"

两个女人吵得不可开交，与此同时，每个人都担心起来，他们不安地想到，这只该死的猫，每家每户都去过，不管白天黑夜，只要它愿意，它就可以窜进卧室。它看到了什么？听到了什么？现在无人有隐私可言了！

这时，另一个女士站了起来，她显然为今天来这里而后悔了："哦，我为什么要到这里来呢？"

"你十分清楚你为什么要来，"托

贝马上接上她的话茬说，"你是冲着美味来的，我听到了你在花园里和花匠的谈话，你说，布莱姆丽女士是一个非常讨厌的人，但她家的厨子却是一流的。"

布莱姆丽刚刚和那位小姐吵完，现在马上又和那位女士开始第二轮唇枪舌剑，而那位女士不得不承认，虽然这猫可恼、可气、可恨，但它说的却是实情。

屋内除阿宾博士外，所有人全都紧张起来，没人能够预料托贝这只该死的猫会说出什么样的话来。就在这时，托贝望着门外，看到一只大黄猫在花园里溜达，它随即窜出门外，一溜烟地不见了。

这猫一走，大家才松了一口气，随即谈开了，阿宾博士发现自己成了众矢之的，每个人都对他义愤填膺地说：你必须想法制止那只猫，如果别的猫都跟它学会了说人话，那我们将永无宁日了！

"是的。"布莱姆丽女士有些伤感地说，"就在今天下午之前，我还十分喜欢托贝——但是，现在，它必须尽快死掉！在猫食里下毒，或者把它勒死，只要它死，用什么方式都可以！"

阿宾博士叫道"但是，我多年的研究怎么办？"

"你可以去教农场的奶牛，"有人冷冷地说，"也可以去教动物园里的大象。据说，大象非常聪明，而且，大象不会藏在椅子背后、床铺下面，去偷听人的谈话。"

阿宾博士无话可说了。

那天的晚宴很不愉快，有的只吃不吱声，有的则拒绝吃任何东西，大家都在等着托贝——一盘下了毒的鱼已经替它准备好了，但托贝迟迟不归。大家不说，不笑，气氛尴尬。

不知等了多久，园丁匆匆走来，手上捧着沾满血渍的托贝的尸体，布莱姆丽立刻叫了起来："看它的爪子，它打架了！谢天谢地，这是最好的结果，它被那只黄猫打死了。"托贝的爪子上沾了不少另一只猫身上的黄毛。

晚宴过后，客人们陆续离去，布莱姆丽女士才开始感觉好了些。

就这样，托贝永远成了阿宾博士唯一的一个得意门生。托贝死去几周以后，在德国的一个公园里，一头大象踩死了一名英国游客。公园的管理员说，这头大象一直都很温驯，但自从这位游客三番五次用德语和它交谈以来，大象就变得脾气暴躁，最终不可控制。报上登出的死者的名字，是阿宾博士。

"难怪阿宾会被大象踩死，"布莱姆丽女士说，"他不该教它拗口难学的德语呀！"

（题图、插图：佐　夫）

（本栏目欢迎来稿。来稿可从邮局寄发，也可从网上传递。如为电子邮件，请发以下信箱：chin_poet@163.com。）

咱都有绝技

□ 韩春玲

有这么一家公司，员工们玩游戏成风，屡禁不止。后来经理火了，大笔一挥，在岗位管理制度上添了这么一句话"在公司玩游戏者，一律开除！"看来这回经理是动真格的了，此后不久，还当真开除了几个以身试法的人。

许多人都老实了，但仍有极个别的人不这么想，比如技术中心的钱飞飞、赵岩和孙明远。这三个年轻人喜欢刺激，他们想，本来游戏就挺好玩的了，如果在经理眼皮子底下玩游戏，那就更好玩、更刺激了。

俗话说得好，"没有金刚钻，别揽瓷器活"，这三个年轻人之所以这么有恃无恐，那是因为他们都自以为有一两套绝技。话说这一天，三人正在办公室里玩游戏，忽然听到楼道里传来一阵脚步声，那脚步声越来越近……

钱飞飞仔细听了听，悄悄地把电脑上的游戏画面关闭了，然后看了看赵岩和孙明远，他们两人还在聚精会神地盯着游戏画面，看来是入迷了，还浑然不知呢。

钱飞飞冷笑了一下，心想"这下有好戏看了。"钱飞飞为何这么想呢？原来，这些年，钱飞飞为了玩游戏，练就了一项特殊的本领，他能准确无误地辨别出经理的脚步声，而刚才那阵脚步声就是经理的。如果此刻经理推门而入，那等待赵岩和孙明远的恐怕只能是卷铺盖走人啦！

楼道里的脚步声越来越近，钱飞飞用余光瞟了赵岩和孙明远一眼，见两人还在全神贯注地玩游戏。钱飞飞想咳嗽一声，给两人提个醒，可一想到平时聊天时，赵岩和孙明远牛气得要命，说什么他们之所以在公司玩游戏，是因为有绝技傍身。这么一想，钱飞飞把嗓子眼那口气又咽了回去：他倒要看看，这两人有什么绝技！

脚步声到了门口，钱飞飞的心也提到了嗓子眼，但随即又慢慢地放回了肚子里——脚步声又渐行渐远了。原来，经理只是打这里路过，并不想进门。

脚步声一远，赵岩不由得"哈哈"大笑，这一阵笑，禁不住让钱飞飞觉得心虚了，他支吾着说："你笑啥？"

赵岩讥讽地说："刚才脚步声在三楼时，你游戏关得好快呀！"

钱飞飞没想到赵岩技高一筹，顿时傻眼了："你、你居然能听出他的脚步声在几楼？"

赵岩瞪了钱飞飞一眼，冷冷地讥讽道："如果就这点本事，我敢在江湖上混呐？不过，既然你好奇，我也不妨透露一下——刚才我早就听出经理来了，而且，从脚步声的轻重、快慢和间隔时间的变化，我还听出经理只是从我们办公室经过，并不是来抓我们的，所以我根本就没有关掉游戏。"

钱飞飞顿感汗颜，结结巴巴地说："我、我——"

"你什么你？"赵岩趁机敲打钱飞飞，说，"背地里使绊子，那可是小人所为呀！"

这时，一直只顾打游戏而没有插嘴的孙明远终于说话了："既然这样，那以后各顾各吧。"

这个孙明远，脑瓜子贼好用，学啥啥在行，单说技术，在整个公司无人能及；而且，私下里听人说，孙明远听经理的脚步声那可是一绝，怎么绝法，钱飞飞和赵岩虽说没有见识过，但不少人传来传去，简直成了"哥只是个传说"那么神秘。

赵岩都这么厉害了，孙明远还能厉害到哪里去？钱飞飞做梦都想见识一下，果然，没过几天，机会来了。

这天，钱飞飞办完事回到公司，刚进办公室，凳子还没焐热，就听楼道里传来了脚步声，仔细一听，不错，是经理的，而此时，孙明远仍在电脑前十分投入地打游戏！

钱飞飞没有那么好的功夫，他听不出经理是冲着哪个办公室去的，见屋里就孙明远一人，就问道："明远，经理来了，你听听，他是路过，还是冲着咱来的？"

孙明远眼睛没有离开画面，鼠标点得"啪啪"响，他头也不抬，毫不迟疑地说："是冲着咱办公室来的。"

钱飞飞觉得这倒是个学习的好机会，于是装出一副十分谦卑的样子，讨教道："明远，都说你厉害，从这脚

步声里，你还能听出什么？"

孙明远"呵呵"一笑，说："听出来的'信息'可多了，比如，经理右手拿着个文件，就是公司刚刚印发的68号文；而他的左手里，握着个杯子，里面泡的是绿茶……对了，还有，经理今天穿的是耐克休闲鞋。"

"哇——"钱飞飞简直不敢相信，他万万没有想到孙明远居然从脚步声里能听出这么多，这也太神了！此时此刻，钱飞飞瞪大双眼盯着孙明远，唯有五体投地地佩服！

"噔噔噔"，脚步声已经到了门口，可孙明远仍在玩游戏。钱飞飞还没来得及吱声，门就被推开了，经理闯了进来，看到了正在玩游戏的孙明远，气得脸上青筋暴露，声嘶力竭地吼道："孙明远，你给我立马滚蛋！"说完，他气呼呼地转身走了。

等经理走了，钱飞飞如梦初醒，慌忙来到门旁，拉开一条缝，朝外一看，乖乖，我的妈呀，孙明远说得丝毫不差：经理果然右手拿文件，左手握杯子，足蹬耐克休闲鞋！可让人费解的是，孙明远既然有如此本领，他为何要眼睁睁地让经理抓到他打游戏呢？

钱飞飞满腹狐疑，实在憋不住，他终于说出了自己的疑惑。

孙明远笑了笑，说："实话告诉你吧，我刚才说的那些'信息'，根本不

是我听出来的。"

"那你怎么知道的？"

孙明远一边收拾着东西，作着"滚蛋"的准备，一边对钱飞飞说："其实，在你来之前，我玩游戏就被经理抓了个正着。"原来，今天下午，孙明远一到办公室，就坐在电脑前打开了游戏界面。没想到在他走进办公室前，经理恰好来查一份文件，文件柜高高的，经理站在文件柜后面，孙明远没看到，他正玩得起劲，突然听到经理大吼一声："孙明远，你居然敢玩游戏！"孙明远吓得七荤八素，回头一看，只见经理正站在身后，手里拿着一份文件，而那份文件正是68号文。

钱飞飞听了，这才恍然大悟，刚才孙明远明明听出是经理来了，却不关掉游戏画面，这是因为经理刚才已经把他开除了，可问题是，经理为啥返身再进来一次呢？

孙明远收拾好东西，抱着一个纸箱朝外走，这时，楼道里又响起了脚步声，不错，是经理的。孙明远出了门，钱飞飞也悄悄地跟过去，在门后，他听见经理说："孙明远，你知道吗，我出去之后又回到你办公室，那是因为觉得你技术还不错，把你开除确实有点可惜，想给你一次机会。没想到啊没想到，一进门，你他娘的居然还在玩游戏！"

（题图：魏忠善）

□ 杨先

猴 拳

明朝中期,西北边境有个小城,别看这座城池小,当年,为了保卫边境安宁,皇帝专设此城防御北边敌国进犯,是边境的军事重镇。

也正是因为如此,小城的居民崇尚习武,这里门派林立,藏龙卧虎。

一天,小城里举行庙会,却来了个不同寻常的耍猴人。

耍猴人叫罗卜丹,一把大胡子,身材魁梧,骑着匹高头大马,马后跟着一匹老骡,老骡背上蹲着一只马猴,那马猴也学人的样子,驾着老骡。

庙会很热闹,人们见有人耍猴,里三层外三层地围了上来。罗卜丹"咣咣"敲了两下锣,牵了马猴,对众人说:"各位父老乡亲,我师徒打北边儿来,在下的徒弟想以武会友,有谁能打它一拳一掌者,在下输银三

两 能踢它一脚者,在下输银五两,若徒弟侥幸赢了,输者送银二两!"

罗卜丹话说出口,人群中一阵哗然——这显然不像个耍猴人说的话,敢情这家伙是打北边来找茬儿的?

其实,耍猴人罗卜丹正是敌国的重臣,敌国近来想南下,他这一趟来,是要凭一己之力,在心理上彻底击溃小城。这样,日后带兵攻打小城时,这里的人见到自己还不是先怯三分?

只见人群分开,有人一连两个燕子翻,已站在场子中央,将一锭银子扔在罗卜丹的脚下,准备攻擂。

那马猴见有人攻擂,迈开长腿走了过来,歪歪扭扭地立在那人前面。

那人一个弓箭步,左右冲拳朝马猴连环击去。马猴腾空跃起,脚踩那人的小臂,一只爪子蓦地向他面门抓

来。那人急忙低头，但还是迟了，"刷"地一下，额头上的一块皮被扯了下来。那人大叫一声，跌坐在地，血流满面。霎时间，人群都愣住了：这貌不惊人的马猴，竟如此厉害，如此歹毒！

有几位成名好手看不过去，硬着头皮去攻擂，结果全都大败而还。

连胜几场，罗卜丹很得意，他敲着铜锣，高声羞辱起小城的人们："没人了吗，投降了吗——"辱骂声、铜锣的"咣咣"声不绝于耳。

时至晌午，小城再没人能胜得马猴一招半式。罗卜丹见羞辱小城的目的已经达到，牵了骡马，准备起程。

就在这时，场子外挤进来一个人，是个猴儿一样的干巴老头。大家一瞧乐了，这不是李五吗？这个李

五，给商号拉骆驼为生，他不好好儿去拉骆驼，来这儿搅什么浑水？

那马猴见有人叫阵，"噌"地从骡背上窜下，准备接战。李五斜看看马猴，对罗卜丹说："要比我就跟你比。马猴是畜生，畜生怎么能跟人比呢？"

罗卜丹讥讽道："你说它是畜生，可就是没人能胜它一招一式。"

李五转头对围观的人们说："哪位老哥哥带了银子？借给我几两使使，回头一定奉还。"

大家见李五当真要跟马猴较量，边凑银子边骂："李五，你别小瞧咱爷儿们，几块破烂铜铁，谁要你还！"

李五听了，呵呵一笑，对大家团团作揖，接着起了个势，缩起细脖，瞪圆眼睛，屈肘勾手，活脱脱一个金猴

出世!

那马猴暴戾成性,蓦地跃起,两只长臂直抓李五的面门。李五也不慌神,团身屈膝下蹲,让过马猴,双手一绞,去将马猴的两条后腿。那马猴身子一团,一个筋斗躲开。李五迟了半寸,只抓下两手猴毛。

这大半天众高手连一根猴毛都没摸到,自己却让马猴抓得皮开肉绽,想不到李五这干瘪老头居然有这么一手俊功夫,众人禁不住大声喝彩。

马猴吃了亏,眼睛红了,翻身疾扑过来。李五往斜刺里一滚,避开马猴的手臂,右腿飞速弹出,一下子踢中马猴胁下,踢得它翻了两个跟头。马猴见势不妙,纵身一跃好远,三下两下,竟躲到了远处的一棵树上。

这一下,喝彩声更响亮了。

说时迟,那时快,马猴趁李五稍有松懈,猛地从枝上窜下,双爪闪电般地抓向李五的后项。亏得李五反应敏捷,忙下蹲缩脖闪躲,卸去马猴爪下劲道,可后项还是挨了一下,给马猴抓出两道血痕。

李五怒不可遏,一个畜生,手底却比人还阴毒!他猛地纵步,看看一掌将要劈中马猴,这马猴不等他靠近,又纵身躲到树上。李五见状,转身要罗卜丹叫它下来。罗卜丹赖着脸皮,笑嘻嘻地说"这也是我徒弟的本领啊,有本事,你上树斗它去!"

李五听了这话,倒不发怒,略一思忖,他来到场子中央,对着马猴,"哗"地一下将自己罩裤的裤裆撕开,一条大红色的底裤就从撕破的裤裆中间暴露无遗。大家见他这般露丑,忍不住"轰"地笑起来。

马猴野性难改,一见红色,周身血液不由得直冲向脑门,它从树上一跃而下,飞奔过来,探爪向李五的裆部抓去。李五见马猴扑上来,两膝向中间略略一晃,乘马猴迟疑之际,两手一勾,以迅雷不及掩耳之势,直贯马猴的两耳。马猴做梦也想不到他还有这一招,躲闪不及,"吱喽"一声怪叫,蜷在地上,尖牙外龇,眼珠翻白,胯下秽物淋漓——死了!

全场顿时静默,少顷,大家回过神来,欢呼声如山呼海啸。

罗卜丹面如死灰,牵了一马一骡就要脱身,只听李五喊道:"站住!"罗卜丹心中一惊,只见李五捡起地上的银子,走到罗卜丹跟前,将银子全都投进他的怀里,气咻咻说"我早说过,畜生不能跟人比。今天放你回去,以后别打坏主意!"

罗卜丹愣了半晌,良久,他深深给李五行了一礼,拾起马猴尸体搭在老骡背上,骑了马,牵了骡,头也不回地出了小城。

回去之后,罗卜丹劝国主打消了南下的念头。后来,两国在小城设立茶马互市,互通有无,生意好不兴隆。

(题图、插图:黄全昌)

□ 岩朵朵

为爱流泪

是做衣食无忧的狗熊，还是艰难求生的人？让爱来做个决定吧……

惊变狗熊

要说倒霉，没人比张良更倒霉了，他是个建筑工人，老婆叫楚云，肚子里长了一个肿瘤，医生说必须马上手术，否则会危及生命。前期检查已经把两人的积蓄都花光了，张良只好去找包工头老董要这半年的工资。

听说楚云住院了，老董嬉笑着说："要不要我亲自去看看她呀？"楚云长得漂亮，老董垂涎已久。张良往老董脸上吥了一口，老董恼羞成怒，指使人把张良打了一顿，打得他鼻青脸肿，鼻梁骨也被打断了。

张良捂着受伤的鼻子漫无目的地走在大街上，不知该去哪里弄钱。

路过动物园时，听到大喇叭在喊："买票看狗熊，中万元大奖！"

虽说这是动物园的促销手段，听到"万元大奖"几个字，张良心动了，他买了票，跟着人流挤了进去。

等待开奖的时候，因为人太多，张良便去了不远处的一个小山坡，远远地观看狗熊。看着狗熊在地上开心地滚来滚去，张良不禁感慨：真快活啊，人能像它那样无忧无虑就好了！

张良不禁想起了小时候在草地上打滚的情形，他突然有了一种冲动，想像狗熊那样在地上肆无忌惮地打一个滚，于是，他弯下了腰，头顶着地，很轻松地翻了一个跟头。这个跟头让他重温了童年的感觉，一时间心情好了很多，他意犹未尽，一鼓作气，乘兴又连着翻了三个。

就在这时，不可思议的事情发生了：张良感觉自己不太对劲，浑身是毛，再看看，天啊，他变成了一只狗熊！

张良大叫了两声，太可怕了——他发出的，是动物的叫声！这一叫，引得别人惊叫起来："快看，那儿有只狗熊！"游客们吓得一哄而散……

重回人形

很快管理员、园长都闻讯赶来了，他们把张良抬进了熊山。

从天而降的狗熊让园长非常激动，他说："这肯定是一只野生狗熊，是被咱们的漂亮的熊山吸引来的！"

园长给这只狗熊起了个名字叫"天赐"，为了保证天赐的健康，园长请来兽医为他做全面体检。检查结果是：雄性，身上有伤，鼻骨骨折。

兽医马上为天赐进行治疗，管理员还专门为他调配了最营养的食物，可是，披着狗熊皮的张良却焦躁不安，他不停地咆哮、扒墙，他要变回人，楚云还在医院等着他呢！

这天夜里，坐在月光下，张良悲哀地想：难道此生永远要做一只狗熊吗？这辈子还没有对父母尽孝，还没有生儿育女，还有，楚云还在医院里，也不知怎样了……他越想越难过，泪

水不知不觉地流了出来，突然，张良发现，自己竟变回了人形，而且身上的伤已经好了，断了的鼻骨也早被兽医接起来了。

张良想办法从熊山爬出去，然后，跑出了动物园，向医院跑去。

无奈之举

不料，楚云并不在病房里，向护士打听，护士说楚云没钱付费，已经被"请"出医院了。

张良赶紧回家，果然，楚云正躺在床上哭泣，见到张良，她哭得更厉害了："你这几天跑哪去了啊？你走吧，让我等死，我不会连累你的！"看着楚云痛苦的样子，张良的心像针扎一样，他骂自己是个没本事的男人，同时又痛恨老董，如果他把工钱给了自己，楚云起码不会被医院赶出来。

张良跟楚云说了他的离奇遭遇，楚云不信："张良，你的脑子是不是被老董打坏了？你变成了狗熊，兽医还把你的伤治好了？有这样的好事？"

楚云的一连串发问让张良心中一亮：楚云的病不能再等了，高昂的手术费一时也凑不齐，为什么不让她也变成狗熊，由兽医来帮她治疗呢？

这个念头让张良激动不已，马上跟楚云说了，楚云苦笑，认为张良受刺激了。张良顾不上跟她再解释，背起她向动物园奔去。

进了动物园后，张良又背上楚云

来到那个小山坡。他先示范着翻了个跟头，然后让楚云跟他学，并且要连做三个。楚云无奈，做了几次，可惜都没有成功，张良急了，抱起楚云向山坡下滚去，这下，他们全变成了狗熊。

楚云终于相信了张良的话，可她有点担心：他们还能再变回人吗？

张良对楚云说："先别管那么多，治好你的病，保住命再说！"

为爱流泪

清晨，熊山的管理员把眼睛揉了好几遍，没错，熊山里面一只，外面两只，只一晚上，又多了一只狗熊！他没有去想天赐是怎么从熊山跑出去的，他已被惊喜冲昏了头脑。

园领导很快赶来了，兽医也随后赶到。经过一系列检查，发现其中一只狗熊腹部一个很大的肿瘤，必须马上手术。园里又聘请了几位知名兽医，经过一天紧张的忙碌，肿瘤被顺利取出，手术非常成功！

园长激动得热泪盈眶，他一直重视动物园的生态建设，两只野生狗熊接连投奔，是对他工作最好的肯定！

听说动物园来了两只野生狗熊，报纸、电视轮番报道，也不用搞什么抽奖游戏了，游客多得天天爆满。

熊山很大，能遮风挡雨，也能玩耍。楚云的伤还没完全好，不能剧烈运动，就躺着晒太阳。日子从来没有这样悠闲过，吃了睡、睡了吃，要不就看张良翻跟头玩。不久，楚云康复了，她可以在园子里四处走动了。

渐渐地，张良和楚云对这种日子产生了厌倦，千篇一律，没滋没味，狗熊的生活再好，也比不上做人啊！两人商量着，必须想办法变回人形。

可是，任他们尝试什么办法，就是脱不了那一身狗熊皮。

这天晚上，整个动物园里静悄悄的，张良和楚云睡不着，他们爬到空地上，紧紧地依偎在一起看月亮。张良想到楚云自从嫁给了自己，一天好日子也没有过，生了病还没钱治，不禁流下了泪水；而楚云想到张良为了给自己治病，不惜再变回狗熊，也落了泪。奇迹出现了，他们变回了人形！

是啊，为爱流泪的，只能是人！

惩治老董

张良和楚云跑出动物园后，兴奋地在大街上奔跑着，他们想赶快回家，回到那个虽然租住、却温馨的家。

可是，令他们想不到的是，家里的门打不开了，被换了锁，给房东打电话，房东语气很硬"你们这几个月跑哪去了？房租都三个月没交了，先把房租补上我再给钥匙！"不能怪房东不近人情，几个月不交房租，哪个房东能不上火？

张良和楚云并没有为此发愁，重

新变回人类令他们对未来充满信心，他们都还年轻，楚云的病也治好了，两人一起努力，还怕赚不到钱？

不过，当务之急还是先把欠的房租付上。想来想去，还是要找老董。

没想到老董听到张良的声音后竟然换了一张脸，他恶狠狠地说："你是谁？我什么时候欠你钱？你是来找打的吧？"然后就把电话扣上了。

太可恨了，这明摆着是想赖账嘛！想着老董欠好多工友的血汗钱，却还能心安理得地住豪宅、开豪车，张良的气就不打一处来。

突然，他有了个想法："不能让老董这样嚣张下去，必须要治治他！"

再说老董，他挂了张良电话没一会儿，就接到了楚云的电话："董哥，我把张良这个穷光蛋踹了。其实，我一直偷偷喜欢你呢，我在动物园门口，很孤单，你能不能过来陪陪我？"

老董一听，兴奋得不得了，马上开车去动物园。果然，楚云亭亭玉立地站在门口。老董迫不及待地跑下车，拉楚云上车，楚云说："董哥，我心情不太好，想先进去散散心。"

老董想，心急吃不得热豆腐，先由着她。他跟着楚云，来到了那个小山坡。楚云拉老董在草地上坐下，先是聊了一会儿，老董急了，要楚云跟他回家聊，楚云说："董哥，你这么胖，身体是不是有点虚啊？"

老董拍着胸脯说："身体很好，胖不代表虚，我经常锻炼。"

楚云嘟着小嘴、撒着娇说："我不信，你吹牛吧？这样吧，你只要能连着做三个前滚翻，我就马上跟你走。"

"哼，你就瞧好吧！"老董舒展了一下四肢，毫不含糊地来了三个前滚翻，突然间，一只胖胖的大狗熊横空出世了！这时，躲在大树后面的张良走了出来，对着趴在那儿的狗熊说："当某一天你肯为爱流泪时，你就可以做人了。"说完，他拉着楚云的手，大步离开了动物园。

（题图、插图：黄全昌）

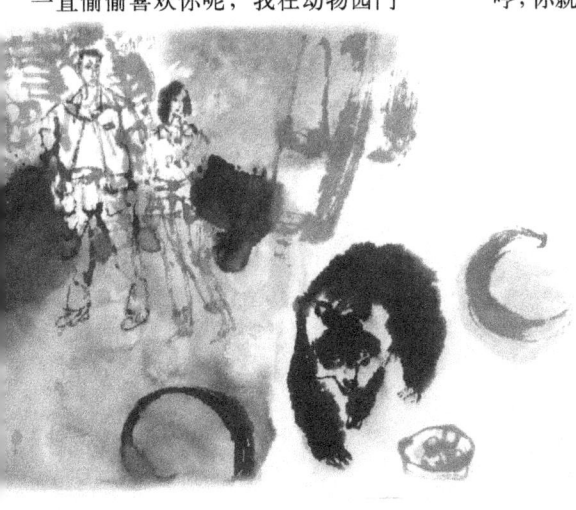

象牙在呼唤

□ 曲育乐

梅奥和克里克是一对狐朋狗友，两人都没有正经工作，却总是伺机寻找一夜暴富的机会。这天，克里克突然造访梅奥，眉飞色舞地说："兄弟，咱们发财的机会来了！"

梅奥来了兴趣"快说说，有什么好事？"克里克喝了口水，润润嗓子说："是这样，昨天一个朋友找到我，说现在象牙价格飞涨，每根可以卖到好几万美元，问我能不能想法搞到几根……"

梅奥叫道："盗猎大象，走私象牙，这可是要坐牢的！"

"兄弟，要想发大财，哪有不冒险的？想干的人多着呢！"克里克边说边起身。梅奥一把将他按在凳子上，赔着笑说："我干，我全听你的！"

这天一大早，克里克开着一辆黑色别克小汽车，带着梅奥，当然还有后备箱里的两支霰弹猎枪，直奔大象自然保护区而去。保护区路途遥远，克里克开了足足5个钟头，车子才下了高速公路，进入了一段乡村公路。见克里克一副疲惫的样子，梅奥提议道："咱们休息一会儿再走吧。"

"不行，路还远着呢，咱们必须在天黑前到达保护区。"克里克说着，冲梅奥做了个手势，"把威士忌给我，我喝两口提提神儿。"梅奥制止道："兄弟，酒后驾车要送命的！"

"没事，这路上一个人影儿都没有，能出什么事？快把酒给我拿来！"梅奥无奈，只能将酒瓶递了过去。克里克猛喝两大口，然后将酒瓶交给了梅奥："这酒不错，你也喝两口吧。"

于是，两个人你一口我一口，喝得醉醺醺的，这时，车子前面突然出现一个男子，男子只顾埋头走路，全然没意识到危险。"小心！"梅奥失声惊叫。克里克正昏昏欲睡，听到喊声，猛地一踩刹车，可惜迟了，车子已径直撞上了横穿公路的男子，把他撞飞了。

梅奥和克里克大惊失色。梅奥四下张望，见路上没有其他车辆和行人，便要下车去查看情况，克里克一把拉住了他，指了指前方的一根电线杆说："那里有摄像头！"说着，他从后排座位上抓了一个黑色塑料袋套在梅奥头上，"去吧，小心点。"过了一会儿，只见梅奥失声叫道："他、他死了！"

克里克半天没有作声，又过了半晌，他铁青着脸说："梅奥，咱们是酒后驾车撞死了人，要是去自首，肯定得坐牢，可要是不去自首，刚才的一幕肯定被摄像头拍了下来……"

梅奥一脸惶恐地说："要不，咱们去弄一辆别的车，这样警察就认不出了。"克里克说："怎么弄，难道去抢？别忘了我们是来搞象牙的，不是来惹麻烦的。"

梅奥茫然地说"那你说怎么办？"克里克压低声音说："刚才我下车看了看，车子并没有什么撞痕，而且车身满是泥巴，已经把车牌号遮住了，可这样也不能保证我们的安全，到时候，所有黑色别克小轿车都会成为怀疑目标。"

他停了停，接着说："我们可以在附近找个修理厂，让他们把车漆成银白色，这样就没问题了。"

听完克里克一番话，梅奥不由得竖起了大拇指："兄弟，还是你聪明，这招够绝！"

别克车重新发动，车子开了大约10公里，前面路边终于出现了一个汽车修理厂。克里克将车开进修理厂，一个看着很精干的男子迎上前来，说："先生们，你们好，有什么需要帮助的吗？"

"我想给车换个颜色，最好是银白色。"克里克一脸平静地说。

男子说"换颜色没问题，但要先去车管部门办个手续，您的手续办好了吗？"克里克赔着笑说："你先给我换色，手续我以后再去补办，绝对没问题的。"男子狡黠地一笑"那好，但

价钱可要比正常情况下贵100美元，一共是500美元，您没意见吧？"事已至此，克里克只能答应。

两人等了很久，别克车终于变成了崭新的银白色。两人跳上车，朝保护区狂奔而去。

傍晚时分，两人来到了保护区的中心地带，天色已晚，他们随便吃了点带来的食物，就在车里睡下了，准备第二天再去偷猎大象。

第二天一大早，迷迷糊糊中，克里克忽然听到一阵奇怪的声音，紧接着车身也开始摇晃起来。他睁眼一看，不由得大吃一惊，一头公象正在用鼻子磨蹭车子！大象性情温顺，不会主动攻击人和车的，这头象是怎么了？

情况紧急，克里克来不及喊醒梅奥，赶紧找到猎枪，可没等他将枪举起，大公象突然整个身子压在了车子上。可怜的小轿车哪经得起这么一压，瞬间被压成了一张铁皮，克里克和梅奥来不及喊声"救命"，就变成了一堆肉泥……

第二天，当地报纸上刊出了一则新闻："发情公象误将银白色小车当成情人，疯狂求爱，致使车内两名男子丧命。这已是本地发生的第三起类似事故，警方提醒公众，切莫驾驶白色车辆前往保护区，以免再发生惨剧。"

（题图、插图：佐 夫）

姓名不能乱改

□ 王孟雅

有一家器材公司为了参加省产品展销会，临时招聘一批年轻的女推销员。公司王老板许诺被应聘者可以得到展会收入5%的提成。因为时间短，报酬高，前来应聘的女孩特别多。

面试时，王老板特别在乎名字，比如有个女孩叫倪培，他就说了："这名字不好，倪培——你赔，不让我赔光了吗？"倪培哭笑不得"那您说怎么办呢？"王老板想了想，说"这样，你就叫倪莹——你赢，赢钱多好

啊！"王老板又问其他人："你叫什么？""陈书梅。""这不行，都输没了怎么行？就叫陈得莉吧——得利。"于是，好几个应聘者都"暂时"改了名。

因为临时招聘，公司没有和应聘者签劳动合同，只签了一份用人协议。

展销会期间，女推销员们非常卖力，销售业绩节节上升。几天后，有人提出要预支一些钱，王老板一口回绝。大家有些担心了：等展销会结束，老板脚底抹油，怎么办？于是大家集体要求王老板预支工资，否则就停工！

停工，那是多大的损失啊！王老板马上跟大家商量："我身上没带那么多钱，咱们结束后回单位解决行不？"大家一合计，说："欠我们每个人多少钱，你写个欠条，这事就算过去了，我们保证完成这次参展任务。"

王老板没辙，只得给每人写下欠条："欠倪莹两千元，五天内归还"、"欠陈得莉……"等等。大家放心了，工作也更卖力了。

展销会结束后，姑娘们高高兴兴去找王老板领钱。谁知王老板避而不见，不是出差，就是生病。好容易逮着了，王老板却要无赖，说："现在公司没钱，你们想要就得耐心等。"

姑娘们只得去找律师，律师听了这事，提醒说："像你们这种被拖欠工资的情况，一般应该先到仲裁委员会去申请仲裁，对于仲裁不服，再打官司。现在你们有王老板的欠条，就可以直接起诉。直接诉讼也分便捷程序、普通程序，便捷程序，就是直接向法院申请发放支付令。"有人问："什么是支付令？""你有欠条，王老板也提不出异议，法院就会给他下一个支付令。如果他拒不支付，法院会强制执行。"

律师这么一说，大家理直气壮地来到法院，可是她们刚一提出要求，就遇到了让她们措手不及的问题。

原来，起诉时要出示自己的身份证，可是有好几个女孩身份证上的名字和欠条上的名字根本对不上号。姓名对不上号，意味着什么——王老板欠的不是你的钱，法院怎么受理呢？这时大家才恍然大悟，王老板当初非得给她们改名不可，是留了个后手。

这个案子几经周折，把大家搞得

精疲力竭，不少人开始打退堂鼓，不愿为这点钱再费时费力。这时那位律师站了出来，说："你们一退缩，正中了黑心老板的计，一定要坚持！"

姑娘们有些为难，有人说："可王老板一口咬定：名字不对，他就不支付报酬。"律师胸有成竹地说："倪培也好，倪莹也好，这只是现象，只要能证明是同一个人，那么你们的官司就能打赢。"见姑娘们还不太懂，律师笑着解释："有很多方法可以证明：第一，你们这些员工可以相互证明；第二，客户可以证明；第三，可以通过笔迹鉴定证明。"听律师这么一说，姑娘们心里又重新燃起了希望。

律师点评：

俗话说：行不更名，坐不改姓，一个人要证明自己身份的关键内容就是姓名，这是最基础的法律常识。

在故事《姓名不能乱改》中，黑心老板精心设计了一个圈套，而姑娘们没有及时发现，引出许多麻烦，这应该让我们引以为鉴——自己的姓名不能乱改，即使要改名，也必须通过公安部门审批后才行。

同时我们也要记住，如果万一你身边也发生这样的事，一定要找到几个关联性证据和证人相互印证，这才有了诉讼的依据。否则，不要说是败诉，就是连诉讼条件都难以成立。

（题图：谭海彦）

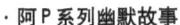

别把门卫当成狗

□ 刘同喜

阿P从红星机械厂下岗后，一直没找到合适的工作。这天，他又溜达到机械厂门口，想再看看他工作过多年的工厂，可门口的牌子却改成了"腾达机械厂"。就在他呆呆地望着门牌出神时，一辆黑色轿车"吱"地一声停在身边，把阿P吓了一跳，他刚想骂上一句，车窗玻璃降了下来，一看，竟是原先的厂长孙大龙。

阿P非常敬重孙大龙，孙大龙不仅是他当兵时的连长，后来又到"红星"当厂长，恰好阿P从部队转业也到这里，孙大龙提拔他当了保卫科长。为答谢知遇之恩，阿P拿出部队作风来训练手下几个门卫：统一着装，立正站岗，遇见孙大龙就敬礼，他自己也敬，这让孙大龙很高兴。

孙大龙干厂长不到两年，红红火火的机械厂效益开始下滑，工资少了，大家抱怨多了。阿P不管这些，孙大龙仍然是他心目中的英雄，他仍旧让门卫给孙大龙敬礼。又过了两年，这艘破船终于沉水，至此，阿P敬礼才算敬到头了，成了无业游民。

今天意外碰到了孙大龙，阿P有点激动，孙大龙说："阿P，你对机械厂很留恋呀，找到新工作了吗？如果没有，还请你来上班，怎么样？"

阿P说："老连长，机械厂不是倒闭了吗？"孙大龙笑笑说"红星机械厂是倒闭了，但我又把它买下来，变成了腾达机械厂——我自己的企业。"

原来是这样！阿P心里就想，连长就是有本事，对孙大龙的邀请，他求之不得，说："老连长，只要你看得起我，我还来干。"

谁知孙大龙又叹了口气说："唉，阿P，实话跟你说吧，现在不比以前了，我这儿不养闲人，叫你来不是干科长，是当门卫，两班倒，还要负起责任，不能让职工随随便便把厂里东西拿走。至于待遇，对你还是科长级别，月工资3000元，行不行？"

阿P听了，心里不是个滋味，但现在还能怎样？干吧，不就是和在部队时一样站岗吗，何况工资也不低。阿P点头说："行！"说完，他双脚一并，胸脯一挺，不自觉又敬了一个礼。

于是，阿P实现了二次就业，重新站在机械厂大门口，兢兢业业履行

着自己的职责。没过多久，他就截住了十多个企图向外带东西的职工，而且看到孙大龙就行一个标准的军礼，为此，工人们暗地里叫他"看门狗"。

一天，阿P正在值班，忽然接到孙大龙电话，要他火速赶到自己的新房。那地方阿P认识，他不敢怠慢，一路小跑赶过去。进门一看，只见两个女人拉扯在一起，又打又骂，孙大龙在一旁团团转，他见阿P赶来，便指着其中一个岁数大的女人说："阿P，快，把这个女人给我赶出去！"

阿P一看，咦，这不是孙大龙的老婆徐小霞吗？怎么要把她给赶出去？便说："连长，这不是嫂子吗，你赶错人了吧？"孙大龙一瞪眼，嚷道："叫你赶谁就赶谁，啰嗦啥？"

徐小霞见阿P来了，一边扯着面前的女人，一边回过头说："阿P呀，快帮我把这个狐狸精赶出去，她不要脸，勾引我男人！"

阿P这下明白了，敢情是两个女人在争风吃醋，孙大龙没法子，才把自己喊来解围。阿P心里有气，他一直敬重的老连长孙大龙，怎么也养情人？说真的，阿P真想把那小妖精赶走，但很明显，孙大龙是袒护这个小情人的。怎么办，要真把嫂子赶走，传出去，岂不让人戳断脊梁骨？这缺德事可不能干啊！这个不能赶，那个也不能赶，阿P索性站在那里不动。

见阿P不动，孙大龙又嚷道："听

到没有？把那个黄脸婆给我拖走！"

听到这话，徐小霞一怔，她停了手，看着孙大龙，良久才骂道："好你个白眼狼孙大龙，你忘了你是怎么发达的吗？现在我爸退了，没用了，你就想赶我走？好，姓孙的，你不仁，就别怪我不义，当着阿P的面，我今天就把你的丑事抖出来！"

孙大龙冷笑道："你以为我怕你？这些年我受够你跟老头子的气了，告诉你，阿P是我的老部下，我的人，我怕啥？"

徐小霞白了脸，颤抖着嘴唇，转过身来，说："阿P，你知道红星机械厂是怎么倒闭的吗？就是被他变着法儿私吞了。他早就在别处用这个小骚货的名义注册了腾达机械厂，把原先的客户偷偷拉过去，接着想尽办法把'红星'搞垮，再以最低价格买回来，变成私有财产。你们这些老职工，不，全厂职工都被他骗了！"

孙大龙被激怒了，冲过去就给了徐小霞一个嘴巴子，说："我叫你瞎嚷嚷！"他又转身对阿P嚷着："快把这个疯婆子给我拖出去！"

阿P仍然站着不动，这下孙大龙火了，冲着阿P破口大骂："你这条狗，怎么还不动手，聋了吗？"

阿P心里的火腾地烧起来：孙大龙呀孙大龙，我一直敬你是个人物，你说一我不敢说二，没想到你是这么个猪狗不如的东西。别人说我狗我认

了，可你也骂我狗，真后悔这些年竟在给狗看门！他怒视着孙大龙，愤愤地说："孙大龙，你嘴巴干净点，别把门卫当成狗！我为什么要听你的？"

"好呀，阿P，把你当成狗不对了？你就是我的一条狗，给你食吃，你就得给我咬人，不然，给我滚！"

阿P再也忍不住了，也不知哪来的一股力量，他冲上去，一把揪住孙大龙的衣领，照准孙大龙的脸就是一巴掌，说："孙大龙，先前我把你当人看，是因为不知道你做的这些龌龊事，这一巴掌是替我们全厂职工扇的！"接着他又是一巴掌，说："这一巴掌是替嫂子扇的，叫你忘恩负义！"扇完两巴掌，阿P握紧拳头，朝孙大龙胸口狠狠一拳，把他打倒在地，吼道："这一拳是替我们连的全体弟兄打的，叫你为所欲为，给弟兄们脸上抹黑，告诉你，老子再也不会当你的狗啦！"说完，他"噔噔噔"地走出了门外。

孙大龙躺在地上，傻了……

一周后，市纪委接到了一封举报信，两个月后，孙大龙被"双规"。至此，阿P才深深地喘了口气，心想：总算没白当回狗，狠狠地咬倒了一个败类！接着，他又叹了口气，唉，气是出了，可工作还得找，阿P呀阿P，你可不能稀里糊涂地再给人当狗了！

（题图、插图：包丰一）

推童车的男人

□ 一 冰

尼尔是个三十多岁的男子，在八月的一个傍晚，太阳西斜，阳光温柔，他推着一辆儿童坐的小推车，小推车上没有孩子，却满满当当地装着一些蔬菜，有芹菜、生菜、西红柿、甘蓝，还有姜和辣椒。在他印象中，他还是第一次以这个样子在街上走——第一次推童车，第一次买菜，他心里有一种奇妙的说不出来的感觉，嘴里忍不住就赞了一句："啊，凯希这小子，居然能想出这么个好主意！"凯希是他的同伴，两人前天才来到这座城市。

尼尔扫了一眼街头，街上的人大多行色匆匆，但不管男女，还没有一个人像他这么悠闲地推着一童车菜的。这时，有一个六十多岁的老妇人迎面走过来，看到他，忽然老远就停

下了脚步，站在一旁微笑地看着。尼尔认真地打量了老妇人一下，老妇人衣着得体，气质非凡，显然是个有钱的体面人。可是，自己并不认识她。不仅是她，除了凯希，在这个城市他一个认识的人都没有。

老妇人还对尼尔微笑着，笑得是那样地和善，像是天天见面的老熟人一样，尼尔经过她身边时，她突然说道："啊，我想您一定有个幸福的家！"

尼尔愣了一下：她为什么会说我有个幸福的家呢？他正在琢磨着怎么答复老妇人，老妇人指了指他童车上的蔬菜，又说道："哈哈，您的样子已经告诉了我，我有一年都没有看到男

人买菜了。好了，不耽误您的时间了，您的家人一定还等着您呢！"说完，老妇人对他挥了挥手，转身走了。

尼尔看了看童车和那些菜，脸有些发烧：难道自己看起来像个居家男人吗？他苦笑了一下，要知道，这些菜几乎花掉了他所有的钱呢。他一边这么想着，一边继续往前走，忽然，有个声音传了过来："嗨，兄弟！"

尼尔扭头一看，只见一个身材壮实的警察走了过来，他吃了一惊，被警察盯上可不是好事。警察来到他面前，冲他点点头，很认真地端详着他面前的东西，说："有芹菜啊，我妻子让我多吃些芹菜，因为芹菜可以清除肺部的毒质，对吸烟者很有好处，我烟瘾很大……"

尼尔也吸烟，可不懂这些，只"嗯"了一声。

正说着，警察的神色忽然变得有些不好意思起来，他放低了声音，说："啊……最近我们出了一点小问题，我是指我和妻子，我想是我忽略了她。刚看到你，我忽然想起来，我有好久没有亲自买菜下厨了，而这正是令她最不开心的事。感谢你提醒了我，我已经下班了，马上可以上超市买菜去，晚上还能给妻子一个惊喜。她如果看到我下厨，一定会乐疯了的……"

"谢谢！"那警察很认真地拍了拍尼尔的肩膀，转身跑步走了，一副很着急的样子，尼尔知道他是往超市去的，不知道的还以为是哪里又出什么案子了呢！

尼尔又看了看童车上的蔬菜，很有意思，两个陌生人，竟然都会因为那些菜主动跟他说话，其中一个居然还是个警察！他顺手掐了一根芹菜塞进嘴里，他以前不太喜欢吃芹菜，认为那东西味道有些怪，可现在再一嚼，忽然感觉有些香甜，可能是因为昨天晚上他几乎吸了一夜烟的缘故吧？他继续往前走，只要穿过广场，经过一座桥，下桥再往前走几步就到了。

路过广场时，从一尊雕塑后面闪出来一个七八岁的孩子，尾随着尼尔走了几步，他脏兮兮的，除了一条短裤，几乎全身赤裸，一看就是个流浪儿。流浪儿慢慢凑到尼尔面前，眼睛几乎是一眨不眨地瞪着尼尔的那些菜。尼尔看看菜，里面的东西，除了西红柿以外，并没有别的立即能吃的东西。尼尔问："你要吃西红柿吗？"

流浪儿点了点头，尼尔拿出两个西红柿递到流浪儿手里，流浪儿立即大啃起来。看着流浪儿的样子，尼尔忽然想起了自己的弟弟，他们已经好几年没见面了，他离家的时候，弟弟就跟这个流浪儿差不多大，也不知道现在怎么样了……想到这里，尼尔有些心酸，不禁伸出手抚摸了一下流浪儿的头，流浪儿说："先生，我知道会做饭的男人都是顾家的男人，顾家的男人都是好人，您也是个好人，您一定会有好运的！"

尼尔笑了笑，什么也没说。他走过广场时，天边的最后一抹晚霞已经隐藏了起来，街灯开始亮了，灯光璀璨之下的街头，更加美丽眩目。尼尔的心情也更轻松了，就在这时，一个清脆悦耳的声音飘过来"嗨，蔬菜先生。"

这一次，不用猜，尼尔就知道是在叫自己了。他循声看过去，那是一个三十多岁的年轻女人，金黄色的头发，湛蓝的眼睛，一身职业装，双手抱着一个公文包，一看就是哪家公司

的白领。

尼尔还是第一次跟这么美丽、高雅的年轻女人说话，有些紧张，什么话也说不出来。那女人一脸羡慕地说："你的妻子一定很幸福。"

尼尔摇了摇头，说："我、我没有妻子……"

女人忙说："对不起……我看见您用童车推着菜，我以为……"尼尔竭力使自己平静下来，掩饰道："没有……我……只是喜欢自己做饭。"

"是吗？"女人眼里闪出一丝惊喜，"我丈夫也喜欢自己做饭，他的厨艺相当不错，我想也许你们会有很多共同语言。"

尼尔顺嘴就说："希望有机会交流一下。"

女人的神色忽然黯淡下来，她叹了一口气，说："可惜他去年去世了，病死的，死前，他还握着我的手对我说——'亲爱的，很抱歉，我没办法再为你做好吃的了'……"

女人说着说着，眼泪就流了下来，尼尔更是手足无措，他想伸手给女人擦去眼泪，可一只手伸出去，又不敢碰到她。过了一会儿，女人渐渐平静了下来，她紧紧地盯着尼尔看，说："一看到你，我就想起了他，你们的样子简直是一模一样，对不起……"

尼尔说："我、我能理解你的心情。"

钟就可以动手！"

尼尔看了看对面，那是一家装饰得富丽堂皇的珠宝店，昨天，他和凯希已经计划好了，今天要抢劫这家珠宝店。

这时，尼尔说了一句话，连他自己都没有听清，却是他想说的："我——不干了。"

凯希瞪大了眼睛："你说什么？"

尼尔认真地说："我们不干了行不行？"

凯希大吃一惊，想吼又不敢吼，低声说："怎么啦？我们不是说好的吗，就干这一次……"

"这都怪你想出的主意。"尼尔看了看面前的童车和菜说，"我对你说，这童车和这些菜——因为这些东西，让我想起了很多人，想起了很多人的生活，也想起了我们的生活……"尼尔把刚才一路上遇到的事给凯希讲了一遍，他一边讲一边往回走，后来走到刚才经过的那座桥上，尼尔把那些事也讲完了，忽然，他把手里的童车一下抓起来扔进了桥下的河里……

女人擦了一下眼睛，转身要离开，忽然又停下，从包里拿出一张名片，递给尼尔，说："这是我的名片，有空可以联系我，我们去喝咖啡。"说完，她灿烂地一笑，走了。

尼尔拿着名片，还感觉像是在做梦一般。他把名片放进了衬衫的口袋里，走几步都要用手去摸一下，生怕那张名片会不翼而飞。

目的地快要到了，尼尔发现自己的脚步有些沉重，手里的童车也显得很笨重，那些菜仿佛变成了一块块石头一样，就在这时，凯希出现了，他走到尼尔身边，压低声音说"路上没什么事吧？"

尼尔摇了摇头，凯希又说"就是对面那家，我都安排好了，再过10分

凯希气急败坏地吼了起来："你在干什么？啊，天哪，你这个混蛋！"

尼尔笑了，他把右手放到了胸前，那张名片还在。童车扔掉了，那些芹菜、生菜、西红柿、甘蓝，还有姜和辣椒也都扔掉了，当然，还包括下面藏着的两把枪……

（题图、插图：佐　夫）

这一场警匪之间的"三岔口",斗出了技术,斗出了智慧,也斗出了笑料,真个儿是阴差阳错,妙趣横生……

□ 孙华友

实战演习

1. 警匪要演习

雷刚在车站派出所干了十几年反扒警察,最近老所长老刘退休了,局里任命他为新所长,还给他配了一名年轻的新警察。新警察叫赵一鸣,是公安大学高材生,还得过全国散打季军。局长特地关照:"别把这小子看高了,什么困难就让他干什么!"

赵一鸣报到那天,雷刚一看,就觉得他没辜负自己的名字:昂着头,一副自命不凡的样子,活像只大公鸡,时刻准备一鸣惊人。这个赵一鸣,大学时代的目标就是干刑警,谁知刚出校门,就被发配到这小小的派出所来了。他想,自己干得再出色,也就

是多抓几个贼,几年大学不就白读啦?于是心中不免有了几分情绪。

有了局长的托付,雷刚对赵一鸣不得不多费点心思,可没几天,雷刚就有些沉不住气了:自己手下有几个得力干警,抓小偷是好手,可都是粗人。现在来了个赵一鸣,开口"犯罪心理学",闭口"现代刑侦学",几天下来,他不但没融入集体,反而弄了个"金鸡独立"。

雷刚心里有点急,但一时也没什么办法。正巧,刚退休的老所长老刘打来电话,说晚上请他到黄河酒店吃饭,雷刚答应了。

两人在黄河酒店见了面,雷刚拿

64

起酒瓶，给老刘斟满酒。在雷刚眼里，老刘就像父亲一样，关心照顾自己十几年；而在老刘眼里，雷刚还是当年那个毛头小子。虽然自己已经退了休，但公安系统最讲究"传帮带"，他还是会时不时关心雷刚的工作。

雷刚端起酒杯抿了一口，酒还没下肚，老刘已经把话题引到他的工作上来了，雷刚挠挠眉毛，就把赵一鸣的事说了。老刘听后笑道："当年你刚来我们所，不也是个刺儿头嘛，可现在呢？你说的那个愣头青，绝对是好苗子，怎么调教他，得好好想想。"

这时，一旁的电视里正播放新闻，有几个国家正举行军事演习。老刘看着电视，突发灵感，他指着电视说："对那个愣头青，我们不妨也搞个实战演习，焊焊他的锋芒，杀杀他的傲气，才能让他尽快成长起来。"

雷刚听了，眼前一亮，老刘酒喝得高兴，思维也变得十分活跃，一个计划在脑海里瞬间形成，他眉飞色舞地把自己的想法说了一遍，雷刚听后乐道："好，就按您说的办！"

吃完饭，老刘要去埋单，雷刚了解老刘的脾气，便先走出酒店，叫了一辆出租车，在路边等老刘。

老刘埋完单，看看钱包，只剩10块钱。他喝得有点高，出门时没站稳，跟一个瘦老头撞在一起，那老头被强壮的老刘撞了个趔趄，老刘急忙出手相扶，瘦老头也不客气，瞪了老刘一

眼，尖声说了句"讨厌"，转身便走进酒店。老刘回头看了看，觉得这娘娘腔的瘦老头有点眼熟，可一时也想不起来，只好耸耸肩，走出酒店。

再说那个娘娘腔瘦老头走进酒店后，瞪着对小眼四处搜寻，看到大厅西边角落里站起一个胖老头，冲他直挥手。瘦老头过去，在桌边坐下，胖老头急忙给他斟上了酒，笑嘻嘻地说："师兄，多年不见，想死我了！"

原来，这两个老头就是当年闻名全国的列车大盗，师出同门，又各立门户。瘦老头是师兄，狡猾机警，善于伪装易容，绰号"狐狸"；胖老头是师弟，心狠手辣，暗偷不成还敢明抢，绰号"秃鹫"。秃鹫长年盘踞在车站附近，以过往旅客为偷盗对象，今天狐狸是被秃鹫邀请来做客的。

狐狸瞅着秃鹫问："怎么回事，你在电话里说要退出江湖？"秃鹫叹了口气，说："我最近觉得胸口发闷，到医院一查，医生说我心脏不好，从今以后得药不离身，更别说干活了。"

秃鹫一番话也戳到了狐狸的痛处，贼这一行吃的是青春饭，人老了，手脚也越来越不利索，想想自己灰暗的将来，两人叹着气，喝起了闷酒。

过了一会儿，秃鹫低声说"不瞒师兄说，我收了个徒弟，无论是油锅里捞铜子还是开水里摸肥皂，那速度快得连我都及不上；现在我想让他开

工，可我还是有点不放心。"

狐狸听了心中一惊：这师弟看似蠢笨，没想到还给自己找好了退路，安排了接班人。狐狸想了想，把筷子一搁，说："干我们这行，光有技术不行，还得看有没有快速应变能力，这样吧，我来定个计划，帮你考核考核，看看祖师爷有没有赏他这碗饭。"

狐狸说了自己的计划，秃鹫听后乐道："不愧是大师兄，就听你的！"

秃鹫起身要去埋单，狐狸一把拉住他，说："你就差吃救济了，省省吧！"说完，他从怀里掏出一个钱包，打开一看差点没气死，骂道："真他妈晦气，遇上个穷鬼，才10块钱！"

秃鹫去吧台埋单，狐狸拿着刚偷的钱包，翻来覆去看了好几遍，见这钱包价值不菲，犹像了半天，还是把它揣进怀里。狐狸没丢掉钱包，虽说是犯了大忌——稍有常识的小偷都知道，得手后的钱包应该取出钱财后尽快扔掉，这样才能避免人赃俱获；但狐狸是谁，一生经手钱包无数，知道这个钱包很贵重。

秃鹫埋完单，就和狐狸离开了酒店，他们前脚走，老刘后脚就冲了进来。原来，刚才出租车到了家门口，老刘一摸口袋，冷汗顿时就下来了，钱包没了！他顿时想起那个跟他撞在一起的瘦老头，急忙吩咐司机火速赶回酒店，但还是晚了一步。

老刘很生气，更心疼那个钱包，再说了，自己是谁呀，玩鸟都玩了几十年啦，到最后却让鸟给啄了眼，这要是传出去，这张老脸还往哪里搁？他气呼呼地走出酒店……

2. 任务很艰巨

第二天一上班，雷刚就把赵一鸣叫到跟前，见他耷拉着脑袋，一副无精打采的样子，雷刚又好气又好笑，说："赵一鸣，我知道你学历高，身手过硬，就是不知道你实战能力怎么样。"雷刚这样说，无非是想刺激一下赵一鸣，好实施老刘的演习计划。

赵一鸣年轻气盛，又没啥心计，脾气还急得像炮仗，他脖子一梗说：

66

"不就抓小偷嘛，又不是侦破什么大案要案，还需要什么实战能力？"

雷刚"呵呵"乐道："说得好！你刚来我们这里，我对你还不了解，所以你需要证明一下自己，说白了吧，我要对你进行一次反扒演习。"

听说有了表现的机会，赵一鸣来了精神，忙问："所长，怎么演习？"

雷刚从抽屉里拿出一样东西递过来，赵一鸣接过一看，不由得惊叹道："所长，你是全国十佳警察呀！"雷刚给赵一鸣的，是一枚盾牌奖章，上面镌刻着雷刚的名字，还配有七彩挂带，既庄重又漂亮。这枚奖章可不一般，是当年在人民大会堂由国家领导人亲自挂在雷刚脖子上的。

雷刚没理会赵一鸣，继续说"这次的演习科目就是——我这枚奖章被小偷偷走了，地点在车站大厅，时间是明天上午8点至12点，到时有一位我方人员扮成小偷，身上携带这枚奖章，你要是能在规定时间内拿回奖章，交到我手里，就算过关。"

赵一鸣也不傻，车站位于三省交界之处，人流密集，要在成千上万人中找出一个人，那难度不亚于大海捞针。他心中没底，但又不愿意示弱，他把奖章交还到雷刚手里，一个立正，说道："保证完成任务！"

这次演习的目的，就是要难为难为赵一鸣，见他英气勃勃却略显稚嫩的脸，雷刚心一软，开口说道："我再向你透露一点，扮小偷的是一位退休老警察，曾经是我们的老所长。他干了三十多年的反扒工作，经验十分丰富，你要作好充分准备！"

与此同时，在一间出租屋内，秃鹫把徒弟叫到了跟前。

说起这个徒弟，也有一段故事：多年前，秃鹫在火车厕所里发现了一个逃票的流浪儿，虽然满脸污垢，两眼却明亮有神。秃鹫小时候也是流浪儿，同样的遭遇让他起了怜悯之心，就把流浪儿收留在自己身边，名字也是秃鹫起的，很响亮，叫"火车"。

秃鹫待火车，像待亲儿子一样，他知道做贼不是长久之计，本想给火车找个正当职业，谁知这小子偏偏对扒窃痴迷。秃鹫不让他干，他就在家偷偷练习，自己还捣腾出一套扒窃工具，刀镊剪俱全，最后秃鹫只得就坡下驴，收作徒弟，把自己的看家本领全都教给了他。

秃鹫对火车说"孩子，你跟了我这么长时间，我都没舍得让你出去冒风险，可我现在有了病，再说你早晚要自力更生，所以我想让你现在开工。"火车待在家，常感叹英雄无用武之地，听了这话，精神不由得一振。

秃鹫叹了口气，说"我对你还是不放心，就想了个招，试试你的本事。"秃鹫说完，从口袋里掏出一个钱包，这钱包，正是狐狸偷老刘的那个，火车拿过钱包仔细一看，做工精美，自己一眼就喜欢上了。秃鹫继续说："明天上午，就在车站大厅里，有个人身上带着这个钱包，你只要找出那人，然后想办法把钱包搞回来交给我，就说明这些年你没白吃我的饭。"

火车拿着钱包，有点傻眼，先不说从人海中找出一个人有多难，单说这钱包，谁敢说别人就没有第二个一模一样的？万一偷错了怎么办？

秃鹫看出了火车的担心，说："你放心，这种钱包是正宗LV——'路易威登'牌的，很少有人用得起。"

火车把钱包还给秃鹫，挠挠头皮，还是没信心。秃鹫想了想，从怀里掏出一枚银元，塞进钱包，说："把这块'袁大头'放进去，就错不了啰！"这枚袁大头是秃鹫的宝贝，他每次作案前，都要用它来占卜：把银元抛起，

落地后若人头朝上，他就取消行动，因为袁大头音近"冤大头"，不吉利。

最后，秃鹫又再三叮咛："明天拿钱包的那个人是你师伯，江湖人称'狐狸'，他的花样比我还多，跟他过招，你得把真本事全都使出来。"

3. 意外收获

现在的情形是这样的：雷刚要考察赵一鸣，让老刘拿着个奖章到火车站去；秃鹫要考察火车，让狐狸拿了个钱包，也到火车站去。接着再说老刘——这天，他一大早就爬起来，翻箱倒柜找衣服。他故意在儿子女儿给他从国外买回来的那堆新衣服里找了一身最花哨的，穿在身上，往镜子前面一站，自己都乐得合不拢嘴：这身装扮，雷刚见了他也不一定能认得出。最后，老刘把雷刚给他的奖章装进裤兜，一阵风似的跑出了家门。

老刘一走进车站大厅，就像进入了战斗了几十年的阵地，一下子进入了状态。雷刚告诉他，演习从8点开始，看看时间还早，他就在大厅里慢慢溜达着，像一只猎鹰一样，巡视着自己的领地。

突然，老刘觉得有点内急，就朝卫生间走去。卫生间在大厅最里面的角落，门口有点窄，老刘急匆匆地冲进来，跟一位老妇人在门口堵住了。

老妇人身材瘦小，一身得体的红衣裙，肩上还挎了个坤包。老刘急忙停住脚，让老妇人先行，老妇人瞟了老刘一眼，转身右拐，进了女卫生间。老刘看了老妇人一眼，心里"咯噔"一下，他挠挠头皮，左拐进了男卫生间。

一会儿，老刘出来了，在门口洗手，这时，从女卫生间里走出一胖一瘦两个中年女人，她们也在洗手，胖女人一脸慌张，对瘦女人低声嘀咕着："妈呀，可吓死我了！刚才我正蹲着呢，就觉得隔壁动静不对，恰好隔板有个小洞，我透过小洞往那边一瞧，你猜我看到什么啦？"瘦女人十分好奇，忙问："看到什么？"胖女人说："一个老太太，竟然站着撒尿！"瘦女人惊得张大嘴，急忙低声问："你没看错吧？"胖女人红着脸说"一开始我还看错了，再细细一瞧，敢情是个男的，披了一身娘们衣裳……"

两个妇女的话，老刘听了个一清二楚，恰好刚才那个老妇人也出来了，她伸出一双白皙的手，动作优雅地冲洗起来。等她洗完了一抬头，吓得差点叫出声：老刘就站在她身边，瞪着像铃铛一样的两眼盯着她看！

老妇人转身想走，老刘挡住了她，老妇人白了他一眼，尖声说道："你想干什么？讨厌！"

老妇人刚骂完，老刘就一把抱住了她，老妇人极力挣扎，老刘却越抱越紧。老妇人显然吓坏了，她颤声问道："你、你想干什么？"老刘不说话，只是一脸的坏笑，老妇人开口高喊："来人呐，抓流氓呀！"老刘却笑道："别叫了，瞧你这熊样，我就是耍流氓能耍你这样的吗？别装了，狐狸！"

这人正是狐狸，他为了难住火车，费尽了心思，用了一早上时间易容，连他都认为这一回乔装是一生中最成功的一次，谁知自己什么都没干，这尾巴就露出来了。狐狸很不甘心，捏着嗓子骂道"你才是狐狸呢！我又不认识你，你缠着我干啥？"老刘"嘿嘿"乐道："你不认识我，可我认识你呀，要不怎么知道你叫狐狸？"

狐狸听了，知道这次是真栽了，也不装了，干脆直接问老刘"我从没来过这里，也不认识你，你是怎么认出我来的？"老刘说"20年前我就见过你的照片了，那是在北京公安局发来的协查通报上。"

听了这话，狐狸愣了半天才说："20年前只看了我的照片，而且我还易了容，你还能认出我来，栽在你手里，我服了……"老刘笑了："我哪有那么厉害，你前天晚上在黄河酒店门口偷了我的钱包，还骂我'讨厌'，要不是你刚才那句'讨厌'，我就是火眼金睛，也认不出你这高仿品！"

狐狸一生偷窃无数，看重的是物，至于被偷者长什么样子，那不是他的事 而老刘是警察，看重的是人，

他多年练就了一种本领 可疑人物，只要看一眼，便能终生不忘。

老刘拽着狐狸的脖领，说："我的钱包，今天你如果不完好无损地还给我，看我不拔光你的狐狸毛！"

狐狸打开坤包，极不情愿地拿出钱包。老刘一把夺了过来，仔仔细细看了几遍，正是自己丢的那个。钱包失而复得，老刘禁不住心花怒放，可狐狸的心情就不一样了，因为这钱包还承载着一项重要任务，一项只有他跟秃鹫、火车才知道的任务。

老刘把狐狸押到车站警务室，值班民警叫小王，是老刘的老部下，他看到老刘搂着个老娘们来，惊得目瞪

口呆。老刘说："这可是一条大鱼，先铐在你这里，得用四副手铐，你也别不好意思动粗，这是个'伪娘'！"

4. 马失前蹄

老刘从警务室出来，乐得嘴都合不上了，正事还没做呢，就捎带着钓了一条大鱼。他掏出钱包，翻来覆去地检查了一遍，心中暗道：这可是宝贝女儿从国外买给我的生日礼物，要是让那老畜生给弄坏了，岂不倒霉？

老刘只顾着高兴，掏钱包时没注意，把奖章的挂带也掏了出来，就在他的裤兜外飘荡着。

从警务室到车站大厅，要经过一条狭长通道。当老刘走到通道里的时候，正好经过一批出站旅客，通道里顿时拥挤起来，老刘只好侧身让道，等人潮过后，他突然想起了什么，一掏口袋，冷汗"刷"地就下来了——奖章不见了！

老刘急忙抬眼望去，过道里已经人流稀疏了，再俯身寻找，只有一地的垃圾。老刘的心顿时拔凉拔凉的，这奖章可不一般，不光对雷刚，对整个车站派出所来说，都是命根子。老刘恨不得扇自己两耳光，他后悔刚才被胜利冲昏了头脑，一时大意，才让小偷钻了空子，又想起今天上午的演习任务，老刘差点拿头撞墙。

在刚才经过通道的人流中，有一个戴坦克帽的民工。他出了通道，来

到车站大厅外的广场上，回头望了望，没发现意外情况，一转身，便来到墙角边的偏僻处，从怀里掏出一样东西，当他看到了奖章上的名字以后，不由得惊叫道："雷刚的奖章！"

这个"坦克帽"就是秃鹫，原来，秃鹫装扮成农民工的样子，一直远远地跟在狐狸后面，想借机看看火车的表现。令他万万没想到的是，狐狸一露面，就被老刘逮住了，眼看狐狸被老刘押进警务室，秃鹫干着急，没办法，因为老刘跟雷刚劳教过他三回，他们之间不但认识，还相当熟悉。

秃鹫不敢跟老刘照面，急得抓耳挠腮，一会儿，他看到老刘乐呵呵地从警务室走出来，口袋外飘着一样东西。这时，正好有一批旅客要出站，秃鹫咬咬牙，拉低帽檐，硬着头皮挤进人群，经过老刘身边时，他顺手就把奖章拿到了手，顺利得出乎意料。秃鹫感叹道：只有想不到，没有做不到，只要胆子大，老虎屁股也摸得！

秃鹫拿着雷刚的奖章，就像抱着个烫手山芋，扔不得也抱不得，一时着急，突然觉得一阵胸闷，头上的天、脚下的地都开始旋转起来。秃鹫知道坏了，是自己心脏病又犯了，他急忙从兜里掏出药瓶，可没等把药片送进嘴里，身子已经慢慢地瘫在地上。

旅客们见秃鹫倒地，围了上来，但人们都怕惹上是非，没人敢上来帮忙。这时，一个高大俊秀的小伙子冲进人群，蹲下身查看了一番，看到了秃鹫手中的药瓶，急忙打开药瓶，取出一粒药塞进秃鹫的嘴里。许久，秃鹫长长地舒了一口气，他拉住小伙子的手，连声道谢。小伙子羞涩地笑了笑，就在这时，他看到了秃鹫另一只手里的奖章，不由得惊呼："雷所长的奖章！您就是老所长吧？"

原来，这小伙子正是赵一鸣，他对今天的演习特别重视，知道这是证明自己的最好机会，容不得半点闪失。昨天晚上，他琢磨了整整一夜，把种种困难都想到了，也设计好了各种解决方案。一大早，他没顾上吃早饭，穿了身便衣，到所里报了到，就急匆匆奔车站大厅而来。他刚走进大厅，看到不远处围着一堆人，职业的本能让他奔了过去，结果救了秃鹫一命。

秃鹫听到赵一鸣喊他"老所长"，再想想这奖章是从老刘身上弄来的，脑子一转，马上判断眼前这小子是个新来的便衣警察，把自己错当成老刘了。秃鹫的心"扑腾"了几下，心脏病差点又犯了，他含含糊糊地"嗯"了几声，也不承认也不否认。赵一鸣看看秃鹫的年龄差不多，又见秃鹫没否认，就把他当成老刘了。

赵一鸣把秃鹫搀扶起来，他没想到以这种方式找到了雷刚的奖章，自己设想的种种复杂、惊险的场面全没出现，心里有点失望，他冲秃鹫伸出手，说："老所长，事情到了这个地步，我看也没再进行下去的必要了，雷所长的奖章，您就给我吧。"赵一鸣边说，边打量秃鹫一身的农民工装扮，心想：可惜了，看来为这次演习，老所长真是煞费苦心，这要是不出意外，打死我也想不到他就是老所长。

听赵一鸣这么说，秃鹫明白了，眼前这个新警察是冲自己手中的奖章来的，他不敢跟赵一鸣多作纠缠，急忙把奖章递了过去。赵一鸣伸手来接，当他的手刚要碰到奖章时，秃鹫却突然把手一缩，说："我刚才抓了个惯偷，铐在警务室里了，我现在有点不舒服，你去帮我把他带过来，我要亲自交给雷刚。"

秃鹫临时改变计划，是冒着极大风险的，但这也是无奈之举，狐狸被抓，哪怕只有百分之一的希望、百分

之九十九的风险，也得救啊！赵一鸣听了秃鹫的话，心里也是一惊，他急忙说："老所长，您现在身体不舒服，要不我帮您把小偷送到所里吧？"

秃鹫连忙摇头，说"还是我自己送去吧，我要让雷刚看看，我也不是老得不中用了。"

赵一鸣差点笑出了声，都说人老如小孩，看来这句话没错，你看，多逗，这退了休的老所长还这么逞能呢！赵一鸣笑道："您老等在这里，我一会儿就把他带过来。"

赵一鸣一路小跑进了警务室，他被眼前的情形吓了一跳：四副手铐铐着一个老妇人，两只手铐在暖气管子上，那两只脚，一只铐在桌子腿上，一只铐在椅子腿上，不知道的还以为是在上刑呢！那个叫小王的警察正跷着二郎腿，调侃狐狸。

小王认识赵一鸣，见了他，说"这是老所长刚刚抓的，没看出来吧？是个公的。"赵一鸣算是开了眼，他围着狐狸转了三圈，最后摇头叹息道"我小瞧我们老所长了！"

赵一鸣跟小王说老所长要狐狸，小王打开狐狸脚上的铐子，然后把手上的一副跟赵一鸣铐在一起，小王嘱咐说"老所长特别交代，这可是一条大

鱼，你千万别让他跑了。"

赵一鸣不敢大意，押着狐狸匆匆出来，秃鹫还等在原地。他打开手上的手铐，然后把狐狸跟秃鹫铐在一起，说："老所长，您可要小心呀！"

你想想，那个时候的狐狸该会有多惊诧？他一脸疑惑地看看赵一鸣，再看看秃鹫。秃鹫轻轻地拽了一下手铐，狐狸顿时明白了几分，于是急忙低下头，装出一副绝望的样子。

秃鹫急忙把奖章塞给赵一鸣，说："快去忙你的吧，我这就打个的，把他送到所里去。"

秃鹫拽着狐狸走下台阶，由于两人铐在一起，行动有点不便，赵一鸣见状，急忙跑下台阶，一招手，一辆出租车开了过来，停在他们面前。赵一鸣上前打开车门，让他俩上了车，目送着出租车疾驶而去……

5. 飞蛾投火

两人上车后，秃鹫见赵一鸣还站在原地，怕他起疑心，就冲司机喊道："快开车，朝派出所的方向跑就行！"司机一踩油门，冲派出所飞驰而去。秃鹫跟狐狸回过头，透过车窗看到赵一鸣转身走进车站大厅，两人再也忍不住，"哈哈"大笑起来。

许久，秃鹫喘了一口气，说："我还没见过这么笨的蛋呢，把我们放跑了，看他怎么向姓刘、姓雷的交代！"

狐狸没想到自己能逃过一劫，揉

了揉笑麻了的脸颊，突然想起了什么，说："师弟，那钱包被那个姓刘的弄走了，你的徒弟怎么办？"狐狸一番话提醒了秃鹫，是呀，这样一来，徒弟火车就会误把那个姓刘的警察当作是师伯了，秃鹫急忙掏出手机，拨打火车的手机……

秃鹫跟狐狸只顾着低头打手机，手机还没接通，两人一抬眼，发现出租车已经开进了派出所大院。秃鹫和狐狸吓得差点尿裤子，秃鹫冲司机喊道："叫你冲派出所的方向开，没让你开进派出所里来呀，赶快掉头！"

出租车司机却熄了火，摘下帽子，慢慢回过头来，两人一看，禁不住喊出了声："妈呀，这回真完了！"

谁都没想到，出租车司机竟然是雷刚！原来，雷刚也想在这次演习中看看赵一鸣的表现，他穿便衣，一直悄悄跟在赵一鸣身后。一开始，他见赵一鸣帮助犯病的农民工，暗暗赞许，但他看到赵一鸣把狐狸交给了农民工时，立即察觉有异，而就在这时，雷刚才认出那农民工竟然是秃鹫！

接着，雷刚又看到秃鹫把一枚奖章交给了赵一鸣，这时，他才算看明白了：秃鹫用奖章换走了狐狸，可任凭雷刚多么经验丰富，他也想不明白赵一鸣跟秃鹫之间到底是怎么回事。

雷刚很是吃惊，但他不便现身，正好，他看到不远处停着一辆等客的出租车，为了便于掩护，他上了出租

车，跟司机商量起来……

也恰好在这时，雷刚看到赵一鸣冲他坐的出租车招手，他二话没说，让司机下车，自己硬着头皮把出租车开了过去。赵一鸣没发现雷刚，秃鹫和狐狸更是慌不择路，就这样，雷刚把秃鹫和狐狸拉进了派出所……

6. 教训很深刻

且说老刘，发现丢了雷刚的奖章以后，心就像被掏空了一样，他漫无目的地在大厅内走了几个来回，两眼像要冒出火一样，恨不得逮住那个偷奖章的贼，然后生吞活剥了。

奇迹没有发生，老刘也没能逮住

偷奖章的贼，他有点失魂落魄了，就在这时，突然有个小伙子跑上来，一把抱住老刘喊道："您就是我大爷吧？我爸爸叫我接您来了。"这小伙子就是秃鹫的徒弟火车。

再说这火车，他一进入车站大厅，挤进摩肩接踵的人群，就知道什么叫大海捞针了。火车也聪明，他很快镇定下来，心想：师父说藏着钱包、考察他的那位是师伯，那年龄应该六十岁以上了。有了范围，火车便开始在老年旅客身上下功夫。

火车试探了几个人，都不是，突然，老刘进入了火车的视线。火车跟了老刘一会儿，发现他既不买票，也不出站，根本就不像一般的旅客；再看老刘一身打扮，像个回国老华侨，谁能把他跟小偷联系在一起？这身打扮显然是有意为之。最主要的是年龄，六十多岁，也是符合的。

火车越看老刘越像师父说的师伯，他决定试探一下。

火车深呼吸了几次，然后咬咬牙，上前一把抱住老刘，嘴上喊着"大爷"，双手却在老刘身上迅速地游走了一番。他想好了，如果老刘身上没有他想要的东西，他就说认错人了，幸运的是，他在老刘的裤兜里摸到了自己想要的钱包——那是老刘刚才在车站卫生间里从狐狸的手中缴获的。

老刘是谁呀？几十年的反扒警察可不是白干的，火车动作麻利，他出手更迅速，火车的手刚伸出口袋，老刘的手已经像钳子一样抓了过来，火车的手里还紧攥着钱包呢！

老刘那个气呀：今天这是怎么了，难道掉进贼窝了？老刘手上一用力，火车的汗顿时下来了，急忙咧着嘴央告："师伯，我认输了……"

老刘心里正恨着呢，听火车喊他"师伯"，还说自己认输了，心里不由得有些疑惑，手上的力道也减了。

火车急忙擦擦汗，把钱包还给老刘，说："我师父说您老技艺盖世，果然名不虚传，败在您老手里，我服了！"

老刘接过钱包，心里顿时明白了：这钱包是自己刚从狐狸手里找回来的，敢情眼前这小子把自己当狐狸了？老刘正满肚子火没处撒，知道火车跟狐狸是一伙，手上使了全力，火车的胳膊顿时被拧成了麻花，他只觉得一阵撕心裂肺的疼，一下单腿跪在地上，嚎叫起来。

老刘骂道："你们这些东西，我退休还没几天呢，就不把我放在眼里了？今天不好好教训教训你，你就不知道马王爷有几只眼！"

火车一头雾水，刚才拿到钱包时，明明摸到了师父放进去的那块银元，说明这钱包应该没错，眼前这位应该就是师伯……突然，他明白了，这里面一定出了问题，眼前这人绝不是师伯！他灵机一动，开口就喊"来人哪，抓小偷呀，小偷打人啦！"

老刘又好气又好笑：这小贼也傻得可爱，跟自己还玩贼喊捉贼的把戏。火车一喊，顿时拥来一大堆看热闹的，把他俩围了个里三层外三层。

忽然，有人冲进人群，高声喊道"都别动，我是警察！"说着还亮出了证件。老刘一看证件，顿时明白了：眼前这位才是自己的考察对象——雷刚说的那个愣头青赵一鸣！原来，赵一鸣送走了秃鹫和狐狸，刚走进大厅，就听到有人在喊抓小偷，他一下来了劲头，几步赶了过来。

这当儿，火车一把拽住老刘，冲赵一鸣喊道："警察同志，他是小偷，刚刚偷了我的钱包！"

赵一鸣转过脸看老刘，老刘掏出钱包说："别听他胡说，他才是小偷，被我抓住了，就反咬一口。"

火车直着脖子嚷道："你的钱包？那你知道里面装的是什么？"

火车一句话，老刘顿时愣住了，钱包刚从狐狸那里找回来，自己还没来得及查看，不过自己清楚地记得，钱包被偷时里面装着10块钱。老刘盯着钱包，挠挠头皮，试探着说："里面装着10块钱吧。"

赵一鸣拿过钱包，转身问火车："你说里面装着什么？"

火车仰起脸，胸有成竹地说"里面装着一块银元！"

赵一鸣急忙打开钱包，里里外外翻了一遍，果然从里面拿出一枚银元，赵一鸣拿着银元，一脸讥讽地问老刘："你还有什么好说的？"

老刘傻了眼，自己从警几十年，从来都是审小偷，没想到今天却被别人当小偷审了。见老刘红着脸、支支吾吾说不出话来，赵一鸣一把抓住他的手腕，老刘一用力，差点挣脱开来，赵一鸣心中一惊，暗想，这老贼不一般，他急忙用上全力，两下一较劲，老刘明白了，怪不得雷刚说这小子功夫了得，自己绝不是他的对手。

赵一鸣从后腰掏出一副手铐，"啪"的一声铐在老刘的手腕上。老刘一抬眼，却发现雷刚就站在人群中，冲他挤眉弄眼地笑，老刘急忙低下头，心中叫苦：我这老笨蛋，出的什么馊主意，这回丢人丢大啦！

赵一鸣也看到了雷刚，心中洋洋自得：我干得怎么样？奖章没费吹灰之力就找到了，还捎带抓了个老贼。

赵一鸣把钱包交给火车，说："以后出门注意点，这年头贼多得很。"火车急忙接过钱包，点头哈腰地连声道谢，转身就想溜之大吉，就在这时，雷刚上前一把抓住火车，说："你现在还不能走，请跟我到派出所录口供。"

火车没办法，被雷刚拖着走出大厅。赵一鸣押着老刘，也跟在雷刚后面走出大厅。四个人坐上警车，雷刚让赵一鸣开车，自己和老刘一左一右夹着火车而坐。

这时，雷刚再也忍不住了，大笑道："赵一鸣，你真行啊，一次演习，你放走三个小偷，却抓了一位老警察，这才是前无古人后无来者呀！"

雷刚一番话，赵一鸣听了有点莫名其妙，火车却扭动着身子，有点坐不住了。雷刚冲他喊道："别动，坐好了，待会儿让你见见两位高手。"

赵一鸣还是一脸迷茫，老刘说："雷刚说得没错，你就是个愣头青，要不是我老了，也不一定输给你。"

赵一鸣这才明白，敢情自己铐的这位才是老所长？那刚才放的两人又是谁呢？雷刚笑道："你放的那两位可了不得，在全国都挂了名，不过我已经把他们收押了。"

赵一鸣这才知道自己演砸了，顿时脸红到了脖子根，差点把头扎进裤裆里。老刘安慰他说："我干了几十年的警察，刚才不也出了错？你刚加入到警察队伍中来，要学的东西还很多，不过，你的功夫真的不错！"

看到赵一鸣一副无地自容的样子，雷刚语重心长地说："我们肩负的是国家的使命，百姓的重托，警察工作无小事啊！"

赵一鸣红着脸说："老所长，所长，我明白了，我就是一棵头重脚轻根底浅的草，以后我会努力的！"

（题图、插图：杨宏富）

故事会 ■ 新浪 微故事大赛

5月优秀作品选登 （主题：赌）

@杨信社： 赌徒阿炳遇到一个富翁，富翁说："我从前穷困潦倒，靠这个发了财。"说完拿出一本赌术秘笈。阿炳买下那本秘笈，潜心研究，但事实证明那秘笈根本没用。一年后，阿炳又遇到那富翁，他气呼呼地说："那本书根本是骗人的！"富翁笑道"我没有读过它，我一直是在卖它。"

@culudy： 父亲节这天，男人和女人打赌，赌他们的儿子会不会有心给男人一个父亲节的惊喜。女人说，儿子肯定会。男人不以为然地说，那可不一定。晚上，客厅里多了一个礼品盒，上面有纸条写道：儿子，今天是父亲节，我知道你的儿子也没有那份孝心，所以爹来祝你父亲节快乐。

@辜翠菡： 某天，青青和心心逛街。青青买了两朵玫瑰花。心心买了两个布娃娃，对青青说："我们打赌，看谁先将手中的东西送给陌生人。"结果，青青的玫瑰处处被人拒收，成人以怀疑的目光提防着；而心心的布娃娃不到十分钟便送给了两个小孩。童心无邪，心心赢得小赌局。

@夏志斌： 武说自己能吃完30个饼，朋友强不信，两人赌1000元钱。武吃20个饼后，说："打赌取消吧。如果我再吃，会胀死的。你脱不了干系，要赔很多钱。"强不依："你要是舍得一条命，我就舍得赔钱。"武轻松地吃完剩下的10个饼，对强说："其实我是试探你的，你不再是我的朋友了。"

@正版无字仓颉： 父子攀岩采药为生。儿幼时，所系腰绳突松，摇摇欲坠。父急甩绳与儿，父子共救脱险。十年后，儿壮父老。父复遇险，儿甩绳，父未接，坠崖，魂归天堂。天堂使者不解：为何弃绳不接？父：早年遇险，儿年幼体轻，自是无妨。今儿年长体重，恐绳难承重，故弃。使者：何不一赌？父：儿命，不可赌。

@马太角： 他出门寻找财富，历经千年，终于在光河里淘到一颗蓝色巨钻，他带回家，捧给她。他和自己打赌，女人们都爱财，一旦他呈上巨钻，她会对他倍加恩爱。不想，她扬手将巨钻扔出老远，泪流满面："你一走千年，这就是你的爱？"当晚她梦到两个小人爬进耳廓对她说："谢谢你救了地球！"

@月转郎： 几个主妇聚在一起聊天，纷纷抱怨自己的丈夫如何爱赌钱。轮到甲女，她说："俺那口子倒是不会赌……"众女都把羡慕的目光聚焦在她身上，甲女叹口气，继续道，"可他偏要去赌……"

（大赛启事见本期P58）

挨打后找到商机

一天，一位著名富豪在路上遭到打劫，歹徒们给了他一顿拳打脚踢，还抢走了他腕上的瑞士名表。

富豪被送往医院，按惯例，医生给他受伤的脸部拍摄了一张特写，照片上的富豪成了"熊猫眼"。

伤好之后，富豪对那块被抢走的瑞士名表耿耿于怀，因为那是名表厂专门为他定制的。

突然，富豪灵机一动，他与那家名表厂取得联系，说了自己被打的经过，并奉上了自己被打成"熊猫眼"的那张入院照片。照片的背面，富豪写了一句话"看看这些人干的好事，只是

为了抢一块表。"他建议，用这张自己被打的照片，来为手表做广告。

不久，富豪"熊猫眼"的特写被挂上了街头、登上了报纸，广为传播。于是名表厂订单猛增，也给富豪带来了滚滚财源，远远超过了那只被抢的手表价格。

（作者：李良旭；推荐者：张石玉）

"多余"的一手

在美国，曾有一位传奇般的小偷，他有一个雄心勃勃的计划：成功撬开100个门锁，然后金盆洗手。

凭他的技术，是断不会阴沟翻船的，可他偏偏就栽了。就在他撬开第100个门锁之后，他不慎在那个门锁上留下了指纹。

其实，小偷原本已得手，然而当他经过那家人家的窗户时，看见熟睡中的女人和孩子，看到她们脸上那种幸福的笑意。他的心一下子软了下来，他忽然担心起那对母女，万一自己走后，别人闯进来，那可不是闹着玩的。于是他重新折回去，轻轻地把门给关上了。这时，一向谨慎的他忘了戴手套。

对于自己的多此一举，小偷并没后悔，被捕后，他说："她们脸上的那种幸福感感染了我，不知道为什么，我当时只想着要把门替她们关好。"

（作者：朱成玉；推荐者：紫陌红尘）

搭上顺风车

有甲乙两家饮料公司，一次，甲公司推出了一款新型饮料，十分热销，不久，乙公司也推出了同类产品，价格更便宜，可就是乏人问津。于是，乙公司老板策划了一项史无前例的赠饮活动：即日起，在全国任何一个超市、商场乃至路边摊，凡购买甲公司的新产品，均可获赠乙公司的同类产品，买一赠一。老板没有解释，只说这个办法一定能扭转局面。

甲公司老板得知这个消息，暗自好笑：乙公司这么做，不是出钱帮着自己做促销吗？就连乙公司内部，大家也对这个办法将信将疑。

短短一个月后，神奇的变化发生了：乙公司新型饮料的市场份额直线上升，一举超越了甲公司！

原来，一开始，乙公司的饮料无人问津，主要是消费者对甲公司产品认知度高，对乙公司的产品不太熟悉。于是，乙公司顺水推舟，表面看来是替对方做促销，可当大量消费者有机会喝到乙公司饮料时，发现味道不错，而且价格比甲公司的饮料更便宜，他们自然就成了乙公司饮料的拥趸。

有时候，与其和强大的对手硬碰硬地竞争，不如搭上他的顺风车，让他送自己一程。

（作者：马晓伟；推荐者：火狐狸）

人情味也是一种能力

一次，在一部武侠电影首映式上，有一老一少两位明星同时出席。按事先的策划方案，两位明星都要展示他们在片中的功夫。然而，主持人却要求老明星一招一式缓缓比划，说是方便影迷拍照，而让年轻的明星酣畅淋漓地展示了一套功夫。有人私下嘀咕，说主持人没有按照事先的设计主持。

首映式播出之后，反应却出乎意料地好，观众们说两位明星的表演一快一慢、一刚一柔，堪称绝配！

没想到主持人说，其实当时自己并没有想太多，只是觉得，那位老明星年近半百，太激烈的动作对身体不利；而年轻的明星体力好，正好让他借此向影迷展示他激情四溢的一面。

原来，主持人的成功不是来自刻意安排，而只是做了一个更有人情味的选择，如此看来，人情味也是一种不可忽视的能力。

（作者：赵功强；推荐者：芊　子）

（本栏插图：安玉民　梁　丽）

学写作文，从读故事开始

救命针

□岳　勇

德根老汉是绣林河上一个撑船摆渡的艄公，他家世代都是摆渡的，传到他手里，已经是第三代了，一条渡船，一根竹篙，两支船桨，陪伴了他大半辈子。

日月如梭，德根渐渐感觉到自己老了，船上多载两个人，撑船摇桨，就有些力不从心，于是就琢磨着让儿子接班。儿子叫东林，年满二十，性情憨厚，能吃苦耐劳，长得也壮实，正是做艄公的好料子。德根把自己的想法一说，东林一口答应，就这样，他成了德根家里的第四代艄公。

德根向儿子传授了做艄公的三样绝活：第一样绝活，就是行船技巧和修船补漏的技术；第二样绝活，就是教东林如何成为"浪里白条"。

第三样绝活是啥？德根拿出来的却是一根针，一根村里老太太纳鞋底用的针！德根交待儿子说："这是咱们老祖宗传下来的救命针，你不想做艄公便罢，但只要你做一天艄公，这针就要一刻不离地带在身上。"

东林问："这针有什么用？"

德根老汉说："这救命针的用途，你就自个儿慢慢琢磨吧，啥时候琢磨透了，你啥时候就成了一名真正的艄公。"

见父亲一脸庄重，东林满腹狐疑地把针揣在口袋里。

三样绝活传授完毕，东林就开始随着父亲，跟船实习。有一天，德根忽然问他："你的救命针呢？"

东林一摸口袋，说"早上换衣服时，忘记带了。"

德根的脸当即沉了下来，一个耳光扇了过去："混账东西，那可是你的救命针，针在人在，针去人亡，我不是交待过你要一刻不离地带在身上吗？"

东林摸着火辣辣的脸，呆住了，为了小小一根针，父亲竟破天荒地第一次动手打他，这也未免太小题大作了吧？他虽然不明白那根针的用途，但从此之后牢牢记住了父亲的话，将那根针一刻不离地带在身上，再也没有忘记过。

第二年，德根就把渡船交给了儿子。

又过了几年，德根在码头边摔倒中风，不久便逝世了，临终前，他把东林叫到床前，问他："你的救命针呢？"

东林忙把随身携带的那根针拿出来，以为父亲会告诉自己这根救命针的用途，谁知德根老汉只是点点头，便合上了双眼……

为什么父亲会如此重视这根针？这根针到底有什么作用，为什么会被称作救命针呢？

空闲时，东林常常把针从口袋里掏出来，拿在手里暗自琢磨，可是他对着这根救命针琢磨了好多年，也没琢磨出个子丑寅卯来。

那一年，绣林河发大水，河面陡地比平时宽了一倍，水流也十分湍急。

那会儿，东林载着一船人过河，离对岸还有二十来步远时，上游急速漂来一根树桩，撞在渡船上，船顿时倾覆，一船人都掉入河中。除了几个会水的自己游上岸外，余下的人都在水里扑腾。

东林知道坏事了，在水里定定神，就开始拼命救人，把落水者一个一个拽出水面，往岸边拖。东林把好几个人救上了岸，紧接着，当他拽着一个老者正要往回游时，冷不防从水中冒出一个女人，一把将他拦腰抱住，东林顿时动弹不得，身子急速往下沉去。

东林知道坏事了，那其实是落水者的一种心态，抓着什么就死命不放，

结果谁都活不了命。他急忙用手去推那女人，那女人也不知哪来的那么大力气，死死抱住他不放。东林又用肘尖撞她，仍不能脱身，自己呛了一口水，人就慌了，和那老者、女人一齐往水底沉了下去……

东林暗暗叫苦：我的命完了！就在这时，他忽然想起了揣在口袋里的那根针，心中一动，急忙掏出针来，在那女人手上狠狠扎了一下，女人冷不防被针扎到，吃痛不起，立即松开了手。

东林顿觉浑身一轻，急忙拽着那老头浮出水面，这时，正好有会水的村民下河来接应，东林就把老头交给他，自己回身去救那女人。那个女人已经沉入了水底，东林急忙憋一口气，潜入水中，将她抱起。上岸后，那女人已昏迷过去，东林一摸她的心还在跳，急忙嘴对嘴，给她做人工呼吸，忙了一阵，总算把她抢救过来了。

直到此时，东林才终于明白父亲为什么要把这根针叫做"救命针"了，只是那个女人，最终并没有被他这一针扎跑——她说她已经被东林亲过嘴了，就缠上了他，最后东林竟因祸得福，讨了这个如花似玉的女人做老婆。

（题图、插图：安玉民　梁　丽）

·本刊信息传真·

2011年我的暑假征文&摄影比赛

暑假已经临近！对尚在埋头拼搏的莘莘学子来说，暑假是无限期望的起始站，而对那些已经告别校园的大朋友而言，暑假又承载着许多温馨记忆。这个暑假，故事中国网（www.storychina.cn）举办2011年"我的暑假"征文、摄影比赛，用你的笔或相机来记录暑假的欢声笑语、点点滴滴，让更多的人分享你的暑假故事！

比赛分为两个部分：征文，记叙任何关于暑假的人和事，可以是这个暑假里发生的，也可以是曾经的暑假中最难忘的，作品须原创，文体、字数不限，参加对象不限；摄影，记录暑假生活、见闻的照片，必须本人拍摄，数量不限，照片内要有人物，谢绝单纯风景照，每张照片文件小于150K。摄影比赛另设"我的长辈"专题，记录暑中长辈及祖孙生活内容，力求表现亲情和天伦之乐。

投稿方式：1.登录故事中国网，按提示操作；2.发送作品到 storychina@sina.com。

征稿时间：2011年6月10日-9月15日；结果公布：2011年9月30日

奖励：所有获奖者均颁发证书。征文一等奖 1名，奖金500元；摄影金奖1名，奖励价值500元图书；"我的长辈"金奖1名，奖励《金色年代》图书及全年杂志，参与该主题的前100位读者将获得最新出版的《金色年代》3期。另设多个奖项，详情请见故事中国网。

假如古人有汽车

◆ 孙权的兵马眼看就要追上刘备和孙尚香了，没办法，刘备只好打开孔明给的第三个锦囊，只见上面写道："要想躲过追兵，唯有一招，赶紧找一辆性能良好的越野车！"

◆ 武松打死老虎，当地电视台前往采访，武松大发感慨："你们这里公共交通真差劲，那么早就没公交车了，害我独自一人赶夜路，差点命丧虎口！"

◆ 梁山好汉被招安前，宋江主持召开全体大会，他说："兄弟们，朝廷说了，只要咱们服从改编，每人给配备一辆专用小汽车！"

◆ 姜子牙坐在河边钓鱼，别人问他为什么钓线上不挂鱼钩，姜子牙回答："前些日子醉酒驾车，不小心把那辆面包车开进河里了，我在试水的深浅，准备打捞呢！挂鱼钩有什么用？"

◆ 鲁智深还俗后，靠卖肉发了家。一天他去买车，相了几款，总说车轻。卖车老板以为他捣乱，指着一款商务车说："你若搬得走，此车送你！"鲁智深大喜，扛起就走！老板多方打听，才得知他就是倒拔垂杨柳的鲁智深。

（作者：卫小平；**推荐者**：丁　丁）

俏皮话

◆ 又在承诺，咋那么多谎言呀！
◆ 应聘的意思就是没事找事。
◆ 不要说姐看不起你，姐根本就没有看你。
◆ 钱不是没有，只不过你有的是正数，我有的是负数。
◆ 这几天没事，天天睡觉，真累啊！
◆ 后悔药买不到，老鼠药多的是。
◆ 凭你那智商不要数星星，数月亮吧！
◆ 你说你爱我，其实我也挺爱我自己。
◆ 我不是黄鼠狼，也就不给您拜年了，省得说我没安好心。
◆ 看我不顺眼的人那么多，你算老几？
◆ 夫妻的含义：合不来，分不开。　　　　（作者：王玉龙）

短　语

◆ 人生就像一杯茶，不会苦一辈子，但总会苦一阵子。

◆ 每个女人都曾是天使，当她喜欢上一个男人时便会折断翅膀坠落变成凡人，所以无论怎样请不要辜负那个喜欢你的女人，因为她已没有翅膀飞回原来的天。

◆ 傻与不傻，要看你会不会装傻。

◆ 当我们搬开别人设下的绊脚石时，也许恰恰是在为自己铺路。

◆ 走得最急的是最美的景色，伤得最深的是最真的感情。

◆ 如果我能够看到自己的背影，我想它一定很忧伤，因为我把快乐都留在了前面。

◆ 真坏人并不可怕，可怕的是假好人。

◆ 当大部分人都在关注你飞得高不高时，只有少部分人关心你飞得累不累，这就是友情。

◆ 微小的幸福就在身边，容易满足就是天堂。

◆ 喜欢一个人，就是在一起很开心；爱一个人，就是即使不开心，也想在一起。

◆ 幽默就是一个人想哭时还有笑的兴致。

◆ 废话是人际关系的第一句。

◆ 总说未来怎样怎样的人，他的未来一般不会来。

◆ 在熟人那里买东西总觉得便宜，其实熟人却常常占你的便宜。

（推荐者：朱　白）

话还可以这么说

◆ 我在车上碰了美眉一下，她瞪着我说："德性！"美眉在车上碰了我一下，我笑着说："惯性。"

◆ 生米都已经煮成稀饭了。

◆ 听君一席话，死后无全尸。

◆ 别人的钱财，乃我的身外之物。

◆ 人与人不一样，有的是教养大的，有的是饲养大的。

◆ 早上喝酒不能多，今天还有好几桌；中午喝酒不能醉，等到下午还开会；晚上喝酒不能倒，免得老婆到处找。

◆ 高考：学生在里边考，家长在外面烤。

◆ 不管我们看的是爱情剧还是青春偶像剧，到最后男主角和女主角结婚了，故事就到大结局了，这说明了啥？这深刻地说明：男的和女的只要一结婚，后面就没戏了！

（推荐者：曹祈东）

（本栏插图：安玉民　梁　丽）

"岳阳杯"幽默故事创作大赛征文选登
本活动由上海市松江区岳阳街道与本刊联合举办

铁杆戏迷

□ 魏锦池

王老汉年轻时不爱看戏，几十年过去了，王老汉从小伙子变成了老头子，在县城上班的儿子特意给他买了一台大电视机。可近一年多来，不知道王老汉搭错了哪根筋，他电视不爱看了，反倒迷上了看戏，只要有戏，他场场必到，俨然一个铁杆戏迷。

这天，村里来了个剧团，演出前，王老汉早早就提溜着个马扎，在台下等着了。

戏开场了，看着看着，王老汉"呼啦呼啦"打起了瞌睡，旁边的人见了，便推了他一把，说："王叔，你要是困了，干脆回家睡去吧。"王老汉连连摇头："不困，不困。这人一上岁数，毛病就多，坐着打瞌睡，躺下又睡不着。"说完，他继续看戏。看着看着，王老汉又睡着了，只听"扑通"一声，他从马扎上栽了下去，脑袋磕在地上，破了，鲜血直流。得，这戏也别看了，赶紧救人吧，众人七手八脚，把王老汉弄到车上，拉着就去了乡卫生院，还给他儿子打了电话。

等王老汉的儿子赶到卫生院，伤口已经处理好了。儿子问参到底怎么回事，王老汉说："也没啥事，不就是破了点皮吗，有啥大惊小怪的？"

儿子哭笑不得："这是破了点皮的事吗，出了大事咋办？您以前不是不爱看戏吗，现在咋就迷上看戏了呢？往后在家里看看电视得了，电视上也有戏，比这些草台班子好多了。"

王老汉一听，脖子一梗，嚷道："你知道个屁！剧团唱得是不好，可好歹没有广告啊！"

签合同

□ 李大勇

大张去参加一个同学会。宴席上，大张旁边坐的是棒子，两人在学校时关系不好，毕业后来往也不多，要不是有事相求，大张还真懒得搭理他呢！

席间，大张对棒子说："棒子，今天在酒桌上，借着这酒劲，我就再张回口，你能不能给我儿子换个房间，他房间里的头儿尽欺负他。"

棒子剔着牙说："我回去看看吧，有合适的，我给他换一下。"

大张端起酒杯站起来，又说："先谢谢了，另外……能不能给他安排个轻松点的活儿，我儿子说现在的活太累了。"

看来大张的儿子在棒子的手下工作，大张那副低头哈腰的样子，当即惹恼了一个人。那人叫麻三，开着一家不小的公司，牛气得很，当时就气不打一处来，他一把将大张拽到一边，说："让你儿子到我公司来，我给他安排个工作。"

大张无奈地说："你的心意我领了，可这事我还得求棒子。"

说完，大张走回棒子面前，又想说什么。麻三是个火爆脾气，他追了过来，对大张说："我的公司你不愿意让你儿子来，我可以帮你联系别的公司，你有什么要求，照直说！"

大张无可奈何地说："再过十年吧，到时候我再请你帮忙！"

麻三一听，立刻瞪大了眼"现在哪有单位一签合同就签十年的？"

大张哭丧着脸说："有，跟监狱签的，棒子就是我儿子监狱的监狱长……"

红版编辑部各编辑邮箱：

姚自豪：yaobianji@126.com;
吕　佳：lujia411@yahoo.com.cn;
叶小萌：xiaomeng.ye@gmail.com;
李天然：chin_poet@163.com.

外国的好

□ 林华玉

有个人叫王二，特别崇洋媚外，他家的彩电，是进口的；音响，是进口的；冰箱，是进口的……总之，他觉得什么东西都是外国的好，甚至，月亮都是外国的圆。

王二在村里承包了上百亩的山地，在上面种了外国品种的苹果树，王二精心侍弄着这些果树，用进口的化肥给果树追肥，用进口的喷灌机给果树浇水。看着洋果树一天天地长起来，王二心里别提多美了，他暗暗祷告：外国种的苹果快点结出来吧！

好容易，果树开始结果子了，也不知怎么的，忽然招了虫，这虫子个头不大，浑身毛茸茸的，它们成群结队地袭击果树。要是这样下去，这上百亩的果树就要血本无归啦！

王二着了慌，赶紧兑好了进口的农药给果树喷洒，不料这种虫子的抗药性惊人，农药打下去，只能将它暂时药晕，不能将它们杀死。王二没办法了，恨不得请一个洋专家，可山村里哪儿有啊？没办法，他只好退而求其次，请了本地的一个果树专家前来诊治。

那位专家一来，就揶揄王二说："你不是只相信什么都是洋东西好吗，还请我这个土专家干什么？"王二脸红了，也不争辩，只是请求专家尽快想办法灭虫。

谁知专家去果园观察了一会儿，忽然哈哈大笑。

王二不解，赶紧虚心求教。

专家扭过头对王二说："恭喜你了，洋东西就是厉害呀，这虫子都是外国的！"王二忙问这是什么虫子，专家说："这是一种'进口'的虫子，叫'美洲白蛾'……"

第一堂课

□ 王广胜

李毅师范毕业，到中学教书。这天，第一堂课前，李毅向一位老教师请教，怎样才能让学生对自己服气。老教师如此这般地教了一通，最后说："记住，要有自信，不要有丝毫惊慌，学生才打心底里服气你！"

上课了，李毅先深深吸了几口气，健步走上讲台，面对几十双眼睛，他转过身，拿起粉笔，在黑板上"刷刷刷"画了几笔，勾勒出自己的漫画像，这时候，只听台下"哇"声一片，有学生窃窃私语："这是我们美术老师啊！"

李毅听了，微笑不语，扫了一眼学生们，开口用英语自我介绍："Hi，Good afternoon everyone（嗨，各位下午好）……"下面的学生都笑了："原来是英语老师啊！"

接着，李毅念了几句打油诗"作别学子路，今朝为人师，师生齐努力，当自今日始……"学生又是一阵躁动："哇，教语文的！"

李毅等学生安静了，才说"同学们，现在，请拿出你们的数学课本……"话音未落，教室里又是"哇"声一片："教数学的啊，这个老师太强了！"李毅从包里掏出课本，大声说"请打开数学课本第一页……"

这下子，学生们果然都服气了，上课时，他们都挺直了身板，认真听李毅讲课。

下课铃声一响，李毅把课本和教具收拾进公文包，说："同学们，有这么好的课堂纪律，非常感谢你们！从今天开始，我担任你们的班主任，因为你们的数学老师有事请假，我今天代了一节数学课，以后我教大家历史课……"

再来一瓶

□ 郑小亮

阿虎去外地闯荡，在镇上开了一家小卖部。夏天到了，阿虎购进了一批饮料，批发商告诉他"注意宣传，瓶盖上有奖，大奖'新马泰'十五日游，小奖'再来一瓶'……"

每天来兑奖的人很多，"新马泰"没碰到过，"再来一瓶"一大堆。像阿虎这样的零售商，凭中奖的瓶盖，可以让批发商兑现。

这天，有人来兑奖了，拿着瓶盖在阿虎眼前晃悠："老板，再来一瓶！"阿虎接过瓶盖看了一眼，咦，这瓶盖上的字不对头啊！以前中奖瓶盖上"再来一瓶"四个字是宋体，眼前这个却是隶书。阿虎只好实话实说："大哥，你这瓶盖上的字体不对啊！"说着，拿出宋体字的瓶盖，让他比对。

那人一撇嘴："喷，死脑筋，照你这么说，什么都得一个样，还不许人

家变通了？就说你卖的这饮料吧，上面的生产日期是一个样的吗？"

说得好像也对，为以防万一，阿虎给批发商挂了个电话："那个——'再来一瓶'是宋体还是隶书啊？"对方一听就嚷开了："你管它什么体，认这四个字就成……"有了这句话，阿虎就放心了……

一会儿，又有人来兑奖了，阿虎看着那个瓶盖，又傻了："这个瓶盖……少见啊！"阿虎说得很委婉，可那人却没会意，说："上面不写着'再来一瓶'吗？俺中奖了，当然少见啊！"

阿虎没辙，只好直截了当地说："我是说……我收到的瓶盖中，'再来一瓶'四个字是宋体和隶书体的，你这个是魏碑体，我没见过啊！"

"既然有宋体和隶书体，为什么不能有魏碑体？中国书法文化博大精深，多来几个花样不行吗！"

说得好像也不错，此时，阿虎想

起了批发商的话，只要有"再来一瓶"四个字就成。于是，阿虎没再考虑，递给那人一瓶饮料。

这以后，阿虎收到的中奖瓶盖中，"再来一瓶"四个字的字体简直五花八门，正楷、行书、草书，甚至还有大篆小篆！没多久，瓶盖已装满了饮料箱，该是兑现的时候了。于是，阿虎打了电话，约来了批发商，可一清点，阿虎傻了，其中除了几十个宋体的"再来一瓶"是真的外，其他中奖瓶盖都是假的！

阿虎大惊，一再申辩"你仔细瞧瞧，这些不像作假的啊，再说了，区区一瓶饮料，人家有作假的必要吗？"阿虎一想到这下要亏2000多块，说话的声音也忍不住发颤了。

批发商一拍脑袋，说的话差点让阿虎气疯——"哦，忘了告诉你，这镇上有个村，是远近闻名的雕刻村，人家逮着石头雕石头，逮着头发刻头发，还有人得过国际大奖，破过吉尼斯纪录，厉害着呢！在瓶盖上雕几个字，简直像玩儿一样……"说罢，他拿起那些假的中奖瓶盖，又补充了一句："这些都是刚上手的初学者的作品，纯粹是为了练手艺……"

阿虎不禁汗颜，这些人也太有才了！看着阿虎发呆的样子，批发商忍不住安慰道："算了，花钱买个教训，来日方长嘛，别怄气……"

"怄气？"阿虎故作轻松地说，"我才不怄气呢，这些瓶盖我会好好留着，哪天在镇上摆个摊子，挂上'雕刻村艺术品展示'的牌子，糗一糗他们，想买走，哼，得出高价！"

不料第二天，阿虎想不怄气也不行了——有人来兑奖，那中奖瓶盖上赫然刻着"再来十瓶"，而且竟是甲骨文！

（本栏题图、插图：顾子易　包丰一）

·本刊信息传真·

阿P系列幽默故事征文

阿P系列幽默故事栏目开辟二十多年来，深受读者欢迎。为了把这个栏目办得更好，本刊再次面向全社会征稿，希望有更多的人来关注阿P，把您身边的阿P故事写得更精彩，更有现实意义和典型意义。

来稿方法：1. 从邮局寄发，请在信封上注明"阿P故事征文"字样，本刊地址：上海市绍兴路74号《故事会》杂志社，邮编：200020。2. 从网上传递，可寄以下信箱：wulun@vip.sohu.net，请在主题上注明"阿P故事征文"字样。凡已和我刊编辑有联系的作者，稿件可继续投给联系的编辑。

491

2011
SEMIMONTHLY
下半月刊

7月

STORIES

欢迎登录本刊主办"故事中国网"（www.storychina.cn）

故事会
─STORIES─

2011 年 7 月
下半月刊·绿版

何承伟：社长、主编
夏一鸣：副社长
吴　伦：常务副主编（兼绿版负责人）
姚自豪：副主编（兼红版负责人）
本期责任编辑：杭　帆　刘迎曦
电子邮箱：liuyingxi1203@163.com

绿版发稿编辑：
朱　虹　颜轶超　黄美舟（见习）
美术编辑：李宝强
电脑制作：郭瑾玮
本社办公室电话：021-64375030
上半月刊编辑部电话：021-64332325
下半月刊编辑部电话：021-64336469
（上海市绍兴路74号 邮编：200020）
主管、主办 上海文艺出版（集团）有限公司
出版单位：《故事会》编辑部
发行范围：公开

制作、发行总监：张　凯
电话：021-64313938
广告业务：上海故事会文化传媒有限公司
广告总监：张　淮
广告业务：021-34010383
广告投诉：021-64333738
广告经营许可证
沪工商广字3100320080016号
发行：中国图书进出口上海公司

· 笑话 ·

（本栏插图：包丰一）

跳哪儿就是坑

学校开运动会，由于班里男生稀缺，于是体育委员千方百计拉人参加。

离谱的是，一个重达两百斤的胖男生被指定去参加三级跳远比赛。同学们知道后，大为惊讶，纷纷质疑道："这么胖，能不能跳进坑里啊？"

谁知，这位男生却胸有成竹，满面笑容冲着大家自信地说道："不用担心，像我这样的，跳到哪里，哪里就是坑！"　　（余　娟）

跟你有什么关系

有个女孩今年三十了，人长得不错，收入也稳定。

这天，同事问她："你条件这么好，怎么还没结婚啊？"女孩回答："我小时候是田径队的，有一次受伤，脚底留了一个疤。"

同事不解地问："脚底有一个疤，跟你有没有结婚有什么关系呢？"女孩回答："对啊！那我结不结婚跟你有什么关系呢？"　　（李彦锋）

绝对认真

丽丽第一次带男友回家见父母。男友是股票分析师，挺能说，把一家人逗得合不拢嘴。

正聊着，丽丽妈突然严肃地说："你这么能说，肯定很会哄女孩。我家丽丽对你是认真的，你可别三心二意哦！"

这时，丽丽忙抢着说"他对我也是认真的！认识这么久，他从没给我推荐过股票。"　　（汪　杰）

4

・笑口常开 轻松一刻・

分 专 业

小军的爸爸妈妈都是医生。爸爸是外科医生，妈妈是内科医生。

一天晚上，妈妈上夜班，小军便拿着作业本让爸爸检查。爸爸看了看，指着本子说："这个字腰歪了，那个字缺条腿，我看你的问题很严重啊！"说得小军脸都红了。

过了一会儿，小军改好作业了。爸爸看了看，高兴地说："好，没有外伤了。"

"爸爸，有错题没有？"小军问。

只听爸爸不紧不慢地回答："儿子，我只负责外科，错题属于内科，找你妈妈去。" （高 迪）

冷 宫

一对小夫妻吵架了，老婆一气之下，跑回了娘家，还把手机关了，老公怎么也联系不到她。

老公的朋友听说了这事，便特意上门来劝解道："哥们，我有办法替你把老婆找回来！"说着，朋友坐在电脑前，点开了老公的QQ，可他看了两遍，也没有看到想找的名字，于是问："你老婆不是网虫吗？我怎么没找到她啊？"

老公有点儿不好意思地笑道："她在冷宫里。"见朋友没有反应，他又补充道，"你往下拉，有个群叫'冷宫'，她在那儿！" （汪 杰）

你是我的律师

法官在审判一名罪犯的时候，发现这个罪犯的面孔很是熟悉。法官重新看了一下这个人的记录，发现他是个职业罪犯，但有五年时间他却没有犯罪记录。

法官迷惑不解道："在那五年的时间里，你是如何克制住自己不犯罪的？"

"我在坐牢，"犯人回答，"你应该知道，因为是你把我送到那儿去的。"

"不可能，"法官说，"那时候，我还不是法官。"

"对啊，你那时候不是法官，"犯人苦笑着说，"但我败诉了，而你是我的律师。" （余 娟）

· 笑话 ·

这拍照

这天，小美在公交车上发现，坐在自己对面的一个帅哥掏出手机一直对着自己。小美起先不高兴，想要开口阻止，但又有点难为情，只得稍稍调整了一下坐姿。

只见那帅哥一个劲儿地摇头，随即又放低了手机，继续盯着看。小美实在忍不住了，问道："请问您准备拍什么呀？"帅哥笑道："我什么也不拍。只是阳光太晃眼，我这是找个最佳角度看短信呢。"

（韩文增）

哪个重

小男孩和小女孩在一起玩耍。男孩突然指着天上的太阳，问道："你知道是早晨的太阳重，还是傍晚的太阳重？"

女孩想了想，摇摇头道："我不知道。你知道吗？"

男孩神气地说："那还用说，当然是傍晚的重啦！"

"为什么呢？"

男孩回答："早晨的太阳轻得连大海都能把它一个浪头打上天空，傍晚的太阳重得连大山都托不住，所以，当然是傍晚的太阳重啊！"

（史志鹏）

老兵疑问

酒吧里，一位海军老兵向众人吹嘘起了自己在军中的经历。说着说着，老兵问大家："有人玩过电动射击游戏《海豹突击队》吗？"一个年轻人忙说："我玩过。"

"你有没有打到桥梁那一级？"老兵又问。

大家一听，都以为他要讲一段和游戏一样惊险刺激的故事，不由得都倾身向前。

谁知，老兵转头看着年轻人，问道："那一级你是怎么过关的？"

（海　南）

6

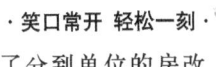 

·笑口常开 轻松一刻·

上保险

小曹新交了个女友，是推销保险的。为了讨好女友，小曹便恳求同事们的各类保险都在他女友这儿办。为了小曹的幸福，大家纷纷点头答应了。

这天，一个同事把儿子接到办公室做作业。小曹很喜欢这男孩，一会儿递给他一块糖，一会儿塞给他一支铅笔。几次过后，男孩抬起头，一脸无奈地说："叔叔，我只有一辆小自行车，要不……我也在阿姨那儿上个保险吧。"

（小 米）

第一个问题

有个刚刚从商学院毕业的年轻人看到一则招聘广告，便决定去应试。

见面后，年轻人问雇主"请问您做什么生意的？"雇主回答："只是小生意。不过，如果在我这里工作，你不用担心钱的事，我给你每周八千美元。"

"八千美元！"年轻人简直不敢相信，"可是……您经营的只是小生意，怎么付得起这么多钱？"

"是啊，"雇主点点头，"你是学会计的，这正是我要请你帮我解决的第一个问题。"

（郝凯旋）

临时返聘

为了分到单位的房改房，大刘和老婆假离婚了。领导知道后，便派人去调查。同事来到大刘家，却见大刘老婆正在厨房做饭，就问他是怎么回事儿。

大刘一阵尴尬，正支吾支吾地不知说什么好，他老婆突然抢过话头，说："我们确实已经离婚了。不过，大刘一时还不习惯，临时返聘我来帮一下忙。"

（余 娟）

（本栏目欢迎原创作品、翻译作品。来稿可从邮局寄发，也可从网上传递。如为电子邮件，请发以下信箱 liuyingxi1203@163.com）

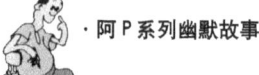

阿P 充老大

□ 王艳华

阿P的老婆小兰陪着女上司去邻县，半路上，她们的车和一辆奔驰车相擦，事情倒是很小，但从奔驰车里跳下的时髦女郎很厉害，破口大骂不说，还一定要小兰她们赔偿一万元！

小兰的上司也是个厉害的角色，人称"灭绝师太"，她当即也跳下车去与时髦女郎"PK"起来。一番舌战，时髦女郎败下阵来，她赶紧拨了一个电话，没过多久，五六个彪形大汉就气势汹汹地赶到了。为首的胖子自称是时髦女郎的老公，凶神恶煞地命令小兰她们赶紧付钱，否则就要把她们大卸八块！

灭绝师太哪里肯轻易就范，她一把拉过小兰推到胖子面前，说："小子，你可别瞎了眼睛，这位小姐的老公可是这辖区的老大，你小心吃不了兜着走！"

胖子狠狠地掐灭了烟头，冷笑一声："臭娘们，你当老子是吓大的啊？行啊，有本事叫那位老大过来吧，老子会会他！"

"你、你……可别后悔！小兰，给你老公打个电话，叫他立马过来。看他们还嚣张不？"灭绝师太见吓不着这帮人，又搞得自己骑虎难下，只好虚张声势，把包袱甩给了小兰。

这下小兰可是左右为难了，叫阿P来，他到底有几斤几两，自己还不清楚？可是不叫，这事灭绝师太要是吃了亏，回头自己饭碗恐怕难保。看着灭绝师太越来越难看的表情，小兰索性眼一闭，豁出去了，心说：反正阿P来了，多一个人也可以壮壮胆。

电话打通了，阿P显然很犹豫，先是一阵沉默，良久，阿P才说"老婆，你放心！这事我会摆平的，你稍等一会儿，我马上就来收拾这帮兔崽子！"放下电话，小兰心里更害怕了，她知道阿P平时就爱说大话，可这事不是闹着玩的，要是真惹毛了这帮家伙，后果很严重呢。

时间一点一点地过去了，半个小时后，阿P还没来，胖子一伙人由嘲笑开始变成威胁，命令小兰她们赶快掏钱。正僵持着，突然一辆黑色宝马疾驰而来，"嘎"地停在众人面前，车门打开，只见一个穿着黑色风衣、戴着黑色墨镜的男子由一大帮五大三粗的汉子簇拥着走了过来。那男子刚站定，左手的光头汉子立马打开一把折叠椅，右手的刀疤脸则把点燃的香烟递到他的嘴边。瞧这派头，就跟电影里的黑帮老大一模一样！灭绝师太和小兰心里忐忑不安，纳闷着这又来了哪路神仙啊？

只见黑衣老大走到胖子面前，猛吸了一口烟朝他脸上喷去，胖子一下子被激怒了："你他妈知道老子是谁吗？我……"胖子的话还没有说完，就被黑衣老大身后的光头"啪啪"扇了两个大耳光，光头还吼道："是不是活得不耐烦了，敢挑衅我们老大？你再不老实点，信不信我废了你？"

胖子被对方的气势镇住了，他心有不甘问："兄弟，哪条道上混的，总得报个大号吧？"

"你小子想招打啊？"光头说着

又抬起了手。"慢着。"黑衣老大阻止了光头，转身向小兰招招手，小兰早就被眼前的阵势搞蒙了，战战兢兢地走了过去。这时，黑衣老大摘下了墨镜，小兰借着路灯一看，眼珠子都差点掉下来，这不是阿P嘛！

阿P神秘地冲小兰一笑，转身对光头说："光头啊，废话咱就不多说了，你嫂子今天被吓得不轻，你帮算一下，他得支付多少赔偿金啊？""是，老大。"光头从衣兜里掏出计算机，"啪啪啪"一阵敲打，很快便报告，"老大，嫂子的精神赔偿费、误工费、名誉损失费一共是3888元。"

"这样吧，看这位兄弟也是江湖中人，我就给他个痛快选择吧！要么给钱，要么就给我老婆磕十个响

头！"阿P说完，又重新坐回到折叠椅里，晃荡着二郎腿。

胖子早已吓得两腿不住地发抖，最后终于哆嗦着来到小兰的面前"咚咚咚"磕起了十个响头，然后又恭恭敬敬地对阿P鞠了个躬，最后，拉着时髦女郎一溜烟儿地跑了。

小兰见老公出尽了风头，觉得自己很有脸面，而她的上司灭绝师太也一反常态，对阿P那个尊敬，恨不得就要把他抱在怀里。

接着，灭绝师太开车将阿P夫妇送到家，等她开车离开，阿P才对小兰说："老婆，你先上楼吧，我和兄弟们还有些事情要处理。"这时，小兰早已对阿P崇拜得五体投地，在他的脸上亲了一下，说："已经很晚了，你早点回来哦！"

回到家，小兰越想越兴奋，没想

到爱吹牛的阿P还有着深藏不露的一面，真是威风凛凛、派头十足啊。正想着，小兰的手机响了，是阿P打来的。小兰接了电话，立马脸上由晴转阴，抓起皮包就匆匆地下楼了。

等小兰再次见到阿P的时候，只见阿P穿着一条短裤，蹲在马路边上瑟瑟发抖，而刚才那帮兄弟们正恶狠狠地围着他。小兰冲上去问道："阿P，电话里你叫我赶快来救命，还不许报警，这究竟是怎么回事啊？"

"我、我说了……你可别怪我！"阿P看到小兰，懊悔地低下了头，接着说道，"我今天接到你电话的时候，是又急又怕，怕你出事，可自己又手无缚鸡之力。正着急呢，突然，我看到路边的电线杆上贴满了各色各样的广告，其中有一张是替人出气、帮人讨债的。我也是病急乱投医，就打电话过去，对方回答说保证帮我将事情办得干净利落，但出场费用是一天1000元。我想跟你们闹矛盾的那帮人明显是在敲竹杠。到时候，1000元肯定是打不住的，我还不如花1000元请人帮我摆平，不是又省钱又有面子嘛？"小兰想想也对，说："那就给他们1000元，咱回家吧！"

这时，旁边的光头嚷嚷开了："1000元？你当我们是廉价劳动力啊？我们之前谈的是出场费1000元，事后还要加上租车费、燃油费、道具费，兄弟们的辛苦费等等，一共6888

元。这样，给你打个折 6000 元吧！"

"你抢劫啊？我要报警！"小兰说着，就到包里去找手机。刀疤脸见状，跳了出来，叫道："报警？谁报警我就先废了他！"说着，拔出尖刀在小兰的面前晃了晃。小兰进退两难，愣在那里不知如何是好。

这时，阿P注意到一旁的光头在不停地看着什么，脸上还浮现出一丝笑容。阿P想了想，突然一把夺过小兰的皮包，"啪啪啪"数了 6000 元递到光头手里，随即拉着小兰跑了。

一口气回到家中，小兰开始一哭二闹三上吊了，不过，这阿P别的不行，哄老婆还是有一套的："老婆，咱这6000元是长期投资，你没看到你上司今天对你的态度了嘛，这以后，她哪敢跟你耀武扬威啊，还得回过头来拍着你呢，所以，这钱花得值！"

小兰想想阿P说的也对，不过，她还是有一点不明白："那你也不用着急给他们钱啊，跟他们砍砍价，也许，

还可以便宜点。难道你怕他们不成？"

"笑话，我阿P怕过谁？我那是睿智，你懂吗？要知道，这些人都是不好惹的，还想跟他们讨价还价？你没看那光头不停地看手表吗？他为啥不着急？因为没过12点呢！一过12点就代表又是一天，出场费是一天1000元，到时，你还得多付1000元，懂吗？"

小兰越听越不高兴，她用手指着阿P骂道："你还得意呢，还赚了便宜是吗?告诉你，今天好悬，你动用黑社会，那可是犯法的事啊。真要出了事，你就等着坐牢吧！"

阿P被老婆骂得后脊梁发冷，他在阳台上发了一阵呆，好久才回过神来，觉得自己的举动是不靠谱，但这次在老婆上司面前可是出尽了风头，这6000元花得值。这么一想，阿P又高兴地哼起了小曲。

（题图、插图：顾子易）

· 本刊信息传真 ·

阿P系列幽默故事征文

阿P系列幽默故事栏目开辟二十多年来，深受读者欢迎。阿P是个有多重性格的喜剧人物，他正直、朴实，却又染有许多不良习气；他自作聪明，却又往往事与愿违，弄巧成拙；面对屡屡受挫的现实，他却能自我解嘲，很有点阿Q的精神姿态，让人啼笑皆非。为了把这个栏目办得更好，本刊再次面向全社会征稿。

来稿方法：1. 从邮局寄发，请在信封上注明"阿P故事征文"字样，本刊地址：上海市绍兴路74号《故事会》杂志社，邮编：200020。2. 从网上传递，可寄以下信箱：wulun@vip.sohu.net，请在主题上注明"阿P故事征文"字样。凡已和我刊编辑有联系的作者，稿件可继续投给联系的编辑。

现今的"选秀"节目满天飞，选手们也各显神通、无奇不有。目的嘛，要么为名、要么为利。而前不久电视台节目一名选手的参赛理由，却是我见过的最质朴、最直接的一个……

春天之舞

□ 张长菊

最近，市电视台推出了一档娱乐节目，叫"舞林争霸赛"。而我是台里唯一一个舞蹈科班出身的编导，台领导便让我负责参赛选手的选拔工作。

这天傍晚，我刚走出电视台大楼，一个中年男人突然冲到了我面前，怯怯地问："您是张老师吧？"见我点点头，中年男子忙掏出一沓资料，恭恭敬敬递过来，说，"我叫宋大川，想报名参赛……"

"什么？你多大了？"我笑道。

原来，这次赛事对选手的年龄作了明确规定：16岁以上，30岁以下。可是，因为这个节目的奖金设置格外丰厚，单月冠军就有近万元奖励，所以，从节目开播到现在，我已查出多个谎报年龄的选手，甚至有些家长也

跟着添乱，在户口本上做手脚。而眼下，不用看资料我也知道，这个叫宋大川的男子明显超龄。

听我这么问，宋大川猛地拍了下脑门，从资料里抽出张照片："张老师，我说走嘴了，我是给女儿报名的。你看，这是我女儿宋春天，上个月刚过完16岁生日。"

原来是给女儿报名的。只见照片上的女孩正嘟着小嘴扮鬼脸，看起来十分可爱。

看过照片，我点点头，说："资料我先收下，只要节目组审查后认为选手符合条件，就能参加预选赛。"

"真的？你是说我女儿也能上舞台？"宋大川眼前一亮，兴奋得大叫起来，随即又问，"张老师，我还有件事想问问你，舞伴有……有说法吗？"

"这个没有具体要求。如果选手找不到合适的舞伴，栏目组还会帮忙搭配。"解释完，我问，"你女儿怎么没和你一起来？她都会跳什么舞？"

宋大川一听，顿时有点难为情："不瞒张老师，我是林甸镇的，家里条件不好。不说这些，还是说说我女儿吧。我家春天打小就喜欢跳舞，转圈舞跳得可棒了。真的，大家都说，春天一定能跳出大名堂来！"

啥？转圈舞？我只知道伦巴、恰恰，还有肚皮舞、街舞，至于这个转圈舞，还真没听说过。

见宋大川眉飞色舞说个没完没了，就像女儿已经技压群芳夺魁了一般，我不禁有些烦，心说：林甸镇我去过，穷山恶水、十年九旱，可是生活再穷困也不能拿孩子当摇钱树啊！想到这里，我打住了宋大川的话茬："这样吧，下周一你带女儿到电视台填表。要是没问题，当天就参加第一轮预选。"

宋大川听了，又是一通道谢，乐颠颠地走了。

转眼到了周一早上，我刚到电视台还没进门，就听到有人喊我。循声找去，又是宋大川。只见他一手提着个大包裹，一手牵着女儿宋春天，跑得气喘吁吁。

更让我始料不及的是，宋春天走路摇摇摆摆的，嘟着小嘴也不是在扮鬼脸，而是天生如此，是非常典型的脑瘫儿！

我顿时觉得受了愚弄，没好气地质问："喂，你开什么玩笑？病人是不能参加比赛的！"没想到，宋大川瞪着眼，嗓门比我还高："张老师，春天没病。你好好瞅瞅，她没病！"

她要是没病，那就是你有病！我懒得和他们纠缠，抬腿就要走。宋大川却一把拽住我来到一旁，低声苦求

道"张老师，对不住了。没人的时候您打我骂我都成，可当着春天的面，求您别说她有病，行吗？"

看着宋大川可怜巴巴的眼神，我的心倏地疼了一下，耐着性子说："可是比赛有规定，参赛选手必须身体健康……"

"张老师，春天她很健康，爱说爱笑，还能帮我干家务，真的。"宋大川像抓住救命稻草般死死抓着我的胳膊不放，沙哑着嗓音道出了参赛的原委。

原来，春天一生下来就是个脑瘫儿，街坊邻居们都劝宋大川扔了算

了，可他没听。为了给春天治病，家里的积蓄花光了，还欠下一大笔外债。妻子受不了苦，狠心走了，是他一个人将春天拉扯大的。

渐渐地，宋大川发现，春天站不稳，可特别喜欢跳舞。于是，便买来舞曲光盘，让春天跟着学。这一学就是十多年，一天都没耽误过。

听到这儿，我问："宋先生，你能告诉我，为什么要带春天来参赛吗？"眼下，很多人都靠上电视煽情，自揭伤疤以换取同情和赞助。对于这种做法，我很反感。如果宋大川也想用女儿的不幸赚取同情，对不起，请便。

谁知，宋大川却动情地说："我要让春天知道……她不光长得漂亮，舞也跳得好！"

我被宋大川的这番话打动了，决定破例让春天参加选拔赛。可刚做出这个决定，新麻烦又来了——整个节目组里，春天居然找不到一个合适的舞伴。原因非常简单，根本没人会跳什么转圈舞！

实在没辙，我只好征求宋大川的意见，打算让宋春天来一支独舞。

宋大川一听，脑袋当即摇成了拨浪鼓"张老师，还是我来吧。在家里，春天每次跳舞都是我陪着她。"

"你？"我惊讶得叫出了声，"你能行吗？"话一出口，我顿觉多余。难怪那天宋大川会问舞伴有没有要求，

看得出，他早就已经打算了。要是别人给春天当舞伴，他还一百个不放心呢。万一春天腿脚发软，一不留神栽倒了，说不定舞伴会笑话她，因而伤了她的自尊。而父亲不会，父亲永远都不会笑话自己的女儿。

"好，就你了。"我冲宋大川点点头，随即向灯光师、音响师和摄像师发出了指令：全心投入，有请宋春天登场！

随着轻柔的音乐响起，宋大川扶着春天慢慢走上舞台，冲着台下腼腆地鞠了个躬，随即开始转圈，不停地转圈。整个舞蹈动作几乎没有任何亮点，尽管只是重复地旋转，可宋大川每转一圈都十分小心，生怕踩着女儿的脚。

灯光师将灯光打在宋大川的脸上，在场的每一个人都看得真真切切，他的眼圈里亮亮的。那是一个父亲的骄傲，一个父亲的幸福。

"哎哟……"

突然，意外发生了，也许是舞台太滑，满脸陶醉的春天冷不丁地脚下一歪，身子瞬间失去重心，趔趔趄趄地就要摔倒。

宋大川也慌了神，赶紧去扶，可一时没站稳，"啪叽"自己先摔了一跤。不过在跌倒的同时，他紧紧地抱住了春天。

"张老师，都是我不小心，是我没用，不关春天的事。你们都看到了，春天跳得很棒。求你们了，让我们再来一遍，好吗？"宋大川半坐在舞台上，急得脑门直冒汗。

如此简单的请求，我没有理由不答应。很快，宋大川吃力地站起身，牵着春天继续转。

转着转着，春天一头扎进宋大川的怀里，泪光莹莹地说："爸，谢谢你带我来跳舞。我知道，我能行，一定能行……"

预选赛结束，宋春天的比赛之路也到此结束。

目送父女俩相互搀扶着走出摄影棚，我突然灵光一闪，冲刻录师喊："快，马上做一套宋春天的比赛光盘。标签上写：宋春天的春天之舞。"

几分钟后，我扬着光盘追了出去："宋先生，春天，请等一下……"

宋大川在前头听到了，踮着脚跑回来。由于跑得太急，他在踏上台阶时又摔了个跟头。

谁能相信，他的左腿竟然脱了节，横飞出去……

原来，那是一条劣质的假肢！

（题图、插图：安玉民 梁 丽）

绿版编辑部各编辑邮箱：

吴 伦：wulun@vip.sohu.net
朱 虹：zhong98305@sina.com
刘迎曦：liuyingxi1203@163.com
颜轶超：yanyichao1004@sina.com
黄美舟：piggybank81@sohu.com

故事会 ■ **新浪** 微故事大赛

6月优秀作品选登 （主题：手机）

@1045游戏人间 爸是老师，退休后我把他接来城里和我住。爸什么东西都捡我不用的：衣服、鞋子，还有手机……从没用过手机的爸这下可乐坏了，总给我发信息，可老是有错别字。我一生气就对爸吼："亏你还是教书的……"突然，我的眼睛定在爸的手上，原来他拿着的，是我的那个早就不用、键盘全部脱漆模糊的手机……

@郑智威-Old 高启明的手机里只保留着四条短信："高启明，我喜欢你！""启明，我爱你！""启明，我要嫁给你。""明，孩子说她想你，你早点回来。"一直以来，高启明觉得手机里的这四条短信就是他这一生中最最温暖的故事。

@人生如水007007 他喜欢她却不敢表白，因为怕被拒绝，于是决定在愚人节表白爱意，如果被拒绝就当做是玩笑。愚人节到了，他给她发了一条短信：我爱你。不一会，她回复：今天是愚人节。他沮丧，没有再发短信。多年后，她的手机里还保存着那天没有发出去的第二条短信：相信我们是不会愚弄爱情的。

@韩信俞 "这是苹果最新出的手机，还没上市呢！"她高举手机炫耀着，在同学羡慕的目光中正得意着。可她环视班级，却看见穿着普通的新同学无视这一切，独自坐在位子上看书。"穷鬼。"她冲他鄙视地嘟囔了一句。这时手机铃声突然自他那里传来，只见他竖起左手的大小拇指搭在耳边："喂，爸。"

@杨信社 他在荒漠里迷路，水囊喝空后正好发现前方有一水塘。谁知到水塘就发现一具尸体，死者手里握着一个手机。总不能任他暴尸野外吧？他仁慈心起，换上自己的电池，想查看死者的资料，出去后好告诉他家人，却意外发现一条短信草稿：那水不能喝！他庆幸：幸亏他和死者都有一颗仁慈心！

@拜月亭2011 老总给全体员工讲话，台下时有员工接听手机，老总不悦，说："我在台上讲话，你们在台下打手机，这是对我的不尊重！你们怎么连这点素质都没有？"这时，老总的手机突然响了起来，他先是一愣，又继续说道，"我现在就让你们尝尝不被人尊重的滋味！"说完，便离席接听手机去了。

@吃素的沙漠狼 明天是首付的日子，房款还没凑够。妻子劝他让母亲卖掉玉镯，他很为难——母亲已经拿出了积蓄。在妻子的怂恿下，他还是拨打了母亲的手机。手机通了，只响了两声，母亲压掉了电话。莫非她故意不接，怕自己要钱？他正胡思乱想，手机响了，"能给你省点就省点吧……"母亲说。他顿时泪流满面。

（大赛启事请见P55）

□ 王静者

摩登书画家

色。这个高二丫是高主任的外甥女，今年十八岁，在艺术学院学习舞蹈，这跟书画根本挨不上，怎么带去？高主任似乎瞅出了张德良的为难，倒也坦然说道"我没别的意思，就是让二丫出去见见世面。不是连省电视台都准备报道你这画展吗？让二丫沾光上上电视，起码混个脸熟，说不定对她以后的发展有帮助。"

"带着去是没问题，"张德良挠着脑袋说道，"可能不能上电视我可不敢保证啊！"高主任哈哈大笑了起来，拍了拍张德良的肩说"我都替你想好啦，你就让二丫当你作品的解说员，问题不就解决了嘛。"

"什么？"张德良大吃一惊，心说：解说员？我这可是书画展，不是文物展啊！正想推辞，但转念又一想：不行！所谓"县官不如现管"，人家正好现管着自己呢，可得罪不起。

都说："人怕出名，猪怕壮。"这话真是一点不错。有个叫张德良的艺术学院老师，因为不久前国画作品得了个全省一等奖，便准备在省城开办个人画展，可没想到，这麻烦事跟着就来了……

这天，书画系的高主任拎着瓶酒，敲开了张德良的家门，说来贺喜。张德良受宠若惊，慌忙让老婆下厨准备好酒好菜。酒过三巡后，高主任笑眯眯地说："张老师，有个事想征询一下你的意见。这次你去省城开办画展，能不能把高二丫带去？"

张德良一听愣住了，随即面露难

想到这里，他只得硬着头皮答应了下来。

张德良本以为事情就解决了，哪料转过天的上午，艺术学院的李副院长突然把他叫到了办公室，一阵问寒问暖后，李副院长说："张老师，这次你去省里办书画展，能不能把刘三妮一起带去啊？"

听了这句，张德良只觉得脑袋"嗡"地一声响。这刘三妮是富商刘大发的丫头，今年二十岁了，据说是特招进来，学习礼仪公关的。为此，刘大发还给艺术学院捐了好几万呢。这个茬更硬，更惹不起。想到这里，张德良为难道："跟我去是可以，只是她去了干什么呢？"

李副院长忙说："三妮是学礼仪公关的，自然是想到大场面去实地演习一下嘛。"张德良咧了咧嘴，说："这……这怎么实地演习？我是办书画展，不是谈生意啊。"

李副院长却胸有成竹地说："这好办，我都替你想好了。不是书画展吗？万一有人买你的作品，正好让三妮替你接待、洽谈。她就相当于你的经纪人，这样既节省你的时间，又锻炼了三妮，可谓一举两得啊。"

"经纪人？"张德良吃惊得差点下巴都掉下来。"张老师，"李副院长突然换了口气，板起脸来威严地说，"不要刚有点小成绩，就翘尾巴嘛！再说，你取得的成绩，也离不开咱艺术

学院的培养，而咱艺术学院的生存、发展和壮大，需要，需要……总之，这件事就这么定了，希望你理解。"

理解？不理解也只能理解了！张德良心里知道自己没有别的选择，便点点头答应了。走出李副院长办公室后，张德良心里这个别扭啊，心说：本是挺好的事，可这一出出闹腾的。唉……千万别再出乱子了，不然我这书画展可就没法办了。

可这世上的事，有时候就这么奇怪，你越担心什么，偏偏就来什么。当天下午，艺术学院的孔院长突然召集中层以上干部开会，并让张德良也参加。原来，高二丫嘴快，把自己要当"张德良书画展"讲解员这事给说了出去，辗转被孔院长听到了。

孔院长很生气，后果很严重！会议室里，孔院长吼过一通大小道理后，严肃地环视着在座的人，说道"我很想知道，到底是哪位同志居然能想出书画讲解员这个主意？好像还有什么经纪人？这完全是对艺术的亵渎。我提醒大家一句：咱是艺术学院，是搞艺术的，权力也要让步于艺术！"

这时，张德良偷看了一眼高主任，心就"咯噔"一下。坏了，高主任正恶狠狠地瞪着自己呢！张德良吓得慌忙垂下眼皮，又有些不甘心地扫了一眼李副院长，见他居然没事人一样，还向自己微笑着点了点头，但张德良分明感觉到了一阵阴气扑来，吓

得他几乎要背过气去。常言道"宁得罪大神，不可得罪小人。"张德良心说：自己还是赶紧想办法挽回吧，不然以后休想在艺术学院立足。

"各、各……各位领导，"许久，张德良怯怯地站起身来说道，"其实……让学生跟我去书画展这事，是我自己主动提出来的。"

这句话一出，整个会议室的人都惊呆了。张德良擦了把头上的汗，接着说："我现在取得的这么点小成绩，离不开咱艺术学院对我的栽培。所以，我觉得应该趁办书画展这个机会，好好宣传下咱艺术学院。"说到这，张德良的眼睛突然亮了，接着又说，"不瞒各位领导，我还想再挑选一些学生跟我一起去。我敢打包票，宣传效果绝对好。各位领导意下如何？"

听到这里，孔院长莫名其妙地看着张德良，机械地摆了摆手，示意他坐下，接着说："原则上，只要是宣传咱艺术学院的事，我都同意。"然后顿了顿，又说，"既然是张老师的意见，我看这件事还是民主商议下比较好，大家都说说，集思广益嘛。"

话音刚落，李副院长第一个表了态："我支持张德良老师！张老师的荣誉，也就是咱艺术院的光荣，咱们应全力支持张老师。"

"是啊是啊！"一旁的高主任也眉开眼笑地接了话，"张老师先为咱艺术学院争取了巨大荣誉，现在又搭建平台，宣传咱艺术学院，对于他的提议，我完全同意，全力支持！"

这两位的调子一出，其他人纷纷附和，最后孔院长拍板"支持张老师的书画展，就是支持咱艺术学院，请大家务必全力配合！"

半个多月后，张德良的书画展终于开展了，第一天就轰动了整个省城，无数人蜂拥而至。原来，只见每幅作品的旁边，都站着一个妙龄少女，不是身着暴露的比基尼，就是穿着古典的旗袍，一个个微笑而立，不时还变换着动作。那样子，居然跟车展上的车模们一模一样。

这样的书画展不火爆才怪呢！各路媒体也是闻风出动，有夸的，有骂的，褒贬不一、各执一词。很快，媒体上就出现了一个新名词"画模"！张德良更是被冠以"摩登书画家"的称号，而艺术学院也因此次"画模"事件备受瞩目……

一周很快过去了，明天书画展就要结束了。这天晚上，张德良在宾馆里翻看着最近的报纸，连续好几天了，都是关于书画展的整版报道，随处可见"画模"们搔首弄姿的照片，内容堪称劲爆。可是，报道中却没有出现过一幅书画作品，以及相关画家的评论。张德良苦笑着，将报纸揉成一团，抬手扔进了纸篓里……

（题图：谢　颖）

两个人之间最浪漫的事，可以是山盟海誓、蜜意柔情；也可以是一茶一饭、举案齐眉、相濡以沫地一起慢慢变老……

永不分开

□ 杨明

主动要求降级别

腊月二十九，凌江军分区干休所里一派喜庆气氛，离退休老干部们欢聚一堂，原来，那儿正在举行迎新春茶话会。

活动结束后，军委的孙部长在干休所余所长的陪同下，走到会场礼堂外。这时，正下着大雪，余所长抢先几步，跑下台阶拉开轿车门，孙部长刚要上车，却不由得一愣。只见不远处的一棵青松下，一个老军人披着一身的雪花，正在向孙部长敬礼。

孙部长定睛一看，认出来了，这个老军人正是年逾八旬的原凌江军分区司令陈振声将军。孙部长急忙快步上前，扶住老将军，说："陈老，您这

是？"陈老从怀里掏出一封信，说："首长，这是我的降级申请，我申请降低我的行政级别，从现在的师级降到普通干部。"

"啊？"孙部长大吃一惊，随即连忙说，"陈老啊，好端端的为什么要降级呢，是不是干休所的工作没做好啊？"陈老摇摇头说："不是，我完全是自觉自愿，与别人无关。"

"陈老啊，"孙部长又说，"这事儿可不是随便说说就能拍板决定的。再说了，您又没犯错误，没犯错误就降您的级别，这不是在逼我们犯错误嘛，哈哈！"

听到这里，陈老若有所思道："首长，恳请组织上考虑并尽快批准我的请求。"说着，他把信硬塞到孙部长的手上，行了个军礼便转身离开了。

等陈老走后，孙部长回头就狠狠训了余所长一顿："你怎么搞的，到底什么地方怠慢陈司令了？"余所长一脸委屈道："没有呀，我哪敢啊！不瞒您说，所里对陈老可以说是无微不至呀。就说前些天吧，陈老和老伴丁奶奶办钻石婚典礼，前前后后都是所里一手操办的呀！"

这么说来就怪了。那么，陈老究竟是怎么了呢？

千方百计犯错误

自从见过了孙部长，陈老突然变了个样儿，常常坐在那里一个人自言自语。这可把老伴丁奶奶吓坏了，正想和他聊聊呢，冷不防陈老突然蹦出来一句："你说，犯点啥错误好呢？"

丁奶奶一听，惊得目瞪口呆，心说：老头子咋想起要犯错误来啦？还问犯点啥错误好？她忙赔着小心问："老头子，哪里不舒服啦？没发烧吧？"陈老有些不耐烦地说："我这想正经事呢，你就别来添乱了！"看老头子愁成这样，丁奶奶又试探着说："要不……我们出去走走散散心吧，去陵园转转怎么样？"陈老一听，轻拍了下额头，说："好啊，现在就去。"

这烈士陵园，是当地政府为了纪念解放战争中牺牲在凌江的那些革命先烈而修建的，陈老当年的许多战友就长眠于此。平时烦闷的时候，陈老总会去陵园坐坐。

可今天，陈老刚一进陵园大门，就隐约听见一阵音乐声，他循着音乐声往里走，眼前的情景不由让他惊得目瞪口呆。

烈士陵园原本幽静肃穆，靠近后山墙的地方原是一面高坡，那里安葬着无数烈士的遗骨，高坡的前方还立着一座半人高的烈士名墙。可眼前，高坡前面的空地上竟铺设起了硬木板和彩色水泥的滑道，烈士名墙的两侧装置了两个大音箱，正高分贝地播放着震耳欲聋的打击乐。几个戴头盔护膝的青少年脚踏滑板正大呼小叫地在滑道上翻上飞下，还有几个小子滑累了，干脆大模大样地坐在了烈士名墙上。

这简直是在烈士们的头顶上肆意

践踏！陈老气得浑身都哆嗦了，气喘吁吁地爬上高坡，用拐棍指着那几个小子大喝道："都给我滚下来。"

几个小子吓了一跳，其中一个戴墨镜的吹了声口哨，满不在乎地说："老头，瞎嚷嚷什么！这是滑板娱乐场，你懂吗？"说完一招手，几个小子放肆地大笑着从烈士名墙上一跃而下，向坡底滑去。

陈老忍无可忍了，他从怀里摸出手机，翻找到一个号码就打了出去，张口就说："是锁子吗？有人竟然在烈士陵园捣乱，你马上带几个人拿上锹镐过来。"猛然间，陈老想起了什么，不由竟提起了当年打仗时的几分劲儿来，一拍大腿说，"嘿，老子今天要好好犯他一个大错误！"

如意算盘又落空

不久，滑板娱乐场门口突然闯进七八个民工打扮的人，都扛着锹。为首的民工一眼就看到了陈老，高叫道：陈爷爷，谁欺负您了，我们给您出气。

原来这个民工叫安锁子，他爷爷也是烈士，当年是陈老的同班战友。一年前安锁子从农村进城来打工，给陈老留了电话号码，说："陈爷爷，有什么用得着我锁子的地方，打个电话！"

陈老用拐棍戳着滑道说："把它给我刨了！""这……"安锁子正拿不定主意，陈老说："刨！出了什么事我兜着！""好，弟兄们，听爷爷的，上家伙！"安锁子一声令下，民工们立即丁丁当当地开了工。

"住手！"这时，滑板娱乐场的管理员看见了，跺脚大叫，"老家伙，你快让他们住手！"陈老冷冷地道"滚一边去，要不连你一块刨！"

管理员退到一边，掏出手机叽里哇啦一通讲。不一会儿，一辆高级轿车开到已被刨得不像样的滑道旁，车门打开，下来一个油头粉面的中年人，操着半生不熟的普通话厉声问："谁、谁在刨我的场子？怎么可以这样胡作非为啦？""你们才胡作非为！"陈老上前一步，指着高坡和烈士名墙说道，"你再敢这样糟蹋革命先烈，老子连你的祖坟一块儿刨！"

"老家伙，你嘴巴放干净点，这是我们香港的黄总！"管理员跳出来叫道。安锁子立即上前吼道："喂，你才把你那臭嘴放干净点，这是我们凌江军分区的陈老将军！"

"什么？还算是个将军！我看明明就是个土匪啦！"黄总轻蔑地往地上啐了一口。"你敢骂老子是土匪？"陈老额上的青筋都暴了起来，用右手比了个八字对准黄总的脑袋，"老子枪毙了你！"说着，陈老只觉一阵眩晕，身体不由摇摇晃晃起来……

"陈爷爷……"安锁子和民工们慌忙上前来搀扶，黄总也慌了，叫着

"快、快打120……"

陈老住进了医院，幸好只是犯了轻微的高血压，很快就苏醒过来。余所长来探望，陈老第一件事就是请他代自己给上级写报告：自己犯了很严重的错误，足以受到降级的处分。但是，自己不后悔。如果滑板娱乐场还继续在陵园里营业，自己出院后还要接着刨，坚决把错误进行到底！

陈老在医院里一心一意地等着挨处分，却没想到，等来的竟是那个黄总提着礼品来看望他了。那黄总进了病房就鞠躬，嘴里不住地说着："哎呀陈老将军啦，真是不好意思啦，对不起啦……"

原来，这黄总真是个港商，来凌江投资搞娱乐项目的，他通过园林局的关系，把滑板娱乐场开到了陵园里。他不了解凌江的历史，自然不懂得陈老对陵园的感情。陈老这一闹腾，有关领导当即对园林局进行了严肃的批评。余所长还特别约见了黄总，代陈老向他致歉，同时给他介绍了凌江的革命历史。黄总听后很感动，不禁对陈老肃然起敬，当即表示将滑板娱乐场迁到别处，再不打扰革命烈士们的安眠。

得，陈老的如意算盘又落空了！可是陈老并未善罢甘休，出院第二天就去找了余所长，要求从本月起，自己的退职金每月返还给组织一千块。

余所长又蒙了，小心地问："陈老，为啥要返还？"陈老说："组织上不给我降级，我只好自己给自己降了。我现在的级别退休金比普通干部要高一千来块，从今往后，我就按普通干部的标准拿。我可警告你啊小余，别跟老子耍花招，否则我可跟你急！"

余所长哭笑不得，只得又去向孙部长汇报，孙部长也没办法了，只好指示说，陈老要返还就先由着他吧，替他在银行里存起来，等将来一同还给陈老。

今生来世不分开

又过了半年多，陈老又一次因心

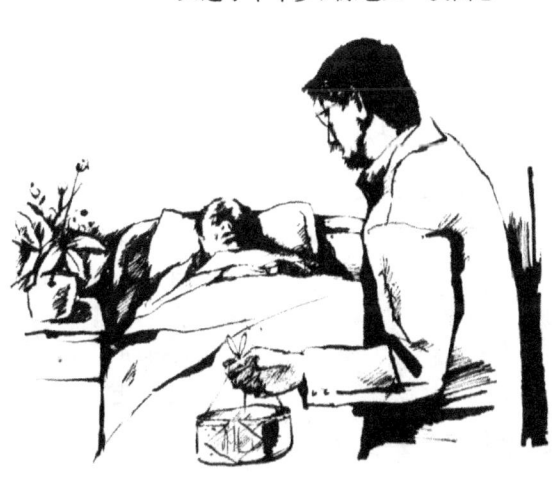

·新传说·

脏病发作住院了。这次病得很重，几度病危，在昏迷中陈老紧紧握着丁奶奶的手不松开，每次清醒过来时都久久地看着丁奶奶说："老伴，还记得我们当初的约定吗？"丁奶奶心如刀绞，强忍着泪水频频点头。

丁奶奶怎么会不记得呢，当年陈老返回部队前，曾经握住丁奶奶的手说："你等着我，等打完仗我一定来找你，和你永不分开！"

全国解放后，陈老把丁奶奶接到身边结了婚。丁奶奶成了军属，陈老却并未利用自己的职务为丁奶奶搞半点特殊化，而是由地方政府安排丁奶奶进纺织厂当了普通女工。丁奶奶毫无怨言，一生就这样和陈老相濡以沫地走过来了。

没多久，陈老去世了。遵照丁奶奶和亲属们的意愿，丧事从简，只开了个小型的追悼会，会后进行骨灰存放仪式。这时，只见公证处的人匆匆赶来了，当场宣布了一条陈老生前的遗嘱。

陈老在遗嘱中只提到了一件事，便是再次要求组织上把自己的级别由师级降到普通干部。

听到这里，在场的人无不感到疑惑：陈老到底为什么要三番五次地要求降低级别呢？

突然，丁奶奶悲泣一声道："老头子……"又听公证人念到遗嘱的最后一句："百年之后，我要和老伴葬在一起，永不分开！"

大家突然醒悟了，按照当地有关规定，凡是达到一定级别的老革命干部，去世后必须将骨灰存进革命烈士馆。而像丁奶奶这样的普通退休工人，将来只能在民用公墓存放骨灰。作为一个革命军人，陈老一生都以服从作为天职，他不想破坏规定，所以，才想出了这样一个办法。其实，陈老是为了实现一个来世今生的诺言啊！

后来，有关部门对这条规定作了部分修改，老革命们再也不会遗憾地与老伴分隔两处了。

（题图、插图：张恩卫）

由上海故事会文化传媒有限公司主办的《金色年代》

——中国第一本介绍退休后精彩生活的杂志

《金色年代》——开启新生活的大门

《金色年代》——向长辈敬献一份爱心

《金色年代》——向退休员工以示关爱

□ 韩文萍

请你为我开开门

棘手的新任务

张绍华是社会学系的大四学生，临毕业前，他联系了一个居委会实习。刚报到，居委会的吴主任就拍着张绍华的肩膀说："小伙子啊，你来巧了，这两天我们正在做一个民意测评。你是新来的，就不给你指标了，只要你能帮我们攻下刘奶奶家，就算立了大功。"张绍华听了，觉得吴主任有点小瞧自己，便想一定要做出点成绩给他瞧瞧。

第二天一早，张绍华来到了刘奶奶所在的玉兰小区。一到小区门口，他就发现这个小区很高档，虽然自己穿戴整齐、证件齐备，但还是被门口的保安盘问了半天。再进去一看，这个小区实在太大了，张绍华兜了一大圈，才找到刘奶奶家。不巧的是，刘家没人。

张绍华不想无功而返，便决定找刘家邻居打听一下他们什么时候回来，可摁了几家门铃，竟没一个人肯搭理他。好不容易有个老头热情一点，这才隔着电话跟他透露了玄机，他说："小伙子，不是我不相信你，只是像我们这种高档小区，已经好几次被小偷光顾了。现在电视里不也经常说，不要轻易相信陌生人吗？"说完，就"啪"的一下把电话给挂了。

张绍华呆呆地站在原处，简直哭笑不得。他转过身子，正想离开，突然看见一个老太太提着一大篮蔬

菜往这里来，不由心念一动，忙快步走上前去，礼貌地问她是否认识这幢楼里的刘奶奶。谁知，老太太却说自己不是住这幢楼里的，不太清楚，说完拎起菜篮就走了。

这时，有两个小学生正好放学经过，张绍华又连忙冲过去拦住他们，出示了袖章，问他们认识不认识刘奶奶。两个小孩狐疑地看了他一眼，说道："老师说过，现在的骗子最会用假证件骗人了。你这个破袖章谁知道是真的还是假的？"

没想到，现在就连小学生的警惕性都这么高！张绍华不得不掏出身上所有的证件，包括身份证、学生证等等。两个小学生显然对张绍华的那张大学学生证产生了浓厚的兴趣，拿着琢磨了半天，然后以十分崇拜的神情说："你快看，那个就是你要找的刘奶奶！"

张绍华顺着他们指的方向看去，发现竟然是刚才拎着菜篮的那个老太太！此时，她正快速地打开大门，然后一闪身进屋了。糟糕，上了老太太的当了！张绍华赶紧折回身去，可是大门已经锁上了。他便使劲冲刘奶奶喊道："刘奶奶，我是来居委会实习的大学生，只是想请您帮忙填一张《民意测评表》，您干吗躲着我呀？"

老太太见他没追上自己，总算舒了一口气，隔着铁门对张绍华说道："小伙子，实在是对不住，不是奶奶不相信你，实在是现在骗子太多了！我女儿一再叮嘱我，不让我跟陌生人说话，更不能让陌生人进屋。您请回吧，一切等我女儿回来再说！"

张绍华无奈，只得扯着嗓子继续问道："刘奶奶，请问您女儿几点回家？"

"我女儿在外企工作，很忙的，她自己都不知道自己几点能下班，我没法跟你说！"老太太话还没说完，人已不见了踪影。张绍华急得直跺脚，可也没有办法。

还是网上见吧

回到居委会，见张绍华一副蔫蔫的表情，吴主任就知道他没能完成任务。不过，他还是拍拍张绍华的肩膀，说道："小伙子，别灰心，社区工作就是这样的，没你想象的那么容易，但只要坚持，还是有办法做好的！"

张绍华很感动地说道："吴主任，您放心，无论如何，我都保证完成任务！"吴主任笑了笑说："好吧，就看你的了。不过要记住一点，做社区工作一定要有耐心，不能急！"张绍华重重地点了点头。

吃完晚饭后，张绍华一共去了三趟刘奶奶家，每次刘奶奶都说女儿还没回来。张绍华最后一次去的时候，已经是晚上十点。他来来去去跑了一天，感觉也累了，便决定索性就在

刘奶奶家的楼道里休息一下，等刘奶奶女儿回家。

也不知过了多久，张绍华迷迷糊糊的都睡着了，突然被"哐当"一下关门声惊醒。他一下清醒过来，抬头一看，只见一个三十多岁的女人闪身进了刘奶奶家，铁门已经自动上锁。张绍华连忙上前焦急地问道："请问，您是刘奶奶的女儿王晓娟吗？"

那个女人折回身子看了一眼张绍华，点了点头。张绍华忙语无伦次地自我介绍了一番，并把随身携带的证件都从门缝里递了进去。王晓娟接过证件看了看，说道："你还挺敬业的，不过……"她顿了顿说道，"我不习惯跟陌生人当面说话，这是我的 QQ 号码，你回去加我吧。有任何问题，你都可以在网上问我，我会如实回答你的！"说完，就打着哈欠递了一张名片给张绍华，随即关上了大门。

张绍华盯着名片看了看，摇摇头，只能离开了。回到家，张绍华立即登陆 QQ，加王晓娟为好友，没想到，那边马上通过了好友申请。原来这么晚了，王晓娟居然还一直在线等着他。张绍华心头一热，心想：谁说现在的年轻人内心冷漠，其实还是很热情的，不过表达方式不同罢了。

接下来，王晓娟不仅详细回答了张绍华的所有问题，而且两人相谈甚欢，仿佛多年好友。这一切不禁把压抑在张绍华心头的不快一扫而空。

可怕的大灰狼

虽然忙活到半夜，但初战告捷，张绍华心情十分好。第二天一大早，他就跟吴主任汇报了昨天的成果。

吴主任听后，皱了下眉头说道："小张啊，昨天确实辛苦你了！不过，

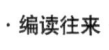

编读往来：你的问题我来答

山西读者杨博： 最近，我发现《故事会》悄悄地发生些变化。题材丰富了，语言也越来越多样化，时不时还冒出些流行词句，挺时尚挺过瘾。

编辑部： 感谢这位读者的支持和肯定，编辑部除了发扬"新传说"、"民间故事金库"、"幽默世界"等金牌栏目的优良传统外，同时，也下大功夫开辟了融趣味和时尚等为一体的新栏目。比如"微博故事"，每期一个话题，奉上最新鲜的热点话题、热点故事。另外，我们也尽量避免总习惯城乡二元化的老模式，尽量为大伙儿展示"下新料、用新法"的新故事，比如本期中的《摩登书画家》，就将"车模"的概念，巧妙融入了书画展览，"职场故事"里《谁动了我的孩子》，讲述了女白领为了事业、婚孕无法兼顾的辛酸故事，一波三折，鞭辟入里。说到新词儿，也确实是我们的小亮点。比如这期里的《神马都是浮云》，标题就是亮点，通过这句流传甚广的网络语，故事的主题一下亮出来，人物的形象也一下活了起来。

总之，我们会在今后的作品中，继续捕捉时代气息，为大家编出更加"给力"的故事来。

（本栏目欢迎读者提供新鲜活泼、有代表性的问题，一经采用，即致薄酬。）

这次测评毕竟没有引进网络自主申报，所以，一定要被访者亲笔签名确认才行啊。小张啊，看来你还得跑一趟！"

一听这话，张绍华的头顿时大了起来，心说：面谈？王晓娟能接受吗？

怀着忐忑的心情，张绍华再次来到了刘奶奶家大门前。门铃才响了三声，就听里面传来一个稚气的童声："请问你是谁？"

张绍华心想：这肯定就是王晓娟的儿子了。他突然想逗一逗这孩子，便故意捏着鼻子说道："我是森林里的大灰狼啊！"小男孩不相信地说道："你骗人，大灰狼怎么会说话呢？""我真是大灰狼，不信你就打开门看看吧！"张绍华又捏着鼻子说道。

只听"砰"的一声，大门终于打开了。张绍华正想进去，突然听见王晓娟怒斥儿子道："你这孩子，怎么这么不乖！妈妈不是跟你说过嘛，不能随便开门，小心大灰狼把你给叼走了！"

张绍华尴尬地朝里看了看，只见一个四五岁左右的小男孩怯怯地看着王晓娟，委屈道："妈妈，你老说大灰狼很可怕。我想看看它到底长什么样？"

听到这话，张绍华不禁深深叹了一口气：天啊，想要敲开一家人的门怎么就这么难呢……

（题图、插图：谭海彦）

神马都是浮云

□者小灶

王利发今年四十出头，在小区里开了爿便利店。这个王利发，是标准的网虫，嘴上总是挂着几句网络流行语。尤其最近，他动不动就摆出一副深沉的模样，说："哎，在我眼前，神马都是浮云！"搞得大家都改口叫他"王神马"。

这天上午，王神马刚开店门，便来了几个买碘盐的人，个个都要五包十包，这样没一会儿，盐就卖光了。王神马一问才明白，原来，日本地震后发生了核泄漏，据说那核辐射能影响到中国呢，碘盐能预防核辐射，于是市民开始疯抢碘盐，很多商铺都卖断货了。听到这里，王神马歪着脑袋想

了想，突然神秘地笑起来……

快中午时，王神马的哥们高大壮气喘吁吁地跑进来，大喊道："王老弟，你这儿还有碘盐吗？"王神马连忙招呼道"碘盐早就卖完了，不过你别急，我家里还有五袋存货呢。"

高大壮如释重负说了句："太好了，可算买到了！"就要掏钱。王神马却问："你着急用？"

高大壮摇了摇头，说"听说吃碘盐能预防核辐射，我先预备些。"

王神马应声道："那是，我听说，有些地方都卖到一袋五块了……"说到这里，他一脸高深地看着高大壮，不吭声了。

高大壮的眉头皱了起来，说"真是生意人啊！五块就五块。"说完，把二十五块钱重重地拍在收款台上，手一伸，"我都要了！"

王神马笑眯眯地收起钱，却拿出一张纸，边写边说道："碘盐在我家

呢。先给你打个条，你签个字，你一张我一张。晚上，我就把碘盐送你家去。若送不到，我赔你十倍价钱。"

高大壮黑着脸，气鼓鼓的不吭声。没一会儿两张字据就都写好了，高大壮接过一张看了看说："'罚十倍是二百五'。你二百五，还是我二百五？"

王神马哈哈大笑道："在我眼前，神马都是浮云。快签字吧，不然我可不认账。"高大壮没办法，只得签上名字，拿起张字据恨恨地走了。

接下来凡是来买盐的，王神马还

是刚才那套说辞，大家听了虽有些生气，但还是签字预订了。

等晚上王神马回到家里，刚一进门，就被老婆指着鼻子骂。原来，他高价卖盐的事，已经传到老婆耳朵里了。可王神马也不解释，而是走到写字台前，打开电脑，开始浏览网页。

这边老婆依然不依不饶。王神马有些不耐烦了，指着屏幕道，"你看，我就知道这事不正常。盐是什么东西啊，国家能容不法奸商瞎折腾？这不已经下文件了。"

老婆瞪了王神马一眼，说："那你不跟人家说清楚？搞这一出算什么？"王神马嘴角一翘，得意道："嘿嘿，天机不可泄露，你就等着看我的能耐吧。我敢打赌，明天超市、商铺碘盐绝对供应充足，不会缺货。"

果然，第二天上午，碘盐就被送来了。王神马安顿完毕，刚点着烟抽了一口，高大壮就黑着脸走了进来，叫道："我的盐呢？"王神马盯着他奇怪地问："大壮，你还买啊？"

高大壮瞪起了双眼，说"昨天不是你说给我送家去吗？怎么没送来啊。是不是又高价钱卖给别人了？"说到这儿，他拍着收款台就吼了起来，"这事你说该怎么办吧？不给我说清楚，这事咱没完！"

话音刚落，一位小伙子抱着一个箱子走了进来，他好像听到了高大壮后面的话，马上接口说："说得好！他们这些奸商，目无王法，就是爱钻空子，今儿这事必须说清楚！"说完，把箱子重重地放在地上，"看好了，昨天从你这里买走的，十五块钱一袋，共五十袋，七百五十块钱，退货，给钱！"

谁知，王神马一听居然兴奋起来，两眼放光地对小伙子说："真的？我卖会过十五块钱一袋？我怎么不记得有这事了。"

小伙子额头上的青筋都蹦出来了，吼道："可真是奸商啊，翻脸就不认账！你少给我装蒜，今儿你要敢不退，信不信我砸了你这黑店？"说完，看着高大壮道："这位大哥，对这样的奸商没什么客气的，咱俩一起砸！"

王神马慌忙摆手说："误会误会，我怎么能不认账呢。"说完，拿出一张字据挥了挥说，"小子，听好了，昨天凡在我这儿买了高价盐的，都立字据了。你的字据呢？"

小伙子一愣，刚要说话，高大壮已把字据拿了出来，说"我不管你俩怎么回事，你先把盐卖给我再说。"那小伙子见状，慌忙说："什么字据？我瞅瞅。"说完，抢过高大壮的字据，飞快扫了一眼，惊讶道："他昨天没卖给你碘盐，让你今天用字据来拿？"

高大壮点头说："是啊。你呢？我听着好像是要退盐。怎么回事？"小伙子一阵尴尬，突然弯腰抱起箱子，掉头就跑出了店门。高大壮一愣，跟在后面大叫道："喂，你回来，把字据

还给我。"

王神马连忙拉住高大壮，说："大壮，你还折腾什么？没看出来那小子是来敲诈我的？我那张二百五的字据，就是专门对付这号东西留的。"说着，王神马把事情的经过一五一十都说了。原来，王神马这么做主要有两点原因：一是他知道，国家不会允许盐价被哄抬，很快局势就会控制住。但在短时间的社会恐慌中，与其解释，不如给人们一个缓冲调整期；二是他料到会有人利用混乱浑水摸鱼，所以才立下字据，作为凭证。等一切说明白后，王神马把二十五块钱放在收款台上，说："碘盐还是原价，想买自己去拿，不买就拿走这钱。"

听到这里，高大壮不好意思地把钱装进兜里，又掏出一根烟递给王神马，说："瞧这事闹的！唉，咱什么也不说了。"

王神马呼了一口烟，说："大壮，还是要说你一句，以后别听风就是雨的，不然吃亏的还是自己。"

高大壮连忙点头如捣蒜："谁说不是呢！一看大家都抢，我也就慌神了，这次要不是你，我就成二百五了。这样，今天咱哥俩好好喝两杯，来个一醉方休。"

"谁怕谁啊，喝两杯就喝两杯！"王神马把嘴一咧说道，"在我眼前，神马都是浮云！"

（题图、插图：谭海彦）

唱不得的
曲子

□墨吞鱼

唱荤曲发财

清末民初，皖北古黄出了个艺人刘阿三，虽说生来双目失明，两腿也不利索，却拉得一手好二胡，唱得一口好曲，不过，刘阿三这人人品不佳，又极是贪财，只要给的钱多，他什么曲子都敢唱，尤其爱唱"荤曲"小调，模拟起男女情事来惟妙惟肖，这下他的名气更大了。

这年早春二月，恰逢佛光寺庙会，各路香客云集而来。刘阿三早就占据了最聚人气的佛光寺东墙角，支起二郎腿，架好二胡，很快，人们就把他围了个里三层外三层。在对面，是红遍沙河两岸的白家马戏班扎起的马戏台，尽管白家马戏班有不少名角绝活，出场的戏子一个比一个卖力，锣鼓敲得震天响，但就是热闹不起来，台下看客稀稀落落的。不用说，人

全都被刘阿三抓去了。

中午，刘阿三正抱着大茶壶润嗓子，白家马戏班的白老班主走了过来，客气道："刘先生，咱们也算是梨园同行了，你的二胡拉得真好，嗓门也清亮，果真名不虚传！"这一番恭维让刘阿三很受用，他打着哈哈说道："啊呀，那是那是。"

"不过，"白老班主话头一转，"您唱的那曲儿叫人实在不敢恭维。您可能不知道，白某却看得清，听您唱曲的有不少青皮后生，这些曲子对他们实在不相宜！望刘先生改唱别的好曲

儿，岂不是积德行善？"

这话儿刘阿三不爱听，腮帮子一鼓："哼，同行是冤家，你们眼红我挣钱是不是？实话告诉你，只要给的钱多，不管是人还是鬼，我就什么曲子都敢唱！"白老班主听了，叹了一口气："人在做，天在看，当心报应哟！"说完，转身走了。

这一天，刘阿三钱是赚了个盆满钵溢。庙会散了后，刘阿三踱进一家饭馆，要酒要菜，美滋滋地吃了晚饭，便拎着二胡出了饭馆，准备找家客栈先睡一夜，明天再回去。这时，只听一阵急匆匆的脚步声在刘阿三面前停下了，有人向他问好，听声音是个挺和气的中年人："刘先生，在下是苏家寨苏八老爷的管家。受老爷的吩咐，有请刘先生到苏家大院唱曲。"

苏家寨距此有二十余里，苏八老爷家有良田千顷，是远近有名的大富翁，出手阔绰也是出了名的。刘阿三心里一阵欢喜，却故意端起架子："恕刘某不恭，今天唱了一天了，嗓子正冒烟，再说天已晚了，路远难行……"

听刘阿三怎么说，苏管家急忙道："今日是我家老爷八十大寿，贺喜的宾客都坐满了院，说好了晚上要听刘先生唱曲，岂能失信？无论如何您要走一趟。喏，这是定金。"刘阿三只觉得腰间的钱兜里一沉，用手一摸，是一块四两重的银元宝！

苏管家又道："再说，以我家老爷的派头，岂能让刘先生屈尊步行？"说着一拍巴掌，只听一辆铜铃直响的马车随着车夫"吁"的一声，停在了刘阿三身旁。刘阿三虽心花怒放，面子上却不表现出来，故作叹气地让苏管家拉上了马车。

唱丧曲祝寿

一路上，刘阿三只觉马车拐弯上道飞快，二十多里路没多久便到了。一下马车，只听苏家大院内一片喧哗，宾客们在猜拳行令，酒肉香气扑面而来。苏管家牵着刘阿三的衣襟，领着他过门穿廊，走了好一会儿才停下来。刘阿三耳听得自鸣钟"当当"作响，知道已是来到了苏家厅堂了。

"老爷在阁楼上等着你们呢！"耳边传来一个小厮脆生生的接应声。苏管家忙说："刘先生，请上楼！"便搀扶着刘阿三一步一步上楼梯。

走了两步，刘阿三觉得有点别扭："你家的楼梯怎么这么陡？"苏管家"嘿嘿"笑道："是有点陡。您扶好楼梯扶手就行。""哟，你家楼梯这扶手咋……咋这么窄？"刘阿三又惊奇道。苏管家依旧不急不忙地说："是有点窄，可刘先生放心，摔不倒您的，有我扶着您呢。"

好容易来到了楼上，刘阿三闻到一阵沉木香掺杂着脂粉香，又听得一片玉佩玉环丁当响和乱纷纷的脚步声，心想：这一定是苏家的丫环们来来往往。这时，一个嘶哑的声音从对面响起："刘先生好！"不用说，是苏八老爷，"大冷的天，小辈们非要给我过什么大寿，还要麻烦您来唱曲，真是太过意不去了。"苏八老爷说得客客气气，只是那声音太苍老了，苍老得好像从地下冒出来似的，让刘阿三心里感到凉嗖嗖的，连打几个寒颤。

"莫不是刘先生感到冷？还是坐车久了不舒服？梅香，快给刘先生搬个椅子，再敬杯香茶暖暖身子，还要为刘先生捶捶背。"苏八老爷善解人意地吩咐道。那个叫梅香的丫环俏生

生地答应着，来到了刘阿三身旁，先是扶着他坐在一把宽大的靠背椅上，随后又将一杯滚烫的热茶递到他的手上，最后那双柔软的小拳头不轻不重为他捶起背来。刘阿三感到身上每一个毛孔都格外舒服！

这时，苏八老爷开了口："刘先生可不可以开唱了？"刘阿三却矜持地将茶杯递给梅香，笑而不言。苏八老爷方才恍然大悟，自嘲道："嗨，看我真是老糊涂了，咋忘了刘先生的规矩呢？管家啊，先给刘先生唱曲的润口钱！"就听一阵"丁当"之声，苏管家将一大捧银洋塞到刘阿三的钱兜里。

好个苏八老爷，果然慷慨！刘阿三一下来了劲，说："老爷，您想听什么曲？""唱个《灵前十杯酒》吧。往常听这曲儿叫人不舒服，可不知咋的，今儿老想听。"苏八老爷幽幽道。

啥？过大寿听《灵前十杯酒》，这可是寡妇唱的丧曲，也太不吉利了！刘阿三手一抖，惊得差点儿要扔了二胡，但他很快稳住心神：管他呢，反正人家出了钱呢！于是，他故作镇静地掩饰道："不……不知老爷家中有没有黄蜡？我想打点黄蜡好润润弦。"

"别的不好找，这黄蜡我家倒有。"苏八老爷干咳一声，梅香很快递给刘阿三一块黄蜡。刘阿三打了黄蜡，随后习惯地将黄蜡往袖袋里一塞，瞎眼一闭，手腕一抽，那悲戚戚

的曲调便从弦上流淌开来，接着他嘴巴一张一合，模拟着悲苦女音唱起来："一杯酒儿慢慢斟，丈夫一死好伤心，只想同到老，谁想两离分，你到阴间去，做了狠心人……"

"好，刘先生唱得真好，唱到我心窝里了！"一曲唱罢，苏八老爷哽咽道，"有劳再唱个《老鳏夫劝五更》吧。"

又是一支不祥的曲子！刘阿三眉头一皱，但还是低头拉起了弦，又模拟起悲愁的男音唱了起来："人家成双咱成单，好比孤雁落沙滩。一个枕头两条毡，一个人睡觉实在难……"

接着，苏八老爷又让家眷们点曲，还特意安排说："刚才这两支曲子太苦情了，你们要点就点荤曲吧，这可是刘先生的拿手好戏！"得了这话，苏家的家眷们也不含糊，这个点《小尼姑下山》，那个点《小白菜》，还有人高叫着要点《十八摸》……

每点一首曲子，苏管家都走过来往刘阿三兜里塞钱，刘阿三便忍不住一曲接一曲地又拉又唱。到后来，他两手累得发抖，嗓子也沙哑得直了腔，连自己都觉得好像鬼哭狼嚎，可苏八老爷他们反更兴奋，一个劲地叫好！

不知道唱了多久，忽听远处一声鸡啼，刘阿三猛地感到厅堂里一下静了下来，不仅嘈杂哄闹的酒宴声音没有了，就连各种香味也无影无踪，只有"呜呜"的怪叫声在头顶回旋。

好大一会儿，刘阿三才辨出那声音是寒风划过树梢的声音！大惊之下，他急忙用左手收起二胡，右手按着椅子要起身，却意外地感觉到那靠背椅子粗糙至极，上上下下摸索半天，才终于弄清楚了：自己屁股下坐着的，根本不是什么靠背椅子，而是一个三股的大树杈！这是怎么回事？莫非自己坐在高树上？

刘阿三心中更慌乱，手一抖，二胡掉了下去，好一会儿才从下面传来一声闷响。毫无疑问，自己确确实实是坐在高高的树梢上！刘阿三双手一抄，紧紧抱住最近的那股树杈，没命地扯着嗓子喊叫："救命！救命啊……"

难明的真相

不知喊了多久，眼看刘阿三就要撑不住了，方才听见从树下传来回应声："哟，这不是唱曲的刘先生吗？大早上的怎么跑到了树梢上？"接着，就有几个人爬上来，用绳索将他从树上解救下来。

这几个人自称皮毛商贩，听刘阿三说是昨夜被苏八老爷请来唱曲的，忙一惊一乍地说："什么苏家寨的苏八老爷？这儿是大柳树洼！"

刘阿三一双瞎眼直翻，心说：这大柳树洼是出了名的乱葬岗子，周边十几里没有人家，只有一株不知何年何月长成的大柳树，十几个人也合抱不过来。天晓得自己一个瞎子怎么爬

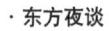

上大柳树的！可分明记得昨夜是那个苏管家搀扶自己上的阁楼……

有个商贩突然惊叫道："我昨天从苏家寨经过，正碰上苏家为苏八老爷大出殡！他儿子为他扎了好多纸人纸马纸车，打头的是一个管家模样的纸人。还……还有，苏家用水银灌死了一个丫环，给苏八老爷陪葬。哦，听说那丫环就叫梅香……刘先生，莫不是你昨夜叫苏八老爷那些鬼给要了？"

听到这里，刘阿三腿一软，差点

儿又瘫倒："不，不可能，昨……昨晚那管家往我兜里塞了好多大洋呢。说着，手往兜里一掏，众人一看，更是骇然，只见攥在刘阿三手中的，竟是一把黄裱纸钱和一个锡箔元宝！

这下无可置疑了，刘阿三昨夜被鬼请到了这棵大柳树上，为鬼唱了一夜曲！刘阿三再也支撑不住，一头栽倒在地，慌得众人忙把他抬上小推车，拉到最近的镇上寻医诊治……

刘阿三这场病直拖了半年多才好利索，而他被鬼骗去唱曲的事也传扬开来。从此以后，刘阿三再也不敢唱什么"荤曲"了，甚至有人一提，他就忍不住发急："你、你是人还是鬼？"不过，他有时也捏着那天无意中留在袖袋里的一块黄蜡暗自疑惑：那些大洋和元宝全是冥物，可这块黄蜡偏偏是真黄蜡，难道鬼在阴间要用黄蜡吗？

倒是有另一种说法不胫而走，说刘阿三给鬼唱曲这事儿全是假的，只不过是白家马戏班合伙上演的一出戏法而已！白家马戏班的口技、爬木梯子上刀山、西洋闻香迷魂魔术等等可都是绝活儿！对他们来说，联手忽悠一个瞎子夜里上树唱曲，还不是小菜一碟？就连后来救了刘阿三的那几个皮毛商贩，也是他们所扮！曾有好事之人就此事询问白家马戏班，白老班主他们全都笑而不言……

（题图、插图：谢　颖）

36

科斯汀的礼物

□谢庆浩

最后一班岗

乌克兰北部有个风景迷人的普拉小镇，镇上有个叫玛丽的老太太。还差几天就是她的六十岁生日了，随着生日的临近，玛丽的心也一天天激动起来：要知道自结婚以来，丈夫科斯汀每年都会提早准备好一份礼物，封存在邮局里，让邮递员在自己的生日那天送来，而且绝不重复。不知道今年科斯汀会准备什么样的生日礼物呢？

这天吃过晚饭，科斯汀陪着玛丽一起到白桦林里散步，玛丽禁不住问丈夫说："亲爱的，你到底给我准备了什么礼物？我等不及了，现在就想知道答案。"科斯汀哈哈笑着摆了摆手："现在可不能说。不过我向你保证，你

一定会喜欢这份与众不同的惊喜。"

玛丽依偎着丈夫，无奈地摇了摇头。三十五年了，科斯汀都是这样，没到揭开礼物盒子那天，一定守口如瓶，这个男人固执地要送她惊喜，她也习惯了守候这份惊喜。

两天后，身为消防员的科斯汀正式退休了，终于可以结束这出生入死的生涯。晚饭的时候，玛丽特意多加了几个菜，还买了瓶红酒，为丈夫庆祝。可半夜里，熟睡中的玛丽突然被一阵急促的电话铃声惊醒，她正要起身，科斯汀已经抢先一步接通了电话。电话是消防站长打来的，他声音急促地告诉科斯汀，小镇附近的核能发电厂四号机组发生了火灾，火势很猛，情况非常危急。最后，消防站长说："科斯汀同志，您已经退休了，我不能再要求您什么。但火势实在太猛，多一个人手，就多一份希望……"

看着窗外远方被火烧红了的天

空，科斯汀不加迟疑，立即异常坚定地说："站长同志，什么都不用说了，尽管我已经退休了，但今晚，我依然是编号Z—654消防水车的驾驶员。我马上赶去消防站！"挂了电话，科斯汀匆匆换上消防服，戴上钢盔，刚要出门，玛丽突然闪了过来，一把挡住他的去路。科斯汀着急地叫了起来："玛丽……"

只听玛丽轻轻地说："你放心，我不拦你，因为我知道你这一去，是为了拯救国家……"玛丽伸手轻轻替丈夫扣好最后一个纽扣，扶正了他的钢盔，最后说，"但我要你答应我，明天就是我的生日，你一定要平平安安回来，陪我一起迎接邮局送来的生日礼

物……"

科斯汀什么话也没有说，紧紧把玛丽拥进怀里，深情地给了她一个吻，然后头也不回地走出了家门……

玛丽的等候

科斯汀走后，玛丽再也没有合眼，她焦急地等候着，期盼大火早点扑灭，丈夫能够平安回家。然而，天亮后，玛丽没能等回丈夫的身影，却等来了他以身殉职的噩耗。玛丽一下哭倒在地……

也不知道哭了多久，玛丽醒了过来。她想起了科斯汀准备的那份封存在邮局里的生日礼物。那是丈夫三十五年来对自己不变的爱呀，现在虽然他不会回来了，但他为自己准备的生日礼物却还在回家的路上，自己一定要漂漂亮亮地迎接科斯汀生命最后一份礼物的到来！想到这里，玛丽擦干了泪水来到梳妆台前，轻轻挽了个髻，为了掩住哭肿了的眼，她还特意化了个淡妆。

接着，玛丽出门了，她想去邮局问问那份礼物的情况。可玛丽刚出门，不由得惊呆了，一向安静的普拉小镇突然来了无数荷枪实弹的军人，街头还停了很多巴士，巴士里坐满了镇上的居民。这一切到底是怎么啦？正疑惑间，一个拎着包袱的男人叫住了玛丽，他叫安德烈，是邮局里的邮递员。安德烈急切地说："玛丽太太，

您刚才到哪里去了？军方有令，彻底疏散普拉镇的居民。您现在马上回去收拾收拾东西，十分钟后，所有人都必须离开……"

玛丽惊呆了：什么？疏散普拉镇？她突然大叫起来："我不走！安德烈，你也不能走！今天是我的生日，你走了，谁给我送生日礼物？我的生日礼物还寄存在邮局里，记住，这是你的职责！"

安德烈叹了口气，说："玛丽太太，没有人可以留下来，因为这是命令！就算我留下来，也一样送不了礼物给你，因为邮局已经让军方封锁了。"果然，玛丽看到不远处的邮局大门紧锁，门上还贴着封条，一队军人正在给疏散过后的房子加封条。

说话间，两个手握钢枪的军人走了过来，对玛丽说："太太，请你马上做好准备，时间已经不多了！所有人都必须无条件撤离，这是命令！"玛丽无奈地匆匆赶回家中，颤抖着手最后一遍抚摸家里的一切，不由得流下了眼泪：她已经失去了科斯汀，也永远等不来科斯汀的最后一份生日礼物了！

离开普拉镇后，一开始玛丽还抱有幻想，以为可以很快返回家乡，但不久她的幻想就破灭了，事实的真相竟然如此残酷：原来，当初核电厂不仅仅是火灾这么简单，而是发生了严重的核泄漏事故。核电站周围半径三十公里以内的地区都被划为隔离区，为了防止核辐射扩散，政府拉起了铁丝网，设立了检查站，严禁一切人员进入。不仅玛丽，普拉镇的每一个居民要想回家，都将遥遥无期……

迟来的礼物

二十年后，隔离解除，老迈的玛丽终于回到普拉镇。只见当年热闹的街道上空荡荡的，一个人影也没有，风吹过空洞的街道，发出呜呜的哀号。玛丽拄着拐杖颤巍巍地走过无人的街道，走了好久，终于看到了阔别多年的家。这么多年过去了，玛丽家的窗户掉了，门也倒了。玛丽拄着拐杖站在空洞洞的门口，痴痴地看了几分钟，这才走进屋，在已蒙了一层厚厚尘土的梳妆

台前坐了下来。

也不知道坐了多久，突然，玛丽隐约听见一阵自行车的清脆铃声，似乎还有人大声说："马克先生，有您的邮件，请签收……"玛丽惊呆了，普拉镇早就成了一座空城，怎么还有人送信？不久，自行车的铃声越来越近了，玛丽透过窗户吃惊地看见，一个挎着旧尼龙包的人慢慢在空无一人的街道骑行，这人竟是当年普拉镇上的邮递员安德烈!

这时，安德烈把车停在了玛丽家门口，大声呼唤着："玛丽太太，有您的邮件，请签收……"喊完后，安德烈跳下车，打开尼龙包，取出一封泛黄的信。玛丽激动地应了一嗓子："安德烈，我在家!"正要把信塞进信箱的安德烈吓了一大跳，他停了手，冲着黑洞洞的屋里哆嗦着说："是谁？""是我，玛丽太太……"说着，玛丽挂起拐杖，颤巍巍站起身，走了出去。

"玛丽太太，想不到您也回来了!我也是刚回来的，人老了，已经没有多少日子好活了，所以无论如何都想回来再看一眼呀……"安德烈抹了把泪水，继续说道，"二十年前，已经退休了的科斯汀先生多值了一班岗，是他和一干不怕死的消防队员，扑灭了蔓延向三号核反应堆的大火，制止了更大的灾难，他们是国家乃至全世界的英雄。这次回来，我第一个愿望是要再看一眼故乡，第二个愿

望，就是处理掉当年没来得及送走的邮件，把它们送去该去的地方。毕竟，当年匆匆离开普拉镇，我还欠了一班岗……"

玛丽摇摇头，喃喃地说："送到后又能怎么样？普拉镇已经没有人了……"安德烈摇了摇头，把手中的信递给玛丽，又从挎包里取出一摞泛黄的书信，一边看着，一边缓缓道："不，玛丽太太，您错了。在我心里，没有人离开普拉镇，它还和二十年前一样热闹。马克先生，丽娜太太，还有调皮的小约翰，他们都在家里等着我给他们送信呢……"

说完，安德烈骑上自行车，重新又上了路。清脆的铃声渐行渐远，玛丽目送安德烈的身影渐渐消失在街头，这才颤抖着手，打开安德烈刚送来的那封二十年前的信。这是封薄薄的信，玛丽撕开信封，伸手一掏，里面是两张泛黄的车票，起始站是普拉镇，终点站是著名的港口城市敖德萨。

泪水一下从玛丽干枯的眼窝里汹涌而出。原来，二十年前科斯汀送给她的生日礼物，是到敖德萨去看海。这是玛丽多年的心愿啊，但谁想得到，原来预计只是三天后的车票，送抵玛丽的手中，却需要二十年!就像当年他们离开普拉镇，原本预计很快就可以回来，但没想到这一走，就是永远……

(题图、插图：佐　夫)

□ 冯海鹏

一假到底

以假救急

陆浑县出了个赵家班，红极一时。赵家班的赵宏声既是班主又是台柱子，他男扮女装，唱腔优美身姿曼妙，哪个听戏的不是冲他来的？

这天，陆浑花梨园戏场子里座无虚席，赵宏声登台演唱《白蛇传》，观众正听得如痴如醉，突然，只听见胡琴响，却听不见赵宏声的声音了。

赵宏声忘词了！按说以赵宏声的舞台经验，现编词儿也不在话下，可问题是他不是单单忘了一两句，整个后面一大篇都统统想不起来了。再说，今儿个台下来的可都是老票友，动一个词儿，底下各位可都门儿清！赵宏声这么一愣神的工夫，观众马上明白了，顿时，台下乱成一片，有笑的、有嚷的，也有喝倒彩的。

赵宏声第一次狼狈地下了台。这场戏演砸了，他心里清楚对戏班的影响有多大，要是往后再这样，戏班早晚要垮！没想到，真是怕什么来什么，后来几次演出，赵宏声竟都稀里糊涂地忘词儿。一时间，他急得心火上涌，一狠心，干脆停演了。

再说赵宏声有两个入室弟子，一个叫明国，一个叫俊宝，这俩徒弟和赵宏声的女儿红霞年纪相仿，赵宏声疼爱他们便如同亲生儿子一般，还特意给他们每人一块玉佩，并把他们的名字刻在上头。平时遇到了什么事情，赵宏声也愿意跟俩徒弟商量商量。

这天晚上，赵宏声正躺在床上辗转反侧，突然，他眼前一亮，有了主意。他连忙叫来自己的两个徒弟，告诉他们说："明国，俊宝，师父忘词事关重大，今天我想了个主意和你们商量一下。"

明国和俊宝便说："咋办？""造假！"赵宏声脱口而出，见两个徒弟一下子愣了，才笑道："简单得很，从今往后啊，你们就给师父提词儿！"

明国疑惑地问："咋提？"赵宏声说："要是演出时没有道具，你们就在幕布后给我念；要是有道具，师父就想法儿让你们躲进去给我提！"明国、俊宝一听，真不失是一个好办法啊，便点头答应了。

赵宏声见徒弟答应，却说"那你们俩谁合适呢？""这……"俊宝吞吞

吐吐地不答话，却把脸看向明国。明国见状，毫不犹豫地说："师父，让我来。俊宝演得比我好，得上场呢。"赵宏声点点头，惭愧地说："只是，委屈了明国你了。"明国摇摇头说："师父你说的哪里话啊。"

从此以后，赵宏声只要演出，台上有桌子明国就躲桌子底下，有箱子就藏箱子里边给他提词儿。别说，这招还真灵验，那天起赵宏声不光没忘过词，而且无论什么样的新戏都敢唱，场场都顺顺溜溜地演了下来。这下，赵家班比以前更红火了。

以假乱真

这天夜里，演了一天的赵家班早已人困马乏，赵宏声打发大家都回去歇息后，自己才守着家当睡下了。

睡到四更天，赵宏声迷迷糊糊中醒来，猛然发现窗户外一个黑影一闪，"哧溜"一声不见了。赵宏声顿时一个激灵爬了起来，连忙跑到外头查看。这一看不要紧，他发现远处装戏箱的房间正燃着熊熊大火。赵宏声见状，拼命地奔了过去……

那天晚上，虽然大家奋力扑救，可是，不光家当被烧得一无所有，赵宏声看家的嗓子也在救火时被烟熏坏了。如今，他连说话都有点嘶哑吃力，更不要说登台唱戏了。

这可咋办？赵宏声守着那被烧得支离破碎的戏装涕泪横流。徒弟伙计

们更是一个个恨得咬牙切齿。这还用问吗？师父赵宏声为人低调，从不得罪任何人，不是仇祸那便是妒祸了，这显然是同行马家班干的！马家班班主叫马成天，心胸狭窄，手段毒辣。听说，之前有一个很红火的戏班，也是因为他搞鬼才被迫解散的。

但赵宏声擦掉泪，对大家摇摇头说："算了，风头盛了折高枝。再说咱没证据，这样找人家反倒害了咱自己。这事就当没发生过吧！"

"可师父的嗓子咋办？大夫说已经唱不了了！"明国焦急道。赵宏声叹了口气，无奈地说："再说吧！"

谁知没几天，赵家班在赵宏声的指挥下，竟又忙碌起来。做道具的，买衣料的，请工绣戏装的……忙得不亦乐乎。又过了几天，坊间都传言赵家班要复演了，主角依然是赵宏声！这下可引起了轰动。演出那天，戏园子里是座无虚席，听戏的观众比以往还多呢，大家都想来看看，哑了嗓子的赵宏声要如何唱戏？

演出开始了，赵宏声像往常一样平静自如地入了戏，开口一唱，却是全场震惊。天啊！这一烧，倒把他的嗓子烧得更动人美妙了！赵家班再一次轰动了全城。

演出结束后，赵宏声卸了装，哑着嗓子对演出桌底下说："明国，出来吧！"明国这才兴冲冲地钻出来，激动地说："师父，我今天和您配合得咋

样？"赵宏声竖起大拇指："绝了，咱师徒这假造得不赖，没人看出来！"原来，赵宏声把演出的桌子做了改造，让明国提前藏进去。赵宏声对口型，明国来唱，这可是借鉴了双簧表演啊！而明国这几年得到赵宏声的真传，唱腔比起师父也许更胜一筹呢！

这时，一众徒弟和伙计纷纷围了过来，赵宏声望着身边的明国和俊宝，若有所思道："师父说过，天无绝人之路！你们说是不是这个理？"大家听完，都呵呵笑了。赵宏声却轻轻叹了一口气，摇了摇头。

最后一假

几个月后的一个晚上，赵宏声刚要入睡，却听到外面骤然响起了隆隆的炮声，一打听才知道，日本鬼子已经打到了陆浑。果然，第二天日本人进城了，转眼间老百姓流离失所，哪里还有人有闲心看戏啊。赵家班一夜之间没落了。

这天，赵宏声把明国和俊宝叫到跟前，对他们说："看这世道，戏班早晚得散。师父决定，还是放手让你们出去闯闯吧。至于师父，哪里也不去了，我得守着咱的家当。只是……师父有一件事放心不下，就是红霞。"说到这里，赵宏声顿住了，俩徒弟猛然抬头盯着他。

过了一会儿，赵宏声接着说"我

知道，你俩都喜欢红霞，所以今天，师父倒没了主意。这样吧，还记得师父当年送你们的玉佩吗？今天谁能拿出来还给师父，红霞就托付给谁吧！"

赵宏声说完，脸上不觉已流下两行热泪。只见明国向他郑重地点点头，从口袋里取出了玉佩，而一旁的俊宝却愣在那里，一动没动。赵宏声接过明国的玉佩，托在手心看了看，又抬头看着默不作声的俊宝："俊宝，你的呢？"俊宝吞吞吐吐地说："我的丢了，都怪我……"赵宏声不说话，叹了口气道："丢了就丢了吧！以后，没了师父照应，你们要走好自己的路！"

说完，赵宏声站身起来，转身从箱底拿出个布兜，在俩徒弟面前小心翼翼地一层层解开，只见里面露出的竟是两把手枪！见徒弟们愣了，赵宏声解释说："临走了，师父也没什么好送你们的。思来想去，如今这外面的世道乱，还是这家伙有用。你们一人

一把，防身用吧！"俩徒弟望着师父，流着眼泪接过手枪，深深地给师父鞠了一躬，转身离去。

转眼两个多月过去了。这天夜里，赵宏声正在屋里望着几件戏服感慨不已，忽然听见有人敲门。打开门一看，赵宏声愣了，来人竟是马家班班主马成天！

一见赵宏声，马成天立刻深深鞠了一躬，说道："老哥啊，成天给您赔礼了！"赵宏声有点纳闷，马成天眼圈一红，又说："老哥啊，其实，你心里跟明镜似的。你早就知道你忘词是我给你下了药，那把火也是我差人给你放的，可是你却硬撑了过来。你知道吗？你越是不动声色，我的心里就越煎熬难受啊！这些日子，我想了很多，我害你深啊，可害来害去，有啥结果啊，戏班没了，家没了，国也快没了，我才明白，我那叫一个混啊！"

赵宏声听了，苦笑一声："我不撑下来咋办？你差的那人是我亲如儿子

的徒弟俊宝啊！那时候，每次上场前，他都会给我一杯润嗓子的茶，只要我喝了就会忘词，于是，我多少就有些怀疑啊。可我就是不愿意相信啊，直到发生大火的那天夜里，我在房间外拾到了我给他的玉佩！我故意不动声色，就是想看到他悔改啊！唉，都过去了，不提了！"

马成天突然说："不，没有过去！"见赵宏声一愣。他接着说，"老哥，你比我还了解俊宝，你知道这些日子俊宝到哪里去了？他……他到鬼子司令部去了！前天鬼子枪毙的那几人，你知道是谁的功劳？就是这小子啊！"赵宏声低下头，面无表情地一动不动，过了好一会儿，才狠狠地说："这么说，当初我的确没有做错决定啊！""什么决定？"马成天疑惑道。

就在这时，突然只听"哐当"一声，门被推开了，赵宏声抬头一看，是明国。明国惊慌失措地扑过来，跪在师父身边，连声说："师父，我杀人了！我杀人了！"赵宏声一愣"你杀了哪个？"明国嘴唇哆嗦"我杀了俊宝！"赵宏声和马成天顿时目瞪口呆。

原来，就在刚才，明国无意中看见俊宝和两个鬼子在一起胡作非为，顿时怒火上涌，"啪啪"两枪把两个鬼子解决了，然后用枪指着俊宝的脑袋。明国咬牙切齿地道："俊宝，师父真是看错你了，没想到你竟干出如此禽兽不如的事情！"俊宝冷冷一笑，也用枪指着明国的头，发疯似的吼道："我的事你少管！是你们对不起我的。为什么我最喜欢的红霞偏偏给了你？我得到啥了？只有师父对我的苛刻，给我受的罪！现在，我只想痛痛快快地活一次，其他的我什么都不管！"明国看着俊宝血红的眼睛，痛苦地闭上了眼睛。两人几乎同时开枪，结果，俊宝"扑通"一声，倒在血泊之中！

听明国断断续续说完，赵宏声仰天长叹，然后转头对马成天说："看来，我的决定没有错啊！"马成天和明国愣住了，疑惑地望着赵宏声。

赵宏声早已流下两行清泪："明国，不是你杀了俊宝，是师父我啊！其实，给你的子弹是真的，而给俊宝的原本就是哑弹啊！"明国张大了嘴巴，不敢相信。赵宏声接着说，"我原打算留他一命，等他害咱自己人的时候被打死也不枉我们师徒一场，没想到……明国，师父让你提前儿让你替我唱，这次，又偷偷做了手脚让你杀了俊宝，师父造了多少假啊！但师父无憾，咱们中国人不能做对不起中国人的事，不能当汉奸走狗啊！"

明国听完，重重地给师父磕了个头："师父，良心不掺假，我记下了！您老和红霞在家等着，我要用这把真枪多打几个鬼子去！等我回来！"

（题图、插图：黄全昌）

根据美国作家史蒂芬·金的作品
改编而成

呼吸方法

□陈超先　改编

上世纪三十年代，有个叫麦卡朗的医生在纽约开了一家私人诊所，由于他医术精湛，而且为人热心，生意一直不错。这天早晨，麦卡朗医生接诊了一个新病人，她是个漂亮的金发女郎，在一家百货公司上班，名字叫史黛菲。

其实，史黛菲小姐没有患病，而是怀孕了。她告诉麦卡朗医生，自己从一个小镇来到纽约，一心想进入演艺界实现梦想，也因此认识了一个同样怀有演员梦的男孩，两人迅速陷入了热恋。不久后，史黛菲发现自己意外怀孕了。当她把这个消息告诉男孩时，男孩立刻赌咒发誓会和她结婚，可没想到，第二天一大早，男孩突然不辞而别，从此再也没有回来过。

听完史黛菲的倾诉后，麦卡朗医生十分同情地问："那么你来找我，是想打掉这个孩子吗？""不！"史黛菲很坚定地说，"我不能扼杀一个无辜的小生命。我要将他生下来。医生，你能告诉我预产期在什么时候吗？"

麦卡朗医生告诉她预产期会在圣诞节前后。史黛菲又小心翼翼地问："医生，在预产期到来之前，你愿意做我的私人医生吗？"麦卡朗知道史黛菲的担忧，毕竟她还是个没有结婚的姑娘，如果现在就去医院，会让她很难堪，于是，麦卡朗点点头，很痛快地答应了。

接下来，麦卡朗递给史黛菲一本小册子，上面记录了一些怀孕方面的知识，比如孕妇应该吃什么，喝什么等等，还有就是一些不能做的事情。史黛菲满怀感激地拿着小册子离开了诊所。

从这以后，每隔一个月，史黛菲就会来诊所检查一次胎儿的情况。三个月后，麦卡朗医生又送给她一本小册子。这次上面记录的是关于产妇生产时候的呼吸方法。史黛菲这才知道，原来产妇分娩时有四个阶段：初期阵痛，中期阵痛，产出婴儿，最后是排出胎盘。小册子里，着重记录的是在这四个阶段里产妇怎样呼吸，才能帮助她安全而顺利地产下婴儿。

前两个阶段没有什么难度，最重要的是第三个阶段。在这个阶段，伴随而来的剧烈阵痛，会使产妇的精神紧张到极点，这时，呼吸方法就派上大用场。使用这个方法，可以使产妇学习短促的吸气、吐气，让空气在牙齿间快速进出，这时，产妇发出的气息像极了小孩子模仿蒸汽引擎推动火车前进的声音，因此，麦卡朗医生称之为"火车头呼吸法"。

又过了几个月，十二月终于来到了。这天，史黛菲再次来到诊所，麦卡朗医生替她做了仔细检查，然后告诉她："看起来要拖过圣诞节了。不过，婴儿肯定会在今年出生的。"史黛菲点点头，欣然接受了这个结果。离开诊所时，她踮起脚尖吻了医生一下，然后真诚地说："麦卡朗医生，再次谢谢您为我做的这一切！"医生有点不好意思地笑道："不必客气。听你的口气，好像我们不会再见面似的。"史黛菲也笑了："我们肯定会见面的，医生。"

可没想到，史黛菲在圣诞夜刚过六点时竟开始初期阵痛了。那天，纽约下了一整天的大雪，到了晚上又开始下冰雹。等到她进入中期阵痛的时候，这城市已经被冰雪所覆盖，所有的街道都变成了光滑的"溜冰场"。

史黛菲十分镇定，她先打电话叫了出租车，在等待出租车的间隙，又打电话通知了麦卡朗医生。半个小时后，出租车终于来了。司机见史黛菲就要临盆了，急忙扶着她一路走下楼

梯，嘴里还不停地提醒她千万要小心。史黛菲只是用点头来回答，因为在每次阵痛来袭时，她都在做深呼吸运动。

一路上，密集的冰雹打在车顶丁冬作响。司机小心翼翼地在滑溜溜的街上开着车，还要不时地穿过拥挤的十字路口。就这样，在距离医院还有两个街口的时候，出租车已经行驶了一个钟头。这时候，司机清楚地听到史黛菲开始呼吸急促，那气喘吁吁的声音，就像是大热天里的狗在伸着舌头喘气一样。他当然不会明白，史黛菲已经在做"火车头呼吸"了。

史黛菲的呼吸声越来越激烈，司机不禁皱起了眉头，看起来他比史黛菲还紧张。又行驶了一会儿，司机已

经看见医院大门前那座高大的石头雕像，便将油门一踩到底，出租车尖叫着冲向医院。

可就在这时，一辆急救车正沿着医院急诊室的弯道急速驶出，眼看两辆车就要撞在一起，司机连忙猛踩刹车，两辆车随即都开始疯狂地打转。可路面太滑了，谁也控制不住自己的车，两辆车不可避免地撞到一起。急救车撞上出租车的左侧，撞得它飞速转了一个圆圈，然后以骇人的力量撞上石头雕像。车顶的黄灯立刻炸成碎片，车身也在瞬间皱成一团，可怜的史黛菲，就像个破布娃娃般从破碎的车门给狠狠甩了出去。

这时，麦卡朗医生恰好赶到医院，他正要走上医院门前的台阶，就听到身后传来巨大的碰撞声。麦卡朗立刻预感不好，他快速向史黛菲甩出去的方向跑过去，在接连摔了两跤后，突然感到左脚踢到一个硬邦邦的东西，一碰就向旁边滚开。麦卡朗医生低头一看，却倒吸一口冷气，原来他踢到的那个东西竟是史黛菲的头颅！麦卡朗医生禁不住魂飞魄散，他实在不敢相信，史黛菲小姐已经在这场车祸里身首异处。

麦卡朗吓呆了，他浑身颤抖地跑到史黛菲的身体旁

边，只见没有了头颅的身体还在呼吸着！麦卡朗感到双膝一软，直接跪倒在地，他看到鲜血汩汩地从史黛菲的衣服下流了出来，在这一瞬间，他忘记了所有的恐惧，心里只有一个念头：无论如何也要拯救史黛菲腹中的小生命！

这时，医院里不少医生和护士都跑了出来，其中有几个胆大的医护人员，便开始蹲下来帮助麦卡朗医生接生。与此同时，史黛菲的断头身体仍在坚持"火车头呼吸"，不但没有停下来，反而越来越急促。

终于，随着一声嘹亮的啼哭，婴儿出生了，还是个男孩儿。麦卡朗将婴儿交给护士，护士随即用毯子将婴儿包了起来。这时候，史黛菲的身体抽搐了几下，随即停止了一切动作。麦卡朗看着护士抱着婴儿走回医院，这才站起来慢慢从尸体旁边走开。退开几步，他一瞥眼看到史黛菲的头颅还在那边的地上。突然，麦卡朗强烈地感到她还有意识，自己应该把她顺利生下婴儿的事情告诉她。

想到这里，麦卡朗走过去，半跪在史黛菲的头颅旁。只见她的一对眼睛仍然圆睁着，嘴里还在做着"火车头呼吸"。随即，麦卡朗医生看到史黛菲的眼球稍稍转动，眼光看向自己，接着，她的嘴角分开一下，吐出几个模糊不清的音节："麦卡朗医生，谢谢你！"

麦卡朗按住自己狂跳不止的心脏，回答道："不用客气，史黛菲小姐！是个男孩儿。"史黛菲的嘴角又动了动，最后发出微弱的声音："男孩儿……"接着，她闭上眼睛，又开始做"火车头呼吸"，几秒钟后，呼吸终于停止了。

第二天，麦卡朗医生自己掏钱安葬了史黛菲，因为她在这个城市里孤苦伶仃，没有一个亲人。她的儿子出院后，被一对不能生育的年轻夫妇收养了。很多年以后，麦卡朗医生得知他在美国一家私立大学做了英文系主任。麦卡朗医生特地找机会和他在教师俱乐部吃了一顿饭。根据医生的暗中观察，他遗传了母亲史黛菲小姐的聪明、开朗，还有坚毅的性格。当然，关于他出生时发生的这一切，他永远也不会知道。

（题图、插图：佐 夫）

您手中有没有得意之作？本刊辟有二十多个原创性栏目，如新传说、我的故事、情感故事、16岁故事、海外故事、职场故事、传闻逸事和中篇故事等；您读到或听到什么有趣可以和大家一起分享吗？3分钟典藏故事、开卷故事、微博故事、外国文学故事鉴赏和快乐辞典等都是本刊推荐性栏目。热忱欢迎来稿，可从邮局寄发，也可从网上传递。邮寄地址：上海绍兴路74号《故事会》杂志社，邮编：200020。本期责任编辑信箱：liuyingxi1203@163.com。

三克重的砖头

有个搬运砖头的工人，独自带着一个八九岁的女儿过活。平时，女儿在附近的小学读书。每逢星期天，她就到工棚里写作业。

这天，女儿写完作业，第一次来到父亲"工作"的地点，想给他一个惊喜。可是，眼前的一幕却让她惊呆了，只见父亲正吃力地挑着砖头来回搬运，她不禁泪流满面，转身一个人悄悄回到了工棚。

几天后的一个晚上，父亲加班回家迟了些，女儿已经睡熟了。父亲洗漱完毕后，

像往常一样检查起女儿的作业。忽然，他惊呆了。

原来，有一道连线题，左边是"一车土、一块砖、一张纸"，右边是"一吨、两公斤、三克"。女儿却在"一块砖"和"三克"之间画了一道线。

这道题女儿明显做错了，老师却给了个满分。女儿在作业中这样写道：我爸爸是个搬砖工，每天工作都很辛苦。所以，我希望所有的砖头都别太重，只有三克就行了！后面老师的批注是：因为你的爱心，给你加一分。

看到这里，父亲不禁泪流满面。这三克重的砖头，是女儿用爱发明的啊！

（作者：邵世新；推荐者：韩文增）

母亲的"SOS"

商场里，一个儿子正在为母亲选购手机。导购员拿出一个笨重的大手机，说"这是专门给老年人用的，除了铃音响、按键大之外，最大的亮点就是可以设定一个'SOS'号码，方便老人在紧急情况下一键拨出。"儿子觉得不错，便买了下来。

周末，儿子回了趟老家，他把自己的号码输进了"SOS"里，并特别提醒母亲："有什么事，一按这个'SOS'键，就能找到我了。"母亲接

过手机，满意地笑了。

过了半年，儿子又回到老家。刚坐下，母亲就张罗着去做饭，儿子闲得无聊，便摆弄起桌上的那部手机来。无意间，儿子发现"SOS"键里存着的竟然是一个陌生的号码！

儿子气冲冲地质问母亲："您有儿子，可有事还去找别人，这算怎么回事？"母亲一边在围裙上擦手，一边说："这是我让后院的大强帮忙弄的，他在家种地，有什么事我找他方便……你不是平时上班太忙嘛。"

原来，刚买手机的时候，母亲总会隔三差五地打个电话。但儿子不是在上班，就是在开会，偶尔还能应付着聊上几句，但遇到忙的时候，干脆就挂断了。儿子心想：如果有事，母亲一定还会再打来的。结果，电话也没再响起。

想到这里，儿子的泪水开始在眼眶里打转。母亲见了，突然局促不安起来："看你这孩了，妈错了，你赶快把号码换过来！"儿子一把攥住母亲："妈，我现在就把您接到城里，从今以后，儿子好好做您的'SOS'！"

（作者：翟 杰；推荐者：刘 明）

女儿快要出嫁了，她开始一件一件地搬东西。等东西都搬得差不多了，女儿最后扫视一眼房间，又把自己的小电视也搬走了。这时，一直为女儿拉着门的母亲突然掩面而泣。

· 沧海拾贝 人生百味 ·

女儿呆住了，匆匆放下电视，过来安慰母亲："妈！你怎么了？"母亲说："我看到电视，忍不住了！""为啥？"女儿不解。

哭电视

"我是哭电视，不是哭你拿走电视。"母亲又掉了几滴眼泪，等平静了，才缓缓说道，"你小的时候，我们没有电视，一家人总坐在客厅聊天。然后，买了电视，一家人还是聚在客厅，虽然眼睛都盯着电视，但偶尔还能聊儿句。后来，你大了，买了自己的小电视，整天躲在房间里不出来，但我还能从门缝里看见你……"沉默了一下，母亲咬着唇说，"现在，你老爸迷上卡拉OK，整夜在外面盯着电视唱。而你搬家了，把妈妈织的毛衣全留在柜子里，却没忘记拿走这小电视……"女儿愣住了，想到过去二十年的种种，突然紧紧抱住母亲，两人相拥而泣。

亲情不容易被遗忘，只是容易被忽略。有时候，忽略等于遗忘。

（作 者：刘 墉；推荐者：张 洋）

（本栏插图：安玉民 梁 丽）

学写作文，
从读故事开始

也不知谁说过这么句话："人生的痛苦不在于无路可走，而在于选择太多。"最近，安晓倩也遇上了个大难题：是要"生"还是要"升"，这是个问题……

谁动了我的
孩子

□ 花不眠

恼人的心事

安晓倩是个不折不扣的女强人，大学毕业才五年时间，就坐到了公司高管位置。可这两天，她老觉得浑身不对劲，吃饭也没胃口，到医院一检查，才发现原来自己怀孕了！

安晓倩手拿孕检单，很是发愁，心说：倒霉，怎么偏偏这时候怀孕！原来，他们公司有个"美好家园"项目马上就要批下来了。如果安晓倩这时候跑去生孩子，上司任总非气死不可，以后要是升职加薪的事情那就休想了。

中午吃饭的时候，同事钱米乐见安晓倩食不甘味的样子，便关心地问道："干吗愁眉不展的？"这钱米乐跟安晓倩是大学同学，毕业后又进了同一家公司，所以两人情同姐妹，关系十分要好。经不住钱米乐一再催问，安晓倩终于吐露了自己的心事。

"原来你担心的是这个！"钱米乐叹了一口气说道，"你想过没有，人这一生，钱是赚不完的，升职也是没有尽头的。可女人生孩子的最佳年纪就那么几年，错过了，也许以后就再也没机会了！"

安晓倩觉得钱米乐的话也不无道理，因为自己马上就"奔三"了，夫妻俩早就想要个孩子。只是在孩子和事业之间，她还是有点摇摆不定，需要好好考虑一下。

没想到这天刚下班，安晓倩的老公就把车开到公司门口来接她，还给了她一个大大的拥抱，一脸兴奋地说道："老婆，你只管安心养胎，我一定会想尽一切办法，让你孩子和事业两不误！"安晓倩知道，肯定是钱米乐把事情告诉了老公,虽然老公是个很有办法的人,可事关自己的事业前途,她还是有些不放心。

都是钱米乐

为了尽量减小怀孕对事业的影响,安晓倩一直都没有对外公开此事,可"美好家园"项目刚开始没多久,她就糟糕地害起了喜,每天吃不好睡不好,不久,医生又发现她胎盘前置,为确保胎儿安全,她必须卧床休息两周!

安晓倩无奈,只得忐忑不安地来找任总,没想到任总看完假条后,竟和颜悦色地对她说道:"你就安心在家休息吧,你的工作我会安排钱米乐帮你打理的。"安晓倩听了,差点高兴得蹦起来。

第二天,安晓倩就请假在家休息了。可刚在家躺了两天,她就开始浑身不自在,对于忙惯了的她来说,这样的轻松简直就是一种折磨,所以,假期一结束,她就忙不迭地回到了公司。

一进办公室,安晓倩就拿起电话,心急火燎地拨通了"美好家园"项目经理的电话,想询问一下项目进展情况。谁知,对方很客气地告诉她,任总已经交代过了,以后有什么情况全部跟钱米乐汇报。话刚说完,就把电话给挂了。听着电话那头长长的

"嘟嘟"声,安晓倩心里不禁有一丝失落。

在公司转了一圈后,安晓倩见无事可做,便决定亲自到施工现场看一下。要知道,这施工现场有很强的电磁辐射,所以一看到安晓倩走了进来,钱米乐马上大叫一声,所有的机器如同被施了定身符一样停了下来。接着,钱米乐就"嗖"的一下冲到安晓倩面前,一把拽住她的胳膊,想把她往外拉。

"我没事的,你们继续干吧,我只是来随便看看。"安晓倩还像以前那样很强势地挥了一下手。如果在平时,那帮施工人员早就乖乖地听她的话了。可今天,那些人都把求助的目光投向了钱米乐。钱米乐见状,不得不压低声音对安晓倩说道:"我的好姐姐,算我求你了,行吗?今天这活儿很赶的,干不完谁也别想回家,你就别添乱了!"听钱米乐这么说,安

晓倩虽然心里窝火，可也无可奈何，只得跟着钱米乐走出了施工现场。一路上，钱米乐都小心翼翼地搀扶着她，生怕她摔着了，可安晓倩却一点都感觉不到这份友情的温暖。

刚走出施工现场，安晓倩差点和任总撞个满怀，她本以为任总见自己工作拼命，一定会表扬自己一番，没想到任总却冷着一张脸说道："你做这行多少年了，难道不知道里面的电磁辐射有多强吗？你跑这儿来添什么乱！"

"我……"安晓倩正要解释，可任总却没空理会她，而是心急火燎地把钱米乐叫到一边，两人对着一张施工图纸聊得热火朝天。安晓倩在一旁看了，失落极了。

无言的结局

安晓倩悻悻地往公司走去，刚到办公室门口，她突然觉得一阵恶心，

忙往厕所冲去。在厕所门口，她听到两个女同事在聊天，一个说道："你听说了没，因为'美好家园'项目做得好，现在有投资公司要追加投资了，总部还决定新成立一个部门，专门负责这个项目。听说新部门的领导将会是钱米乐！"

另外一个忙问道："真的吗？"

"那还有假！人家钱米乐为这个项目那么卖力，你想任总能不提拔她吗？"那人刚说到这里，突然下意识地扭头张望了一下，见到安晓倩正站在自己身后，她马上尴尬地闭上了嘴巴，讪讪地走开了。

安晓倩仿佛一下子明白了一切，心说：亏我一直把你当好姐妹看待，没想到你为了自己上位，却挖了这么大一个坑来给我跳！想到这里，安晓倩轻轻抚摸着自己微微隆起的肚子，咬了咬牙，果断朝办公大楼外走去……

第二天上午，安晓倩来到任总办公室，故作难过地说道"告诉您一个不幸的消息，我昨天不慎流产了……虽然心里很悲痛，但我觉得手里的工作不能耽误啊。任总，今天起我就可以正常上班了！"

"啪！"还没等任总反应过来，安晓倩身后

就传来一声闷响，她回头一看，只见钱米乐正站在门口，手上拿的一大摞文件稀里哗啦地全散落在地上。安晓倩走过去一边帮忙捡起文件，一边低声冷笑道："你是不是很失望？"说完，就头也不回地走了。

安晓倩刚到办公室，她的手机就响了起来，是她老公打来的。安晓倩冷笑了一声，心想：钱米乐啊钱米乐，你这通风报信的速度可真够快的！当她接通手机时，那头传来了她老公几乎哽咽的声音："都是真的吗？这怎么可能，你不是一直都好好的！"

安晓倩自知对不起老公，所以她也没撒谎，把事情的经过原原本本地跟老公说了一遍，还郑重地承诺说：

"老公，相信我！下次只要有合适的时机，我一定给你生个又白又胖的孩子！"

"合适的时机？"老公哽咽道，"什么时候才是合适的时机？你知道吗，为了让你把这个孩子顺顺利利生下来，我和钱米乐做了多大的努力啊！而你还误会人家！"原来，为了让安晓倩安心养胎，她老公特意拜托了钱米乐帮助安晓倩负责项目，并且，通过很多关系才搞定了那个任总。

听到这里，安晓倩如遭雷击，手机从手中无声地滑落了，她用手使劲按住腹部，痛不欲生地大喊道："孩子，我的孩子啊⋯⋯"

（题图、插图：张恩卫）

催命的药方

□ 李谦

神秘来客

道光年间，辽东人董启兰在京坐堂行医，他靠着祖传的独门秘方，为妇人安胎产子，渐渐在京城小有名气，求医者络绎不绝。

这天深夜，董启兰正要和衣安寝，突然门被敲响了，开门一看，进来的是个面皮白净的公子，看着衣饰平常，却透露着一股华贵之气。这人进屋一句话没说，却从袖子里掏出一个物件撂在了八仙桌上，发出"当"的一声响。董启兰低头一看吓了一跳，原来那是一只拳头大的金元宝！

董启兰正疑惑间，来人开口了，他自称姓陈，还说："只要董先生答应开一张催产的方子，事成之后还有重谢。"董启兰一听连连摇头："我从医多年，一向只开保胎的方子，从不曾开什么催产方。先生请回吧。"

陈公子听了，皱着眉头说："先生何必如此执著？"可董启兰口风紧得很，无论如何威胁利诱，就是不为所动。陈公子终于冷笑一声道"我看你是敬酒不吃吃罚酒！你这药铺是不是不打算开了？"董启兰看来人不怒自威，不由得倒吸了一口凉气。他低下头沉吟半响，叹息道："先生，既然你执意如此，我就带你看一个人。"

陈公子一脸狐疑，跟着董启兰出了门，来到后进左首一间房屋，董启兰轻轻敲了敲门："章儿，睡了吗？"屋子里传出微弱的一声应答，董启兰随即推门进屋，点燃了蜡烛。只见眼前的床榻上躺着一个少年，他瘦骨嶙峋、气喘吁吁，一只眼睛还是盲的。陈公子不明所以，却见董启兰摸了摸少年的额头，嘱咐他别忘记吃药后，就出来了。

回到大厅，董启兰一脸伤感地说道："刚才你都看到了吧，他就是我儿子！"陈公子奇怪地问："令郎得了什么病？你身为名医，怎会连自己的儿子也治不好呢？"

董启兰长叹一声，眼窝潮湿了。接着，他对着陈公子把事情的始末娓娓道来：原来，董启兰的夫人十分迷信，做什么事都要推算一番。自从怀了孩儿，董夫人就推算出孩子的出生年月命相大孤，克父克子。于是，她天天磨着丈夫要催产，董启兰万般无奈，只得给夫人喝下了催产药。没想到，那孩子生下来就盲了一只眼睛，身体也是虚弱之极。自从生下了这个孩子，董夫人是日夜痛哭悔恨，没几年就抑郁而亡。董启兰也无心再娶，拼力找了很多固本培元的珍奇药材给孩儿服用，却没什么大起色。

陈公子听完，沉思了一会儿，便告辞走了。

隔了两天，又是深夜，这个怪异的陈公子又出现在董家。这次，他从捧着的一个盒子里拿出样东西，董启兰仔细一看，不由得跌坐在椅子上。

董启兰是什么人？从小跟各种药材打交道，一眼就辨认出，这是一颗百年野山参！他哆嗦着接过盒子，只见这盒子镶珠嵌宝，一看就不是一般人家之物。董启兰颤抖着问："你一定要那个方子吗？那你必须告诉我，是什么人为了什么急着催产？"陈公子点头说道："先生也知道服用大补之物是可以弥补先天不足的。催产后，只要悉心辅以各种补药，对孩子的伤害应该不大。请先生体谅，这件事关乎两条人命啊！"

这时，陈公子才娓娓道出了苦衷：原来，他有个妹子，因丈夫常年在外经商，寂寞难耐之下，便跟府里的管家有了私情，并珠胎暗结。眼看着近日丈夫就要返家，这孩子若出生时辰不对，必定会引起猜疑，到时怕就是一尸两命了！

听到这里，董启兰又看了看那百年野山参，终于一咬牙答应了下来。他利索地开好方子，并一再嘱咐，必须按量服用，千万不能贪多，否则对孩子损伤极大。陈公子千恩万谢，随即告辞了。

董启兰满怀希望地给儿子服用了人参，可这孩子实在亏损太多，拖了一年多后，还是离世了，董启兰悲痛得大病了一场。

无端惹祸

几年过去了，董启兰行医济世，

丧子之痛渐渐平复。这天，董启兰在外出诊，忽然感到口渴难耐，便来到一家茶楼喝茶，才一撩帘子，从里面钻出个愣小子，一头撞在他怀里。他还没来得及责备，那小子撒腿就跑了。

董启兰无奈地摇摇头，进去里面随便找了个座位，要了一壶好茶一边慢慢啜饮，一边四下打量这茶楼的布局。突然，他看见坐在靠窗的客人很是面熟，仔细回忆才想起来，这不正是几年前跟自己讨催产药的陈公子吗？只见他轻袍缓带，神色悠然，正和对面坐着的一个中年男人低低说着什么，却显然没看到自己。

董启兰决定不跟他打招呼，喝完了一壶茶，他便喊伙计过来结账，可伸手去掏钱的时候，却发现钱袋不见了！董启兰一愣，突然想起刚才进来的时候撞了自己的后生，看来那是个小偷！这可怎么办？他不禁急出了一身汗。万般无奈下，董启兰只得硬着头皮走到陈公子身边深施一礼："陈兄，小弟方才不慎钱袋被人偷了，您能不能借我一点银子把账结了。"

没想到，陈公子抬头看了看董启兰，脸上却满是疑惑："陈兄？你认错人了吧？我不姓陈，也没见过你。"这下董启兰的脸更红了，站在那里张口结舌说不出话来。倒是对面那个客人好脾气地微笑道："大家都有遇到难处的时候。我帮你付账吧，你尽管走

就是。"

董启兰尴尬得恨不能有个地缝钻进去，他逃也似的下了楼，却听身后传来陈公子的冷笑："这都是骗子！您哪……"那一口脆快的京片子，董启兰记忆深刻，说什么也不会识错人。再说，看他出手豪阔，也不会为了吝啬这壶茶钱，就跟自己翻脸不认人啊！

突然，董启兰明白过来：陈公子跟自己的结识全是因为妹子的丑闻，自然不愿意跟自己再有瓜葛。而他对面坐着的那个气度不凡的中年人，没准正是他妹夫呢！这样一想，董启兰的心里立刻平衡下来，不再懊恼了。

没想到第二天一大早，董启兰开门营业的时候，却看见大门上插着一把匕首和一张纸，白纸上几个黑字写得明明白白：死人才不会说话，暂留你小命，好自为之！董启兰吓得一跤跌倒，好半天才缓过神来。他心里清楚，自己治病救人，从来没有仇家，这肯定是昨天跟陈公子贸然相认惹的祸！

隐秘往事

董启兰心下后怕，便想要立即搬离京城，可就在这时，京城出了大事。此时正是炎暑天气，江南大旱，很多饥民都流落到了京城，却也带来了疫症。董启兰从早到晚都为病人奔忙，渐渐就淡了要走的念头。

一次，有人送来了一个病人，那

病人脸色赤红、呼吸急促，正是疫病发作的迹象。董启兰精心照料了一晚，病人终于醒了过来，他自称叫刘昭，是京郊人士，一家都染病死了。很快，刘昭渐渐康复了，他也没急着走，每天帮着董启兰接待病人，两个人说说笑笑，颇为相得。

这天是儿子的忌日，董启兰思念儿子，便和刘昭一起喝了几杯闷酒，席间不由得说到了儿子早逝的缘由，伤心得呜呜哭了起来。没一会儿，他便觉得眼皮涩滞，不胜酒力，居然醉倒了。

这一觉直睡到天色大亮。醒来后，董启兰觉得嘴里有一种苦苦的香味，他心里一凛，站起来喊了刘昭几声，却没人应答，再翻翻自己的家当，果然之前那个宝贝盒子不见了。董启兰是识货的人，早知道之前陈公子送的这装药材的盒子价值不菲，所以一直藏匿得很严密，可没想到还是被人偷了去啊。董启兰忽然觉得很累，他决定第二天就离开京城，回辽东老家过活。

就在这天晚上，董启兰正在收拾包裹，房门突然开了，几个蒙面黑衣人闯了进

来，对着董启兰抖了抖一块麻布，董启兰立刻昏了过去。

不知过了多久，董启兰醒了过来，发现自己身在一间富丽堂皇的屋子里，眼前是一个苍老的妇人。那妇人衣饰华贵，脸色却绷得很难看，她开口就问："郎中，八年前，你可是给一个人开过一个催产的方子？"

董启兰一怔，连忙否认。只听身后有人说道"董先生，我家老夫人已经都知道了，你就别隐瞒了。这个盒子，是那个客人给你的吧？里面装了百年野山参，对不对？"董启兰听声音耳熟，回头一看，那人竟是刘昭！而他手里拿着的，正是那个镶珠嵌玉的宝贝盒子。

此情此景，也由不得董启兰说谎，他只得原原本本述说了八年前的

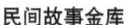

往事。老妇人听完，脸色阴沉得可怕，垂眉不语，良久才点点头，一句话没说就起身走了。董启兰还没明白是怎么回事，已经有人按住他，强捏着他的鼻子灌了一碗汤。他拼命挣扎，手脚却渐渐酸软无力，只觉得眼前一黑，再次不省人事了。

董启兰再次醒过来时，觉得浑身冰冷，他用手在地上划拉着，忽然摸到一物，睁开眼一看，不由一声惊叫，把那东西远远抛开了，那是一个骷髅头！董启兰坐起身来，借着月色才看明白。

原来自己是躺在一片乱葬岗，身边累累的都是无主的坟墓。这一切到底是怎么回事？是谁把自己扔在这儿的？

突然，远处传来了马车声。董启兰急忙喊救命，那马车在不远处停了下来，车上跳下一个人走了过来，正是刘昭！刘昭抱起董启兰放在车上，叹息道："本来昨晚喂你的是一碗鹤顶红，可我跟着你救了几天人，知道你是个好人，于心不忍，便临时偷换了一碗致人昏睡如假死的药。要不此刻你早到望乡台了！"董启兰隐约猜到了一些，忍不住问道："难道那次催产的事……事关大内？"

刘昭点点头，随即驾驭马车哒哒跑了起来。他冲着董启兰冷笑道："你道那个跟你讨催产药的是什么人？那是当今皇后的亲哥哥！当年，皇上三

个妃子同月待产，皇后当时还是全妃，她的预产期是最晚的，可却早于其他二人生下了皇子！还不是为了争这长子名分？只可惜小阿哥生下来胎里弱，常年灾病不断！"

听到这里，董启兰恍然大悟，他又问："那你是谁的心腹？"刘昭呵呵一笑，说自己是皇太后的心腹。皇后仗着产下皇长子之功，骄矜自傲，完全不把皇太后放在眼里。一次，皇后重责手下一个贴身宫女，宫女愤恨之下，跑到皇太后那里说出了当年的隐情。皇太后听完勃然大怒，心说：这等有违纲常、戕害皇孙的事怎能容得？可是她又怕宫女诬告不实，这才打发亲信伪装来到董启兰家，探出实情。

董启兰叹道："那次我没喝多少酒就昏睡不醒，并且醒来不见了那盒子，就心知有异了。我嘴里的苦香味道，正是催眠的药物，一定是你趁着我神智不清，又思念儿子，从我嘴里探出了实情。"

刘昭点点头。突然，他侧耳细听，只听隐约有哭声从紫禁城方向传来，刘昭舒了一口气，说道"皇后被赐死了。董兄，城门已经开了。你也不要回去收拾药铺了，这包袱里有一些黄金，赶紧拿着逃命吧。"

董启兰一抬头，只见前面城门大开，开始放行了。他急忙跳下马车，背着包袱快步离去，再也不回头了……

（题图、插图：黄全昌）

纸 船

□李志明

两小无猜

杰克十七岁时，父母因车祸去世，父亲的朋友彼得叔叔收留了他。每天早上，杰克都赶着羊群到河边的草地上放牧，而河的另一边，是威尔逊先生的花园。威尔逊先生是这一带的首富，也是出了名的守财奴，性情古怪又暴躁，彼得叔叔一再警告杰克，千万不要私自闯入威尔逊的领地，否则等着吃官司吧。

杰克嘴上答应，心里却犯起了嘀咕。因为他留意到河对岸有个十五六岁的女孩时常到花园里嬉戏，他很想和女孩成为朋友，可是，他又不能私自闯进去，该怎么办呢？

这天，杰克发现威尔逊先生在河的上游开了一条水渠，水渠经过花园后，又汇入河的下游，他灵机一动，便有了主意。杰克在一张纸上写下：

嘿！小天使，你好！我叫杰克，你叫什么？然后，他把纸叠成小船，放进水渠，看着纸船顺水缓缓漂进对面的花园后，便来到河的下游等候。杰克心想：如果我们两个有缘，她一定能收到这只纸船。

不久，杰克真的看见一只纸船顺水漂来，捞起打开一看，只见上面写着：杰克，你好！我叫安妮。很高兴认识你！杰克隔河向远处的安妮挥手致意，安妮也向他挥手致意，就这样，他们认识并成了朋友。

由于威尔逊先生管得严，安妮并不能每天来花园玩耍，两个人就每周固定一天用纸船联系，分享彼此的快乐和烦恼。这个游戏给他们带来了无比的欢乐，随着时间的推移，他们的友谊也越来越深厚了。

一眨眼两年过去了，安妮出落成

远近闻名的漂亮姑娘。而杰克呢，也长成一个帅气、精干的小伙子，帮助彼得叔叔把农场经营得蒸蒸日上。周围的邻居们都断言，用不了多久，彼得叔叔农场的规模，就会超过威尔逊先生了。

这天，安妮在信中告诉杰克，父亲打算把她嫁给一个汽车制造商的儿子。安妮不愿答应，为此还和父亲发生了争执。末了，安妮问杰克，自己到底该怎么办。

这突如其来的消息让杰克一下懵了，因为他一直深爱着安妮，还渴望有一天和她成为夫妻呢。这一整天，杰克都无精打采的，彼得叔叔问他怎么了，杰克犹豫了片刻后，才说出事情的经过，还说："我想去见威尔逊先生，请求他答应把安妮嫁给我！"

"什么？"彼得叔叔吃惊地大喊起来，"那老家伙嫌贫爱富在这一带是出了名的，安妮的两个姐姐就都嫁给了城里有钱的人家。可是你……"

杰克心想：是呀，自己算什么？不过是一个寄人篱下的穷小子！可他仍不甘心，便讲了纸船的故事。彼得叔叔听罢，叹了口气说："孩子，听叔叔的话，忘记她吧，我不希望你受到伤害！再说了，安妮说过她爱你吗？"

杰克怔住了。的确，安妮是很重视他的友谊，但友谊和爱情是两码事。安妮可从来没说过自己爱他呀。于是，当天晚上，杰克写了一封长长的求爱信，恳求安妮嫁给自己。

到了约定的日子，杰克把纸船放进水渠后，便来到河的下游等候，但直到天黑，也没见到有纸船漂来。其后两天，杰克又接连在水渠里放了几只纸船，但安妮一直固执地保持着沉默，令杰克感到十分绝望。

无悔追求

到了第四天，绝望的杰克再也等不下去了，他看到安妮在花园里散步，便决定冒险渡河闯入对岸，当面向安妮求婚。谁知，杰克刚接近花园，威尔逊先生突然提着猎枪从树林里冲出来，大吼："混小子，私闯我的庄园想偷东西吗？滚！滚出去！"说着，将

猎枪对准了杰克。

威尔逊先生的吼声惊动了安妮，安妮忙跑过来惊慌地问："爸爸，出什么事了？""这个混小子闯进来想偷东西！"威尔逊先生的猎枪依然对着杰克，"滚！再不滚我就开枪了！"

杰克连忙解释说："您误会了！我来……我来是向安妮求婚的，请求她能做我的妻子。"威尔逊先生吃惊地睁大了眼，轻蔑道："就你？想让安妮做你的妻子？混小子，你别做白日梦了！"随后又大吼，"我警告你，你要再敢骚扰安妮，我就把你打成筛子！"

安妮似乎被这突如其来的一幕惊呆了，看到愤怒的父亲将猎枪直对着杰克，便扑过去抓住猎枪，回头对杰克大喊："快！你赶快走呀！"见此情景，杰克也只好迅速离开了。

但威尔逊先生还不罢休，他来到彼得叔叔的庄园，让彼得叔叔好好管教杰克，再有下一次，自己决不会留情的。威尔逊先生离开后，彼得叔叔叹息道："孩子，安妮是富家千金，而你是个穷小子，她怎么可能爱上你呢？她不回信，就是婉转地拒绝了你啊。孩子，还是死了这份心吧！"

可第二天，杰克依然来到河边固执地等候在那里，他要知道安妮的明确态度，否则决不放弃。不久，只见一只纸船顺水而下，杰克连忙捞起打开一看，只见上面写道：

亲爱的杰克，我爱你！我愿意做你的妻子！但我的父亲不会允许这桩婚事的，除非我们私奔，到一个我父亲找不到的地方，这是确保我们不被分开的唯一方法了。

杰克却断然拒绝了安妮的提议，他在回信中写道：亲爱的，我们决不可以这样做，不能为了自己的幸福而伤害一位老人，那样就太自私了。而且，内疚也将使我们一生毫无幸福可言！末了，杰克表示，无论如何，次日他也要去庄园正式向安妮求婚。

真爱无敌

第二天一早，杰克不顾彼得叔叔的劝阻，穿着整洁的礼服，手捧一束鲜花，毅然来到威尔逊先生的庄园。

一见到杰克，威尔逊先生冷冷地挖苦道："哼！小子，你还真执著！不过，你想……我会答应吗？"

杰克却自信地回答说："当然！因为我们彼此相爱，安妮甚至愿意跟我一起私奔。"

"安妮愿意跟你私奔？小子，你不是在说胡话吧？"

杰克不由激动道："先生，那就让我告诉您一个秘密吧！"于是，他讲述了纸船的故事，并把安妮说要和他私奔的那封信递给威尔逊先生。威尔逊先生看完后，许久沉默不语，阴郁的目光在杰克的脸上来回打转。

末了，威尔逊先生突然呵呵大笑起来："年轻人，那我也告诉你一个秘密吧。其实，一直以来和你玩纸船游戏的不是安妮，而是我！"说罢，他打开一个抽屉，里面果然装满了纸船。杰克一看，没错，的确全是他写给安妮的信。

杰克顿时涨红了脸，大声质问："先生，您为什么要这么做？"威尔逊先生叹了口气，缓缓说道："为了确保安妮能得到幸福！"

原来，威尔逊先生有三位女儿，安妮是其中最小的一个。安妮的两个姐姐虽然都嫁给了有钱人，可是，大姐的丈夫为人性格暴虐，动不动就对她施以拳脚；而二姐的丈夫则是个花心大少，见一个爱一个，所以两个姐姐婚后都十分痛苦。两个女儿的不幸，使威尔逊先生深刻认识到，好的人品比金钱更重要。

巧的是，一天，威尔逊先生在花园散步时，无意间看见水渠里漂来一只纸船，他突发奇想：何不由自己把游戏继续下去，以便有机会持久地考察杰克的人品呢？于是，他就以安妮的口气给杰克写了回信。此后，威尔逊先生派人定期收集纸船，和杰克做着游戏，同时，暗中密切关注着他的成长；杰克的人品和才能都令人十分满意。但威尔逊先生也知道，以自己在当地的口碑，杰克是根本不敢向安妮求婚的，所以才编造了汽车制造商的儿子向安妮求婚的故事，以促使杰克尽快行动。

听完威尔逊先生的讲述，杰克这才恍然大悟，埋怨道："可我还是不明白，您为什么又要劝我私奔呢？"

"接到你的求爱信后，我没有回信，就是要迫使你孤注一掷，冒险私闯庄园，借机看看面对猎枪威胁时，你还敢不敢将对安妮的爱进行到底；劝你私奔，则是为了进一步考验你，看你是不是有足够的爱心！"说到这儿，威尔逊先生突然激动起来，眼睛也湿润了，"孩子，你经受住了考验，你既然都不愿伤害一个名声不好的老头子，那将来就更不会伤害安妮啦！孩子，我答应你的求婚，并真诚地祝福你们！"

杰克听了，却苦笑着摇了摇头，说道："威尔逊先生，从头到尾都是您在和我做游戏，也许安妮并不这么想，她根本就不爱我。"

"孩子，你诚实、能干，而且心地善良，我会把这些告诉安妮。现在我就去找她，让她做出决定，她要是同意，就会拿着一支百合花来客厅见你。"说完，威尔逊先生离开了客厅，留杰克一人在那里等待。

时间一分一秒地流逝，客厅外终于传来了脚步声，接着，手捧百合的安妮面带羞怯的微笑出现在了门口，杰克的心顿时狂跳起来……

（题图、插图：张恩卫）

64

得民心者不失风，为盗者如此；得民心者得天下，为政者亦是如此。这样的道理，古往今来，都沉淀在了那些亦真亦假的故事里……

□ 王永坤

天下有贼

1. 金盆祝寿宴

清朝乾隆六十年的端午节，这天，皇城北京最负盛名的天然居酒楼，大堂里人头攒动，欢声笑语，几十桌筵席桌桌爆满。令人诧异的是，从衣着打扮来看，这些食客并非达官贵人、皇商阔佬，却几乎尽是平头百姓，三教九流人士；而更令人惊诧的是，请客的主人竟是"天下贼王"霍三爷。

在江湖"绺子行"，也就是窃贼行当中，提起霍三爷，可谓无人不知，无人不晓。霍三爷纵横京师及顺天府几十年，专偷豪门贵宦钱财，而且得手之后，还在墙壁上盖上"天下贼王"四个朱红印戳，因此人称"天下贼王"。

官府豪门对霍三爷恨之入骨，派人抓捕追杀，却连个人影儿也没见到。

一个月前，一向神龙见首不见尾的霍三爷忽然在江湖上现身，并遍撒"英雄帖"，邀请京师及顺天府的"绺子"同道，于端午节到天然居赴宴，一来是庆贺自己七十五岁大寿，其二是当众宣布他从此退出江湖，因此名曰"金盆寿宴"！

酒菜上齐之后，酒楼掌柜来到大堂，拱手发话，说霍三爷在楼上牡丹厅雅间设有专席，如果有自出道以来，从不曾"失风"的同道，请"更上一层楼"，陪霍三爷喝上一杯！

这下偌大厅堂安静了下来。常言道：常在江湖漂，哪能不挨刀？不失

风的绺子可谓凤毛麟角！大堂里不少绺子惭愧地低下了头。就在这时，有四个汉子应声而起，跟在酒楼掌柜身后上了楼梯，大伙儿抬头望去，只见这四人中，一个是土眉土眼的老农，一个是腰别量衣尺的裁缝，一个是不时抹脸捋须的戏子，走在最后的则是一个身着长衫、手摇折扇的白面书生。

乍一看，这四个人没有一个像窃贼，但谁也想不到，他们不但是窃贼，而且是从未失过风的盗窃高手。真是人不可貌相，海水不可斗量！

四个人来到牡丹厅，只见一张堆满山珍海味、琥珀玉液的大圆桌前，

端坐着一位白眉长须的老人，他身板挺直、双目炯炯，颇有几分不怒自威的王者风范。不用说，他就是"天下贼王"霍三爷。令人吃惊的是，霍三爷竟然身穿赭黄色团花龙袍，这种龙袍只有亲王爷才能穿，普通人穿了便是杀头之罪呀！这个霍三爷真是贼胆包天！

老农、裁缝和戏子上前一步，跪倒在地，三叩六拜，向霍三爷行江湖晚辈之礼，然后各自报了名号：快锄张、一把剪、百变神丑。霍三爷呵呵笑着将三人一一扶起道："果然不出所料，能陪霍某喝杯寿酒的，也只有你们三人了！"三人便挨着霍三爷依次落座。那书生只向霍三爷拱了一下手，沉声道："堂兄好，本……本人这厢有礼了！"说罢，扇子一拢，便在霍三爷对面坐了下来。原来他是霍三爷的自家族人，是来为霍三爷过寿做陪客的。

酒过三巡，菜过五味，酒宴气氛一时有些沉闷，霍三爷捋捋长须道："多谢诸位为霍某祝寿，只是酒宴不可不热闹。"说着，他像变戏法似的拿出一个比鼻烟壶大不了多少的细颈白玉酒壶来，酒壶的一侧浮凸着"三杯美"三个大字，另一侧只有一个鲜红的"御"字，原来竟然是宫中的御酒！

霍三爷指着御酒对快锄张等三人说："如此佳酿，霍某岂敢独享？愿与诸位分饮。若是猜拳行令、罚酒为乐，

未免俗不可耐；若是联诗斗句、胜者为饮，又怕咱们文才浅薄，大煞风景。这样吧，真人面前不说假话，各位都是咱们绺子行的高手，想请各位说一说自己出道以来最有趣的故事，尤其要说说自己从不失风的原因，以助酒兴。如何？"三人听了，连声道好。

霍三爷又望着对面的堂弟，话中有话地说："十五弟，你是局外人，只管听故事、品故事。若是你认为谁的故事讲得好，就给他斟上一杯御酒，如何？"书生也点了点头。

2. 农夫快锄张

紧挨着霍三爷的快锄张首先说道："我是个肚子里搁不得事的急性子，我先说说我的故事，也算是抛砖引玉吧。"随即他筷子一放，说了起来：

快锄张家在京郊乡下，因为他锄地极快，所以人称"快锄张"。平常年景，他一家人苦死累活侍弄几亩薄田，好歹还能落个肚儿圆；可最怕遇到旱涝灾害，那就要挂棍子外出讨饭了。

三十年前的年关，天降大雪，快锄张妻儿老小饥寒交迫，连出门讨饭都没地方去。快锄张一咬牙，拿起锄头，来到村前山路口的大树后，做起了抢劫过路行人的强盗。没一会儿，他看到一个背个布口袋的汉子走来。他见那汉子的布口袋鼓鼓的，又仗着

自己有锄头，便从大树后跳出来。毕竟他是第一次做强盗，硬着头皮"嗨"一声，自己不由两腿直打颤颤。那汉子猛地听了这声咋呼，吓了一跳，待他回过神来，只瞟了快锄张一眼，又脚步停也没停地直往前走。快锄张拿着锄头往前追，可不知咋的，尽管他拼命狂追，那汉子却不慌不忙地走着，两人就差那么一锄杆的距离，就是赶不上那汉子。不一会儿，快锄张便累得气喘吁吁，就在他自认晦气停住脚步时，不曾想从那汉子的布口袋里竟掉下一块东西，他慌忙跑过去捡起一看，竟是一锭细丝纹银。快锄张大喜，心说：这下好了，一家人过年的吃喝穿戴费用可全都有着落了！

快锄张觉得，头一回做强盗就轻而易举地得了一锭雪花银，这比种庄稼强多了！第二天是大年三十，他忍不住又来到了三岔口。可这回运气没有昨天好，他在风口里冻了半天，愣是不见一个人影儿。直到天快黑了，才看见一个白胡子老头，弓着腰，背着一个布口袋，摇摇晃晃过来。

快锄张一步从大树后跳到路上，把锄头抢得高高的，大喝一声："此山是我开，此树是我栽，要想从此过，留下买路钱！"

他原以为那老头听见这一嗓子，一定吓瘫求饶，谁知老头却冷哼一声："还真有种了，你就来抢吧！"快

锄张被激火了，锄头一横，就向老头腰间扫去。老头稍稍一闪身，锄头扫了个空，快锄张反被闪了个狗吃屎。快锄张抬头一看，顿时吓得魂飞天外。只见那老头腰也不弯了，白胡子也不见了，原来还是昨天那汉子！

快锄张知道遇到了高人，赶忙跪下，边叩头求饶，边把家中窘境一五一十说了。汉子把他拽起来，拍拍肩上的口袋说："实不相瞒，你是个强盗，我是个翻高墙的绺子贼，咱是一家子啊！我看呐，做强盗风险大，远不如做窃贼轻松。愿不愿意跟着我干？"

快锄张一听，连连点头说："愿意，愿意。"

汉子说："离此二十里柳家堡的大户柳员外今天娶媳妇，那媳妇的娘家也是门当户对的大户，箱箱笼笼的陪嫁极多，其中有个存放一年四季衣物的大方柜，听说用了工匠一千个工才做成，因此叫做'千日柜'。现在我们赶过去，来个浑水摸鱼，偷他千日柜里的衣物，顺便我也教你两招。"

于是，快锄张跟着汉子翻山越岭，奔到柳家堡时正是掌灯时分。汉子一提气，身子就轻飘飘地飘到了柳大户的高墙上，而快锄张手脚并用，连爬几次也没爬上墙。汉子见了一笑，又跃下墙，拿过快锄张手中的锄头，教了他一个跳墙法：让他退后十几步，向前猛跑，在离高墙只有两三尺时，撑起锄杆，借助锄杆之力，耸身一跃，登墙而上。快锄张咬紧牙关，如法一试，'呼'地一下子还真的让他跃上了高墙。

翻过高墙后，快锄张放好锄，亦步亦趋地跟在汉子身后，隐在墙角黑影里，只见柳家大院高朋满座，酒席摆了一桌又一桌。突然，汉子一扯他的手，将他从黑影里拽了出来！吓得快锄张差点儿叫出声来，而汉子却镇静自若，扯着他来到酒桌前，找了个空座坐下来，掂起筷子又吃又喝。惊奇的是柳家奴仆们对他俩客气得很，还不时给他俩筛酒添菜，原来是把他俩当作贺喜的宾朋了！等到酒足饭饱，宾朋们陆续告辞时，汉子一扯快锄张，又隐到了黑影之中。待柳家仆人收拾好杯盏碗筷，已是半夜三更，他们打着呵欠回房熄灯歇息去了，此刻只有厨房还亮着灯。汉子扯了快锄张来到厨房窗下，见几个厨娘还在洗盘子，边洗边扯新娘子的事，扯着扯着便扯到了嫁妆上，说那些嫁妆全在东厢拐角房里堆着，还没来得及收拾呢。

听到这里，汉子便扯着快锄张来到了东厢拐角房，悄悄拨开门闩，撬开那口硕大的立柜，附在快锄张耳边道："这就是千日柜，你钻进去拿衣物，我在外面接应。"

快锄张探身钻进柜里，黑暗中一

掏摸，啊，这柜里共四层格屉，依次放着春夏秋冬四季衣物，全是绫罗绸缎、锦袭貂袍，哪一件都能值几十两银子！他喜坏了，便一件一件地往外递。

正递得欢时，汉子在柜外悄声道："够用了吧？"快锄张头都没抬道："我第二个格屉还没多少呢，下层一定还有更好的衣物……"不料汉子听了，冷笑一声"你也太贪心了！干这一行最忌的是贪心，贪心早晚要失风。与其让你晚失风，不如让你早失风！"没等快锄张反应过来，只听'叭'的一声，柜子被汉子从外面锁上了！

快锄张大惊，他这才意识到大事不好，心说：第二天柳家人开柜子，我岂不束手就擒？

快锄张说到这里，那个百变神丑惊乍乍地叫起来："张兄，你这……这不是失风了吗？"

快锄张瞟了霍三爷一眼，笑道："我若失了风，今天又岂能有资格喝霍三爷的御酒？那天夜里，我胆战心惊地在千日柜里蜷伏着，直到天快亮时才听到一个老仆起身撒尿。我急中生智，死命用手指甲抠柜底，抠得手指磨出了血，终于引起了那个老仆

的注意，他惊叫一声：'千日柜里有老鼠！'另一个老仆赶过来，两人合力打开了千日柜。我趁机'嗖'地一头撞倒两人，飞出房门，一口气跑到昨夜翻墙进来的地方。所幸我的锄还在，我撑起锄杆跃墙而逃……"百变神丑长出了一口气道："好个脱身的主意！"

快锄张继续说道："我虽然被汉子算计了，但逃回来细一琢磨，觉得汉子说的不可贪心的话，很是在理！况且人家没拿走我的锄，分明是给我留着后路呢。从此以后，我依旧干我的庄稼活，遇到年成差时，我便掂着锄杆出来做贼。不过我牢记汉子的话，哪怕对方的财物再多，我都不多拿，只要够维持一家老小的温饱就行。嘿，也别说，这么多年我还真没失过风！也就是说，我不失风的原因

就是不贪心。"顿了顿，快锄张望着霍三爷，最后道，"那汉子其实是我的恩人。今天……"

霍三爷打断了他的话，说"既然你的故事已经讲完了，又何必画蛇添足？"随即又对书生说，"十五弟，快锄张的故事，如何？"

书生何等聪慧，心中已经明白快锄张言犹未尽的话。他微笑道："好！"接着，便为快锄张斟了满满一杯御酒。快锄张道过谢，接过杯，一口干了。

3. 裁缝一把剪

坐在快锄张腰间的一把剪，吸溜了一下鼻子，说："好香的美酒！只是不知我有没有张兄的口福。"接着，他讲起了自己的故事：

一把剪是通州人，三岁丧父，与靠着给人家洗衣浆裳、缝缝补补的娘相依为命。谁知到他十岁那年，娘双眼瞎了，瘫在床上动弹不了。没办法，一把剪只好跑到通州街上捡破烂、乞讨谋生，养活自己和老娘。十岁的孩子懂得什么？不久就自然而然地入了绺子行，干起了偷窃活儿。

说来也奇怪，一把剪自从上街偷盗后，竟然从没失过手，想偷什么就能偷到什么。渐渐地，圈子里的同行们都称他为"小神偷"，其实，一把剪心里清楚，自己并没有什么神技绝

招，只不过是街坊邻里怜悯他家孤儿寡母，看见了也装作没看见罢了。

一晃七八年过去了，一把剪已经长成能自食其力的小伙子了。他想再偷下去就要遭到街坊的指责，甚至捉去见官了。于是，他便琢磨着学个一技之长安身立命。不料，就在这时候，他却被通州城的首富刘九爷抓进了刘家大宅院。起初一把剪蒙了，心说：我从没偷过刘家的一草一木啊，他们抓我干啥？

说到这个刘九爷，可真大有来头，他的儿子就是和珅和中堂的大管家刘全！

一把剪被抓进刘家，大院门一关，刘九爷立马命人给他松了绑，将他拉进大厅，一脸神秘地说要请他这个"小神偷"为自己偷一回东西！

一把剪一听，感到哭笑不得，可更让他想不到的是，刘九爷请他偷的东西竟是他老人家昨天新娶的九姨太穿在身上的贴身内衣！刘九爷说，如果一把剪夜里神不知鬼不觉地把内衣偷到手，就赏他白银百两！如果敢不答应，就将他捆了送到县衙，治他个盗窃罪。

一把剪一听顿时慌了，他想自己一旦蹲了大牢，瞎眼老娘就得饿死。无奈之下，他只好答应下来，但他要求得给他一天的"踩点"时间。刘九爷捋着山羊胡子同意了，而且还亲自领着一把剪在大院里转了一圈，把九

姨太住的房间位置指给他看。

一把剪越想越觉得这事情煞是古怪！一出了刘家大院，他便找到绉子同行打听，很快弄清楚了事情的来龙去脉。

原来这姓刘的老东西年近古稀，却色心未泯。两个月前他路过一家绒线铺，见到这家铺子里有个姑娘，年约十八九岁，姿容俊俏，身材苗条。老色鬼顿时迈不动步子，捋着山羊胡子，盯着姑娘上上下下直打量。姑娘被他看得浑身起鸡皮疙瘩，气得立即上了门板关了铺。刘九爷自感丢了面子，恼羞成怒，回到家中，立即托人用重金向绒线铺店主下聘礼，要娶姑娘做他的九姨太。绒线铺店主是个贪财之人，当即收下了彩礼，不几日便将如花似玉的女儿硬塞进了花轿。入了洞房，刘九爷挑落新娘子的红盖头，盯着姑娘细看了之后，"嘿嘿"奸笑道"你当初不是不让我看吗？如今我把你买到家，爱怎么看就怎么看！"接着他脸一寒，喝道："脱，把衣服全脱下来！老爷我不仅要看你穿红着绿的俏模样，还……还要看看你的玉体！"他见新娘子泪流满面，抓紧衣服一动不

动，顿时兽性大发扑上来，伸出鸡爪子似的双手又撕又扯。新娘子左遮右挡，拼死反抗。老色鬼到底上了年纪，累得气喘吁吁，才将新娘子的大红喜服撕烂，但就是脱不下新娘子的贴身内衣。新娘子见刘九爷仍在撕扯强逼，急得"嗖"地从怀里掏出一把亮闪闪的剪刀，对准了喉咙。刘九爷只得气咻咻地道："你等着，老爷我手里有的是银子，定……定要把你的贴身内衣脱下来……"

一把剪弄明白是这么回事，顿时气炸了肺，心说：我可不能贪图银子助纣为虐！但若不把新娘子的贴身内衣偷到手，歹毒的刘九爷会放过我吗？这可怎么办呢？

说到此处，一把剪卖了个关子不说了。听故事的几个人早就停了筷子，替他捏一把汗，只有霍三爷细眯

· 社会长廊 生活广角 ·

故事会2011年7月下半月刊·绿版 **71**

了眼睛，气定神闲地轻轻摇着扇子。

一把剪继续说道："我思谋再三，决定去。第二天夜里，经一番充分准备之后，我翻进刘家大院，径直来到新娘子住的房间屋顶上，悄悄揭开气窗，趁着月光往下一看，只见新娘子和衣躺在雕花牙床上，犹自抓着衣结嘤嘤啜泣。我在房顶上耐心等到二更天时，才听得新娘子发出了轻微的鼾声。于是，我便将一根下头绑着猪尿泡的长竹竿从气窗里伸了下去……"

百变神丑听了，忍不住叫了起来："这不是宋朝的神偷'我来也'吊锡酒壶的手段吗？我在戏台上演过这一出！"

一把剪笑道："'我来也'吊锡酒壶用的是吹了气的猪尿泡，我这猪尿泡里装的全是水。"百变神丑摇头不信道："水？水能吊上来衣服？"

一把剪有点得意地说："我将那猪尿泡悄悄放在新娘子的侧背下。大约到了三更天，新娘子朦胧中一翻身，'啪'地一下把猪尿泡压破了，她一个激灵惊醒，急忙翻身坐起，发现自己的衣褂全湿透了。她大为茫然，实在不明白床上这摊水从何而来。此时正是暑热天气，湿淋淋的衣褂紧紧裹在身上，咋受得了，一转头，借着从窗棂里射进来的月光，新娘子突然看见床头衣架上搭着一身干爽的衣褂！于是，她也不及细想，一把抓了

过来，钻进蚊帐内迅速替换下来，然后顺手把那身湿衣褂扔到了床榻下。但她却没有注意到，此时一根带钩的竹竿又从房顶悄然而下……"

一把剪接着说："当我拎着新娘子的贴身内衣来到大厅见刘九爷时，天还没亮。刘九爷见到内衣可乐坏了，打发我走之后，便提着灯笼向新房走去。我心里却说不出是喜是恨。可是等我吃过早饭，到街上悄悄一打探，心里乐开了花，原来刘九爷在去新房的路上不知怎么跌了一跤，脑袋撞在了太湖石上，呜呼哀哉啦！更让我开心的是，当天夜里，我睡得正香，房门被人推开，月光下只见刘九爷的那个新娘子竟俏生生地站在我面前！新娘子急切地对我说，刘全认为他老爹死得蹊跷，正派人来捉'小神偷'呢！我大吃一惊，急忙背起老娘，和那新娘子连夜逃出了通州，隐姓埋名来到京城谋生。自然而然地，刘家新娘子就成了我的妻子，我们俩开了间裁缝铺，小日子过得十分美满。后来，妻子告诉我，那晚刘九爷死后，她怕再受污辱，就掏出那把防身的剪刀正要自尽，却被一个从房梁上一跃而下的蒙面人阻拦住了。蒙面人背起她穿房越墙，逃离了刘家大院，并将去我家的路径指点给她，说我可以托付终身……至此我才知道——人外有人，天外有天，我的一举一动早就在那不曾露面的蒙面人掌控之中，我肯定

社会长廊 生活广角

那该死的刘九爷也一定是被他除掉的！蒙面人就是我的恩人哩！"

说到此处，一把剪望着霍三爷，眼中含泪道："为记住恩人的恩情，我妻子在裁缝铺前挂了那把剪刀当招牌，我则自称'一把剪'……"

霍三爷听到这儿，开口道"好了好了。你的故事到此结尾最好，就不必节外生枝了。"霍三爷说罢，又转头意味深长地问书生："十五弟，你看一把剪可不可以喝上一杯御酒？"

书生默不作声地点点头，玉壶一倾，又是酒香四溢……

4.戏子百变丑

"呵呵，终于轮到我了。你们也看得出，我是个多嘴多舌的话篓子，这会儿可把我憋坏了！"百变神丑啜了口香茶润了润嗓子，然后便手舞足蹈，抑扬顿挫地说起来：

常言道："戏台小天地，天地大戏台。"百变神丑在戏台上扮的尽是涂三花脸的武丑，本就是个不入流的角色儿。戏子出名难，丑角出名更难，可出不了名就难养家糊口。为出名，百变神丑冬练三九，夏练三伏，苦没少吃，罪没少受，可就是没有绝活儿。怎么才能有绝活儿呢？他琢磨着这武丑戏几乎全是扮演小偷、盗贼，于是，他一咬牙，便入了江湖绺子行，投帖子拜师学盗技。果然皇天不负苦心人，两年后，绺子行的探开抠夹、翻扑跌跳这些功夫和技巧，全让他学到了手，终于成了戏台上的"一招鲜"，把个盗贼演活了，而他也得了个"百变神丑"的美名。

不过，由于他学习盗技太投入了，竟染上了盗瘾，三天不去那个三教九流俱有、杂耍逗乐的天桥练练身手，心里就直痒痒。不过，他却不把盗得的东西放进自己兜里，而是依旧不着痕迹地塞回原主的衣兜里。因失主没丢东西，他又咋会失风？嘻嘻！

三年前，"百变神丑"的名声传到皇上耳朵里，皇上便把他所在的戏班传进宫中，在皇家戏楼畅音阁连演一个月的大戏《时迁盗甲》。一进宫，就有戏迷太监神神秘秘地指着离畅音阁不远处的御宝楼，对百变神丑说近日北京城出了个大盗，胆子大得出奇，一不盗民，二不盗官，专门光顾皇宫大内；而进入皇宫后，他一不去天下美色云集的三宫六院，二不去窖藏奇珍异宝的大内府库，却直奔保管皇上玉玺的交泰殿御宝楼。最叫人称奇的是，皇上的二十五方玉玺中，他一连三次专盗那方皇上只有四时到天坛祭坛时才用的"敬天之宝"玉玺。而盗走之后，过不了多久，他又悄悄归还，每回盗走及归还玉玺时，都要在墙壁上写上"提防善保"四个大字。据看守御宝楼的四个太监描述，那大盗来时一阵风，去时一个影，武功高超如神，因此将此盗称为"风影大盗"。

皇上气啊，这不是拿朕开涮、调侃朕连玉玺都不能"善保"吗？当下皇上找来了自己最宠信的和珅，向他询问防盗之策。和珅向皇上献了三策：一、将御宝楼层层加锁；二、增派大内侍卫巡逻御宝楼；三、祭坛前三日，关闭京城九门，大搜城内可疑之人。之后，尽管闹得整个皇城鸡犬不宁，无数无辜百姓被作为疑犯关进大狱，但到了祭坛前一天，"敬天之宝"玉玺还是不翼而飞，和珅的三策全泡了汤！皇上只得再找和珅问策，和珅再也没了防盗之策，却想好了推托之词，说祭坛这事儿一向归礼部尚书刘墉所管，可找刘墉想办法。谁都知道刘墉是和珅的死对头。刘墉进了宫，才知道自己被和珅算计了，但他镇静下来之后，却向皇上提出了与和珅完全相反的防盗

三策：一、将御宝楼的锁全部拿掉；二、撤除大内侍卫对御宝楼的巡逻；三、祭坛前，大开京城九门！皇上一听气呀，心说：这不是开门揖盗吗？没想到你个刘罗锅也拿朕的玉玺开玩笑！皇上当下冷冷地口传御旨："好，朕就依刘爱卿的三策，若是玉玺再失盗，就拿你是问！"一旁的和珅别提多开心了！眼看要到冬至，皇上又要祭坛了，宫中太监们都在眼巴巴地盯着御宝楼的玉玺呢！

百变神丑听了风影大盗这事，很是疑惑：天下哪有来如风、去如影的盗贼？只怕是太监们夸大其词罢了。可细一琢磨，猜想这怪事八成是御宝楼的四个看守太监捣的鬼，于是便留心起他们来。他见四个太监一直满面愁容，还常常聚在一起嘀嘀咕咕，分明是心中有鬼！百变神丑虽是个绺子行中人，但却最痛恨家贼！当下，他便决定将这四个太监捉个现行。

一天深夜，百变神丑悄悄潜入那四个太监的住处，舔破窗纸，发现他们正抱头痛哭，从他们呜呜咽咽的互相诉说中，他终于明白："风影大盗"果然是他们捏造出来的子虚乌有的东西！只不过他们这样做是为了

让皇上提防那个叫"善保"的人盗用玉玺。谁是善保？善保原来是和珅的乳名，只是皇上因年老忘记罢了！这几年，随着皇上的宠爱日深，和珅胆大妄为，为了便于以权谋私中饱私囊，竟勾结宫中的大内总管，屡屡盗用皇上那方最中用、能罢黜百官的"奉天之宝"玉玺！御宝楼里这几个看守太监对皇上忠心耿耿，但他们地位低下，对和珅的所作所为是敢怒不敢言，便凑在一起想了这么个法子。谁知皇上一再不悟，眼看又要连累不肯扰民的清官刘墉了。

得知了真相，百变神丑感愧至极，心说：没想到一向被人瞧不起的太监中竟有如此忠义之士，和他们相比，自己还算是个大老爷们吗？当下百变神丑决定来个假戏真做，解他们一难！第二天夜里，他没费多大劲就潜进了御宝楼，一进门便故意弄出动静，被正巡夜的大内侍卫捉个正着，当作"风影大盗"关进了刑部监狱……

几个人听到此处，都紧张地望着百变神丑。百变神丑一笑道："嘿嘿，也许你们以为我都被捉进监狱了，岂不是失风了吗？说来怪得很，就在我在监狱里坐等被押往菜市口砍头时，监狱官却把我提进大堂，说我害了'失心疯'，打了十大板后赶了出来！后来我才知道，就在我进监狱后不久，御宝楼真遭了盗，不过这回玉玺没被盗走，只是在墙壁上留下'不来了'几个字。看来，这才是真正的风影大盗！我明白了：自己是被绺子同行救了！在偌大北京城，能有如此手段的，只有……"

霍三爷听到这里，用筷子一敲酒桌说："百变神丑，不要再啰嗦了！十五弟，该你品评品评百变神丑的故事了。"

书生显然仍沉浸在百变神丑的故事中，好大一会才回过神，叹道："风影大盗这事我也曾听说过，只是没想到背后竟有这样精彩的故事！"说罢，手一扬，玉液飞溅杯中。

5.苦心霍三爷

这时，跑堂伙计送上一盆尾巴翘得老高的鱼汤，霍三爷呷了一口鱼汤道："天下没有不散的筵席，喝了这盆鱼尾汤，金盆寿宴已近尾声，咱们就要各奔东西了。不过，好戏总是在后头，你们最想听的，恐怕还是我霍某的故事吧。"

几个人早已停下杯盏，洗耳恭听。霍三爷轻轻弹了弹身上的团花盘龙袍，幽幽地说"也许你们以为我自称天下贼王是大胆狂妄而已，其实，我是正宗的爱新觉罗皇家子孙，我的父亲不是别人，乃是先皇的三阿哥、当今皇上的亲哥哥弘时！"

快镢张等几人一听，惊得胸口怦怦乱跳，只有那书生显得平静如常。

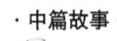

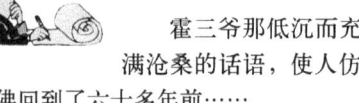

霍三爷那低沉而充满沧桑的话语，使人仿佛回到了六十多年前……

话还要从雍正说起。众所周知，雍正是与众兄弟苦斗了几十年、耍尽阴谋和血腥杀戮才登上皇帝宝座的，为了避免自己的子孙重演骨肉相残的悲剧，他别出心裁地创立了秘密立储的方法，就是在位的皇帝亲自将继位的阿哥名字写在御旨上，密封在锦匣里，藏在乾清宫正大光明匾额后面，待皇帝"驾崩"之时，由众大臣共同取出，按御旨所定人选继承皇位，敢有盗锦盒者，诛无赦！当时雍正的长子和二子早已夭折，年长者只有三阿哥弘时和四阿哥弘历。弘时聪颖有胆识，弘历英武有学识，手心手背都是肉，兄弟俩堪称是雍正的一对眼珠子。本来，雍正对兄弟俩一视同仁，但自从雍正将确立继位的锦盒放入正大光明匾额之后，他对弘时的态度越来越严厉、冷淡，而对弘历则显得宽厚仁爱。敏感的弘时不由暗自猜疑，尤其是在一连三年都是由弘历代父皇恭谒祖陵之后，他断定：藏在锦盒中的名字，必定是弘历！

弘时心想：同是一父所生，才干不相上下，而且自己居长，为什么父皇对自己如此薄情？他心中不平，决定将锦盒从正大光明匾额后面偷出来！于是，他不惜重金，招募江湖盗贼高手来到府中，让他们手把手地教

给自己盗技，很快练成了不凡身手。

雍正五年八月的一天黄昏，弘时利用自己进入乾清宫为父皇献礼之机，飞身上檐，将锦盒偷了下来。可当他回到府中书房，打开锦盒，只见御旨中的嗣皇名字竟然是自己！更让他魂飞天外的是，此时书房门突然被推开了，雍正和两个侍卫悄然无声地走了进来。弘时不由双腿一软，跪了下来。

雍正冷笑道："没想到吧？朕选中的嗣皇恰恰是你！朕当初看中的是你聪颖有胆识，可你聪明过了头，胆子也太大了！"随即又痛心疾首地说，"朕自继位以来，大刀阔斧，力改朝政积弊，得罪了朝野上下，怨声载道。朕方才明白，治国乃文武之道，须一张一弛才好，不可求治太急。因此，朕便有意冷落你而亲近弘历，其实是为了磨磨你急躁的性格，让你多点忍耐之心，将来做一个更合格的皇帝！万万未料到你竟如此心肺……"

弘时深知大错铸成，紧抱着父亲的脚求道："皇阿玛，儿臣知错了！"

"晚了！"有着"冷面王"之称的雍正咆哮如雷，"你打开锦盒之时，就是你自绝之日。这是朕诏告了天下的，岂可自食其言？没想到你好好的亲王不做，偏要做为人所不齿的盗贼。哈哈哈，爱新觉罗的子孙竟成了鸡鸣狗盗之徒！"说到伤心处，雍正失态地狂笑起来，笑得泪花满面，然

后头也不回地走了。两个侍卫则将一杯鸩酒放了弘时面前……

赐死了弘时，并将他从皇家玉牒中"削除宗籍"之后，性格怪异的雍正还不解恨，又将弘时年仅四岁的儿子改名叫做"霍勒哈"。所谓"霍勒哈"，就是满语"盗贼"的意思，并从全国捉来十几个盗技高强的盗贼，让他们"将功赎罪"，充当霍勒哈的师傅，定要将他培养成名副其实的"天下贼王"。雍正认为：爱新觉罗的子孙，做贼也是天下之王！

"故事讲到这儿，你们一定明白了，我这天下贼王的名号乃是先皇御封的！"霍三爷泪流满面地继续说，"先皇驾崩那年，我十来岁了，已知道做贼是天下大耻，更知道水有源、树有根，便一再提出要认祖归宗。可先皇终究是冷面王，临终之际专为我和当今皇上下了一道密旨：只有霍勒哈有能耐再一次从正大光明匾额后面盗得锦盒，方可允许弘时这一支系的子孙重回皇家玉牒！这……这不是逼着我和我的子孙代代做贼吗？没奈何，我只得死心塌地跟着盗贼师傅们苦练盗技，就是希望有朝一日我的子孙不再做贼。当今皇上福寿双全，稳坐天下六十年，直到去年才将自己的锦盒放在了正大光明匾额后。上个月，我潜入了乾清宫，终于将锦盒盗了出来，然后交给了皇上。皇上不食前言，答应我的子孙可以认祖归宗，最后又

将这壶三杯御酒赐给了我，让我过寿时用。皇上还说，到时候他将派一位皇子前来亲自为我把盏斟一杯御酒……"

快锄张等三人听了，知道原来书生竟是十五阿哥嘉亲王！当下三人急忙起身，要向嘉亲王行参拜大礼。嘉亲王摆摆手道"算了算了，今日本王和你们一样，都是为霍兄祝寿的客人，身在江湖，就不必行俗世之礼了。再说你们讲的故事，着实让本王受益匪浅，大有'听君一席话，胜读十年书'之感呢！"说着，便手执白玉瓶，为霍三爷斟酒，可这次一滴御酒也没

滴下来，白玉瓶已经空了！

霍三爷微笑着让他紧攥白玉瓶瓶颈，左旋三圈，右旋三圈。嘉亲王如法一旋转，果真不多不少，又斟下最后一杯酒来。霍三爷端杯在手，望着嘉亲王，神情异样地说："十五弟，感谢你来为我祝寿，我也掏心掏肺地对你说几句话！这些年，当我昼伏夜出、穿梭于京城街坊胡同之时，无意中发现一个惊心事实：那些花天酒地、穷奢极欲的朱门豪贵，他们的泼天财富，全都来自于对千万百姓的层层盘剥，而且官越大，所聚的不义之财越多！迫于饥寒的百姓就像快锄张、一把剪一样，越来越多地流落江湖，沦为盗贼，当今天下可谓盗贼遍地，大清的江山不稳啊！作为爱新觉罗子孙，我忧心如焚，只能暗中做些替天行道之事，稍解民怨！"说罢，红着眼睛将御酒一饮而尽。

霍三爷酒杯一放，继续对嘉亲王说："你知道皇上为什么单单让你来为我祝寿吗？"嘉亲王摇摇头。

"因为你是名入锦盒的阿哥！"霍三爷朗声道，"这是天大的秘密，霍某泄露出来是死罪啊！十五弟，今天我安排你听快锄张他们三人讲故事，一来让你了解民间疾苦，二来让你明白——天下有贼，但真正的大盗贼身居庙堂之中，庙堂之贼不去，天下难安！对此，我这个江湖贼王无能为力，只能拜托你了！"说罢，他离座对嘉亲王长揖一拜。

嘉亲王急忙上前，动情地叫了一声："霍兄！"然后，这一对皇家兄弟紧紧拥抱，热泪长流。

突然，霍三爷面色苍白，额头大汗淋漓，身子也不断摇晃起来。嘉亲王急忙问道："霍兄，你……你怎么了？"

霍三爷跌坐在椅子上，苦笑道："御酒名为三杯美，就只有三杯美酒，若再倒出第四杯酒来，便是赐死的断肠鸩酒！其实，皇上这么做，也是遵从先皇'盗锦盒者，诛无赦'的遗旨……"

霍三爷话语越来越低，口中流出黑血来。

"师傅！"快锄张等三人忍不住大放悲声。嘉亲王潸然泪下道："霍兄，请你放心，本王他日定除庙堂之贼！"

霍三爷欣慰一笑，端坐而逝……

（题图、插图：杨宏富）

"中篇故事"是本刊的重要栏目，我们热忱欢迎广大作者来稿。来稿要求：1.题材需有新鲜感、时代感；2.情节性强，并且能把新鲜、奇巧的情节的演绎和人物的塑造较好地结合起来；3.篇幅：15000字以内。本栏目稿酬从优。

来稿可从邮局寄发，也可发电子邮件，本期责任编辑 E-mail 地址：liuyingxi1203@163.com。

生前债务谁埋单

□ 张云芳

老李六十多岁时，妻子因病去世了。老李有两个儿子，都已成家立业，经济条件也不错，但是，他们都推说自己工作忙，很少有时间回来陪陪父亲。时间长了，老李决定还是住养老院，要不一个人实在太孤单了。

进了养老院，老李闲来无事就下下棋、打打牌，日子过得还挺滋润。不过老人嘛最怕生病，这不刚过完七十岁生日，一天早上老李就发现自己眼睛看不清了。护工张阿姨是个热心肠，她马上给老李的两个儿子打电话，可是等了半天也没见他们过来，无奈之下，张阿姨张罗着把老李送进了医院。医院一查是白内障，马上进

行了激光手术。

老李出院后，在养老院静养，张阿姨见老李孤苦伶仃，不免动了恻隐之心，平时就格外关照老李的饮食起居，还经常来陪他说话解闷。老李这才得知，张阿姨一家是外地来城里打工的，还有两个孩子要上学，日子过得很艰难。

两人相处时间长了，就有了感情，老李认了张阿姨当"干妹妹"，还真诚地对张阿姨说："感谢你这些年对我的照顾，将来我一定不会亏待你的！"

后来，老李又生了一场大病，他知道自己的大限到了，于是让张阿姨请来了公证员。老李将自己的银行存款5万元立遗嘱赠给了张阿姨；同时，又将自己居住的一套小房子传给了两个儿子。

不久，老李去世了。两个儿子知道父亲给了张阿姨5万元，虽然心里不乐意，但是老人当时白纸黑字立下了书面遗嘱，也就不好多说什么了。

谁知，父亲的丧事刚刚处理完，有个姓王的老头就找上门来了。他手里拿着老李生前写下的2万元欠条，说是翻造老屋时欠下的，如今要两兄弟还债。兄弟俩认真核对后，确认这是父亲的笔迹，两人耳语一阵后，老大过来说"按理说吧，父债子还这是应该的，但是我们兄弟俩没有继承到一分钱银行存款，老爸的钱啊，都给了外人张阿姨。所以，我们认为您老应该去找张阿姨。"

王老头想想觉得有道理，于是转身去找张阿姨。张阿姨听了他的叙述，觉得不能接受，说："老李明明有两个儿子，这债怎么由我来还呢？那5万元可是老李赠我的呀！"

这事后来闹到了当地律师事务所。律师把来龙去脉这么一梳理，最后得出结论：老李的2万元债务应当由他的两个儿子偿还，与张阿姨无关！

兄弟俩虽然心里不服气，可律师的分析有理有据，最后他们只好说："既然法律这样规定，那我们就尊重法律，2万元我们兄弟各出1万元。"

律师点评：

按照《继承法》的规定，被继承人生前有债务的，应当由被继承人的遗产清偿；遗产已经分割时，先由法定继承人所得遗产清偿，不足时由遗嘱继承人、受遗赠人按比例用所得财产偿还，但以遗产价值为限。

在本案中，2万元的债务，由法定继承人兄弟俩（继承的房屋价值远超过2万元）负责清偿，如债务的价值超过兄弟俩继承的房屋的价值，则余下得不到清偿的部分要由张阿姨在5万元的限额内负责清偿。《继承法》确定了清偿责任顺序，其目的既保护了债权人的利益，也体现了遗嘱继承优先于法定继承的原则。

（题图、插图：安玉民　梁　丽）

暗示

□ 曾凡洪

块石头，重如千斤。儿子张大虎请了不少名医，开了不少药，可张将军的病不但没见好转，反而越发严重了。

这天，张将军把儿子张大虎叫到跟前，咬牙切齿道："庸官误民，庸医害人，这话一点不假啊！这帮庸医，我早晚会被他们害死！"张大虎一听，忙劝说："爹，您千万不要动怒。我已派人去京师请名医了，一定会治好你的病。"张将军却冷冷说道："哼，什么劳什子的名医，治死人不偿命！去，把小诸葛叫来，让他给我瞧瞧。"

这小诸葛名叫敖劲松，原是张将军的随军文书，由于他行事从不按常理出牌，却往往能取得意外效果，因此大家送了他一个"小诸葛"的外号。张大虎犹豫道"名医也束手无策，小诸葛他能行吗？"张将军生气地说："不叫他来看看，怎知他行不行？"

于是，张大虎亲驾马车把小诸葛请了来。见到小诸葛，张将军很是高兴，满怀期望地说："老兄弟，我这条老命就全靠你了。"小诸葛点点头，随即抬手给张将军号了脉，片刻后，他微笑道："老将军请放心，病体并无大碍，卑职一定尽心竭力把您治好。"

这边大厅里，张大虎正等得焦急，见小诸葛从里面走了出来，他连忙上前问道"敖叔，我爹到底得了什么病？"小诸葛捻须一笑说："不碍事，老将军的病并不需要吃药进补，

清朝初期，开封城里有一个张将军，年纪一大把了，可脾气依然不好，动不动就怒气冲天。前一阵，有一个丫环不小心打碎了一件名贵瓷器，他破口大骂，气得口吐鲜血，从此就一病不起，老是觉得胸口压着一

越补身子越虚。不过,我倒有个法子,保证能治好老将军的病。"

张大虎急忙问:"敖叔,是什么法子? 如何治?"小诸葛想了想说:"我治病有一个怪癖,就是不能问为什么,而且你必须一切听从我的安排。你若答应,我包治好你爹的病,如有半点为难,老夫只好走人。"张大虎犹豫片刻,双手抱拳恭敬地说:"敖叔,只要能治好我爹的病,我都听你的!"

小诸葛点点头,随即说:"世侄,你去把风满楼的戏班子请来,今晚在大院里唱大戏。"张大虎不解地说:"敖叔,这唱戏与治病有什么关系?"小诸葛面露不快道"世侄,你忘了我们之间的约定?"张大虎满脸通红:"对不起,敖叔。"可他心里却有点不快,心想:先让你牛几天,万一治不好,再找你算账。

很快,风满楼的戏班子请来了,小诸葛叫班头把台柱子小叫天留下来另有安排,其余的都去前院里唱戏。班头忙点头哈腰地说:"爷,这可不行,没有台柱子小叫天,这戏怎么唱下去?"小诸葛衣袖一摆,说:"这是你的事,你自己想法子吧。"

说完,小诸葛又转身嘱咐张大虎:"世侄,你去把四姨太请来。"四姨太是张将军去年娶的小妾,长得风姿绰约,深得张将军宠爱。过了一会

儿,四姨太在丫环的搀扶下摆着纤腰出来了。小诸葛支开所有下人,只留下张大虎、四姨太和小叫天,然后郑重地说:"老将军的病靠药是治不好的,必须不按常理医治,我思来想去,终于想出了一个计策,请四姨太和小叫天单独给老将军演一出戏,让老将军独自观赏。"

原来,小诸葛的计划是让四姨太和小叫天演偷情戏,激张将军大怒。话刚说完,张大虎首先反对,这不是丢人现眼吗?哪有自己往自己脸上抹黑的?简直是混账!四姨太也反对,自己是清白之人,怎好演这种无耻下流的勾当? 羞死人了! 小叫天更是反对,自己卖艺不卖德,这种缺德事无论如何也不能做。

见此情景,小诸葛硬邦邦地说:"如此看来,老夫只好告辞了。"说着,抬脚就要走人。张大虎急了,上前拦住小诸葛,接着一咬牙说道:"敖叔,丑话先说在前面,若是治不好我爹的病,坑蒙拐骗淫乱官眷的罪名不轻,你就准备坐大牢吧。"小诸葛却自信满满地说:"放心,治不好老将军的病,我自刎谢罪。"话都说到这份上了,张大虎等三人也只好依从了。

这天入夜,丫环搬了一张太师椅放在后院,搀扶张将军坐好,就去前院看戏去了。张将军吹着晚风,躺在太师椅里闭目养神,忽然他觉得眼前一亮,四姨太的房里亮起了灯。原来,

张将军坐的位置，正好面对四姨太卧房的后窗，只见四姨太和一个男人的身影映在窗纸上，看起来十分清晰。张将军忙支起耳朵听房里的动静，却听那四姨太嗲声嗲气地说："那老不死的，年老体衰，早就不中用了。"那男人大笑道："我的小娘子，今晚保证让你乐不思蜀。"接着，就见两人抱在了一起……

见到此情此景，张将军气得怒目圆睁，心说：好你个贱人，亏我这么宠你，想不到竟背着我偷汉子！想到这里，他雷鸣般地大叫一声："来人啊，把这对狗男女抓起来！"可连叫三声，没有一点动静。原来，下人都被安排到前院看戏去了。而屋里的两人听到张将军的叫声，竟然不理不睬，仍然在那里搂搂抱抱的。张将军仰天长啸一声："天哪，活活气死我也！"他站起来便要向四姨太房里冲去，可才上几步台阶，便急火攻心，倒在台阶上，大口大口吐着血，血中还夹着紫块。

这时，小诸葛和张大虎急忙冲出来搀起张将军，张将军却一把推开张大虎，指着四姨太的房间，大叫道："快去捉奸！"张大虎连忙解释说："爹，那都是假的，是为了给您治病呀。"这时，四姨太和小叫天走了出来，只见两人发丝整齐，衣衫不乱。原来，是小诸葛利用灯光映影在窗纸上的原理，让四姨太和小叫天错位表

演，类似民间的手影艺术，其实二人根本没有挨着。见此情景，张将军终于松了一口气，晕了过去。

张大虎急了，正要求助小诸葛，却见小诸葛笑逐颜开，冲着张大虎抱拳说道："恭喜老将军得救了，老将军胸中的瘀血终于吐出来了，这病也就好了八分，再用补药调养调养就行了。"原来，张将军的病是因为之前急火攻心，内脏出血，瘀阻于心。这种病光靠吃药是不行的，越吃药，瘀阻得越厉害，身体越虚。于是，小诸葛才想了这个法子，让张将军动怒，逼他把瘀血给吐出来。众人这才恍然大

悟，不由对小诸葛心生敬佩。

不久，张将军吃了调养身体的药后，果然康复了。张大虎满脸钦佩地说："爹，小诸葛真是奇人，果然把您的病治好了。"张将军却若有所思地说："他不但是奇人，还是个聪明透顶的人！你想想，他要让我生气吐出瘀血，有数不尽的方法，再说，我也宠爱三姨太和五姨太，他为什么偏偏选中四姨太呢？即便选中四姨太是巧合，他又为什么偏偏选中风满楼的小叫天？"

张大虎不解道："爹，您是说他别有用意？"张将军缓缓地说："我和他共事二十余年，太了解他了，这是一种暗示。"张大虎沉思良久，点点头，似有所悟道："爹，为了庆祝您康复，请风满楼的戏班子来唱一个月的大戏，如何？"张将军双手一拍，大声说："好！"

风满楼的戏班子唱了半个月，因张将军要到庙里烧香还愿，特停唱三天。这天一大早，张将军和儿子张大虎便带着随从上香去了，女眷们则留在家中。不想第二天，张将军和儿子张大虎突然连夜赶了回来。在书房里，管家命仆人扛出一卷草席，草席里竟是赤裸的四姨太和小叫天！张将军见了挥挥手，两个仆人便扛着草席出去了。

原来，这一切都是一个计谋，张大虎请风满楼的戏班子来唱一个月的大戏，目的是叫管家暗中观察四姨太和小叫天的动静，果不出所料，两人确实有染。于是，张将军和儿子张大虎故意停唱三天去上香，暗地里却叫管家捉奸，果然捉了个正着。经审讯，四姨太和小叫天交代，两人早在去年风满楼来将军府唱戏时就勾搭上了。张将军为了遮羞，暗地里叫官府给小叫天捏了一个罪名，刺配沧州，而四姨太则被遣返原籍。

后来，张将军请小诸葛吃饭，席间禁不住问道："老兄弟，你是怎么知道四姨太和小叫天有奸情的？"小诸葛回答说："小叫天有一次喝醉了酒，自己讲出来的，街头巷尾都在传，因无真凭实据，卑职不敢妄言。恰逢老将军叫卑职看病，才想出了这个借机暗示的法子。"

张将军满意地点点头："多亏了你，要不老夫戴了绿帽子还不知道呢。为了表示感谢，老夫特地给你准备了一个礼物。"说着，一挥手，管家捧出一个锦盒。小诸葛打开盒子，只见那是一根金子做的猪舌头，中间断了一条裂缝。小诸葛一看，忙站起来毕恭毕敬地说："卑职明白。"

小诸葛知道，断了一条裂缝的猪舌头也是一种暗示：不要乱说话！

（题图、插图：安玉民 梁 丽）

（本栏目欢迎来稿。来稿可从邮局寄发，也可从网上传递。如为电子邮件，请发以下信箱：liuyingxi1203@163.com）

"岳阳杯"幽默故事创作大赛征文选登
本活动由上海市松江区岳阳街道与本刊共同举办

天生胆小

□ 杨信社

李大爷天生胆小，很少出门。这天，他进城办事，正走着，突然被一个摆地摊的男人拦住了："大爷，买个手机套吧！"李大爷被吓了一跳，支吾道："我、我没手机……"

地摊男见李大爷一副寒酸相，口气立马硬了："没手机不打紧，先买上手机套再说！"说着，把一个手机套硬塞给李大爷。李大爷想拒绝，可见

对方一脸凶相，只得掏钱买下了那个手机套。

李大爷将手机套放进提包里，继续往前走，旁边突然闪出个地摊女，一把拽住他的袖子说："大爷，买个手机套吧！"这地摊女居然没系上衣扣子，李大爷只看了一眼就晕乎，不过这回他倒是有话说了："我有了！"说着拉开包，让地摊女看。

地摊女一愣，又掸揄道："那就买个钥匙链吧！"她把嘴巴凑过来说："到底买不买？不买我可要喊人了！"说完，指了指自己白花花的胸部。李大爷吓得慌不迭地买下了钥匙链。

就这样，李大爷陆续又买了挖耳勺、戒指、小镜子，甚至还有巫毒娃娃！他暗下决心，再不能买了！可是，怕什么来什么，李大爷又被一个地摊男截住了。没等对方开口，李大爷就嚷开了："我、我没钱……"

谁知，这地摊男更嚣张，他指着李大爷的提包说："那这包里鼓囊囊的是什么？快给我看看！"说完便来抢包。

突然，"哧"的一声，包的拉链被拉开了，里面的手机套、钥匙链撒了一地。地摊男看看地上的东西，嘟嘟囔囔回到了摊位："早说不就完了？原来你也是摆地摊的！"

自作自受

□ 曹景建

水泥厂的徐老板事业有成，可他年近四十，还是个钻石王老五。为啥？还不是徐老板要求苛刻，说是除非是像金庸小说里"小龙女"一样的脱俗女子，他才会动心。

这天，厂里的刘大姐神神秘秘地拉住他，指着一张照片上的女孩，说是要把自己的外甥女介绍给他。徐老板看了一眼就被迷住了，那清新的气质，就是一个活脱脱的"小龙女"啊！

徐老板捏着照片左看右看，乐得

合不拢嘴。这时，厂办主任老李进来找他，瞥了一眼照片，说道："这不是县政府办公室刚刚分来的女大学生嘛！没错，就是她！这照片照得真好，不过，一看就是被人PS过的。"

"什么？"徐老板焦急道，"你是说这照片被人用电脑修饰过？"

"没错，太明显了！"

徐老板的心一下子凉了，心说：好容易碰到个让自己心动的女子，没想到竟是PS过的。要知道，再丑的照片，只要用电脑处理一下，立刻就会成为明星脸。想到这里，徐老板气不打一处来，马上找刘大姐回绝了这事。

半年后，徐老板还是没有找到合适的另一半。这天，他参加一场婚礼，新娘竟然就是刘大姐的外甥女，而且果真有些"小龙女"的气质。

徐老板呆了。突然，他想到了什么，一把将旁边的老李从座位上拎了起来，吼道："你不是说那张照片被人PS过吗？我看照片和真人一模一样啊！"

老李摸着脑袋想了半天，才想起这事，突然笑道："都怪我没说清楚。那张照片上的人没啥问题，问题是她身后的山坡被处理过了。那座山我认识，离咱水泥厂就两公里，照片上树木青翠，可实际上呢，有咱水泥厂在，四季都是灰的，哈哈！"

听到这里，徐老板半天才挤出一句："这真是自作自受啊！"

浪漫创意

□ 孙国彦

阿伟和老婆的结婚纪念日就要到了，阿伟决定想一个不同凡响的创意，给老婆一个惊喜。

那天一大早，老婆的短信铃声响了，她打开手机，看了好久，自言自语道："奇怪，这是谁发来的？"阿伟装模作样地接过来一看，嘴里念道：祝二位白头偕老，永结同心。结婚周年快乐！念完还故作高深地说："老婆，别急，这只是个开始。"

话音刚落，铃声又响了。老婆看了，更是一头雾水。还没等她想明白，第二条，第三条，第四条……一条条祝福短信紧急集合般来到，一时间，手机铃声响不停。再看老婆，惊讶得嘴都合不上了，连声大喊道："天啊，我不是在做梦吧！这是怎么回事啊？"阿伟得意地冲老婆说："沉住气，一百条祝福短信到齐，答案自然会揭晓。"

铃声还是响个不停。老婆兴奋得两眼放光，揪着阿伟的耳朵问是怎么回事？阿伟才实话实说。原来，他找到了一家网站，在网上发布了一项任务，征集一百条结婚周年祝福短信，在约定的时间段发到老婆手机上。

老婆听了，幸福得像朵花似的，抱住阿伟就是一通猛夸："老公啊，你太有才了！你太伟大了！"说着，又一连在阿伟脸上印了好几个唇印。

可老婆开心不久，脸色就不对了："你看你干的好事！"说着，老婆把手机甩给阿伟。阿伟接过一看，只见上面写着：我想你，我爱你，就像老鼠爱大米。阿伟大吃一惊，再翻开一条：美女，有没有兴趣认识一下？请加我！阿伟吓了一跳，不敢往下看了，傻愣在那里。老婆气呼呼地说："亏你想得出来，竟然把老婆的手机公布到网上！你脑袋进水了还是被门挤了？"

阿伟呆愣在那里，半天没说出一句话来。

五号座位

□ 罗金花

王老汉今年七十，一辈子没出过远门。这天，他突然想去外头开开眼界，便托人买了一张到郑州的汽车票。

王老汉虽然识字不多，但能认出来自己手里的车票是5号座。上车后，他很快就在第三排座位的车壁上找到"5里6外"几个字。他想了想，便在

靠窗的那个座位坐下来。

不久，上来一个十八九岁的男孩，看了王老汉一眼，就问："大爷，你是几号座？"王老汉说："俺是5号座。"男孩不耐烦地说："5里6外，靠走道是'里'，我的6号才靠窗！"王老汉听了急忙让了座。

王老汉第二次出门是到洛阳，这次是他自己买的票。嘿嘿，巧了，又是5号座！上车后，王老汉就直接坐在靠走道的位子上。很快，一个中年妇女抖着身肥肉上了车，看到王老汉就叫起来"老头儿，你怎么占我的位子？"

王老汉把车票递到女人面前："5里6外，没错呀？"那女人眼睛一瞪，说"靠窗才是'里'啊。连这都不懂！"王老汉连连道歉，只得又挪进去。

时隔不久，王老汉去开封了。买来车票一看，真见鬼，还是5号座！他硬着头皮上了车。当再次看到那醒目的"5里6外"时，不由心中一动：要不等6号座的人坐定了，我再坐，免得里外不是人。

于是，王大爷就这么一直站在走道中间，眼巴巴望着外面等呀等。也不知过了多久，只听开车的司机喊道："喂，大爷，快找个座位坐下来，傻站着干什么？"王老汉笑眯眯地回答："我想等6号座的人来了再坐。"

不料，司机却不高兴道："大爷，故意挖苦我是吧？你没看这趟生意差，才卖出五张票，哪来的6号啊？"

重头戏

□ 李　谦

大林在电视台的"百姓剧场"栏目做编剧。这天，大林的岳父打来了电话，说邻居家的囡囡做梦都想在"百姓剧场"里上个戏，可报名一年多了也没排上，问大林能不能帮个忙。大林拍着胸脯，满口答应下来。

第二天，大林就跟剧本统筹小刘说了这事。没想到，小刘干脆地拒绝道："咱这儿小孩的角色本来就少，赶上暑假，台里领导手里都有一堆人情，一个孩子角色起码有几十人排着号呢！"

大林愣了一下，突然脑子里灵光一闪，有了！他赶忙搜罗素材，熬了一个通宵，写了一个拐卖孩子的本子，为了保证万无一失，剧里安排了俩女主角！

不久，剧本顺利通过，大林理直气壮地提出，自己这剧是量身打造，

要用侄女囡囡出演女一号！可小刘却连连咂嘴道："本子才到手，二审结果还没出来，角色就让台里俩中层抢走了！"大林立刻傻了眼。

回家后，老婆知道了这事，脸色刷地沉下来："没那金刚钻，就别揽这瓷器活！老家那边都传遍了，咱跟人家怎么解释？"大林哭丧着脸说："可是这……这也不怪我呀，我特意安排俩女主角呢！"想了想，大林突然来了主意，又说，"老婆，你放心，我说什么也要让囡囡上回电视！"说完，他又躲进了小书房，一夜熬红眼，又一集剧本出炉了。

这回，大林学聪明了，干脆送了两瓶酒给制片人。制片人一拍胸脯说："不就是给孩子安排个重头戏嘛，这事包我身上了！"

几天后，岳父来电话说囡囡已经进了摄制组，大林悬着的心总算落了地，心说：幸亏我这次多了个心眼！原来，他这次写的是一个校园题材，说的是学校要排《白雪公主》的舞台

·幽默世界·

剧，三个小姑娘争演主角，虽然主角最终只有一个，可孩子们却收获了友谊。大林算盘打得精，就算不给那仨主演，还有七个小矮人呢，怎么也得给我家囡囡留个角色露个脸吧？

到了节目播出的那天，大林给岳父那边的亲戚都打了一遍电话，然后，便守在电视跟前看播出了。没想到，刚看了个片头了，大林家的电路出了问题，停电了！他赶紧打电话叫物业过来修，老婆一看等不及了，便跑到隔壁邻居家看电视去了。

没一会儿，岳父打来电话，声音很激动："看见囡囡了！咱全村人都在咱家看呢！"大林不禁心花怒放。

二十分钟后，老婆一脸不高兴地回来了。大林觉得有点不对劲，赶紧说："白雪公主演不上没关系，演个小

矮人也不错啊！"老婆撇着嘴说："都不是！"大林急了："没囡囡？不会吧！刚才爸都说看见囡囡了！"

只听老婆悻悻地说："有囡囡！可是从头到尾一句台词也没有，她演的是七个小矮人屋子后头的一棵树啊！"

（本栏题图、插图：包丰一　顾子易）

·本刊信息传真·

2011年"岳阳杯"幽默故事创作大赛征文启事

为进一步繁荣幽默故事创作，《故事会》杂志社与上海市松江区岳阳街道决定联合举办2011年"岳阳杯"幽默故事创作大赛，并面向全国征文。

一、征文内容：1. 内容贴近生活，健康向上；2. 情节生动有趣；3. 语言活泼，具有口头文学特点；4. 作品尚未在公开出版物上发表；5. 篇幅在2000字以内。

二、奖项设置：本次大赛设一等奖2名，奖金各3000元；二等奖5名，奖金各2000元；三等奖10名，奖金各1000元；创作奖10名，奖金各500元。优秀作品将陆续在《故事会》上发表，并结集出版。

三、征稿时间：2011年2月1日—2011年12月1日。

四、征稿方法：1. 从邮局寄发，请在信封上注明"'岳阳杯'幽默故事征文"。本刊地址：上海市绍兴路74号《故事会》杂志社，邮编：200020。2. 从网上传递，可发至各责任编辑信箱，请在主题上注明"'岳阳杯'幽默故事征文"。

本期责任编辑的信箱是：liuyingxi1203@126.com。

492
2011
SEMIMONTHLY
上半月刊
8月
STORIES

欢迎登录本刊主办的"故事中国网"（www.storychina.cn）

故事会
—STORIES—

2011 年 8 月
上半月·红版

何承伟：社 长、主 编
夏一鸣：副社长
吴 伦：常务副主编（兼绿版负责人）
姚自豪：副主编（兼红版负责人）
本期责任编辑：姚自豪
电子邮箱：yaobianji@126.com
红版发稿编辑：
吕 佳 叶小萌 李天然
美术编辑：李宝强
电脑制作：郭瑾玮
本社办公室电话：021-64375030
上半月刊编辑部电话：021-64332325
下半月刊编辑部电话：021-64336469
（上海市绍兴路 74 号 邮编：200020）
主管、主办：上海文艺出版（集团）有限公司
出版单位：《故事会》编辑部
发行范围：公开

制作、发行总监：张 凯
电话：021-64313938
广告业务：上海故事会文化传媒有限公司
广告总监：张 淮
广告业务：021-34010383
广告投诉：021-64333738
广告经营许可证
沪工商广字 3100320080016 号
发行：中国图书进出口上海公司

特别提示： 凡本刊录用的作品，即视为本刊已获得该作品与《故事会》相关的网上传播、汇编出版、电子和录音录像制品等权利。本刊向作者支付的稿酬，已包含了上述各项权利的报酬，如有特殊要求，请提前说明。

形式主义

小毛和班上的一个小朋友打闹，不小心被蹭破了点皮。下午，小毛的父亲怒气冲冲地来找老师，要求处分另一个孩子。

老师刚劝走小毛的父亲，小毛的奶奶又来了，也是怒气冲冲的，老师好话说尽，刚把奶奶打发走，又来了一个妇女，也是怒气冲冲的，她说自己是小毛的妈，来讨个公道的。

老师一听急了："你们还有完没完？多大点事？父亲来吵，奶奶来闹，现在当妈的又来了，别得理不饶人！"

那妇女听了，尴尬地说："我……我也是没办法，孩子亲爸、奶奶都来过了，我这后妈不来，旁人会说三道四的。"
（果绍祜）

（本栏插图：包丰一）

上 坟

这年清明，翠花提前一天上坟，祭奠完了，在回来的公共汽车上遇上了熟人，熟人问翠花怎么提前一天上坟，翠花说："我请人算了，明天是农历三月三，正好是王母娘娘举行蟠桃盛会的日子，上坟不好。"

司机师傅一听乐了，说："这王母娘娘也真是，这么大个事，也不早下个通知，就是发个短信群呼一下，也好让我们提前一天扫墓呀！"说得一车人都笑了。
（郭颂军）

老婆怀孕了，老公听人说女人怀孕时，男孩喜欢在肚子里打拳，女孩喜欢撅屁股，可他一心想要儿子，特别不喜欢孩子撅屁股。这天，妻子说："老公，宝宝又在撅屁股了！"老公一听，赶紧走到老婆身旁，不悦地说："宝宝，别撅了，快打个拳！"
（王 婷）

打拳

工作时打电话

这个月的电话账单又高得惊人，晚饭后，一家人开起了家庭会议。

男人说："简直无法忍受了，以后大家尽量注意，我从来不用家里的电话，有事就在上班时打单位的电话。"

女人说："我也一样，我只用单位的电话。"

儿子说："我也只用公司里的电话。"

保姆一本正经地说："别看我不是你们家的人，其实我和你们一样的，也只在上班时打电话。"

（秋 树）

斗 智

妈妈不准儿子看电视，儿子只能趁她上班时偷看，等她快下班时把电视关上，再把电视机罩子罩上。

后来，妈妈发现了儿子的秘密，于是下班回家后第一件事就是摸电视机屁股热不热。

从这以后，儿子的"善后工作"又多了一道工序：先用电扇把电视机屁股吹凉，再把电视机罩好，然后拿起书本作学习状。

没过多久，妈妈回来做的第一件事改变了：摸电扇屁股。

（秋 树）

婚前婚后

妻子："哼，没嫁你前，你说只要嫁给了你，就要风得风，要雨得雨，现在你看看，我得了什么？"丈夫："哦，扭开电风扇就是风，扭开淋浴器不就是雨吗？"（陈 新）

同时到达

老公要去外地出差，妻子把他送到机场后就返回城里，一路上车堵得厉害，走走停停，像蜗牛爬行一样。

好不容易车子终于到了家，突然，老婆的手机有短信了，她打开一看，是老公发来的："我到了。"老婆回了一条短信："我也到了。"

（李彦锋）

·笑话·

暗 号

一天，一个老汉去法院询问案件进展情况，他来到法院门口，被正在值班的法警拦住"大爷，请问你找谁？"

老汉说了来意，法警问："你那案子的承办法官是谁？"老汉说不知道。

法警说："那你告诉我案号，我帮你查一下。"

老汉听了，警惕地往四处看了看，见没人注意，便悄悄地在法警耳边小声说"我打官司，法官也没告诉我接头'暗号'啊，是不是'天王盖地虎'？"

（解 沛）

怎能让你埋单呢

刘四醉酒驾车，被交警给拦住了，交警拿着测酒仪伸到刘四嘴边时，他大叫："不用你往我嘴里灌酒，我自己能喝，我的酒量大得很呢！"

交警把刘四带到交警队后，拿出一张纸，要做记录，刘四摇晃着上前拦住了，说道："哥们，今天说好了是我请客，怎能让你埋单呢？"

（王社卫）

出 主 意

小李对大刘说："每次发了工资，爱人总嫌我挣钱少，你说怎么办？"

大刘说："我给你出个主意。"小李急切地问："什么主意？"大刘说："你跟我学——每次发了工资，我都把大面额的钞票换成零钞，交给老婆，她数钱数得手都抽筋啦！"

（蓝昌科）

都一样

高一新生入学，小明和小刚成了一对好朋友。期中考试时，这对好朋友的成绩却是天壤之别，小刚是全班第一，小明是倒数第一，小刚拍了拍小明的肩膀，说："别泄气，我以前和你一样。"小明也拍了拍小刚的肩膀，说："别骄傲，我以前也和你一样。"

（经 年）

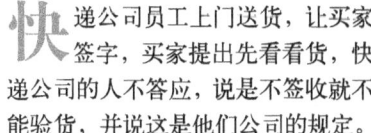

淘气的女生

有个淘气的大学女生，见新来的男老师挺幽默，就故意在课堂上问了个问题："老师，如果有人在上课时照镜子，你会怎么办？"

老师笑笑，说："我虽然不知道该怎么回答，却知道有这么个故事——从前，有个善良厚道的男老师，一天上课时，有个女生问了一个上课时能不能照镜子的问题，男老师回答说'请便'。不料后来麻烦来了，那女生老是当着他的面照镜子，还给他打了毛衣、毛裤、毛袜子；再后来，他就有了一个会打毛衣、毛裤、毛袜子的太太，当然，她还爱照镜子。男老师挺后悔，后悔先前没有回答好那个女生问的问题。"

听到这儿，学生们哄堂大笑……

（乐 生）

公司规定

快递公司员工上门送货，让买家签字，买家提出先看看货，快递公司的人不答应，说是不签收就不能验货，并说这是他们公司的规定。

买家说不验货就不签收，快递公司员工说："好，那我走了，算你拒收。"买家想了想，拿过单子签了字，随手就把单子放进了裤袋，说："不验货不能给你单子，这是我们家的规定，要不你走吧，你就说我拒收。"

快递公司员工："那验吧……"

（胡明坤）

成交

上课时，女生肖鹃悄悄和同桌讲着话，正在黑板上板书的老师回过头来，怒视着说："肖鹃第一次！"说完，他继续在黑板上写着。

那女生继续讲话，老师又回过头来："肖鹃第二次！"第三次的时候，老师刚喊完"肖鹃第三次"，全班学生集体喊道——"成交！"

（一根葱）

　　本栏欢迎来稿，读者、作者可将有新鲜感、有精彩细节的笑话佳作投寄给我们。来稿一经采用，最高稿费为一则100元。本期责任编辑电子信箱：yaobianji@126.com。

梅西的
球迷

□李元奎

有人说,四年一届的世界杯是一个励志故事,没错,我就是从去年的世界杯中对人生有了全新的感悟,这种感悟,历时愈长,感触愈深。

本人姓李,一个平民百姓。2010年6月初,我左下腹有点隐隐作痛,痛处还经常鼓出一个小包来。我到了我们这个城里最大的中心医院,托人找了个大夫,一检查,是疝气。大夫要我住院手术,我说可不可以晚一两个月,我有些事要处理,大夫答应了。

其实,有点事是不假,不过真正的原因,是我要看6月11日至7月11日开打的第19届南非世界杯足球赛,更确切地说,我要看我心爱的老马——球王马拉多纳。他虽然踢不动了,但这次他挂帅阿根廷队,麾下有

世界足球先生、大将梅西,夺冠应不成问题。作为马哥的忠实粉丝,宁折十年寿,我也要亲眼见证他再次捧起大力神杯的奇迹。

可悲哀的是:7月3日的晚上,在1/4决赛中,阿根廷队0:4负于德国队,惨遭淘汰。我悲从中来,默默掉下两行男儿泪,次日即心灰意冷地住进了中心医院胃肠科,准备手术。

我住的是二人间病房,和我同房的病友姓范,单名一个阳字。他三十八九岁,中等个,人精瘦,他得的是胃溃疡,也是来手术的。晚上闲来无事,我俩聊天,发现彼此都是球迷,只不过我的神是马拉多纳,他崇拜的则是梅西,当话题转至昨晚阿根廷队的

惨败时，我俩抬起杠来了。

范阳说："你看梅西在西班牙巴塞罗那俱乐部队踢得多威风，是因为有人给他做球，输送炮弹，跟他配合。可世界杯上，老马非叫他踢组织中场，把他限制死了——输球的责任完全在老马！"

兄弟不才，江湖人称"李杠头"，抬杠可是我的强项，尤其对方触犯的又是我的偶像马拉多纳，真是"婶可忍叔不可忍"，我当然会毫不留情地予以回击，我说："梅西这小子不爱国，把劲儿全用到俱乐部联赛上去了，踢世界杯他根本不在状态，心不在焉，整场都在梦游——他才是阿根廷队败北的罪魁祸首！"

就这样，我俩争吵了有十几分钟，最后范阳恼怒地关了灯，蒙头睡觉，不再理我。不理就不理，咱"李杠头"憷过谁？靠！

次日早上八点，我就动了手术。一个半小时后手术完了，推回来，在床上打了·天吊瓶，又观察了一天，第三天上午，大夫就让我出院了。老婆办完出院手续，搀着我，我拄着根拐杖，往病房外面走。已经三天了，范阳这小心眼还不肯搭理我，如今要走了，总不能就这样吧？于是我主动招呼他："范老弟，哥要走了，祝老弟手术顺利哟！"

范阳躺在床上看书，这时他假装才看到我要出院的样子，翻身坐

起来，笑着说："李哥你要走了？真羡慕你啊，回去好好休养！"说着，他装模作样地要下床送我，他老婆说她送吧，阻止了范阳。

范阳的老婆陪着我们慢慢往外走，在等电梯的时候，她面色突然一变，哭了，抽抽搭搭地说："李哥你知道吗，其实范阳不是胃溃疡，是胃癌，很危险的那种。他三天后手术，大夫说他有可能连手术台都下不来，我们一直瞒着他……"

我听了，顿时像是挨了一记闷棍，整个人怔在那里。

范阳的老婆继续说道："你和他

·我的故事·

为马拉多纳、梅西抬杠的事，让他非常生气非常难过。大夫说一定要让他开开心心的，这样，手术成功的可能性会高些。"

"那我……现在就去给他赔礼道歉。"我嗫嚅着说，范阳的老婆摇了摇头，说："不必了，那样他反而会怀疑我对你讲了什么。"

我想了想，说："三天后，我正好要来换药，到时我再见机行事，在他手术前把这个梁子给化开。"

范阳动手术的那天，一大早，我和老婆赶到医院。到了病房，范阳不在，一个陌生男子在床上坐着，他是范阳的表哥，他告诉我们，范阳昨天下午提前手术了，手术中引起了大出血，人一直在抢救室抢救。

范阳的表哥带我们乘电梯到了15楼，在一间抢救室外，范阳的老婆，还有几个亲朋好友守候在那里，她一见我们，抱着我老婆就抽泣上了。我对范阳的老婆说："你可不可以进去告诉范阳，我这几天深入研究了一下梅西，发现他才是独一无二的天才，马拉多纳在他面前不过是小巫见大巫……"

范阳的老婆擦了擦眼泪，说："虽然他一直昏迷着，但他听了这些，应该会高兴的。"说完，她推门悄悄走进了抢救室。几分钟后，她快步走了出来，欣喜若狂地对我说："好了好了，范阳醒了，他非要见你不可，你快进去！"

我忍着手术后伤口的隐痛，拄着拐棍，快步进了抢救室，老婆要跟进来，被护士拦住了。

我走到病床前，握住了范阳的一只冰凉的手，范阳的眼神极度涣散，目光呆滞迷离，他竭力把目光聚焦到我的脸上，然后微笑了一下，用微弱的声音对我说："其实，马拉多纳……也很棒的……"

我的眼泪"刷"地淌了下来，高声对他说："马拉多纳算个屁，梅西才是NO.1！"范阳听后，眼皮一合，两个嘴角朝上一弯，永远定格在了那里……

范阳死后，认识我的人都发觉我有了一个重大变化，那就是再也不跟人抬杠了，不仅不抬杠，还变成了和事佬，比如上个礼拜天，老婆和上高一的女儿为买笔记本电脑的事争吵起来，女儿要买个上万元的，要一步到位；老婆说买个四五千的就足够用了。争来吵去，她们找我评判，我说："从一步到位这个角度来说，女儿对；从够用这个角度来说，妈妈对。"

两人大为不满，指责我"老奸巨猾"，批评我"和稀泥"。

其实，我真正想对她们说的是：生命只在呼吸间，短暂而又脆弱，我们互相疼惜都来不及，怎么还忍心用抬杠来伤害对方？

(题图、插图：安玉民 梁 丽)

10

故事会 ■ 新浪 微故事大赛

6月优秀作品选登 （主题：手机）

@ 射虎 老农进店问："手机多少钱一斤？"店主窃喜，还有这等土人？嫌逐款报价太麻烦，大手一挥："五千一斤，自个儿挑吧。"老农择一高档超薄机，称重，二两，千元。店主大悔，力推他机，老农都不屑一顾："想坑我这卖废品的？那些明显是翻新机，配置又烂，连《愤怒的小鸟》都玩不了！"

@ 倾尘语 男人在阳台上用手机跟情人私语，不知过了多久，才想起书桌前的儿子。他推门而入，见儿子趴在桌上睡着了，他拿起一旁的作业本，题目是：造几个被字句。小男孩歪歪扭扭的字，却让他眼睛有些刺痛——"妈妈被手机里的男人骗走了，爸爸被手机里的女人骗走了，我的家被手机骗走了。"

@ 若雯雪 小张是开古玩店的。这天，店里进来一土气的汉子，拿一手机对小张道："我从一汉墓里弄出来的宝贝，收不？"旁边几个顾客一听，哈哈大笑。令人意想不到的是，小张竟砸重金买下了手机。众人诧异："怎么，你难道相信他那胡扯？"小张捧着那手机，颤声说道"这手机，是、是我爸的……"

@ 斑狸的段子 他肚饿加无聊，群发短信"宵夜"，收到陌生号码回复"已送"，然后桌上真的出现了宵夜。他惊喜若狂，一发不可收，不断发短信："百万"——"已送"；"豪宅"——"已送"；"美女"——"已送"……"这是聚宝

盆啊！"他想，"我还要什么呢？对了！"他发短信："当皇帝"——"啪"手机掉在地上，显示"已送"……此时，他在秦始皇陵，活埋地底。

@ 阳春白雪 001 老汉四个儿子，父亲节那天，在城里的三个儿子都打手机问候，唯有那年插队异乡的老大没动静。"这些年可苦了他。"夜里，老汉孤独地想着往事，突然门被敲响，开门一看是老大，一身风尘，还背着一大包土特产。老汉眼睛湿润了："没手机吗？打个电话就行了。"老大说："有，还是来亲眼看看好。"

@ 灯太明 一颗陨石落在五角大楼，裂开，露出一部手机。国防部长捡起后见屏幕上写着：按＃键解锁，他按＃键，按不动；按其他键，也按不动。两拇指叠在一起按，仍按不动。拳砸、脚踩、锤击、枪射、炮轰、核弹炸，皆无效。消停半年后，手机自动解锁并发走一条短信：测试完毕！地球兵器简陋，适宜侵略。

@ 倾尘语 深夜，在男人和女人不安的鼾声中，床头柜上的手机有些骚动，它对身边的电话说："嫁给我吧。"电话不回答。手机又说："我时尚气派，可以打电话看视频，每天跟着主人出入上流社会，跟着我，绝对不会吃亏的。"电话看着床上女主人的泪痕，答道："你可以每天都回家吗？"手机不再说话。

（大赛启事请见P64 ）

艾伦·斯代波，美国作家。作品以短篇小说为主，内容大多反映普通民众的日常生活，该作品是其代表作之一。

爱情推理

□邓 笛 编译

这天，太阳和煦，一位面目秀丽的女孩提着一个蓝色小箱子，走进了车站书店。看样子，她是来买书的，她随意地把手中的一束花儿放在柜台上，从书架上选了一本杂志，然后取出钱包付款。这时，她的那束花顺着柜台面的斜坡滚动了起来，眼看着就要掉到地上了，就在那一刻，一个年轻的男子赶忙伸手将花儿接住，然后递给了她，她感激地微微一笑，收拾好自己的东西，走了。

这男子叫杰克，是位公司职员，这次是去度假的。他上了火车，在车厢里，又意外地看到了刚才那个女孩，她的旁边有一个空座位，于是杰克走上前去，笑吟吟地问："这个座位有人吗？"女孩抬起头，说："没有，你坐吧。"

杰克就坐了下来，他想跟她说些什么，但又找不到话题，一时便默然了，稍稍镇定后，他开始观察起来 行

李架上放着她的蓝色小手提箱，手提箱上是一束花儿，箱子上还印有她的名字缩写：ZY。杰克心想：这一定是一个稀少的名字，因为以26个字母最后这两个起头的名和姓都很少。

一会儿，火车启动了，驶离了月台，杰克和女孩聊了起来，杰克问她是不是去度假的，女孩说，她不是去度假，她只是去父母那儿住几天。

两人正说着，服务员推着食品车走了过来，杰克提出请女孩喝一杯咖啡，女孩笑着接受了，她说，从四点到现在，她一口水都没喝呢。

两人聊了一会儿，火车就在一个站台停靠了，她站起身，从行李架上取下了她的东西，接着，她就下了车，走了。

火车重新启动时，杰克才意识到自己傻极了，他既没有问她的名字，也不知道她住在哪儿，是干什么工作的。偌大一个城市，茫茫人海，他就是大海捞针般地找上几年，也未必能碰到她的。

杰克知道，自己已经对那女孩一见钟情了，他一定要再次见到她！怎么办呢？他想到了她的名字缩写ZY，以这两个字母打头的名字不会很多，或许这是能找到她的突破口。

杰克外出几天后回到了城里，他马上找来了这个城市的电话簿，以Y开头的姓倒是有几页，但是以Z起头的名却一个也没有，就这样，这个线索断了，接着，杰克又开始回想当时的情况，试图寻找新的蛛丝马迹。

他想起了那束花，对了，商店一般都是在九点才开门，而那趟火车的发车时间是八点五十……可是，杰克记得在车站西侧有一个花店，它每天开门营业的时间都比较早，如果是顺路买花的话，那么她应该是从车站西侧方向来的。

既然从这个方向来，那么，这条路上设有站点的公交车有几条线呢？杰克查了起来，发现了三条线路，但是，每条线路都有若干站点，每个站点附近都住有很多人。

还有什么线索呢？车站书店？对了，她买过一本杂志，是什么杂志呢？杰克不知道，但是，他记得她是从哪个书架上取下它的。杰克当机立断，特意再次去了那家书店，看那排书架上贴的标签：建筑工程、摄影艺术、教师月刊……莫非她是一个教师？不，不可能，她离开这个城市时没有选择利用双休日。杰克继续看其他标签：电子科学、护理杂志……难道她是一名护士？

杰克猛然想起，她在火车上说过，她从四点开始一口水都没有喝，这是不是说她四点钟下了夜班？这和护士的工作性质非常吻合！杰克立时怦然心动，他细细查看了那三条公交

线上的站点，发现其中一条线经过一个医院，它叫瑞尔医院。

杰克立即去了这家医院，他站在医院的车道上，四处张望，想找到问询处的位置。这时，一件意想不到的事情发生了：一辆救护车突然驶入，因为开得急，杰克又躲避不及，他被撞倒了……

不知道过了多少时候，杰克睁开了眼睛，发现自己躺在一张床上，他望了望身边，身边有一个护士，杰克问："我这是在哪儿？"

护士告诉杰克："医院里呀！"

杰克撑起了身子，问："你们这儿

有一个名字缩写 ZY 的护士吗？"

"就是我呀，有什么事吗？"

杰克一听大失所望，眼前这个护士，哪里是以前遇见的那个女孩呀，面貌、身材、肤色、话音，一个天，一个地；一个春天，一个冬季，哪能比呀！杰克无奈地叹了口气，说："以 Z 起头的名和以 Y 起头的姓都非常罕见，一个医院不可能有两个以 ZY 缩写的名字……"

那个护士笑了，她说，是的，她的确是全医院唯一的名字可缩写成 ZY 的人。

杰克心里那个沮丧呀，仿佛一瞬间全世界都失去了光彩。该怎么办呢？突然，他心中灵光一现，他把那个护士叫了过来，问了一个问题：你有没有把一只蓝色手提箱借给别人？

"是的，"护士答道，"我有一只蓝色的小手提箱，不久前曾借给我的一个同事，她的名字叫瓦娜丽·华生。"

天哪，杰克心头"扑扑"直跳，他终于知道怎么回事了，他在书店里、火车上碰到的那人，就是瓦娜丽·华生……杰克向护士诉说了一切，在护士的帮助下，她终于来到了病房，坐到了杰克的床边。她看着杰克，嘴角露着笑意，风情万种，她问："你是怎么找到我的？"

杰克笑着答道："我曾经梦想当警察……"

（题图、插图：安玉民　梁　丽）

脑筋急转弯

◆ 埋在地下一千年的酒，出来以后叫什么？
答案：酒精。

◆ 上课老师抽查背课文，小猪、小狗、小猫都举手了，老师会叫谁？
答案：小狗，因为旺旺仙贝（先背）。

◆ 哪种水果视力最差？
答案：芒（盲）果。

◆ 哪两种蔬菜有手机？
答案：萝卜青菜，各有所爱（索爱）。

◆ 人为什么要走到床上睡觉呢？
答案：床不会自己走过来。

◆ 小强为什么能用一只手让车子停下来？
答案：打的。

（推荐者：雷笑笑）

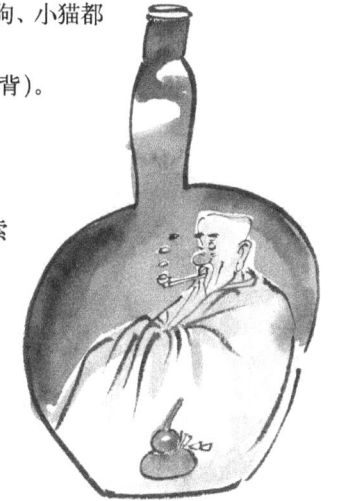

对于房……

◆ 蜗牛：对于房，咱是坐地户，生来就有的；

◆ 刺猬：对于房，咱是钉子户，谁来钉谁；

◆ 寄居蟹：对于房，咱是"富二代"，咱上半夜住一套别墅，下半夜再住另一套；

◆ 兔子：对于房，咱是"炒房"的，咱有"三窟"，想炒哪个炒哪个；

◆ 熊猫：对于房，要不是买不起，我也不会熬出黑眼圈；

◆ 公鸡：对于房，咱只能"窝"居；

◆ 黄牛：对于房，咱只能住"棚"屋；

◆ 蜜蜂：对十房，咱只能住"胶囊"式公寓；

◆ 燕子：对于房，咱只能寄人"檐"下；

◆ 老鼠：对于房，咱住不起地上的，只能住地下的；

◆ 蜘蛛：对于房，咱只能在网上整个虚拟的；

◆ 萤火虫：对于房，想找个自己能买得起的，打着灯笼也找不着呀！

（推荐者：李彦锋）

俏皮话

◆ 我第一个奋斗目标：比尔·盖茨借钱给我；第二个奋斗目标：还清比尔·盖茨借给我的钱 第三个奋斗目标 借钱给比尔·盖茨。

◆ 我不丑，但我也不准备温柔。

◆ 岁月不饶人，首先饶不了女人；机会不等人，首先等不了男人。

◆ 问"为什么相亲的时候，若双方对不上眼的话，都争先离开呢？"答："你傻啊，谁走得慢谁结账啊！"

◆ 我们的爱情就像两个人喝酒，我干杯，你随意。

◆ 听说现在结婚很便宜，走，咱们结婚去，我请你!

◆ 人没有美丑，只有特色。

◆ 没有癞蛤蟆，天鹅也会寂寞。

◆ 年轻是女人的通行证，沧桑是男人的信用卡。

◆ 我不怕被人利用，就怕自己没用。

◆ 有本事你照顾好自己，不然老老实实地让我来照顾。

◆ 所有男人生来平等，结了婚的除外。

◆ 我要亲手给你幸福，别人我不放心。

（推荐者：陈　思）

求爱也搞笑

◆ 最具乡土气息的求爱 翠花，俺希罕你。

◆ 最富民间文学气质的求爱：你是天上的乌鸦飞呀飞，我是地上的毛狗跟着追；你是我黑夜里的手电筒，我愿做你灶台前的吹火筒。

◆ 最欠扁的求爱：龙配龙，凤配凤，老鼠生儿打洞洞，地球人都知道，世界上再没有比我俩在一起更般配的姻缘。

◆ 最具豪气的求爱：假如爱上你是一种犯罪，我宁愿罪上加罪，直到罪不可恕，被你宣判死罪。

◆ 最易让人感动的求爱：我要的其实不多，只想一辈子默默地守在身旁给你做做饭，洗洗衣，捶捶背，揉揉肩。

◆ 最能够甜死人的求爱 你是鼠标，我愿做鼠标键，我枕着你；你是茶杯，我愿做茶杯盖，我罩着你；你是遥控器，我愿做电视机，我由着你。

◆ 最身不由己的求爱 我妈说了，不能把你娶过门，她就和我断绝母子关系。

（作者：代淑蓉；**推荐者**：赵美红）

（本栏插图：安玉民　梁　丽）

□顾嫣然

牛人真多

现如今这楼市，你看得懂吗？房价这么高，还有这么多人要买，咱不管是刚性需求还是投资、投机，反正是买房的人不少，这不，张翰也想买房，自从添了女儿，家里六十多平米的房子顿时挤了许多，不买不行。这天，售楼小姐打来电话，说是"海澜小区"2期周日开盘，现在已经在排队了，张翰一听，还不相信呢！

张翰心想，现在是周五啊，周日开盘，还早着呢，会有人排队？是售楼小姐在忽悠？反正不远，张翰还真跑去看了，临出门时，他想到了对门的邻居秦大妈，秦大妈的子女都在外地，她平时做做小买卖，她也想买房。张翰便和秦大妈说了，她说不去，大热的天，不想去受这份罪。

于是，张翰便独自去了售楼处，

一看，还真有七八个人在那里站着，都是附近的住户，上周开发商开新盘推介会时，这几个人也都参加了。张翰倒吸了一口凉气，赶紧掏出手机给老婆打电话："老婆，今晚我不回去了，在这里排队，不然，咱俩看中的房子会被别人挑走的。"

张翰的老婆一听急了，电话里的声音也变了，她要张翰无论如何在"前方"顶着，家里一切有她！张翰连声说好。

张翰此前做过功课，他看中了靠近花园的那栋楼的3楼，一是楼层低价格相对便宜，二是靠近旁边学校的侧门，将来带孩子进出学校也方便。他排着队数了数自己的名次，还好，第八个，现在他唯一的愿望就是前面的人千万别挑中自己看上的房子！

眼下正是夏天，小区里虽然栽了树，但树还小，天热得很，张翰站了一会儿，就觉得苦不堪言。这时，有人自发地开始给大家发号，发号的那人张翰认识，就住在附近，是个摆摊做河鲜生意的，人很横，派出所都拿他没辙。因为发号人"牛"，没人敢不认可。

傍晚时分，售楼处已经排起了长长的队伍，足有三十号人。老婆给张翰送饭，替了张翰一会儿，晚上"值班"，张翰自然当仁不让。老婆回去拿凉席了，这时，张翰发现前面两人打了一阵电话，不一会儿，过来俩民工，那两人跟民工嘀咕了一阵，就走了。

高啊，实在是高，请民工替自己排队，那两个真是牛人啊，居然能想

到这一招。

张翰一边拍打着蚊子，一边想自己是否也要请个民工。他跟民工聊了一会儿，问了问价钱，得知一晚上150块钱，白天100块，他就有点心疼。不过，张翰还有招，有个朋友在不远处的大学里做副教授，让他找个学生过来排队，按照市场价适当优惠些，两天能挣三四百块钱呢，学生能不干？他把这事跟朋友一说，朋友马上去找学生了。谁知找了好几个，学生一听就摇头："大热天里去供蚊子咬，就给这么点钱，这活儿谁干？再说了，让我跟民工一样去挣这个钱，面子上也伤不起啊！"

张翰气得要发疯：现在的学生也太牛了吧？张翰正气急败坏呢，不料大群的蚊子"嗡嗡"袭来，几十号人肉大餐在这里"供"着，蚊子当然要光顾了。张翰被咬得受不住了，却见两个民工从怀里掏出蚊香来，张翰呆了："你们带了这个？"

民工"嘿嘿"一笑，说："我们常替人排队，有经验了，这是必需品。"

张翰呆了半晌，由衷地说"你们牛！"

这时，老婆送来了凉席，张翰又让她去买蚊香，排队的人一听，纷纷都想去买蚊香了，可这里没有小卖部，就在这时，秦大妈拎着篮子来了，一边走一边叫："蚊香，一盘5元！"

天哪，这个价可够宰人的，超市

里十盘包装的不过四块钱，可出人意料的是秦大妈的生意贼好，一篮子蚊香一会儿就卖完了，张翰拉住秦大妈说："大妈，你可真有生意头脑啊，不过，你瞅瞅，排队的有将近四十个了，你再不来排队，好房子可就全让别人挑去了。"

秦大妈叹口气，说："你们年轻人能熬夜，我这老婆子可不行。跟你说，大妈也是售楼处的常客，知道这里边的水有多深，你们扛吧，我扛不起，老骨头要紧。"

秦大妈挎着篮子轻松地走了，旁边的民工羡慕地说："还是城里人聪明，我们俩挣点小钱吃大苦了，这个老婆婆不费吹灰之力就挣了不少钱。"张翰摇摇头说："她挣的也是小钱，她也想买房，可拿不到靠前的号，她最后只能买那些被人挑剩下的……"

民工不操心买房的事，他们只是一个劲地赞叹城里人会挣钱，连老婆婆都贼精。张翰跟他们没共同语言，就攥着蚊香，疲惫地排队、应号，如同受酷刑一般，晚上的时光十分难熬，熬到第二天，张翰几乎要虚脱了。

老婆前来送早饭，说是孩子病了，然后匆匆忙忙地回了家，带孩子去医院了。张翰心里有事，却又离不开，他忽然想到一个主意，便跟前面两个民工热聊起来，聊耕地，聊收成，聊老婆孩子。三个人的关系越聊越热乎，快中午时，张翰打电话，叫人送餐，

他一口气叫了六个菜，一箱啤酒，然后招呼两个民工一起吃。民工不好意思，张翰硬把他俩按了下来，啤酒凉爽哪，一下肚，俩民工的话便多了起来。张翰将大鱼大肉都往他们饭盒里夹，两人感动得不行，一个劲地说"张哥，你太仗义了，兄弟我敬你！"

一顿饭下来，花了一百多块钱，可张翰已经和两个民工称兄道弟了。吃过饭，两人主动让张翰忙自己的事，这里有他们应着、盯着。

张翰故意推辞："这怎么行？你们太不容易了，要不这样吧，该多少钱，我也给多少……"他这么一说，民工瞪眼了："张哥，咋？看不起我们？刚才的酒白喝了？兄弟的话白说了？"

张翰心中大乐，这时，老婆按照短信提示适时打来了电话，张翰抓着手机故意大声嚷着"怎么，孩子得住院？还得我签字？你签不就行了，我这儿正忙着呢……"

挂了电话，民工催促得更紧了："张哥，你赶紧走，孩子的事要紧，这里有我们呢，今天晚上你也别来了……"

张翰顺坡下驴，走了。到了医院，看了孩子，孩子只是热感冒，拿了药就回家了。张翰回到家就睡觉，第二天，他养足了精神，斗志昂扬地去售楼处，路上，他买了包子油饼豆浆等

早餐，到了售楼处，将早餐全给了俩民工，民工兄弟感动得差点要哭了。

张翰自己都把自己佩服死了：真会忽悠啊，花了一点钱，解放了自己，而且民工还告诉他已经从"8"号进到了"6"号，太值了。也就在这时，雇民工的那两个买房人来了，民工离开前，跟张翰依依不舍告别，张翰心里禁不住有点感动了，看来，人家是真重感情……

正想着，开盘了，张翰来不及多想，他眼睛盯着入口，祈祷前面的人千万别把自己看中的房子挑走。售楼处有个大牌子，房子被挑中了，牌子上就会有告示。幸好，前面两个人都买了高层，这时，第三个人进去了，张翰一看，傻了：怎么是秦大妈？

一会儿，秦大妈出来了，她挑了302，这房子是和301一样的，张翰心头撞鹿，"扑扑"跳个不停：剩下的301千万别被挑走啊！他叫住了秦大妈，疑惑地问："大妈，你不是说儿子、女儿都在外地吗？怎么，他们连夜跑回来排队了？还是你有别的路子？"

秦大妈摇摇头，说："孩子还在外地，我一个老婆子也没啥路子，我那号，是花700块钱从民工手里买的。"

张翰傻了："大妈，你平时连菜都舍不得买，怎么肯花700块钱买个号？"

秦大妈"哈哈"大笑，说："700块钱算个啥？几十万的房子都买了，

还在乎这几百块钱？我要是不花这几百块，我最想买的那套房就被别人挑走了，那损失可就大了，这账我能算不清？"

张翰失声叫道："大妈，你真牛，这账我就算不清啊！"

终于轮到张翰了，还好，301没人挑，张翰飞快地下单，交预付款，走出售楼处后，看到秦大妈又挎着篮子在卖遮阳伞、矿泉水，他走了过去，说："大妈，你可真行，刚买了个近八十万的房子，这么大的生意都做了，现在居然做几块钱的小生意……"

秦大妈却没接话，她说的是另一个话题："小张，你有知识有文化，我原以为你会买那个3号，没想到你没买，让我买了……"

张翰却说："我怎么会买？我手里有个6号啊，我辛辛苦苦排队，弄的号也不差啊！"

秦大妈笑着说"小张，你可真不会算账。你假使买了3号，然后再将这个6号卖了，你不仅排到了前面，可以从从容容去选房，而且花的钱也不多，今天的事多悬啊，幸亏1号、2号买了高层，4号和5号没要301，要是他们中的任何一个要了那个房，咱们俩就做不成邻居了！"

秦大妈的话，让张翰大热天里出了一身冷汗："大妈，你别吓我，你太牛了，我今天是服了你啦……"

（题图、插图：张恩卫）

·新传说·

善良的
苹果

□ 王相军

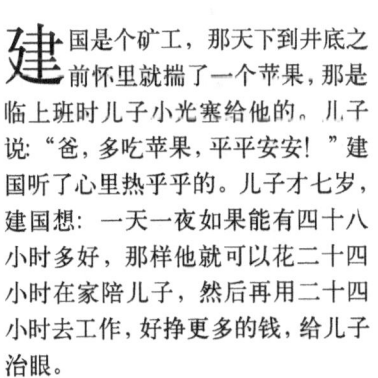

建国是个矿工，那天下到井底之前怀里就揣了一个苹果，那是临上班时儿子小光塞给他的。儿子说："爸，多吃苹果，平平安安！"建国听了心里热乎乎的。儿子才七岁，建国想：一天一夜如果能有四十八小时多好，那样他就可以花二十四小时在家陪儿子，然后再用二十四小时去工作，好挣更多的钱，给儿子治眼。

小光六岁时，两只眼睛的视力就突然开始下降，两个月后就差不多失

明了。建国和老婆带着孩子几乎跑遍了全国所有的知名医院，专家们的意见一致：更换眼角膜。更换眼角膜最重要的是必须先有供体，也就是捐献者，但比这还重要的就是先要准备好钱，就算是换一只，也要十多万，建国是个普通的煤矿工人，老婆又不上班，在家照料孩子，十多万，哪来的钱？除非是他在井下出事，赔个抚恤金……

这想法，建国睡不着时也曾有过，但这念头只一闪，他就又自责起来，井下一个工作面有那么多人，那可不是他一个家庭啊，哪怕只是起了个念头，他都觉得伤天害理！

这天吃中饭的时候，建国把那个苹果拿出来看了看，又放进了怀里，

以至于整个下午，他都在那里偷笑着。老李是掘进面的班长，比建国大几岁，见他一直乐呵呵的样子，便开了口："建国今天咋这么高兴？是不是小光的眼角膜有着落了？"

"快了吧！"建国正这么说着，突然，头顶上响起了"噼哩啪啦"的声音，老李一抬头，马上变了脸，大叫一声："大伙快躲，冒顶！"一阵惊天动地的响声过后，老李拿起摔在一边的矿灯，打开一看，一班八个人都好好的，但所有的通道全部堵死了。老李说："关门了！"

大伙你看我，我看你，全都陷入了沉默之中……

没有水，也没有食物，整个矿道内只有一盏矿灯在那亮着。第四天了，建国摇了摇老李，说："老李哥，你说我死了矿上能赔多少钱？够不够……"

老李打断了他的话，说："别说这丧气话，只要能活着，小光治眼睛的钱大伙凑，治好了我们兄弟俩还！"

建国拍了拍老李的腿，说："老李哥，我要是先走了，我的上衣口袋里有东西，你拿着，放在你那里！"

第五天，第六天，老李的意识时而清晰时而模糊，他身边那些呼吸声音越来越微弱了……到了第七天的时候，除了自己的呼吸声，老李再也听不到任何的声响了，他试探着

用颤抖的手去摸身边的建国，可摸到的身体却是冰冷的！他又哆嗦着手摸到了建国的胸口，感觉到了一个圆圆的物件，那竟是一个苹果！老李一下明白了：建国是抱了必死的心，把这苹果留给了他！老李哽咽着，把苹果放进了口里，拌着泪水，吞咽着……

又是一段很长的时间，外面丝毫没有动静，老李打开了矿灯，拿出开安检会时留在口袋里的一个粉笔头，在自己的安全帽上写起了字……

十天后，救援人员才找到这一矿道，见到了这一班人，包括老李在内，无一生还。老李的妻子，在几度悲伤过后才看见了那个安全帽，帽上写满了字。

老李平日里乐善好施，帽上写的都是他瞒着老婆借给工友的钱：大刘欠5000元，庆春欠2100元……突然，老李老婆的心猛地"咯噔"了一下，最后几个醒目的大字写的竟是——"我欠建国50000元"！老李的老婆一下懵了，但她随即伸出了沾满了泪水的手，偷偷抹去了两个字："我欠"，紧接着，这帽子就被矿上的领导拿走了。

帽子上写的债务，矿领导很快做了调查并一一落实，凡是在帽子上有名的人都承认确实借过老李的钱，并且都及时把钱还给了老李的老婆，但

唯一无法证实的就是建国了！老李的老婆说："我们家老李活着时，钱的事我从来不管，建国这几年给孩子看病，用钱用得厉害，不管这钱借过还是没借，我们都不要了！"

但是，抚恤金发下来的第二天，建国的老婆就把这50000块钱送来了。老李的老婆死活不肯要，建国的老婆"扑"地跪在地上，哭着说："嫂子，这钱虽说是我们家建国用命换回来的，可要是不欠你们家的，老李哥说啥也不会写！别说还了你们的还剩十多万，就是一分没有了，我也甘心，我不能让建国死不瞑目啊！"说完，她就一个劲地磕头。老李的老婆万般无奈，只好把这钱收了。

从那以后，老李的老婆就没睡过一个安稳觉，特别是听说小光只换了一只眼角膜之后，她更是寝食不安，每次看到小光，她总觉得这孩子已经失明的那只眼睛正狠狠地瞪着她……

老李有一个女儿，叫杏儿。杏儿打小就喜欢和小光在一块玩，两家住得近，杏儿一有空就往小光家跑。老李的老婆一听到两个孩子欢快的笑声，顿时觉得浑身颤栗，就禁不住大叫："杏儿，回家！"

时间过得真快，一转眼杏儿就二十了，这姑娘出落得像花一样漂亮。虽说是大人了，她还是和小时一样，一转眼就往小光家跑，两人还是和儿时一样有说有笑的。有时候，看到娘坐在那里叹气，杏儿就说："娘，放心吧，我把小光当做自己的亲哥哥，哪有亲妹妹嫁给自己哥的？"

杏儿虽然话说得明白，老李的老婆还是不放心，她长长地叹了口气，嘟囔着："不是娘狠心，就小光那情况，能嫁给他吗？"说着，老李的老婆愁眉不展，一副心事重重的样子。

不久，老李的老婆病了，饭不吃，话也不说，到医院检查也查不出什么病来，愁得杏儿每天只是掉眼泪。建国的老婆似乎清楚她在想什么：杏儿也是大姑娘了，老李嫂子一定是怕女儿会嫁给自己那只有一只眼的儿子，于是，建国的老婆就对杏儿说："孩子，你娘这一辈子也确实不容易，光儿就一只眼……别让你妈生气呀！"杏儿很委屈，就去找小光，小光见了她，只是低着头，一句话也没有，杏儿就哭着跑了出去……

没几天，杏儿就领了一个又高又帅气的男孩子回了家，她给娘作介绍："娘，这是我男朋友，开公司的……"老李的老婆只看了一眼就转过脸去，有气无力地说："你是大人啦，爱嫁谁嫁谁，我管不了！"弄得杏儿一头雾水，不知娘心里到底在想啥。

午夜，杏儿忽然觉得脸上湿湿的，凉凉的，睁开眼一看，见娘正站在床前，看着自己流泪。"杏儿，娘求你一件事……"接着，老李的老婆哽咽着，把压在心中这么多年的话一股脑儿地说了：这十多年来，她一直想不明白，平时小里小气的老李怎么会向建国借钱、而且一借就是50000元？这钱又花在什么地方？可更让她良心不安的是：老李写在帽上的50000元欠债可是自己抹去的呀，这

一抹，建国成了欠钱的，小光也只能换一只眼角膜，这都是因为自己哪！

这十多年来，她怕见到小光家的任何一个人，她觉得自己罪孽深重：谁家的姑娘会愿意嫁给仅有一只眼睛的男人？唯有自己的杏儿，可……那是自己的女儿啊，她一个做娘的，怎么能为了自己赎罪而搭上女儿一辈子的幸福呢？当看到女儿领回了开公司的男友，她更觉得自己给小光和女儿造成的伤害是无法弥补了……

杏儿听着娘的话，心底的喜悦就像花儿一样绽放了，但她现在还不能够告诉娘——那男朋友是自己领回来哄娘高兴的，其实，她和小光早就是一对至死不渝的恋人了，而小光的眼睛根本不是因为钱，而是当年确实只有一只眼角膜……这一切都要等到她和心爱的小光哥结了婚，她才会告诉娘的，所以，杏儿只是含着泪点了点头，说："娘，放心吧，我会让小光哥幸福的！"

老李的老婆一下抱住了自己的女儿，"哇"地哭出了声……

其实，活着的人怎么也不会想到这一切全是因为那个善良的苹果：建国想让老李活下来，而老李觉得再无生还的希望时，他就撒下了一个善意的谎，写下了"我欠建国50000元"……一切的一切，都应该是逝者对活着的人最美好的祈福与祝愿吧？

（题图、插图：刘斌昆）

斗房东

□ 韦凤新

子给你时，这几处都是干干净净的，收回来时，也一定要我满意才行，我明天再来验看。"

没办法，还有一千块钱押金在人家手上呢，赵小海知道这是房东有意挑剔，租这房子时，本来就是一个空荡荡的空屋，并没有什么家具，因此也就是一些清洁问题。唉，人在屋檐下呀，他只得重新一一抹过。

第二天，房东又来了，这次她将房子里里外外、仔仔细细看了一遍，没找到什么把柄，就说："好吧，将钥匙交给我，我们算是两清了。"

赵小海松了一口气，说："那你是不是可以退我一千块押金了？"

房东脸色一变，盯着赵小海的脸看了又看，冷冷地笑道："要退也只能给你三百，另外七百已经算房租了。"

赵小海大吃一惊，说"这个月房租我不是已经交了吗？我本来应该可以住到月底的，还差半个月没住呢，

赵小海跳槽进了一家企业，在新单位旁重新租了一套房子，一切停当，便准备从原来租住的房子里将东西搬过去。

那天，赵小海将一切都清理好后，这才叫房东过来。这房东是个四十岁上下的女人，长得挺胖，平时为人刻薄，赵小海早就不想在这里住了，虽然现在搬家等于白白损失半个月的房租，但他宁愿早些离开。

尽管赵小海将该整理的都整理了，水电煤费也都已经交足，但房东还是挑出了好几处毛病，她说："你还是先把这几个地方都整好吧，我交房

怎么会欠你的房租？何况我已经按你的要求，提前一个月通知退房了。"

房东一笑，说："我说的是下个月的房租。"看着赵小海吃惊的表情，房东从口袋里拿出一份合约，指着上面的条款说："你看，我们合约上写明白了，每个月提前十五天交下个月的房租，现在是十六号，也就是说，这些押金就算你昨天交下个月的房租了。"

赵小海急了，叫道："我早就跟你打过招呼，下个月不住了。"

房东摇摇头，说："反正你的房租已经交到下个月，我是不会退的。"

到了这时，赵小海终于知道昨天房东有意不收房子，就是想多拖一天啊，现在就可凭这一条赖掉这七百块押金。两人不由争了起来，可要论讲歪道理，他哪是房东的对手？房东一口咬定说："你住不住那是你的事情，但我要告诉你，到了下个月十五号，你还得交再下一月的房租。"

眼见争执不下，赵小海就没交钥匙，也暂不收回那三百块钱，他郁闷地回到了单位。闲聊时，他跟同事说了这事，大家都义愤填膺，有人提议去打官司，可想想这事也不好办，对方一口咬定说那是房租，也仍然允许他住下去，还真有些说不清楚，于是又有人建议说："她肯定是还没找到租房的人，所以才这样赖着你一个月，你干脆在网上发帖，揭露她，让房子租不出去。"

赵小海想想也是，于是就在本地网的论坛上发了帖，说了事情的经过，果然网上骂声一片，都在声讨这可恶的房东。眼见火候差不多了，赵小海这才回到原来的房子，正好遇见房东，她皮笑肉不笑地问："是不是想通了？还是再住一个月吧？"

赵小海见她满不在乎，问："你看到我在网上写的东西了吗？"

房东一怔，说："你说你将租房的事写到网上去了？可惜我每天只顾打麻将，从来不上网。"赵小海恼怒地说道："哼，你不上网没关系，我已经将你赖我押金的事全写出来了，看谁以后还会来租你的房子！"

房东笑了，说："得了吧，写上去又怎样？真想租房的人，都在急着找房呢，哪有时间上网？刚才还有人来看房了呢。"

赵小海顿时语塞，房东也不理他，哼着小曲走了。所谓无知者无畏，这次赵小海真算是领教到了。

一计不成，赵小海又生了一计。既然房东说白天有人去看房子，那不如直接在房里进行宣传，让来看房的人都知道这房东是个无赖，这样她一定会认输的。

想到这，赵小海便找来了一只MP4，将自己遇到的事录下来。这天，赵小海去了出租屋，插上电后，里面就不断响起了他揭露房东俩俩的话，一遍又一遍，"字字血、声声泪"，就像是在开控诉会。一会儿，房东跩着步过来了，赵小海笑眯眯地说道"这房子现在还是我住着，我在里面放录音，这应该是我的自由吧？"

房东听着，脸色顿时沉了下来，可只一瞬间，她又恢复如常，冷笑一声说："你放吧，反正现在房子还是你住着，等我收回房子再租也不迟。"

赵小海"哈哈"一笑，说："那我就用它宣传了。"他知道对方不过是嘴硬，别看她假装不在意，老是这样播放，来看房的人肯定会被吓走，她一定会投降的，再说大白天的，也不会影响周围的住户，这么一想，他便放心地离开了。

到傍晚下班后，赵小海又回到了出租房，一看，一听，呆了，没声音呀，跑到总闸那边一瞧，原来是电闸给拉下来了……

这时，房东不知从哪里又钻了出来，笑眯眯地说："音响别开得太晚啊，要不然影响周围的人睡觉，我不骂你，邻居也会骂你的。"

赵小海恨不得一拳打到房东那张胖脸上，看来也没啥好办法了，自己永远也斗不过房东的，这押金是拿不回来了。他进了屋，拿了MP4，想将钥匙丢给房东，可想了想，也不能这么便宜人家呀，既然下个月的钱都交了，总不能现在就把钥匙交出去，至少不能让对方这么快就把房子租给别人！

赵小海垂头丧气地走到街上，突然，他看到一个流浪汉躺在路边，顿时心里一动，急忙走到流浪汉面前，递上一支烟，那人也不客气，接过来就抽。赵小海问那人晚上住在哪里，流浪汉苦笑一声，说："还能睡哪？就睡在人行道上，反正现在天气挺暖和的。"

赵小海笑道："这样吧，我的房子现在空着，让你去睡一个月，虽然也是地铺，至少还能挡风避雨。"

那人瞪了赵小海一眼，"哼"了一声，说："我又不认识你，无事献殷勤，非奸即盗。"说罢，他将身子侧过去，再也不理会赵小海。

赵小海讨了个没趣，说道："算了，狗咬吕洞宾……"他刚转身要离去，那人笑了，说"看你愁眉苦脸的，一定是受了欺负，想让我去恶心人家，是吧？说说，到底是怎么回事，说不定我能帮你。"

赵小海一看有戏，就将自己被房东欺负的事说了出来，心想反正钱也要不回来了，干脆让流浪汉去将剩下的时间睡够了，气一气这可恶的房东。那人听完，乐滋滋地点了点头，说"这房东还真可恶，是该气气她。"说罢，他伸出手来，说："这样吧，每晚十块，我去睡半个月。"

嗨，没想到流浪汉也做起生意来了，看这样子，不但要不回钱，还得倒贴啊！俗话说，佛争一炉香，人争一口气，赵小海现在倒还真是这个心情，为了赌一口气，他从口袋里掏出一张十元钞票，说："好，我现在就带你去住。"那人却非要一次性付够半个月的钱不可，赵小海咬了咬牙，也答应了。

两人又回到了出租房里，这时天色已暗了下来，流浪汉开了灯，将带来的包袱打开，在地上铺开了"床"，随即躺下，说："你放心走吧，住够时间我就会离开的。"

第二天一早，赵小海还在上班，就接到了房东的电话，她大叫道："你快来退房吧，我将押金全还给你。"

赵小海乐了，笑道："什么事这么急啊，我还有一个多月才能退房呢，现在是朋友在住。"

房东赔着笑，说："你还是快来吧，我退你房钱还不行吗？"然后又说了一大堆好话，赵小海这才答应去退房。来到房东家的门前，只见那个流浪汉斜躺在门边，拿着一块骨头，正有滋有味地啃着，房东黑着脸站在一边，周围有好几个人在看热闹。

看到赵小海来了，房东气急败坏地说："好了好了，我也不收你下个月的房租了，你叫他赶快走！"说罢，她就将钱递了过来。

赵小海洋洋得意地收了钱，将钥匙还给了房东，说："既然这样，那我就收下这钱了，下次可要记得对房客尊重点。"房东连连点头，赵小海又对流浪汉说："谢谢你帮了我，我们走吧！"

流浪汉抬起头来，问："你退了房，意思就是我不能再来住了？"

赵小海点点头，流浪汉突然抓着他的手，叫了起来"我这人是讲原则的，答应住半个月就一定住够，现在你将这房退了，这可是违约，你得再给我找房子！"

（题图、插图：谭海彦）

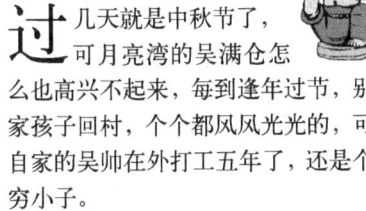

回家过节

□ 任黎明

过几天就是中秋节了，可月亮湾的吴满仓怎么也高兴不起来，每到逢年过节，别家孩子回村，个个都风风光光的，可自家的吴帅在外打工五年了，还是个穷小子。

前几天，村东头的老周在吴满仓面前念叨，说他儿子周小东中秋节要回来了，吴满仓问老周，小东这些年在外面干什么，老周"嘿嘿"一笑，轻描淡写地说："也没干啥，就是自己开了个酒楼……"吴满仓听了，心里很不爽，瞧，人家连酒楼都开上了，还说"没干啥"，他多么希望自己的儿子哪一天也能衣锦还乡、荣归故里啊！

这天晚上，吴满仓正想着儿子呢，电话响了，是吴帅打来的，吴帅在电话那头说："爸，我过两天就回来，这回不用挤大巴了，我开部好车回来，给你开开眼！"

吴满仓一听，激动得连连说好，挂了电话，开心得睡不着觉。

一转眼到了儿子回来的日子，吴满仓拿着把锄头，早早地等在村头的土公路上。晌午时分，吴帅还没回来，倒是老周背着一个大包回来了，后面跟着西装革履的周小东，周小东手里也拎着大包小包，看见吴满仓，赶紧上来递烟。

老周眉宇间有几分得意，说"小东说他给我带了很多东西，呵呵，我

一早就接他去了。哟，满仓，你拿着把锄头，在这干啥呢？"

吴满仓挺了挺脊梁，说："小东真有出息，给爸妈买这么多东西……老周呀，我也是接儿子呢，你们是从镇上走回来的？要是碰上吴帅就好了，他今天开车回来，你们要是能搭上车，那可省不少力气哩！这不，我怕这土路坑坑洼洼的伤了他的好车，正想把路面平平呢！"

正说着，公路那头开来了一辆漂亮的小车，村里十年八年不来车，这不是吴帅还能是谁？吴满仓赶紧扔了锄头，朝小车奔去。眼看汽车就要到眼前了，突然车子抖了一下，前轮陷进了一个泥坑，动不了啦……

车门一开，吴帅走下来，跟父亲打了招呼，指着路面，不由得骂道："谁这么缺德，挖个大泥坑，这不是陷害我吗？"

吴帅话音一落，脑袋就被吴满仓拍打了一下，吴满仓小声嘀咕着："你骂谁缺德呢？"

吴帅不知道，其实这泥坑正是吴满仓挖的，当然，他老子不想害儿子，只是为了面子。一会儿，吴满仓便上了车，问吴帅哪里可以按喇叭，吴帅朝方向盘上一指，吴满仓就一个劲地按着喇叭不放，车子发出了长长的喇叭声，震响了整个月亮湾。按完喇叭，吴满仓就走出车来，扯着嗓子朝村头

喊道："月亮湾的乡亲们，出来帮个忙哟！大牛，铁柱，卫国，出来帮我推推车呀！"吴满仓喊完，又死死按住喇叭不放……

没多久，村里的老少爷们就纷纷围上来了，吴满仓赶紧让吴帅给大伙儿发烟，他说："乡亲们，有劳大家帮帮忙，我儿子的车陷进坑里了，拜托大家推的时候小心点，这车七八十万呢，车推出去后，我吴满仓今儿个请大家上我家喝酒去！"

吴满仓的话一说，众人又是鼓掌又是喝彩，乡亲们围着车看了又看，直夸吴帅有出息，吴满仓心里像喝了蜜，脸上如贴了金。人多力气大，大伙儿很快就将车从坑里推出来了。推完车，大伙儿准备散了，吴满仓又扯着嗓门嚷了起来："哎呀，大牛，别走呀，铁柱，上车，都上车，车里多舒服呀！"他硬是要大家体验体验坐好车的感觉，小小一辆车，硬生生地被塞进了十几个人。老周和周小东拎着大包小包，死活不肯进去，老周对吴满仓说："我家孩子在城里平时坐好车也坐腻了，我呢，晕车，你们先走吧！"

吴满仓知道老周是在为自己脸上贴金，再一看，车里也实在挤不下了，就说："那好，大伙儿都上我家喝酒去，你们放下东西，也赶紧过来哦！"

汽车开了不到两百米，就到家

了，吴满仓早已备下了十几个菜，他今天有心要让那些平时在他面前炫耀过自家儿子的村民，都来看看他家儿子吴帅的出息。

一会儿，老周带着儿子周小东红光满面地来了，他背也直了，嗓门也粗了，朝大伙儿喊道"大家想不想喝好酒？"乡亲们当然想喝了，一起答道"想"，老周得意洋洋地高高举起手中的两瓶酒，说"这是我儿子开的酒楼里最好的酒，大伙儿猜猜，多少钱一瓶？"

老周手里的酒瓶漂亮得像艺术品，大家连猜了几个高价，老周都摇头。吴满仓拉过吴帅问价格，吴帅悄悄说，他看见别人喝过这酒，得三千块钱一瓶呢！

果然，老周开口了，说这酒三千块钱一瓶，乡亲们都吓了一跳，周小东开的酒楼里卖三千一瓶的酒，这酒楼非富即贵，做的肯定是大买卖呀！大家的注意力立马聚焦到了老周和周小东身上，把他们父子里里外外、上上下下地夸奖了一番，最后，一个辈分最高的长者举起杯子，说"俩孩子都不错，今天我们看见了老吴家孩子的好车，喝上了老周家孩子的好酒，跟着享福了啊！"

一桌子人其乐融融，说不尽的好话，道不完的美誉。

一转眼中秋节过完了，吴帅和周小东都得回省城了。吴满仓主动到老

周家，让周小东坐儿子的顺风车回城，周小东自然答应了。

回城的那天，吴帅一直担心周小东会细细盘问他的情况，可他的担心纯属多余，周小东一上车就闭着眼睛打瞌睡，这一睡就睡了四个小时，直到车开进了省城。吴帅问周小东的酒楼在哪里，周小东笑笑说："真是谢谢你，我今天还有点事，不回酒楼，你靠边将我放下就好了，以后空了，我

请你到酒楼好好吃一顿。"

吴帅也客气地应酬了几句，周小东走后，他才发现，两个人连各自的电话号码都没留，吴帅不禁心想：周小东是不是发现我的秘密了？

吴帅有什么秘密？他的秘密可大了，首先，他不是什么老板，他只是单位领导的司机，这车也不是他的……送走了周小东，吴帅一刻也不敢怠慢，直接将车开到了单位。节前，领导带着全家去外地度假了，明天才上班，但愿这次私用领导车的事能够神不知鬼不觉。吴帅刚停好车，一个年轻男子走了过来，对他说："你是吴帅吧？我是新来的司机，张局知道你私自用他的车，非常生气，让我等在这里，你一回来就接替你的工作。"

事情已毫无回旋的余地，吴帅在老家风风光光过了中秋节，月亮圆了，饭碗却砸了。接下来的日子，吴帅满大街地找工作，那一天，他在一家酒楼门口看见了一张招聘启事，说要招一名男服务员。吴帅决定去试

试，他想起周小东开了一家酒楼，心里不安，悄悄问了问迎宾小姐："小姐，这酒楼的老板不姓周吧？"迎宾小姐摇摇头，说："不姓周。"吴帅一听，这才松了一口气，理了理衣服，跨进了酒楼。

酒楼的领班看了看吴帅的身份证，说："呀，你也是月亮湾村的？"吴帅点了点头，心里紧张起来，还有谁是月亮湾的？领班接着说："这里刚被炒鱿鱼的服务员也是月亮湾村的，新招的服务员就是顶他的缺呢，他叫周小东，你认识吗？"

吴帅一愣，随即问道"他是服务员？老板为什么炒他鱿鱼？"领班说："他呀，把店里回收的名酒酒瓶偷偷拿走了，后来被老板发现，他解释说，他这样做只是装上别的酒带回家让乡亲们喝喝，给家里长点面子，谁知道他是不是背着酒楼卖假酒骗人呢！"

吴帅顿时什么都明白了，他沉默了好半天，长长地叹了一口气……

（题图、插图：谭海彦）

由上海故事会文化传媒有限公司主办的《金色年代》
——中国第一本介绍退休后精彩生活的杂志

《金色年代》——开启新生活的大门
《金色年代》——向长辈敬献一份爱心
《金色年代》——向退休员工以示关爱

□ 刘祖光

非常设计师

岳 彤在一家证券公司做客户经理，这个周末，公司要举办酒会，邀请了不少政要和行业的领导，因此，公司领导要求所有人一律正装出席。

三天后就是周末了，可岳彤的晚礼服还没着落，商场里的晚礼服款式老旧不说，还都贵得吓死人。她正发愁时，突然想起了上星期的相亲对象——那个"娘娘腔"赵菲廉，他不就是个裁缝嘛！

赵菲廉名字有点女人气，人也女气得很，第一次见面，岳彤简直以为

来了个女孩。那赵菲廉眉清目秀，穿着红色的外套，下面的裤子是宽大的长筒形，而鞋子赫然是高跟款凉鞋。整个造型，跟前不久王菲出席一次活动时的穿着差不多。一个大男人，这样的穿着，脸上还化了淡妆，真是让人恶心。因此，聊了不到三分钟，岳彤就身子一扭走人了。

不过，现在有求于人，岳彤也顾不上恶心了，马上给赵菲廉打了个电话。那赵菲廉一听，爽快地答应了，于是岳彤立即赶到了赵菲廉的工作室。岳彤担心他会做不好，说是要带他去商场看一下晚礼服的规格，赵菲廉听了一口拒绝，说"那些晚礼服都俗气得很，这样吧，昨天范冰冰出席巴黎时装展会的那件黄色晚礼服特别好看，我觉得你的身材跟她蛮像的，要不我给你做个'山寨版'吧？"

岳彤一听，心花怒放，马上应承下来。她报上三围尺寸，谁想赵菲廉瞅了她一眼，说："胸围报大了，腰围报小了。"岳彤脸红了，说："我还能不知道自己的尺寸？你的眼睛比那尺子还厉害？"为了面子，她硬要再量一下，谁知量的结果，果然如赵菲廉所说。

岳彤无地自容，同时也佩服赵菲廉的专业眼光。接着，赵菲廉便开始剪裁布料，只见他拿出工具，"刷刷刷"地剪裁起来，大大小小的布料上下翻飞，他工作时的专注态度令岳彤着迷了，她甚至想：假如这个家伙不是个"伪娘"，做自己的另一半，倒也

挺合适的。

两小时的工夫，晚礼服就做成了，岳彤一试，不仅大小正好，而且那衣服把她衬托得十分高贵、优雅，灰姑娘变成了俏公主。岳彤对着镜子中的自己洋洋得意，赵菲廉在一旁说："我再帮你化一下妆吧，另外，我这里还有十几双鞋子，你可以挑一双换上，任何一双，都比你现在穿的那双强。"

他还能给我化妆？岳彤不信，赵菲廉让她坐了下来，又要她闭上眼睛，然后用细粉毛刷轻涂脸面，她感觉脸上非常舒服，眼睛睁开一条小缝偷看，只见赵菲廉正拿着两支唇膏，在他自己的手上涂了几下，调出满意的颜色后，再轻轻地涂到她的嘴上……

"好了，睁开眼吧。"赵菲廉说了一声后，岳彤睁开了眼，她简直不敢相信自己的眼睛，镜中，完全是明星风范：那薄薄的脂粉，把皮肤衬托得更为白皙；恰到好处的眼影，掩盖了眼睛略小的缺点；轻轻两下描眉，让柳叶眉变得无比灵动；更妙的是那唇彩，似有似无，若静若动，令嘴唇红润欲滴，如水蜜桃般鲜嫩……

赵菲廉露了这一手，一下子征服了岳彤，她想不通赵菲廉有这般好手艺，怎么会沦落到连工作室都撑不下去的地步？她这么一问，赵菲廉叹口气说："曲高和寡，大家都买成衣，量

身定做在西方盛行，但在这里，好像不适合国情。"

岳彤却持不同意见，她反倒认为，赵菲廉的工作室，完全有巨大的市场潜力，她认为这个城市有大量喜爱时尚、口袋里却没多少钱的女人，就像她，作为一个时尚白领，需要出席一些重要场合，却没有钱雇用专门的设计师，如果有人提供价格低廉、设计时尚的晚礼服，那市场潜力不可估量。

岳彤想到这里，便对赵菲廉说："你最近关注一下一些女明星的晚礼服设计，我给你介绍客户——介绍一个，我要按比例抽成的。"说完，她神采奕奕地拎着衣服，还有赵菲廉赠送的鞋子离开了工作室。

晚宴那天，岳彤再次来到了赵菲廉的工作室，赵菲廉又一次给她化了妆，这次用的化妆品比上次多，化完后，岳彤觉得比上次更加光彩照人。正要走时，赵菲廉又拿出一双鞋子给她，她一看，那是一款设计非常新颖的皮鞋，在商场里价格不菲，她曾下过好几次决心，都没有买下，她惊愕地问："这么贵，你为什么要买？"赵菲廉笑着说："好马配好鞍，适合你，就买了嘛。"

岳彤很感动，男人有多少钱不重要，重要的是他肯为你花多少。他工作室都快关门了，还肯为自己这么花钱，看来，他确实很喜欢自己。

那天，岳彤在酒会上艳压众芳，领导非常满意，几个大客户纷纷跟她套近乎，表示要转到她的名下。她稍稍一算，六个客户，每个资金量都是千万以上，一个月光佣金提成就不少啊，而不少女人则向岳彤打听在哪儿买的衣服，岳彤笑着说："买的衣服多掉价啊，我的是设计师专门设计的。那个设计师很有名，香港来的，我跟他是好朋友，你们如果有兴趣的话，我可以帮忙介绍一下，价钱上可以优惠一点……"

第二天，岳彤给赵菲廉打了电话，为了让这些女人心甘情愿地掏钱，她特别强调了"香港"二字，电话里，赵菲廉郁闷地说："我一口标准的普通话，哪儿像香港来的嘛？"岳彤发狠道："那天你跟我相亲时，不是以女装亮相吗？你就穿那样的衣服，反正越变态越好，她们肯定觉得你时尚、前卫……"

那天，岳彤带了四个女人来到赵菲廉的工作室，到了地方，一开门，岳彤呆了，只见赵菲廉穿了件女裙，腿上套着丝袜，打扮得十分妖冶，他声音娇媚地说："你们来了？"岳彤有点想吐，但四个女伴却一脸惊喜，她们小声说："果然是香港来的大牌设计师，听说大牌都是这样的……"

女伴们每人订做了一件晚礼服，报价时，赵菲廉想统一报成1000元，岳彤却给报成了"6666"元，还一本

正经地给女伴们解释："本来人家统一价是8000的，但都是老朋友嘛，图个吉利数吧。"女伴们都惊喜地说便宜，商场里那些设计庸俗的晚礼服，价格都在万元以上呢。她们走后，赵菲廉惊异地问："岳彤，你太狠了吧，她们可是你的朋友啊！"

岳彤却笑着说："在酒会上刚认识的，算不上朋友。她们都有钱得很，你价格报低了，她们反而看不起你。这群'时尚'女人特别会装，她们赚男人的钱，咱们赚她们的钱，哈哈——你也够恶心的，装'伪娘'装到令人想吐的地步了！"

赵菲廉"哈哈"大笑："告诉你，我做'伪娘'，绝对是专业水准，想知道原因吗？请跟我来。"

跟赵菲廉一起出门，岳彤坚决要求他换衣服，他却满不在乎地说："没事，不想费事了。"

两人走出大厦，在路口等的士，一会儿，一辆出租车停在他们身边，司机热情地招揽说："两位小姐，去哪儿？"看来，赵菲廉的确能以假乱真。两人上了车，司机见了美女，话也多了，岳彤故意问："大哥，你觉得我俩谁漂亮？"

司机看着后视镜，笑着说"这个不能说，说了会得罪人的，不过，我觉得她比你更有女人味一些……"

岳彤一听，忍不住"扑哧"笑出了声。到了地方，赵菲廉忽然一张嘴，一声浑厚的男中音脱口而出："大哥，多少钱？"司机一听，吓得快蹦起来了，岳彤忍住笑，慌忙解释："他，泰国来的，你懂的。"

司机恍然大悟："哎哟，泰国来的贵宾呀，车费不要了……"

岳彤笑得腰都快弯下去了，走进赵菲廉住的小区，街坊邻居见了他就打招呼，大家似乎一副司空见惯的样子，岳彤暗暗称奇：这个是老社区啊，居民难道接受新事物这么快？到了健身区，一个老头正跟一群老人在玩，赵菲廉走过去，用很柔美的女声说："爸，该回家了。"

他爸转过身来，高兴地说："菲玉啊，你下班了？"

菲玉？岳彤正在疑惑，赵菲廉小声跟岳彤解释说："菲玉是我姐，我爸得了老年痴呆症，唯一认识的人，就是我姐。也怪我年少时不懂事，常年在外，我妈去世后，我姐就担负起照顾我爸的责任……去年，我姐出了车祸，为了不让我爸因为看不到我姐而伤心，我就时常乔装成姐的样子，唉……"

岳彤这才知道了赵菲廉扮"伪娘"的原因，那天去相亲，他刚照顾完爸爸，来不及换装，就匆忙去了。他的工作室生意一般，一方面是因为市场没开拓，另一方面，他的很多精力都放在照顾老人身上。

岳彤的眼眶湿漉漉的，老人见了她，问她是谁，赵菲廉没想好怎么回答，岳彤就赶紧答道："叔叔，我是你儿子菲廉的女朋友……"

老人一听，很高兴，说："菲廉啊？喔，是我儿子，他都有女朋友了？这孩子真是长大了，以前没少让我操心……"

上了楼，到了家，岳彤在客厅里陪老爷子下棋，赵菲廉在厨房里煎炒烹炸，不一会儿便端出了一桌子的菜，岳彤惊喜地说："你这个厨娘行啊，以后，我可有口福了。"

老爷子幸福地说："我闺女的手艺好得很，院子里没人不夸。"

社区里上千号人，都对老人保住了女儿已经去世的秘密。吃过饭，老人去外面散步，岳彤跟赵菲廉一起洗碗，赵菲廉叹口气说："说实话，我这样的条件，配你，是高攀了。"岳彤笑着说："设计师，行为艺术家，两者融会贯通，这样的男人，配我正好。"两人又是一阵说笑，然后，拥在一起……

两个人恋爱了，岳彤给赵菲廉介绍了很多客户，赵菲廉的生意立刻火爆起来。之后，喜欢时尚的女人们口耳相传，赵菲廉的生意已经预约到了一年以后。在一次酒会上，岳彤带着英俊的赵菲廉出席，不少女人吃惊地说："岳彤，你男朋友跟那个赵设计师有点像耶——"

岳彤笑着说："喔，那是他哥。"

大家恍然大悟……

（题图、插图：谢 颖）

您手中有没有得意之作？本刊辟有二十多个原创性栏目，如新传说、我的故事、情感故事、东方夜谈、幽默世界、16岁故事、海外故事和中篇故事等；您读到或听到什么趣事可以和大家一起分享吗？3分钟典藏故事、外国文学故事鉴赏和快乐辞典等都是本刊推荐性栏目。热忱欢迎来稿，可从邮局寄发，也可从网上传递。邮寄地址：上海绍兴路74号《故事会》杂志社，邮编：200020；如为电子邮件，本期责任编辑信箱：yaobianji@126.com。

天下

从前，有个地方叫翠峰岙，那里居住着一户徐姓人家，家中人丁兴旺，五世同堂，老老小小共有二百多人。全家人都住在一起，相处得十分融洽，日出而作，日落而息，日子过得红红火火，真可谓天下第一家。

树大招风啊，原来，按照当地习俗，子女成家以后，都应和父母兄弟分居，自立门户，而徐家却不分居，不分户，家家和睦，户户兴旺，于是有人就妒忌了，暗中传出谣言，说是这么多人还不分家，怕是在家中操练兵勇，准备造反呢……

很快，这谣言传到了三十多里外的绍兴城里，知府听到这个传言，吓得心惊肉跳，连忙派人前去打探。那差役探听回来后告诉知府，那里确实有一户徐姓大家庭，人丁有二百多，一起劳作，一起吃饭，但没有看到他家有什么异常动静，更不要说练兵什么了。

这知府听了，知道是百姓误传，但仍心有余悸。要知道，在他管辖的地方如果有人造反，不但自己头上的乌纱帽不保，项上人头也要"咔嚓"，于是便又派了两个差役，赶到徐家，把户主传来问话。

徐家听说知府大人派差役来拿人问话，全家便像是烧开了的锅，有惶惶不安的，有愤愤不平的，"我们安分守己正经过日子，不招灾也不惹祸，凭什么还要和我们过不去？"家中几个胆子大的，便要争着前去知府衙门辩白。

徐家最年长的是曾祖徐太公，他不慌不忙地对大家说："你们不要急，像往常一样，该上山的上山，该下田的下田，这事我来应付。"这徐太公已

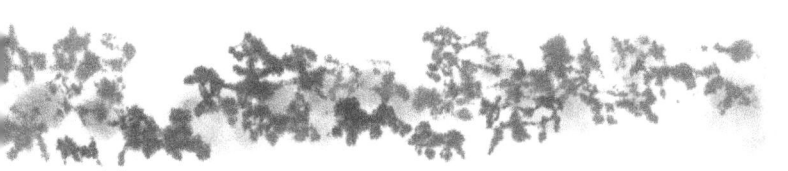

第一家 □沈锡盛

有九十五高龄了，但精神矍铄，健步如飞，在家族里具有极高权威，全族人都很敬重他，他这么一说，众人全都应允了。

徐太公说完，便起身跟着那两个差役前去知府衙门，临走时，他把身边的一条跛足老狗也带着，一同上路，奇怪的是，这狗一走，他家那几十房儿孙们养的近百条狗也全都跟随着一同进城去了。一个老人和两个差役走在前面，后面跟着近百条狗，这场面有多么的奇特，这气势又有何等的壮观，真的是浩浩荡荡，势不可挡，所到之处，人们都出来看热闹，口中都啧啧称奇。

老人到了绍兴府，拜见了知府大人。这知府也是个知书达礼之人，见老人到来，也连忙以礼相见，他彬彬有礼地对老人说："老人家，你赶了这

么多路一定是又饿又累，先下去吃了饭，休息一会儿再来叙谈吧！"

老人摇摇头，说："大老爷，山里人走惯了，这点路算不得什么，还是请大老爷给我的那些狗吃点馒头吧！"知府忙问："你有几条狗跟着来？"老人说："回大老爷，一共九十九条，就给九十九个馒头吧。"

知府心中暗暗称奇，他吩咐下人去厨房拿了九十九个馒头，每条狗给一个，结果，分到最后还剩一个馒头，下人忙去回禀知府，说："大人，还剩一个馒头，只有九十八条狗。"

老人听了，"哈哈"大笑，说："是九十九条狗，看来我的那条跛足狗还没赶到，你去看看，那狗不在，另外九十八条狗，是绝对不会抢先吃馒头的。"那下人不信，忙出去察看，果然，那九十八条狗面对着馒头，没咬一

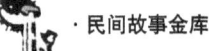

·民间故事金库·

口，规规矩矩，老老实实，全都仰着头望着门外，急切地等待着。也就在这个时候，那条跛足狗一瘸一拐地跑进了知府衙门，那下人忙把馒头丢给那跛足狗，这狗一口咬住馒头，对其余的狗咕噜了一声，像是发出了号令，于是，那些狗便都低着头吃起馒头来。

那下人见了这番情景，十分惊异，他把这事告诉知府大人，知府听了也是称奇不已，暗中惊叹。知府让下人上茶，和老人叙谈起来，并说了有人告他家练兵造反的事。老人信誓旦旦地表白他家绝不会有如此异心，知府说："你老人家没有异心，但你保证得了你们家族二百多口人都没有异心吗？"老人淡淡一笑，说："大人，你看到了刚才狗吃馒头的情景，难道还不相信老夫在族里的威望吗？"

知府心想，对呀，连这些狗都那么听跛足老狗的话，老人必定把这个大家族管理得井井有条，没有人会不听他的话的。为了能够稳住老人，收买徐家人心，知府又邀请老人留下来做他幕僚，老人笑着拒绝了，然后，他又带着那九十九条狗，告辞而去。

回到家里，徐太公思前想后，只因自己家族人口众多而惹出这许多麻烦来，引得别人妒生疑，于是，第二天，他就召集全家各房人丁，向大家宣布了自己的决定，让各房自立门户。遣散家人后，徐太公活到了一百零六岁，无疾而终……

(题图：黄全昌)

·本刊信息传真·

共青团中央学校部 故事会杂志社 **联合举办"我的青春故事"征文大赛**

征文内容：欢迎创作或搜集整理一批以党的历史或当地革命故事为基础，具有鼓舞人、激励人、感染人、影响人的优秀故事作品；或以第一人称讲述个人成长经历中的感人故事以及与个人成长经历有关的励志故事。

征稿要求：作品要有故事特点，情感真挚，立意健康，篇幅一般不超过3000字。

参赛对象：28周岁以下的青年（重点参与对象为中学、中职在校学生）。

奖项设置：本次大赛设特等奖1名，奖金5000元（含税）；一等奖10名，奖金各1000元（含税）；二等奖30名，奖金各500元；三等奖50名，奖金各300元。对指导学生参赛成绩突出的老师，我们将颁发优秀指导奖，人数30名，各奖励《话说中国》一套（价值1100元）。

征稿时间：2011年5月8日到8月31日。

来稿方式：电子信箱：mhpingpang@163.com；在线投稿：登陆《故事会》官方网站"故事中国网"（www.storychina.cn）投稿专区；邮局投稿：投稿至上海绍兴路74号故事会杂志社，邮编：200020。稿件后请注明作者姓名、出生年月、学校年级、指导老师（如无指导老师可不写）、通讯联系方式等。

40

抢房子

□雷仕林

老年间，宣城有个叫"寿材坊"的棺材店，老板姓陈。由于天灾人祸、兵荒马乱，棺材店的生意大好，眼下，陈老板已经卖光了所有的存货，摆在店里的最后一口棺材，也是顾客付过钱寄存的。由于缺少木材和人手，陈老板只等买家取走那口寄存的棺材后，便准备关店歇业了。

这天下午，几个人匆匆闯进了陈家棺材店，为首的叫林老二，那寄存的棺材就是他一个月前买的。只因他哥林老大重病缠身，才买下了那口棺材，家里没处搁，只好寄存在店里。今天，家人眼看林老大出气多、进气少，知道他快要油枯灯灭，这才赶紧让林老二带着人过来抬棺材。

林老二冲陈老板一拱手，说"掌柜的，麻烦你了，我这就把兄长的'老房子'给搬走。"为避晦气，此地人把棺材称作"老房子"。

陈老板拱手回敬，说声"请便"，于是，林老二便招呼随同来的人动手抬棺材。就在这时候，门外又走进几个人来，为首那人，陈老板和林老二都认识，他是宣城第一富户蔡员外的公子蔡襄，蔡公子一看林家要搬走棺材，赶紧喝令家丁阻拦。

林老二见了，赶紧上前搭话"家兄快要'上路'了，我这就把他的'老房子'搬回去，请问蔡公子为何阻拦？"蔡襄挥挥手，冷笑着说："林老二，这'老房子'是谁的还没个准呢，你怎么就说得那么肯定？"林家兄弟和蔡家有过来往，蔡襄认识林老二。

林老二一听这话，急了，连忙辩解道"这本来就是我家兄长的'老房子'，一个月前就买下了，难道你连死人的东西也要抢？"接着，林老二又

回头说："陈掌柜，你倒说说看，是不是这回事？"

要是换了别人，陈老板肯定会帮着林老二把事说开，但今天来的是蔡襄，这公子哥儿，仗着自家是宣城首富，一向飞扬跋扈。陈老板怕事，不敢实话实说，他含糊其辞、吞吞吐吐，老半天说不出一句囫囵话来。

蔡襄一看眼前的光景，鼻子里"哼"了一声。今儿个如果换了别的东西，他早就喝令家丁动手抢了，但棺材是死人的东西，他多少有点儿顾忌。俗话说，欺生不欺死，不然死人阴魂不散，一直纠缠着你，你咋办？但现在整个宣城只有这么一口棺材，如果林老二把它抬走，那蔡襄的爹就"死无葬身之地"了。既然不能抢，蔡襄只好狡辩，他见陈老板不吱声，马上接过了林老二的话头："说得好，谁都不能欺负死人，我不能欺负你哥，

难道你就可以欺负我爹？这'老房子'没进你们家的门，就不能算是你哥的，你搬走了，难道就不是欺负我爹吗？"

林老二没想到蔡襄这么能狡辩，明明道理在自己这边，却不知怎么反驳他，直气得两眼冒火，冲着陈老板大声嚷道："掌柜的，我兄长的'老房子'早付过钱了，你为何不站出来作个证？"

陈老板眼看躲不过去，便使出了做商人多年练就的"滑头"本领，他干咳两声说："死者为大，要想两不相欺，我倒有个办法，不知你们意下如何。"蔡襄忙说："什么法子？快说。"林老二没好气地说："你说来听听。"

陈老板又干咳了两声，说"你们两家都要这口棺材，我判给谁都会得罪人，最好是让天意来定。林老二，你把你哥抬过来；蔡公子，你也把你爹

抬过来，大伙儿都瞪大眼睛瞧着，看他们谁先咽气，这口'老房子'就归谁，行吗？"

蔡襄本来就是无理取闹，听了这个方案马上叫好，林老二虽说万般不情愿，但蔡家财势大，如果真的撕破脸皮，自己也没有什么好处，于是只得勉强点了点头。

一会儿，仆人们抬着蔡襄的爹过来了，而且连寿衣都穿戴整齐了，殉葬品也都佩戴在身上，光是手里的两块玉佩就值白银千两；可林家穷些，为了买这口棺材，把家里的钱都花光了，已经没钱给林老大置办寿衣了，只让他穿着一身旧衣服"上路"。

这两个临死之人被安放在棺材店的大厅里，两家人都围在旁边，等着看谁先断气。忽然，林老大的呼吸越来越急促，脸上连尸斑都显露了出来，眼看着就要咽气了。

蔡襄看到林老大这个样子，急了，他猴急地在老爹面前"扑"地跪下，说："爹，您赶紧上路吧，不然，儿子就买不到'老房子'给您送终了。"没想到这话还真管用，刚才呼吸还算平缓的蔡员外，立刻神色大变，气喘吁吁，大汗淋漓，眼睛一翻，手脚乱动，片刻后便咽了气。

同时，林老大这边却出了怪事：他已经上脸的尸斑竟然慢慢退去，气息也渐渐变得平和起来，没多长时间，林老大竟然醒了过来。

蔡襄看到老爹比林老大死得早，脸上立刻露出了得意的笑容，说道："天意如此，这'老房子'归我爹了！"林老二两眼喷火，眼看着蔡襄张罗着人手去搬棺材，他正要发作，林老大却伸手将弟弟拉住，说："老二，我死不了，'老房子'我用不上了，就让给蔡员外吧。"

林老二疑惑地看着哥哥，大惊失色地问："哥，你这是怎么了？不会是回光返照吧？"

林老大笑笑，两手一撑，竟然一骨碌地坐了起来，说："老二，你放心吧，我真的死不了啦！本来，黑白无常已经勾我上路，不料蔡员外从后面追了上来，塞给黑白无常一人一块上好的玉佩，悄悄地在他们两个勾魂使者耳边说了些什么话，黑白无常听了，就一脚把我踹了回来，说'穷鬼，本来你的阳寿已尽，现在蔡员外给了我等好处，要我等先把他带走，只好委屈你滚回去，把蔡员外没过完的那二十年阳寿过完再说。'"

原来是这么回事呀，林老二到蔡员外那里一看，果然，原先在他手里紧紧握着的两块玉佩，也不知什么时候不见了！

林家兄弟拿回了买棺材的钱，用它做本，做起了小生意，没几年就发了财，林老大又过了二十年的好日子。

（题图、插图：黄全昌）

广告

一字千金的

□ 蒋凤姣

盛广超市新开张，为了聚集人气，决定举办大酬宾活动。他们规定：活动期间，顾客凡在超市购物达到一定数额，就可获得相应的赠品。为此，超市还印制了大量的广告传单，让人到各处派送张贴。

有个叫张三的，也收到了这样一张传单，这一看不要紧，张三惊得目瞪口呆。原来传单上写的是：活动期间，凡在超市购满588元的商品，就可获得赠品5000升的食用油一桶！

5000升的食用油是什么概念？说通俗点，眼下当地市场上食用油最大桶的容量就是5升，5000升那就是1000大桶！事实上这样的赠品根本是

不可能的，显然是印错了。旁人或许不会当真，最多一笑了之，可张三并不这么想，他想，既然超市敢做这样的广告，自有他们的道理，就应该兑现承诺。

于是，盛广超市开张这天，张三抢先赶到柜台前，举着那张广告传单问工作人员："你们这广告上说的话算数吗？"工作人员响亮地回答道："那还有假啊？当然算数，现在就可以兑现！"

张三当下便买了600元的货物，结完账后拿了小票就奔领奖区领奖。工作人员看了购物结账单之后，随手递给了他一桶5升的食用油。张三一

44

看，立马拿出口袋里的那张传单，神气活现地举到了工作人员的面前，指着上面的字，说："是5000升，不是5升，你们弄错了！"

旁边一位顾客看到这情景，也挤上前，从口袋里掏出一张一样的传单，和张三一起，跟工作人员争吵起来。这时，从里面走出一个工作人员，满头是汗地解释说："对不起，由于我们工作的疏忽，广告上的赠品数字打印错了，赠品不是5000升，是5000毫升。刚才我们发现后就立刻采取了补救措施，大厅里的宣传广告牌上已经改正过来了，给你们带来的麻烦，我们感到非常的抱歉，对不起了，请原谅。"

那位顾客也知道这是不可能的事，眼见着工作人员真心实意地道歉了，又看了大厅里改正过的广告，觉得无话可说，最后也就不再计较了。

可张三不吃这一套，无论工作人员怎么解释都没用，最后还惊动了超市经理，经理为了息事宁人，愿意多给张三5桶5升的食用油，以此补偿张三的"精神损失"。可张三还是没完没了，不肯罢休，一定要1000桶油，经理自然没法满足他的要求，最后推托有事走了，工作人员也不再理会张三，把他甩在一边，给他来了个"冷处理"。

张三等了好久都没有等到回应，心里恼火得很，一怒之下就去找律

师，律师一番分析后，决定以"买卖合同纠纷"为由把盛广超市告上法庭。

双方在法庭上各执一词，原告律师认为：既然超市印制了这个广告单，就应该为广告的真实性负责，为他们自己做出的承诺负法律责任，而不是出尔反尔，自食其言。

超市方认为，广告单上虽然印的是赠5000升的食用油一桶，而事实上根本就没有这么大容量的桶，属于不可能的事实。5000升的食用油，价值五万多元，购买588元的商品赠品五万多元，试想有哪个商家会做这样的亏本买卖呢？明眼人一看就知道是印制上的失误；再说超市在发现广告单上有误之后，就及时做出了补救措施，从超市大厅的广告展板和视频可以看到，上述涉及的内容已经全部更正和修改。

可原告律师坚持说广告上写多少就应该是多少，不能因为被告一句工作疏忽了就逃避所有的责任，对于买588元的商品获赠五万多元不可能的说法，原告律师说："买2元钱的福利彩票就可以中几百万的奖金，难道说这是不可能吗？"

被告律师认为眼下发生的纠纷，和买2元钱的福利彩票中几百万的奖金完全是两回事，并振振有词地陈说了自己的理由。

双方律师唇枪舌剑，各有各的道

理，法庭建议双方先调解，可张三对超市仅用5桶食用油作为补偿的方案拒不接受，而超市也无法接受张三提出的1000桶食用油的赔偿要求。调解失败，最后只得由法院作出宣判。

法院最后判决盛广超市赔偿张三价值5000元的食用油，判决理由如下：这一由商家对外承诺的促销广告，基本上构成了要约的条件。原告去履行了这样的促销活动，所以合同成立，应受到法律的约束。作为促销活动，按照我国的"反不正当竞争法"的有关规定，抽奖式的有奖销售，最高金额为5000元，而法院认定此次盛广超市促销属于有奖式抽奖的销售，所以判盛广超市赔偿张三5000元。

盛广超市因为广告上的一个字的疏忽，导致支付大笔的赔偿费用，他们真正体会到了"一字千金"的含义。

律师点评：

故事《一字千金的广告》涉及的法律内容即《合同法》中的要约。广告是要约的一种，其称为要约邀请。在一般情况下，一旦要约邀请发出，不得随意变更。所以，尽管盛广超市发出的广告有失误之处，但其依然应当对自己的要约行为承担法律上的义务。假设盛广超市将要约撤回，那么相关内容必须在要约达到受要约人（如张三等）之前被告知或者与要约同时到达受要约人时方可。

由于本故事中的食用油5000毫升与5000升价值差距甚大，这就涉及到了另一个法律内容，即"反不正当竞争法"中关于"促销活动赠品价值不得超过5000元"的限制性条款，否则，此案的结局悬念就更大了。

（题图：佐　夫）

法律知识故事征文

本刊推出的"法律知识故事"，通过发生在我们身边的、短小而具体、在法理上容易混淆的个案，生动、形象地宣传法律知识。这些知识注重现实性、实用性，真正起到解剖一个案例、明白一个道理的作用。

为鼓励作者深入生活，写出高质量的法律知识故事，我刊决定面向全国征文。

本次征文也欢迎读者和法律界人士提供相关素材、案例，一经录用，即付稿酬。

来稿方法：1. 从邮局寄发，请在信封上注明"法律知识故事"字样，本刊地址：上海市绍兴路74号《故事会》杂志社，邮编：200020。2. 从网上传递，可寄以下信箱：wulun@vip.sohu.net，请在主题上注明"法律知识故事"字样。凡已和我刊编辑有联系的作者，稿件可继续投给原编辑。

引导人们在黑暗中走路的唯一手杖是良心，开车也这样，司机朋友，记着：使坏的机会每天有上百回，而从善的机会每年只有一次……

得罪了斑马线

□ 谢丰荣

刘清是一个商人，生意之余，他资助了一个叫小龙的孩子。小龙是被车子撞后左腿高位截肢的，父母都在外地打工，家里只剩个八十多岁的老奶奶，和他相依为命。刘清本来和小龙一家毫无关联，他是听说了这起车祸后主动去关心的。

这天晚上，刘清突然接到小龙奶奶的电话，说小龙高烧40摄氏度，神志都有些迷糊了，刘清立刻焦虑不安起来，他撂下电话，转身便往外赶。妻子一看丈夫要出门，紧张了起来，说道："你疯啦？半夜三更的开车出门？要是再遇到那怪事怎么办？"

妻子说的"怪事"，真是令人匪夷所思：那天夜里，刘清正开着车，突然，前方出现了斑马线。按理说，马路上出现斑马线没什么可奇怪的，可怪就怪在这地方刘清来过很多次，以前根本就没有斑马线；更怪的是那斑马线会移动，车动，它也跟着动，再看看其他车辆，接二连三地飞驰而过，在那些司机的眼里，好像压根儿就没有斑马线！

刘清一狠心，踩着油门冲过了斑马线，就在那一刻，只听"砰"的一声，刘清的车撞上了一个老头，老头装腔作势的，说是撞伤了，要刘清赔

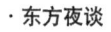

他医药费。刘清没办法，只好掏干净了口袋里的钱，总算了结了这事，然而这样的情形接二连三地发生了几次，而且情景几乎一样：刘清开车上路，时时会遇上从天而降的斑马线，他的车只要开上斑马线，准会撞上一个人，而且肯定是一个老头……

可今天遇上了急事，容不得刘清犹豫，他急如星火，开着车上路了。

刘清不敢开得太快，因为他记着"那件事"，他把眼睛瞪得大大的，逼视着前方的路面，可怪事还是发生了：漆黑的路面上突然闪显出几道醒目的白线——斑马线，刘清立即刹住车子，脑门上渗出了滴滴冷汗……

唉，今天又撞上了，这已经是半年里的第四次了！

这地方刘清来过多次，根本就没有斑马线，他颓然倒在椅背上，嘴里喃喃道："斑马线啊斑马线，我到底哪得罪你了？干吗老缠着我啊？"刘清惦念着小龙，心急如焚，他索性将心一横，猛踩油门，对着斑马线冲过去……果然，和前几次一样，只听"砰"一声，又撞上人了，刘清下车一看，又见一个老头正躺在地上呻吟，可身上却没见流血。刘清克制着愤怒，问道："我刚才并没见到你，你是从哪里冒出来的？"

老头似乎显得很虚弱，他低低地回答说："我……我正……正在过斑马线……"

刘清不耐烦地打断了他的话，问："你们三番五次说的都是这句话，说吧，这次你想要多少钱？"

老头颤颤巍巍地伸出了三个手指，说是要三千。刘清掏出了钱包，数了数里面的钱，见里面只有三千元，他一股脑儿地将钱全掏了出来，塞给了老头，老头拿了钱，脚步蹒跚地走了。

钱是给了，可刘清却是一腔怨气，他冲着老头的背影大喊道："你们究竟是人还是鬼啊？"

老头回过头来，诡谲地朝刘清笑了笑，继续走着，刘清想到自己此刻已是身无分文，待会儿把小龙送到医院后还不知道医生愿不愿意收下，他又是沮丧又是恼怒，不由得对着老头又大喊起来："我这是去救人的啊，没钱——你让我怎么办哪？"

远处的老头听到这话后停住了脚步，迟疑了好一会儿，最后还是消失在了夜色之中。

钱虽然没了，但刘清还是决定先接到小龙再说。车子开得很快，到了小龙家，刘清二话不说，便把小龙抱上车，往市医院赶，可不料刚到半路，那诡异的斑马线又出现了！

刘清往前一看，头立刻大了，这回竟然是四个老头排成一排，站在斑马线上，远远地朝他摇手，示意他停车。刘清刹住车，仔细一看，他们竟

然就是前四次车祸中的那四个老头，刘清顿时气不打一处来，大声吼道："你们究竟是哪里来的妖孽？还有完没完啦？这孩子急着要送医院，求你们别挡道了，等孩子病好了，你们要多少钱我都给，成不？"

那四个老头没搭理刘清，而是不约而同地走到车旁，把头探进车窗，仔细端详着昏睡中的小龙，眼里透着慈爱之情，然后他们把一个信封放在座位上，看了看刘清后便消失了，与此同时，那诡异的斑马线也立即消失得无影无踪了。

看着这一幕，刘清丈二和尚摸不着头脑，不过现在不是细究的时候，他很快又发动汽车向市医院赶去。

到了医院，刘清把小龙交给医生，自己便回到车里，想打电话让妻子送医药费来，就在这时，他意外看到座椅上放着一个鼓鼓的信封，打开信封，里面装的竟然全是钱，这是怎么回事？刘清糊涂了，但他也管不了这么多，先用了再说。他拿了钱就走，随手把空信封扔在座位上。

这钱有整整一万，缴齐了费用，医生很快便为小龙输上了液，到天亮时，小龙已经好多了，看到刘清，他甜甜地叫了声"叔叔"，而刘清也终于松了一口气。

输完液后，刘清驮着小龙

回到了车上，在车里，小龙突然叫了起来："叔叔，这儿怎么有封信？上面还写着你的名字呢，我能看看吗？"刘清刚才心里急，只见到钱没看到信，现在听小龙这么一说，就让他念信。

信上是这样写的——

"你一定很想知道我们是谁吧？别急，先听我们讲个故事吧。有一个村子，村里有个小男孩，平时只要有空，他就会对着门前的池塘说心事，他的话，我们每次都能一字不漏地听到。有一次，他说他随着奶奶进城，看到了斑马线，就决定像老师教的那样过一回马路——'红灯停绿灯行'，他边念口诀边过马路，可就在这时，突然窜出一辆不守交通规则的汽车，撞伤了他……"

念到这里，小龙一脸疑惑，他问

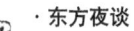

刘清："叔叔，这个小孩怎么跟我这么像呀？"刘清心里也是一震，心想："难道还有跟小龙一样不幸的孩子吗？"他示意小龙继续念下去——

"半年前，我们四兄弟决定进一次城，去看看小龙说的斑马线。到了城里，我们看见了斑马线，我们四兄弟一个接一个地走上去，走啊走，就在快要走完斑马线的时候，有辆汽车不顾亮着红灯，提前发动直接从我们身上碾了过去……"

"天哪！"小龙惊叫起来，"怎么会这样！"

小龙急切地又往下念道：

"好啦，现在可以说出我们的身份了——我们四兄弟是小龙家门前池塘里的四只蜗牛，已经修炼很久，能

听人话，能说人话，只等有一天能变成了人，快快乐乐地在城里安家，可没想到我们还没来得及变成人，就在斑马线上遭遇了灭顶之灾。这半年来，我们一次又一次地报复了那个毁了我们修行的司机——也就是你，还从你那里敲诈了一万元钱，要不是今天我们发现你帮助了小龙，心地不错，恐怕你一辈子都要被斑马线缠身了。现在，我们将钱如数归还，今后再也不会来难你了……"

刘清默默无语，他难以相信这是真的，他从小龙手里接过了信，又从头到尾看了一遍，可依然将信将疑。这时，他感觉信封里好像还有些东西，便往手心里一倒，一些蜗牛壳的碎片洒落了下来……

（题图、插图：佐　夫）

明争暗斗

□俞泉江

晋 武帝司马炎登基后，一直没有册立皇后。为了争夺后宫尊位，司马炎的妃子们老是在明争暗斗。皇帝表面上不动声色，暗地里却时时在留心观察，看谁适合当皇后。终于有一天，他想出了一个荒唐的办法，让贴身太监劳公公买来一头驴，晚上不再用翻牌子的办法来选择要宠幸的妃子，而是骑着驴游后宫，驴子在哪位妃子的寝宫前停下，当晚就宿在哪位妃子的宫里。

起初，这头驴子今天停东院，明天停西院，没什么蹊跷，但几天后，蹊跷的事来了：这驴子老是停在张妃的院子前。皇帝金口玉言，说话算数，于是这些天皇帝便都在张妃处就寝。

这可急坏了李妃。晋武帝的妃子中，就数张妃、李妃最聪明，点子最多，也最想当皇后，两人争风吃醋，献媚邀宠，不知在后宫闹出了多少幺蛾子。现在，李妃见皇上天天住在张妃的寝宫，猜想一定事出有因，这下可急死了，她连忙偷偷派人把劳公公请来。

李妃沉住气，笑嘻嘻地试探着："劳公公，你好大的胆子，竟敢给皇上买了一头病驴。"

劳公公吓了一跳"娘娘，这驴没病呀！"

"没病？我看是生了疯病，如果不是生了疯病，怎么会一个劲地往一处跑？要是驴子没病，那就是我有病

了，而且病得不轻，烂手烂脚，烂心烂肠，把皇上都吓得不敢上门了！"

劳公公听到这里，才算听明白是怎么回事，他心中暗想，对呀，这李娘娘也不能得罪呀，万一日后她做了皇后，自己岂不吃不了兜着走？于是，劳公公便说出了那驴子的秘密：原来，这猴精似的张妃，在每天傍晚时，让人在自己寝宫门前放一盆竹子，偷偷朝竹叶上洒些盐水，驴子喜欢吃带咸味的东西，走到这里就会停下脚步，再也不肯到别处去了。

李妃明白了原委后，次日傍晚，她也让人在自己寝宫门口放上一盆洒过盐水的竹子，李妃的寝宫在张妃前面，皇上骑的驴子先到这里，嗅到竹叶上的咸味，果然停了下来，皇上便进了李妃的寝宫。

张妃一看，知道李妃识破了自己的把戏，她悄悄地把劳公公召来，冷笑着说："我看你是越来越会来事了，和李娘娘处得不错呀！"

劳公公明白张妃召见自己为了什么，急忙辩解："驴子的事，奴才也是没法子啊！"

张妃鼻子里"哼"了一声，冷冷地说："没法子？我看你是法子太多了！驴子从皇上那儿出来，往左走先经过她的寝宫，要是往右走，就得先经过我这里，有没有法子，你看着办吧！"

劳公公从张妃寝宫出来，吓出了一身冷汗，傍晚，他扶皇帝上驴后，顺势把驴头往右边拉了拉，驴子果然往右拐了，于是先经过张妃的寝宫，在门口停了下来。

对付了那边，另一边又有动静了，过了一天，李妃又把劳公公召了过去，恨声连连地说："劳公公，真想把你的肚子剖开，看看心偏到了什么地方！"

劳公公"咚"地一声跪倒，说"奴才该死，奴才冤枉！"

李妃冷笑一声，说："满天云彩，不知哪朵云会下雨哪，别光顾着讨好谁谁谁，以后的事谁说得准哪，你说对吗？"

劳公公左右为难，到了傍晚，只好又顺势把驴头往左边拉了拉，驴子便又到了李妃的住处。

就这样，驴子一天朝左，一天向右，在张妃和李妃寝宫门口轮流停脚，皇帝也跟着在这两个妃子处轮流过夜，但劳公公仍旧天天挨骂，这张、李二妃，都想独占皇上的恩宠，吃力不讨好，摆不平哪！

这天傍晚，皇帝照常骑上驴子，可奇怪的是，这驴子既不在张妃寝宫前停下，也不理会李妃门前的竹叶，而是径直走到一处新的地方，皇帝一看，这是陈妃的寝宫。要说这个陈妃，是从民间选秀选来的，皇帝嫌她土气，很少过来亲近。这次既然是驴子带来，他也就顺势住了下来。

一连几夜，皇帝都随着驴子，直奔陈妃的寝宫，来的次数多了，陈妃不像刚开始那样战战兢兢、唯唯诺诺，还渐渐地敢跟皇上说笑调侃了。皇帝发现，陈妃其实也很聪明，而且为人淳朴，心地善良。

皇上一连几天住在陈妃处，这可把张、李二位给气坏了，她们从来没把这个土里土气的陈妃放在眼里，没想到现在却让她占尽了风头。这回她们联起手来，找到劳公公，使尽手段，威逼利诱，劳公公一个劲地朝她们磕头，说："奴才真不知道发生了什么，那头倔驴在你们两位门前停也不停，一个劲地就朝陈娘娘的寝宫奔去。"

连劳公公都不明就里，张、李两妃只得干着急。又过了几天，张妃派出的宫女回来禀报，说在陈妃的住处听到了驴叫，再一打探，陈妃寝宫后院竟然拴了一头小驴。张妃这才恍然大悟：皇上骑的，肯定是生下小驴不久的母驴，每天晚上奶水满满，胀痛难忍，急着给小驴喂奶，自然就直接跑到陈妃那儿去。

张妃想来想去，觉得不能便宜了陈妃这个乡巴佬，于是登门拜会李妃，共同商讨对策。李妃听了，有点儿想不明白，就问："那头倔驴为啥刚开始不去姓陈的那儿呢？"张妃说："这个倒也好猜，要么那头小驴是姓陈的刚弄进宫的，要么是姓劳的替皇

上换了驴。"

李妃点点头，说："应该是这么回事。要破解这事儿，我倒有个办法。"

李妃说，派个心腹太监，潜入陈妃后院，在小驴的舌根下插一根竹签，这样一来，小驴不吃奶还好，只要一吃奶，就会疼得钻心，它就再也不敢吃了，时间一长，必然饿死，小驴一死，母驴就不会再去陈妃那里了。张妃连声说好，并派人依计行事。果然，小驴再也不肯吃奶，没过几天，就饿死了。

张、李二妃好不开心，不仅故伎重演，在竹叶上洒盐水，连糖水也洒上了。可是，左等右等，那头倔驴也不知怎么回事，每天仍然直奔陈妃寝宫。派宫女、太监轮番打探，仍找不到任何原因，把劳公公召来，连哄带吓地追问，他也是连连摇头，一问三不知。

张、李二妃为了弄清真相，那一天亲自出马，偷偷跟在皇帝后面。她们先是看到那头倔驴撒着欢儿，迫不及待地奔向陈妃寝宫；接着看到陈妃跪在门前接驾，服侍皇上下驴进了寝宫，然后又见劳公公将驴拉走……

张、李二妃尾随着劳公公，到了后院，两人闪身躲在隐蔽处，接下去便看到了做梦都想不到的一幕：劳公公弯下腰，撅着屁股，含着母驴的乳头，使劲地吮吸着奶水……

张、李二妃这才明白，这戏都是劳公公一手导演的，先买下一头正在哺乳的母驴，换下皇上原先骑的驴子，然后把正在吃奶的小驴拴在陈妃寝宫，引皇上过来。小驴死后，为了留住母驴，他就自己代替小驴吮奶。两个妃子对劳公公真是恨之入骨，她们走上前去，张妃咬牙切齿地骂道："该死的奴才，你就等着千刀万剐吧！"此时，劳公公一改过去俯首帖耳、诚惶诚恐的样儿，从母驴的肚皮下退出来，直起腰，不冷不热地回道："我这样做，也许才能留下这条小命呢。"

果然，张、李二妃没等到劳公公被千刀万剐，却意想不到地等来了皇帝的圣旨：册封陈妃为皇后，而她们两个却一起被打入了冷宫。到了这时，她俩才明白劳公公其实是个聪明人，他看到皇上越来越喜欢陈妃，早就为自己留了后路啦！

（题图、插图：黄全昌）

人间最美丽的情景出现在当我们怀念亲情的时候，这个时候，不管是絮叨、指责、呵斥，它们都来自于一个地方：至爱。

□ 杨勇

城里的儿子

1. 一气之下

这天，新民村的孙福老汉非常生气，儿子孙一国是国家公务员，前不久还升了副局长，月工资近五千元，快要过春节了，却托人给爹妈捎来一百块钱！

老伴聂莲花软言细语地劝说老头子："别生气了，给多给少都是孩子的孝心。"是啊，这聂莲花可是个明事理的人，四十四年前，孙一国五岁，爹妈离婚，亲妈将他撇下，跟人走了再没音讯。次年，孙福和聂莲花再婚，婚后生了女儿孙一梅、儿子孙一民。凭良心说，聂莲花对孙一国的疼爱胜过两个亲生子女，当年那么困难，全家

人硬是勒紧裤带供孙一国读书，小学中学又大学。孙一国刚参加工作那几年，家里还不断给他送面、土豆、麻油等，让他把工资攒起来娶媳妇成家，现在倒好，捎一百块钱回来给爹妈过节啦，聂莲花倒没啥，亲爹孙福可气了个半死！

老两口正唠着，小儿子孙一民推门而入，孙福忍不住跟他唠起了这事儿："你大哥确实有点不像话，现在的一百块钱还叫钱？"

孙一民知道了事情的来龙去脉后，笑着说："当初你们可是最疼大哥的，我还琢磨着大哥升了副局长，肯定要接你们二老进城享福了，没

想到……不过，大哥这也算不错了，那大胜村的刘胜是副厅级干部，去年他爹去世，刘胜回来奔丧，他连小车都没下，从车窗递出一千块钱，说了句'我还有个会要开'，小车一冒烟就走了……"

孙一民的话还没说完，孙福就怒火万丈地说："你大哥他要是敢那样，我烧了他的楼，打断他的腿！"聂莲花急了，说："一民你个搅屎棍儿，赶快滚一边去！"孙一民嬉皮笑脸地哼着小曲儿走了。

孙福心里不快，晚饭也没吃，一个劲儿抽烟。央视新闻联播时，二弟孙有来串门儿，孙福又跟他唠起了心中的不快。孙有是个"农村知识分子"，说话讲究文采，他冷冷地笑了笑，说："一国身在官场，公事日理万机；再说如今的儿子都惧内，所以依我说呀，对一国的要求也别太高，只要他心中有你们，足矣。"聂莲花也说："孙有说的没错，一国这就不赖了，年年给我们钱，我很知足了。"

孙福仍然气愤地说："兔崽子，小时候不止一次说要接爹妈住高楼，吃香的喝辣的，没想到现在成了这样儿。"孙有知道孙一国的媳妇脾气不好，难伺候，有一次孙福两口子进城，还闹得不欢而散，他眼珠子一转，说"大哥你可千万别去城里儿子家住，

不出三天，你们老两口就会被人家给撵出来。"孙福一听，霍地蹦了起来，大声嚷道："什么？他敢？我明天就和你嫂子进城，住孙一国家里，看他敢不敢把我撵出来！"

聂莲花一个劲地对着孙有使眼色，孙有自知语失，连忙说："哥你别生气，都怪我口没遮拦。"孙有说着，便悻悻然地走了。

孙福就是这么个犟人，认准的事，说出的话，九头牛也拉不回来，他眉头一皱，当机立断，说是要进城去，住到儿子家里，看孙一国敢不敢把他赶出家门。聂莲花劝不住，也拗不过，就这样，老两口当即坐班车进了城……

到孙一国家的时侯，天已经黑了。老两口突然到来，儿子、儿媳吃了一惊，孙一国说："咋不先打个电话，我好去车站接你们呀！"

孙福口气硬邦邦地说："用不着，你不撵我们就行。"孙一国的心里"咯噔"一下，儿媳赵晶马上变了脸，说："哟，看您说的，您是一国的亲爹，就是撵我也不能撵您走呀！"聂莲花忙打圆场："别误会，我家死老头不会说话，其实他不是那个意思……"聂莲花一慌乱，也没说清楚孙福究竟是个啥意思。

孙一国故作轻松地笑了，对爹妈说："我领你们出去吃点饭吧，附近就有小饭馆。"聂莲花瞅瞅儿媳的脸，

说:"不用了,热点剩饭就行,路上吃了干粮,不饿。"孙福因为对刚才赵晶说的话不满,就没好气地说:"我饿了,要吃饭,要喝酒!"赵晶的嘴动了动,没说话,去书房上网了。

2. 火上浇油

在小饭馆里,尽管孙一国点了不少菜,可三个人也没吃出啥滋味儿来。三人吃完饭回到家,赵晶早已睡下了,孙一国心中不快,借着酒劲儿大声喊道:"赵晶,爹妈住哪屋?你咋没给铺好被褥呢?这是啥破媳妇!"赵晶正躺着生闷气,一下子更火了,"腾"地坐起来,说:"那就让你爹妈给你找个不破的媳妇呗!"孙福借着酒劲儿想骂人,被聂莲花一手捂嘴,一手使劲将他拉进一个卧室,立即关上了门。突然,"嘭"地一声门被推开,赵晶气呼呼地抱着个旧褥单进来,迅速换下了床上铺着的新褥单,然后抱着新褥单一阵风似的走了,孙一国见了,气得脸上发紫,嘴唇直颤抖。

孙一国帮爹妈铺好旧褥单后,怒气冲冲地闯进了他和赵晶的卧室,一气之下,挥手打了赵晶一个耳光。这可是赵晶活了三十九岁头一次挨耳光呀,她愣怔片刻,顿时气极了,扑了上来,与孙一国厮打起来。老两口过来拉架,混乱中,聂莲花的额头磕在床头柜的角上,鲜

血直流。孙一国和孙福赶紧扶着聂莲花去外边的诊所包扎,赵晶也不闹了,悄悄打车回了城东的娘家。

包扎好伤口,三人回到家里,发现赵晶不在屋,孙一国拨赵晶的手机,关机,无奈之下,便拨通了老丈人家的座机,老丈人说"赵晶在这儿呢……"老丈人似乎还要说什么,孙一国赶紧说:"那我就放心了,爸,再见。"说完,他便迅速挂机。

这时候,聂莲花先是埋怨了一阵孙福,接着心平气和地跟孙一国商

量："一国，这事咋弄呀？"孙一国笑道："妈，这事儿跟你们没关系，赵晶就这脾气，别理她，过两天就好了。"聂莲花说："不管咋说，你们生气是因为我俩引起的，你看这样行不，明天一早你去接赵晶回来，我和你爹坐早班车回村吧，都快过年了，家里也挺忙的，等有时间再来。"

孙一国听了，眼眶里满是泪水，他想了想，说："要不你俩明天先去一梅家住两天，然后我再接你们过来？"

女儿孙一梅是个小老板，平时对父母还算不错，聂莲花问孙福："老头子，你说呢？"这时的孙福，火气也渐渐小了，他说："听你的，你说咋办就咋办。"

这一夜，三个人都没睡好，天一亮，去小饭馆吃了点早饭，孙一国截了一辆出租车，并给了车费，告诉司机把两个老人送到孙一梅家。

老两口到了那里，孙一梅不在，她昨天去北京进货，估计下午回来。女婿贺忠热情地招待两位老人喝酒吃饭，孙福几口酒下肚，就动情地说："这一比较，高兴又伤心，先说伤心……"

聂莲花赶紧插话制止："喝点酒别乱说，贺忠别听你爸瞎说，快吃饭吧，你还要上班呢。"贺忠笑了："看妈把我爸管得，连话也不让说，自

家人怕个啥？"孙福受到了鼓动，便滔滔不绝地把昨晚的不快之事一吐为快，贺忠听了，喝了一口酒，阴阳怪气地说："老话说得好，狗肉贴不到羊身上。"老两口一愣，好一会儿，聂莲花反应过来了，便不高兴地说："贺忠，这种话以后少说，一家人和和睦睦多好。"贺忠尴尬起来，便不做声了。

是的，贺忠对大舅哥孙一国很有意见，去年孙一国的单位有个工程，贺忠是搞工程的，他和孙一国去求大哥，求他引见一下局长，把工程拿到手。当然，如果这事成了，少不了局长的好处，也不能亏待了大哥，可孙一国一副公事公办的面孔，硬是没给妹妹、妹夫面子。

贺忠上班走时，对老两口说"爸妈，你俩踏实地住着，这儿就是你们的家，下午一梅就回来了。"

贺忠到了公司，给孙一梅打了电话，把老两口在孙一国家的遭遇都说了，而且还添枝加叶的。孙一梅一听，恼了，说："妈是后的，可爹是亲的吧？他们也太差劲了，等我回去跟他们算账！"贺忠挂了电话，快乐地打了个响指，还哼起了小曲儿。

3. 我要离婚

孙一梅一回来，就直奔赵晶的单位，姑嫂俩一见面就对上了火，要不是赵晶单位的同事们拉着，姑嫂俩铁

定要拳脚相加了。

赵晶觉得受了奇耻大辱，便打车去了孙一国单位，一进院就大骂："孙一国你个王八蛋，竟然让你那母老虎妹妹来打我，有本事你来打我呀！"

孙一国一见大惊，赶紧出来，有几个同事也出来劝说。赵晶"呼"地冲到孙一国跟前，伸手就朝孙一国的脸上挠去，孙一国的脸马上出现了几道深深的血印儿，他急了，挥手就去打赵晶的耳光，赵晶一躲，"啪"地一声，这耳光竟结结实实地打在一个人的脸上，谁？局长！他来劝架，正巧赶上了，这一下，在场的所有人都惊呆了……

局长恼火地摸了摸热辣辣的脸，转身就走，并嘀咕了一句："两口子来单位打架，什么素质！"事情闹到这个地步，赵晶赶紧走了，孙一国急忙跑进局长室，想说几句好话，局长把孙一国好一顿训，他的最后一句话让孙一国彻底崩溃了："一个连家庭都管不好的人，还能管好单位？"

孙一国沮丧极了，从局长室出来，直接去了法院，他要起诉离婚。办完立案手续，他对主办法官说："李法官，希望你能尽快处理我们这个案子。"李法官说："如果赵晶同意离婚，就能尽快结案。"

赵晶还住在娘家，三天后，法院传唤赵晶。赵晶到法院看了起诉状，顿时伤心地哭了，她哽咽着说："我不同意离婚。"李法官说："那你就私下找找孙一国，相互沟通沟通，调解时我们再劝劝他。如果孙一国坚持离婚，法院也没办法，婚姻法规定结婚自由，离婚也自由。"

从法院出来，赵晶给孙一国打了电话，还没等她把话说完，孙一国就嚷道："离婚是必须的，你考虑考虑财产怎么分吧，好离好散。"然后，他就挂了机，她再打，不接。

赵晶哭着回到娘家，说明情况后，她妈气愤地说："看孙一国他敢！"她爸倒是挺冷静的，说："我女儿不想离婚咱就想不离的法子，这样吧，从源头上治理，我和赵晶直接去见一国的爹妈，让他们劝劝一国。"她妈也要去，她爸不让，"省省吧，祖奶奶，你去铁定是火上浇油。"

老赵陪着女儿去了孙一梅家，正好赶上孙一梅、贺忠都在，一进屋，老赵就对孙福老两口说："老亲家，真是稀客，下午去我家吃饭，在我家多住几天，咱们亲家这么多年，从来没有机会好好唠唠……"贺忠冷冷地说："别玩虚的，有事儿直接说吧，我爸妈都是老实人，说得太细腻了他们听不懂。"

聂莲花急忙笑着说："亲家太客气了，想不到我们来城里添乱了，刚才我还打电话说一国呢，叫他以后好

好对待赵晶。"这么一说，赵晶的泪水"哗"地流了下来，她说："妈，一国起诉到法院，要、要跟我离婚，呜呜……"

"什么？"孙福和聂莲花同时惊叫起来，老赵大致说了一下过程，孙福气冲冲地说："一国这个浑小子，他要敢离婚，我非打断他的狗腿不可！"聂莲花也着急了，说："亲家别急，赵晶别哭，我俩这就找一国去，咋也不能让一个好端端的家庭散了呀！"

贺忠又在一旁说起了风凉话："离婚自由，你们管人家那事儿干吗？"孙一梅大声呵斥贺忠："你少掺和，啥事让你一掺和准没个好。"贺忠不再言语了，但横眉瞪眼的，就是不服气。

事不宜迟，孙福、聂莲花赶紧打车直奔孙一国的单位，在孙一国的办公室里，两老还没说上几句，孙一国就不耐烦了，他说："这事儿跟你们没有关系，你们越管越乱。"孙福火了，拍着桌子大声说："你要不是我儿子，我才懒得管呢。我把话撂在这儿——你要敢离婚，咱俩就断绝父子关系！"孙一国红着脸说："爹你不懂，你让我妈说说，这事儿能怨我吗？"

聂莲花在一旁的椅子上坐了下来，动情地说："一国，这

么多年，我一直把你当亲儿子看，你也一直把我当亲妈待。其实，这个事儿全是因为我们老两口引起来的，赵晶没错，你也没错，本来是些个小事儿，可一个个赶到了一块儿，就越闹越大。你一气之下要离婚，如果真离了，你会后悔的。"

孙一国低着头不说话，聂莲花接着又说："你和赵晶要是以现在这个由头离了婚，那我和你爹就是罪人，回去乡亲们咋说，看那两个老东西，去趟城里把儿子儿媳给挑拨离婚了，你说跟我们没关系，能辩得清吗？"

孙一国低声说："那就等你俩走后我再离婚。"孙福说："那还不是一样？我就奇怪了，好好的日子不过，非要离婚，这不是活得不耐烦了？"

聂莲花想了想，说："这样吧，一国，你给我们老两口一个面子，先去法院，撤了这官司，跟赵晶好好过日子，等过个三年五载的，你们离不离婚，我们也不管了。"

三个人正说着，局长闻声进来了，他语重心长地说："两个老人都劝半天了，不能一条道走到黑吧？一国呀，你这个当副局长的，后院可不能着火呀！"

4. 就是不服

孙一国思前想后，最后还是到法院撤回了起诉，然后，去饭店订了一桌，请了老丈人一家，还有孙福老两口和贺忠一家，当然还有自己和赵晶。局长端坐上席，席上，欢声笑语，喜气洋洋。

孙福喝高兴了，非要再住几天不可，老伴聂莲花悄悄对他说"死老头子，你再不回去，一梅跟贺忠也要打离婚了……快回村吧，我们不适合在城里，更不适合跟儿女们在一起生活。回去我给你炒鸡蛋、温烧酒，多美。"孙福想想也是，住在儿女家这几天都快把他憋屈死了，一句话没说对，就惹出这么大的麻烦事儿，回去多好，在家里，在村里，想说啥说啥，自由自在，哪会惹事儿？

老两口回家那天，儿子一定要开车送，拗不过，只好随他。孙一国驾车，车上坐着爸妈，一路上唠着家常，心情都格外好，唠着唠着，老两口就把他俩为啥这次突然来城里的前因后果如实说了，孙一国不动声色地听着，嘴里"嗯嗯哼哼"的，心里却在琢磨着。

到达新民村后，孙一国先把妈送回家，他和爹去二弟孙一民家串门。孙一民一见大哥和爹来了，慌里慌张地打个招呼就要走，被孙一国一把拽住，孙一国严肃地说："二弟，别走，我要跟你核实一件事情。"

没等孙一国问，孙一民就坦白了："实在对不起大哥，咱别说那事儿了，行不？"

孙一国断然说道："不行，必须说清楚。二弟你说，半个月前我让你给爹妈捎回多少钱？"孙一民支支吾吾地说是"三千"，孙福一下子醒悟了，大声骂道"一民你个黑心狼，你从中黑了我们两千九，你还算个人吗？他妈的，老子今天非打死你个不孝之子不可！"孙福说着，就操起手边的一根棍子要打孙一民，被孙一国拉住了。

等孙福的情绪平和后，孙一国又耐心地问道"二弟，你说说为什么要这么干，缺钱的话大哥可以给你，凭良心说，这些年我也没少给你钱呀！"

后来，孙一民撑不住了，说了实情：半个月前孙一民进城办事儿，去了一趟大哥家。快过年了，大哥让他给爹妈捎三千块钱。孙一民拿着三千块钱原本没啥想法，回到村口时碰上二叔孙有，他就把大哥让他捎三千块钱的事儿说了。

孙有说："你爹妈也不缺钱，别太实心眼了，给他们一百就行，剩下的你留着自个儿花呗，没人知道的。"这么一说，孙一民的心眼儿活了，他想自己手头正好缺钱，最当紧的是上个月赌钱，欠了人家三千块钱高利贷，要是再还不上，人家说要打断他一条腿，于是，孙一民就按二叔说的做了。

孙福气愤地领着孙一国、孙一民去了弟弟孙有家，孙有一看这阵势，啥都清楚了，但他若无其事地打着哈哈，说话还是那么文绉绉的："父子三人，兴师问罪，孙有已等候多时了。"

孙福怒声喝道"孙有，你为啥要这么干？损人不利己呀！"

孙有说"大哥，从小我就比你聪明，可爹妈老是疼你不疼我，有好吃的先给你，脏活累活让我干。那时候，我就发誓长大后一定要超过你，可结果无论我怎么努力，日子过得总是不如你，我不服气呀……"

孙福问："就因为这个？"

孙有说"听我慢慢讲吧。我不如你，我也就认了，但我的子女一定要胜过你的子女，可事

实呢，你的两个儿子一个闺女，都比我的子女过得好、有出息，最可气的就是一国还当了副局长，气得我睡不着觉呀！于是，我就想算计计你们，给你们使个绊子，找找心理平衡。那天，正好碰上一国让一民给你们捎钱这个事儿，好家伙，过个年就捎那么多钱，简直快把我给气死了。"

孙福气得浑身哆嗦，说："孙有你缺德，害我这回去趟城里，弄得一国差点离了婚……"

孙有打断了话头"不用细说了，你女婿贺忠早就打电话对我说了……"说到这儿，孙有欲言又止，终究又把已经到了喉咙口的话咽了下去，其实，贺忠的为人他早就知道，这么多年来，他就指望着贺忠能够成为让孙福家不得安宁的"麻烦制造者"……"不服，我就是不服……"孙有歇斯底里地嚷了起来。

5. 儿不孝啊

孙福十分愤怒，扬手要打孙有，被孙一国死死拉住了，孙一国说："二叔呀，我这次回来，不是兴师问罪，是要当着二叔的面检讨自己。"在场的人都愣住了，不知孙一国接下来要说啥。

孙一国侃侃而谈"这些年，我光顾过自己的小日子、升自己的小官了，长兄如父，如果我平时多关心、多帮助弟弟的话，一民也不会沾染上赌博这种恶习。我了解自己的弟弟，他实在是过不去哪个坎儿才动了这个心思的，我有责任呀，我不是个好大哥。"

孙一民不好意思地低下了头，嘟哝道："怪我自己不成器，哪能怨大哥呢？"

"在回家的路上，我一直在琢磨，我已经五年多没回来看望爹妈了，说这忙那忙，那都是借口，作为儿子，我自私，我不孝啊！"说到这里，孙一国哽咽了起来，"爹妈为什么突然要来城里我们家？一民，你说说是为什么。"

孙一民挠着头皮，不好意思地说："因为——因为二叔故意扇起了爹的火爆脾气，所以老两口才进城。"

"不对。"孙一国摇了摇头，"咱爹不是小孩，单凭二叔那几句话根本左右不了咱爹的心思，二叔的话也不过就是'压死骆驼的最后一根稻草'而已，主要是因为——爹妈太想我这个儿子啦！"说到这儿，孙福的泪水"哗哗"地淌了出来，这时候，聂莲花风风火火地推门进来，她一进屋就上气不接下气地说："刚才，一国媳妇来电话，打在咱家座机上，她说、她说……"

大家异口同声地问："她说什么？"

聂莲花说："她说自己不懂事儿，

对不起爹妈，请多多谅解。爹妈随时都可以去家里住，还让一国在这儿多住几天。"大家都松了口气，聂莲花激动地又说"你们说说，这可是打八个灯笼也难找的好媳妇呀，一国你可要好好对待赵晶，人家城里的金枝玉叶嫁给你，那是咱老孙家烧高香、祖坟冒青烟呀！"

孙福说"一国，明天回吧，单位、家里的事挺多，别动不动就跟媳妇发脾气，回去跟媳妇说，我这个老东西不会说话，让她多担待。"

孙有双手抱着头，蹲在地上慨叹道："我孙有无颜面对、无地自容呀！"孙一国赶紧说："二叔是长辈，过去没少帮我们家，您又是咱村的文化人，好多事儿我们得听您的。过去的不愉快就让它随风而去吧，让一切重新开始。对了，二叔抽时间一定要去城里，找我这个大侄子，我请二叔上最好的饭店好好吃一顿、喝一壶！"

大家都开心地笑了，窗外的喜鹊"叽叽喳喳"叫得那个欢哟……

（题图、插图：张恩卫）

·本刊信息传真·

故事会■新浪 微故事大赛

5月金奖得主诞生　8月征集主题：领导

让你的脑细胞兴奋起来，一起跳个舞吧！这是一次对灵感、睿智、情感和文字驾驭能力的挑战——用1条微博，讲完1个故事。

《故事会》杂志和新浪微博（weibo.com）联合主办2011微故事大赛，活动持续全年，每月产生一名金奖得主。

本次大赛所有作品通过新浪微博平台征集，分为"命题故事"和"自选题故事"两部分，命题故事每月一个主题，设金奖1名，奖金1字10元（字数低于120的按120字计），银奖2名，奖金1字5元；自选题故事由作者自由命题，全年评出金奖1名（5000元），银奖2名（2000元）。优秀作品将在《故事会》上刊登，并结集出版。更多详情请登录新浪微博页面搜索"故事会微故事大赛"或故事中国网(www.storychina.cn)了解。5月微故事（主题：赌）金奖得主：culudy。

8月微故事主题：领导

请你根据该主题构思一篇微博故事，力求情节出人意表，立意隽永深远，文字鲜明生动，本月的微故事达人或许就是你！

（本期刊物特别选登6月微故事大赛优秀作品，详见P11）

虚伪、狡猾之人的特征：一张嘴巴、两根舌头、三个脑瓜。他们往往自以为是世界上最聪明的人，然而当比他们更聪明的人出现时，戏，落幕了……

□ 吴宏庆

老爷子出马

1. 半路杀出个程咬金

这天一大早，顺达公司总经理许仲达在办公室大发脾气，指着营业部经理二保，吼道："你的脑子是不是被驴踢了？嗯？你不是一向把别人当成傻子吗？这回怎么自己变傻了？"

二保耷拉着头，低声辩解道："老板，这不能怪我，是何道那小子太无耻……"

许仲达一屁股坐到椅子里，摇摇手，说："昨天晚上的事，你再说给我听听。"

二保咽了咽口水，又把昨晚的事说了一遍。

原来，本地最近来了一位叫周东成的玉器老板，他从云南亲自押送一批高档玉器，途经四省二十三市，可谓万里迢迢。谁知到了这里后，当初订购这批玉器的客户突然破产了，如果再将这批价值几百万的货拉回去，路途遥遥风险不小，无奈之下，周东成只得把玉器存入银行保险柜，马上联系当地买家，希望能够把货物尽快脱手。许仲达得知这一消息后立即找上门去，几天谈下来，合同条款基本谈妥，本来打算昨晚再碰一次头，确定一些合同的细节，哪知昨天中午许

仲达突然吃坏了肚子，上吐下泻，急忙上医院挂盐水，只好让自己的得力干将二保晚上去陪周东成。

二保是个机灵人，许仲达安排的事，没一回办得不利索的。见到周东成后，二保立刻装得和周东成一见如故的样子，先是带着他大吃一顿，让他很是满意，然后又陪着去KTV唱歌，兴高采烈地一直唱到快十二点，两人又趁兴去了家酒吧，喝得好不酣畅。几瓶酒下肚，二保忍不住要去上厕所，不承想在过道上迎面撞见了天仁公司的老板何道。何道也算是同行，见了二保自然是一阵寒暄，而且一定要拉二保到他的包间喝酒。二保百般推辞，想不到这何道竟然从自己包间拿出酒来，说啥也要和二保干上一杯，盛情难却，二保只得硬着头皮一饮而尽。

二保喝了何道的酒，不一会儿就犯起了迷糊，接着就不省人事了，一直到清晨才醒。这时，周东成早不见了人影，二保连忙打他的电话，电话那头周东成很不高兴地说："真没见过像你这样做生意的，你把我一个人扔在包间里，要不是何老板来帮我埋单，我的洋相就出大了，以后你不要跟我联系了！"

二保一听慌了神，连忙跑回公司，向许仲达汇报。

许仲达刚从医院出来回公司，听说了这件事，顿时暴跳如雷，大发了一通脾气。现在他听二保细细地说了一遍，对昨晚发生的蹊跷情节早已明晓了八九分，他沉吟片刻，说："何道显然是蓄谋已久，看来他是眼馋我们口里的这块肥肉啊！"

二保试探着说："要不——我们报警？那狗日的竟敢下迷药，我们干脆把他送到局子里去！"

许仲达猛地瞪了二保一眼："你脑子又进水了？他只要把我们的事扯出一件来，我们脱得了干系？"

二保听许仲达这么一说，不由得连连点头。原来，许仲达一直干的是坑蒙拐骗的勾当，只要赚上一票大的，立刻就把公司注销掉，然后再注册一个新公司继续行骗，这要是报了警，岂不是把自己往火坑里推？

许仲达紧皱眉头，想了好一会儿，拿起手机，拨通了何道的电话："何老板，你麻倒我的人，抢走我嘴边的肉，也太不讲规矩了吧？"

那边的何道"哈哈"大笑："许老板，到底是谁坏了规矩？你也不想想，货一到，订户就突然破产，天下真有这样的巧事？实话告诉你，这本来就是我设的局，我已经花了很大的成本啦！"

许仲达顿了顿，说："财既外露，见者有份。我们费心劳神也不是一两天了，要不，我们一人让一步，这批货咱俩对半分？"

何道又是"哈哈"大笑："一半？你本来就不该趟这浑水，何况人已经在我手上，只等我签上字，把支票放在他跟前，他马上就会把货乖乖交到我手上。"

许仲达"哼"了一声："你就不怕我告诉那个周老板，等货一到手，你会马上转走账上的现金，让支票成为废纸？"

这番话让何道笑得直喘气，他说："不巧得很，周老板的手机昨天突然丢了，你是联系不到他了。倒是你，本来龙精虎猛的身子，突然就上吐下泻拉肚子，是不是该好好调养一下，啊？哈哈哈……"

许仲达这才明白自己的病也是何道做的手脚，气得把手机往桌上一摔，吼道："何道你个畜生，老子跟你势不两立！"

这时，二保在一旁提醒说："老板，还是去找老爷子吧？"

2. 高人出马

老爷子是许仲达的爹，年轻时做过江湖游医，后来摇身一变成了算命先生，现在偷偷开了家卦店，主看阳宅风水，兼营手相命理。

老爷子经常教育许仲达：骗术的最高境界就是你骗了人，还要让人千恩万谢地把钱掏给你。他看不起儿子弄的那些个名堂，嫌他耍小聪明小计谋太低级，可许仲达也看不起老爷子

整天神神道道的那副德行，所以两人平日里就各操各的业，各赚各的钱。可眼下许仲达想不出对付何道的招术，只好请老爷子出马。

许仲达走进老爷子的卦店，只见左青龙右白虎，阴阳八卦立在中间；墙上还挂满了老爷子和社会上颇有头脸的一些人的合影。此刻，老爷子正坐在一张宽敞的太师椅上，对面前一个三十来岁的人说："王处长应该知道我很少亲自上门的，你还是请他自己过来一趟吧。"

那人面露为难之色，恳求道"王处长家里有急事，他知道您老德高望

重，又料事如神，所以无论如何也想请您老亲自出山。卦金好商量，好商量！"说完，他便拿出厚厚的一叠钱，恭恭敬敬地放在桌子上。

老爷子露出一副不耐烦的神情，左手捻须，右手掐指头，过了半晌，他不紧不慢地说："也罢，他属牛，命属金，与老夫命数非常相合，不帮说不过去。这样吧，你去转告王处长，晚些时候我自会登门拜访。"

那人听了，连忙千恩万谢地走了。

这时，老爷子才抬起头来，看看儿子："遇到难题了？"

许仲达红着脸把事情说了，老爷子闭上眼睛，手指不停地掐着，半晌才睁开眼睛，说："你能确定真有那批玉器？"

许仲达点点头，说"我特意去验过货，我还上网查了周老板公司的网站，上面证照齐全，人也对得上。"

老爷子捻须一笑，说："这容易，你去准备一封匿名信寄给何道，就说这姓周的其实是个骗子，他的公司根本没能力生产高级玉器，这批货不是假的就是次品。"

许仲达迟疑着说："匿名信倒是好办，但这何道狡猾得很，不知道会不会上当；再说，他让周东成带去看看货就知道了。"

老爷子"哈哈"一笑，说："骗子才是最怕被人骗的，这何道难道会懂玉器的好坏？只要他一动，你就有机会见到周东成了，这就叫引蛇出洞。你不是有个手下叫二保的吗？你叫他去盯着何道，一有动静马上报告。"

许仲达听了大喜，立刻打了个电话给二保，吩咐他准备好匿名信后立即用特急快递寄给何道，并且让二保从现在开始监视何道的一举一动。

下午，老爷子要许仲达跟他一起去王处长那里，还说多认识个朋友多一条路。许仲达想想自己暂时也没啥急事，便点点头，答应了。于是，老爷子打了个电话，不一会儿，开来一辆汽车，把两人接走了。

王处长全名叫王明之，虽说只是个处长，但身处要害部门，看他脸色的人还真不少，但这几天王明之的老婆发现他在外面包养了个小情人，跟他大吵大闹，一气之下回了娘家。王明之苦劝她几次却接连吃了闭门羹，无奈之下，赶紧向老爷子讨教救急的锦囊妙计。

老爷子以前跟王明之打过几次交道，帮他解决过不少难题，这次他来到王明之家，知道事情原委后，也不说话，只是在王明之家里走了一圈，指着主卧室里的梳妆台说："镜子不宜摆在卧室内，此物宜挪放到卫生间去。"接着，老爷子又指着大门，说："大门直冲阳台，如何养和合之气？在大门口置一屏风，隔一隔吧。"

王明之当即照办，老爷子点点头，说："不出三日，女主人必定回来。"

就这么简单？王明之将信将疑。

回去的路上，许仲达对老爷子说："老爷子，你这忽悠的招数也太简单了吧，这么随便指指就完事儿了？应该让他更加摸不着头脑，这样即使有什么不测也好搪塞。"

老爷子淡然一笑，说"这王明之能当上处长，全仗着他的岳父以前当过官，但他丈人现在退休了，要不是女婿在要害部门，手里有实权，谁还给他这个糟老头子好脸色看？如果女婿倒了，不仅老丈人面上无光，对一家子也没好处，所以我断定不出三日，老丈人必定会劝王明之的老婆回家，所以也不会有什么不测，也无需搪塞。"

许仲达感叹说："这也就是老爷子你能想得到。"

就在这时，许仲达的电话响了，原来是二保打来的，说是看见何道和周东成一起进了一家茶馆。许仲达对二保说："你继续盯着他们，我马上就到！"

3. 风云突变

许仲达赶到那家茶馆，二保说，刚才看见何道和周东成好像争执了起来，何道已经先走了，现在只剩周东成一个人在茶馆里。

许仲达叫二保跟着，一起走进茶馆，故意装作"不期而遇"的样子，见了周东成，许仲达马上打起了招呼："周老板，真是巧遇啊，怎么一个人在这里喝茶？"

周东成气呼呼地说："是何道何老板叫我来的……我的货他亲眼见过，本来打算买的，现在居然说我的货都是次品，把我说得像个骗子一样，天下哪有这样做生意的？"

许仲达一听，知道那封"匿名信"起作用了，便笑了笑，说："我不知道发生了什么事，但是我要提醒你，何道这人不厚道，他为了从我这里抢走周老板这笔生意，竟然下药麻翻了我的职员。"

二保听了，立刻信誓旦旦地在旁边证明说："那天在酒吧，遇见了何道，大家都是老交情了，于是和他喝了一杯，谁知一喝酒就晕了，没想到他竟然会干出这种卑鄙的事来！"

周东成吓得倒抽了一口冷气："什么？他竟然对你下麻药？我那天还以为你怕埋单开了溜，当时正好没带钱包，眼看要出洋相，何道来解了围，我看他这个人很仗义，就跟他谈起了生意，想不到全是他使的坏！"

许仲达非常严肃地说："周老板，何道这人什么事情都做得出来，你在这里不安全，还是跟我去一个地方避一避吧。"

周东成点了点头，许仲达立刻将

他带到郊区的一家酒店，在这之前，二保早已用别人的身份证开好了房间。两人进了房间，周东成看到许仲达把一切都安排得妥妥帖帖的，不由松了一口气，说："许老板，还是你靠谱，这笔生意你还有兴趣吗？"

许仲达没有接周东成的话，反问道："周老板，你的货还好吧？"

周东成说："一直放在银行的保险柜里，不会有事的。"

许仲达说："我们再去看看吧，我想再验一次货。"

周东成想了想，点头同意了。

两个人开着车到了银行，周东成顺利办好验证手续，把一包东西从库房取了出来。两人来到一个偏僻处，周东成打开包裹，里面是大大小小的几个纸包，许仲达打开一个，一看，那是一个玉杯，看看成色，相当不错，再轻轻用手指一弹，玉杯发出了清脆悦耳的声响，观色辨声，确是好货。

周东成说："许老板一看就是行家，我这些东西可全是上等料，从选料到制作都没得说，转手出去就是十几倍的收益啊，包你稳赚不赔。"

许仲达把玉器一件件拿起来把玩，只觉得每件都美轮美奂，价值不菲，心里如百爪挠心，恨不得将这些货全都吃进。他强作镇静，干咳了一声，说："说起玉器，我其实是个门外汉，不过我父亲倒是有些眼光，经他

掌眼的东西，大家都很认可。"

周东成爽快地说："真金不怕火炼，既然如此，那就找个时间让你父亲再看看吧！"

许仲达手一摊，为难地说"老爷子是个大忙人，不光懂玉器，更喜欢研究阴阳命理，在我们这个地方名气不小，经常被人请来请去的，也不知有没有时间。"

周东成一听倒来了兴趣，说"太好了，我们做生意的，都很相信命理。今天晚上你务必安排一下，我要请老爷子吃饭，当面向他请教！"

许仲达微笑着点点头，心想：老爷子终于可以堂而皇之地出场了！

到了晚上，许仲达带着老爷子一起到了酒店，周东成已经在门口等了，他见到老爷子，立即拱手鞠躬，显得十分恭敬。

进了包间，刚刚坐定，老爷子突然开口说："周老板出身贫寒，能够打拼出今日的成就，很了不起啊！"

周成东听了，不觉一愣，接着连连点头，赶紧亲自给老爷子端上了一杯茶，说："老爷子果然不是凡人，我小时候很穷，一直到二十岁还在开石头卖苦力。"

老爷子点点头，说："以前虽说苦，发达起来倒也很快的。"

周东成又是一阵激动，朝老爷子跷起大拇指，说："没错，我三十岁那年遇上了贵人，他指点我做玉器生

意，不出几年就发达了。"

老爷子微微点点头，显露出一副高深莫测的样子，说"周老板命里的贵人不止一位啊，接下来，你还会得到三位贵人的相助。"

这时，酒菜上来了，服务员给三人斟上了酒，许仲达连忙端起酒杯，跟周东成碰了一杯，说"我们家老爷子经常为人指点迷津，经他帮助的达官贵人多了去啦！"

周东成连连点头，说："那是，那是！"接着，他把头转向老爷子，"年初时，我问过一个高人，他说我今年会有一个坎，只要过了这道坎，必然终生富贵。老爷子，现在就麻烦您给看看，那位高人说得对不对。"

老爷子盯着周东成看了半响，悠然地喝了一口酒，沉吟片刻，说："命里有时终会有，命里无时莫强求。"

周东成急着问："老爷子的意思是说——"

老爷子说："那不叫坎，你走对了，它叫登云梯 走错了嘛，它就是断头台啊！"

周东成一下慌了，忙问："老爷子，我该怎么走？"

老爷子不搭理周东成的话，却端坐在位子上，掐起自己的指头来。许仲达在一旁瞧着老爷子的架势，差一点笑出声来：高，老爷子的演技实在是高呀！

老爷子终于开口了："我倒可以指点你一条明路……"老爷子话音未落，突然，门外冲进四五个身穿黑汗衫的大汉，二话不说，便掀翻了桌子，一个黑脸汉子将一把长长的西瓜刀架在许仲达的脖子上，说"我们明人不做暗事，今天是来抢人的，你们要想活命，就乖乖地别动！"说罢，那黑脸汉子一挥手，手下的人拉起周东成就跑，这个时候的周东成早吓傻了，哪敢动弹？一阵风过的时间，一群人全都没了影……

许仲达也吓得差点尿了裤子，他摸摸自己的脖子，回头再看看老爷子，也是脸色惨白，显然吓得不轻，当然，刚发生的这一幕惊变，再怎么着，

老爷子也是预测不了的……

4. 借刀杀人

酒席上出了这样的事，老爷子非常生气，回到卦店后正在寻思对策，突然来了个电话，原来是王明之打来的，说是老爷子的预言灵验了，自己的媳妇竟然真的回来了，他无论如何也要登门向老爷子道谢。老爷子听了眼睛一亮，心里说：有戏了！

挂了电话，老爷子对许仲达说："一会儿王处长要过来，真是天助我也。"

许仲达不明白，说"王处长能帮

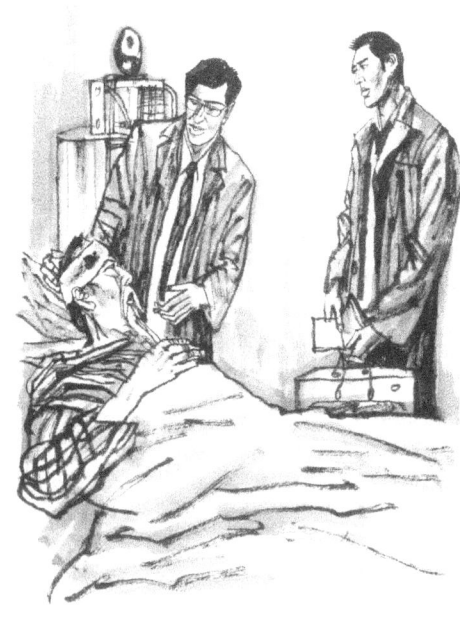

上咱们什么忙？"

老爷子"嘿嘿"一笑，突然，他做了个令许仲达意想不到的动作：一头向墙上撞去，顿时鼻青脸肿、血迹斑斑……

不一会儿，王明之来了，看到老爷子头上包着纱布，脸上还露出了几处淤血、青斑，正躺在床上哼哼唧唧的，顿时大吃一惊，忙问出了什么事。许仲达愁眉苦脸地说："老爷子从你王处长那儿回来之后，顺道在路上遛弯，结果不知怎么被一伙人给打了。"

王明之气愤地说"这还得了，太无法无天了，你们有没有报警？"

许仲达苦笑着说："我们哪敢报警？这伙人不好惹啊！"

王明之拿出手机打了个电话，不多时间，一个穿着警察制服的人上门来了。王明之说"这是派出所的郭所长，发生了什么事，你们跟他说说。"

老爷子这才装出一副愤怒的样子，说："打我的那几个人都剃着平头，穿着黑汗衫，领头的那个，长得特别黑。"

郭所长点点头，说"那是老黑他们一伙混混。"

王明之认真地对郭所长说："老爷子可不是一般人，你必须严肃处理，一定要让老爷子满意！"郭所长连连点头，说："放心吧，明天一定给大家消息。"

第二天中午，郭所长打来电话，

叫老爷子去认人。老爷子在许仲达的搀扶下，来到了派出所。一个房间里，一溜儿站着十几个人，经过暗中辨认，老爷子认出了闯进酒店抢走周东成的那几个人，他跟郭所长一说，郭所长说："果然是他们，得，你们先回去吧，这事我来处理。"

出了门后，许仲达有点后怕，说："爹，你让我说是从王处长那里回来的路上被那伙人打了，这可是报假案，你就不怕警察追查？"

老爷子"哼"了一声，说："这些小混混，每个人身上都有案子，最怕警察往下挖，打人这点事，是最轻的，他们肯定一口招认，认点罚款，这样就能早点从派出所出来；再说，郭所长也要弄出个结果来，自己有成绩，对王明之也有个交代，怎么会说我报假案呢？"

许仲达明白了，老爷子这招是借刀杀人，收拾了何道的小喽啰，接下来，要对付的就是何道了。

过了不久，郭所长打来电话，对老爷子说："老爷子，那几个小混混都招了，是一个叫何道的人的手下。您看是关他们几天，还是让他们赔您一点钱，再放了他们？"

老爷子连忙说："不！既不要关他们，也不要罚他们的钱，麻烦你亲自把这伙人送到他们老板那儿去，让那姓何的好好管管他们！"

郭所长不敢怠慢，亲自押着老黑和几个混混，来到何道的办公室，指指老黑他们，问何道："这几个是你手下？我告诉你，好好约束你的下属，遵纪守法，好好做人，不然，有你的好果子吃！"

何道不知郭所长是什么来头，就盯着老黑看，老黑一个劲地朝何道眨眼睛，暗示郭所长来头不小。何道这才心领神会，俯首帖耳地接受郭所长的训斥。

郭所长刚走，何道连忙问老黑实情，老黑喘了一口气，说："老板，这姓许的能耐不小啊，连派出所里都能搭上关系。"

何道一听，不禁皱起了眉头，这两天他把周东成请了来，费尽心机好好招待不说，还再三提高价码，好话说尽，但周东成就是不肯在合同上签字，想不到现在连警察都牵扯进来了。这时，桌上的电话又响了，何道一接听，是许仲达打来的，许仲达一边打着哈哈，一边说："何老板，刚才我跟公安局的朋友一起喝酒，学到了一个词叫'非法拘禁'，觉得这个对你非常重要，就想告诉你。你现在忙不忙？要不，我跟你细细说说？你要是识相的话，赶紧把周老板送到我说的酒店来，二保会在那里接他，不然，可别怪我没提醒过你呀，哈哈哈……"何道一听，急得冷汗都冒了出来，他挂了电话，挥挥手，让老黑把周东成送到许仲达安排的那家酒店。唉，这

满世界赚钱的机会多着呢，何必要蹚这浑水呢？

姓许的，算你狠，老子认栽啦！

5. 机关算尽

许仲达又见到周东成，好不开心，想不到周东成却无精打采的，许仲达关切地问："周老板，看你精神不济，莫不是这两天姓何的亏待你了？"

周东成摇摇头，说："那倒不是，只是这些天过得心惊肉跳的，这单生意我不想做了，想回云南了。"

许仲达一听就急了，说："周老板，那何道不是个东西，我可是正儿八经做生意的，你要是不信，晚上我让你见两个人。"

周东成摇摇头，说："天知道他们是什么人，现在谁是谁都把我给搞糊涂了。"

许仲达笑着说："别的人能冒充，这两个人可是谁都冒充不了的，一个是电视上经常露脸的，还有一个是专克骗子的；再说老爷子到时候也在，别人就算了，老爷子你还信不过吗？"

这一说像是让周东成动了心，他说："那好，看在老爷子的份上，晚上就见见你这两位朋友吧。"

许仲达马上在酒店订了一桌高规格的酒席，然后打电话让老爷子约了王明之和郭所长，还是老爷子面子

大，这两人一请就准时到了，一分钟也没拖延。许仲达把王明之、郭所长一一介绍给周东成，大家客客气气地寒暄了几句，交换了名片，一番觥筹交错后，注意力不知不觉又转到了老爷子身上，说起阴阳命理，老爷子转眼间又摆出了一副仙风道骨、世外高人的架势，说："既然大家都乐于此道，那我现在就为各位占上一卦，以助酒兴。"

众人一听，连声叫好。

老爷子从口袋中掏出一片龟甲和三枚铜钱，放在王明之跟前，说："首卦，请王处长先来。"王明之接过龟甲，放上铜钱，用手捂着，使劲摇了几摇，再将铜钱倒在桌上。老爷子笑吟吟地看看桌上的铜钱，朝王明之看了看，说："王处长，这卦象我回头再给你解释，让郭所长也来一卦吧。"

郭所长笑嘻嘻地接过龟甲，学着王明之的样子摇了摇，倒出铜钱，老爷子看了，禁不住皱了皱眉头，又把龟甲送到周东成跟前，说："卦象过会再解，请周老板也来一卦。"

周东成依样画葫芦，也摇了一卦，然后紧张地看着老爷子。老爷子看看桌上的铜钱，眉头舒展开了，说"此卦大吉！恭喜周老板，这是三卦里最好的一卦，主周老板生意发达，财源滚滚。卦上说今年你诸事顺利，胆子再大些，办法再多点，趁着鸿运当头，大发鸿财！"

周东成听了好不开心，再看旁边的王明之和郭所长，却是一副忧心忡忡的样子，便知他们等着老爷子解卦，自己在旁边有些不便，便对许仲达说："我们还是出去谈谈生意上的事情吧。"

许仲达点头称是，王明之和郭所长也巴不得他们快走，连忙和周东成握手道别。

许仲达和周东成一起回到酒店房间，周东成说："许老板，这回我是彻底信你了。这笔生意，就按我们说好的办吧！"

许仲达连忙拿出合同文本和图章印泥，两人立即签好了合同，接着，许仲达当场填好支票，周东成也将银行保险柜的提取证明和密码交给了许仲达。

许仲达找了个借口出了房间，立即找到守候在另一个房间的二保，将周东成交付的银行保险柜提取证明和密码给了二保。许仲达的谋划十分周密：明天早上先要找个由头拖住周东成，不能让他急着去银行，与此同时，派二保在银行开门营业时凭保险柜的提取证明和密码，将货提取出来，然后直接运到外地仓库，等风头过后再找机会出手。这样一来，等周东成到银行后发现那是一张空头支票，再回来找他许仲达，他们父子早就远走高飞了，不过，周东成肯定找得到王明之和郭所长，虽说这两个人并不知道自己和老爷子的底细，但也要想办法封住他们的嘴巴，于是，许仲达离开了二保的房间后，马上拿出手机，给老爷子打了个电话。

老爷子没有接电话，但过了不久就打了过来，估计是避开了王明之和郭所长。老爷子在电话里得意地说："这两个家伙一个比一个贪，无关痛痒地敲打他们几下，他们就吓了个半死。看来，他们贪的钱财还真不少，我这一吓唬，再借给他们几个胆子，他们也不敢胡言乱语、招惹我们了……你上来一起喝酒吧。"

许仲达听了大喜，连忙赶到刚才的包间，一看，王明之和郭所长正毕恭毕敬地向老爷子敬酒，他们见了许仲达，连忙拉他过来坐下，王明之说："来得正好，这酒还有大半瓶呢！"

几个人吆五喝六吃得好不过瘾，一瓶白酒很快见了底，许仲达意犹未尽，又要了瓶高度的，眼看这瓶又要喝完，许仲达正要再叫服务员去拿，这时，房门突然开了，一下拥进一群警察，领头的那个，竟然是刚刚签下合同的周东成，许仲达的手下二保，耷拉着脑袋站在旁边。

此刻，周东成已经换了一身警服，他笑眯眯地说："各位，我又回来了。"

王明之惊得从位子上跳起来，本来通红的脸一下变得煞白，说"这是怎么回事？我是政府官员，这里的一切与我无关，我、我有事先走了……"

郭所长跟着也站起来，说："这里发生的事也跟我无关，你们是哪里的警察？我怎么没见过你们？"

周东成掏出警官证，说："我们是云南省公安厅的，是来这里办案的，已经跟你们当地的公安部门联系过了。你们都别走，是不是与案件无关，自己说了不算。"

原来，前段时间，周东成警官接连受理了好几起案子，报案人都是被人以谈生意为名骗走了钱财货物，损失巨大，而案发地均在同一城市。于是，周东成和当地一家玉器公司密切配合，专门为这家公司制作了网站，当然，网站上的法人代表换成了周东成，又借了这家公司的一些玉器，用这些玉器作为诱饵，钓出了许仲达和何道这两个诈骗团伙。

这时，许仲达叫了起来："你凭什么说我诈骗？我用支票买你们的玉器，有什么错？"

周东成冷冷一笑，说："你给我的那张支票，不用说，肯定是张空头支票。虽然这次你们诈骗未遂，但你在这张支票上留下的指纹和笔迹，我们刚才已经进行了比对，与我们案底中的一些笔迹、指纹完全一致。"

王明之听到这里，一会儿指着许仲达，一会儿指着老爷子，气得声音都变了："原、原来……你们全是骗子啊，上当啊，我上了你们的大当！"

这时，又有两个人走进了包间，他们是当地纪委的。其实，王明之的问题，远远不是轻信骗子这么简单，有关领导在接到了周东成的案情通报后，便决定一起行动，对王明之实施"双规"。

王明之被带走后，周东成又笑眯眯地对老爷子说："还别说，你的卦也不算全是胡说，你刚才给我算了个大吉卦，果然，我旗开得胜，破了案子；你给他们俩算了个倒霉卦，果然，他们就倒霉了，哈哈哈……"

老爷子听了，垂着脑袋，说不出一句话来。不是吗，老爷子出马，马失前蹄，还有什么可说的？

（题图、插图：杨宏富）

最想感谢的人

□ 张维超

茵茵的白血病到了危险期，医生说她剩下的日子不多了。妈妈忍着泪问孩子最想要什么，茵茵回答说，她现在最想的是当面感谢一个人。

妈妈觉得很奇怪：都这个时候了，女儿却什么东西都不想要，只是想当面感谢一个人，这是为什么？她要感谢的又是谁呢？

知道了茵茵的病情后，很多人都来看望她。

茵茵所在小学的老师和同学们来了，茵茵努力撑动着双臂，想坐起身来，但没能成功，只好依然躺着，她淡淡地笑着，对老师和同学们说"谢谢。"

校外辅导班的美术老师来了，茵茵勉强微笑着对他说："谢谢。"

随后，茵茵的钢琴老师来了，舞蹈老师也来了，茵茵仍是勉强微笑着对他们说："谢谢。"

好像该来的人都来过了，但是很显然，茵茵要感谢的不是他们。妈妈伏在女儿的耳边轻轻地问："茵子，你……你想感谢的人是谁呢？"

茵茵满脸倦容，她眼中溢出了盈盈泪水，说："妈妈，我好想见见中彦表哥。"

妈妈一听大吃一惊，什么？难道侄儿中彦竟然是自己女儿弥留之际一心要想感谢的人？妈妈想起来了，半年前，在国外留学的侄儿回国探亲，来家里坐了一个多小时，好像那是个星期天，茵茵要上校外辅导班。当时，侄儿正要告辞离去了，自己就要他顺道送送表妹呢。现在，就在茵茵即将离开这个世界的时候，她突然提起这事，妈妈觉得有点儿不可思议，侄儿很小就出国留学了，平时这对表兄妹难得见上一面，应该说不是太熟悉，她有什么值得要当面感谢他的呢？可女儿病成这样，随时都可能离开人世，妈妈只想满足她最后的心愿，便没再多问，只是说："孩子，你表哥在国外，我马上打电话过去，尽量让他快点儿回来。"

茵茵点点头，说："我就想当面谢谢中彦表哥。"说完这话，她就再也不开口了，守着那飘飘悠悠的一丝气息，不时地睁睁眼，望着病房门外。

两天后，中彦真的赶了回来，茵茵见了他，居然双手一撑，使劲坐了起来，她让所有的人都离开病房，只留下了表哥一人，然后，房门轻轻掩上了，表兄妹俩在房里窃窃私语着……

中彦在病房里呆了十多分钟，他走出来时，茵茵的妈妈疾步上前，悄悄地问："她要感谢你什么？"

中彦还没开口，早已泪流满面，他泣不成声，很长时间后才止住了哭声，说："那天，我送她去辅导班，路上交谈中，发现她的生活那么枯燥，学校里的学习已经那么辛苦了，还要去学什么舞蹈、钢琴、美术。我劝她给自己放一天假，我还陪她玩了一天，表妹说，那是她一生中最快乐的一天，而这天，是我给她的，所以她要当面谢谢我。"

妈妈泪如泉涌，赶忙跑进病房，她悔啊，她要去向孩子道歉，是她用舞蹈、钢琴、美术填满了孩子的休息日，让她从蹒跚学步开始，就没有自由自在地玩过一天。

妈妈来到了茵茵的床前，这时，茵茵已经安详地闭上了双眼，永远离开了这个世界……

（题图、插图：安玉民　梁　丽）

圣诞礼物

有个法国小女孩，很小的时候父亲就去世了，家境贫寒。

在一个平安夜里，女孩脱掉她的小鞋准备上床睡觉，但她想了想后，又把鞋子放在烟囱旁边的地上，她满怀希望地问母亲："妈妈，圣诞老人今晚会到我们家来吗？"母亲听了孩子的话很伤心，她安慰女孩说："孩子，也许圣诞老人今晚会来的。"

外面下起了鹅毛大雪，天地间一片白茫茫，天气非常寒冷。深夜，一只折断羽翼的小鸟从烟囱里掉下来，落入了女孩的鞋里。第二天清晨，女孩起床，看到了落入鞋中的那只小鸟，她拿起小鞋给妈妈看，愉快地说：

"妈妈，圣诞老人没有忘记我。"

一个人心中充满着美好的希望，整个内心世界就将会是无比美丽的，相信这个女孩长大后一定能够获得幸福。　　　　　　　（**编　译**：李剑红）

输和赢

有一个农民，他玩弹弓花样百出，能百步穿杨，他仅用20分24秒就连续击中142个标靶，刷新了15年无人打破的吉尼斯世界纪录。

从此，这个深藏不露的农民一下名扬四海了，天南海北无数弹弓爱好者前来切磋、学艺，其中不乏弹弓高手，然而，每次比试，都是那个农民败下阵来。因为那农民是故意输给他们的，他知道，来的那些人名义上是切磋技艺，实际上都是想赢他，既然想赢，那就让他们赢吧。

有一天，从远方来了一个年轻人，他也是慕名来学习的。起先，那农民也是让他赢，后来经过仔细观察，才发现年轻人是真诚地来求学的。从此，所有的比试都是那农民赢，同时，农民也像遇到了知音，毫无保留，传授绝技，让年轻人获益匪浅。

一个身怀绝技之人，赢，如囊中探物，输，也需要胆识，能赢能输，方是完人。

（**作者**：赵盛基；**推荐者**：张忠辉）

顽石的启示

农场的一个屋子边有块石头，石头的样子挺难看，深陷在土中，还有一部分露出了地面。

有一次，割草机撞在那石头上，碰坏了刀刃，妻子对丈夫说："咱们把它挖出来行不行？"丈夫说不行，说是那块石头早就埋在那儿了。她公公也说不行，公公告诉她听说底下埋得深着哪，她嫁到这里来之前好几代人都住在这里，谁也没能把它给弄出来。就这样，石头留了下来。

她的孩子出生了，长大了，独立了。她公公去世了，后来，她丈夫也去世了。一天，她审视着院子，发现屋子那边怎么看也不顺眼，就因为那块石头，护着一堆杂草，像是绿草地上的一块疮疤。

她拿起铁锹，振奋精神，打算哪怕干上一天，也要把石头挖出来。让她惊讶的是，才挖了没多久，那石头就被掀起来了，连她这么个上了年纪的老妇人都没花多大力气。原来，那石头埋得很浅，只不过在那里埋得太久了，每一代人都坚信它是不可动摇的，因为前辈都没能挪动它。

其实，阻碍我们去发现、去创造的，仅仅是因为我们的心里或许会有这么一块顽石。

（推荐者：吴勉豪）

生活需要热情

一个侦察连要挑选一名士兵升任中士，入选的士兵必须具备观察、反应、想象等各方面的综合能力。候选人员有三名：甲、乙、丙。

面试这天，首先被叫进场的是甲。考官手指着一英里外的一座小山，问甲能否看到那座山，甲回答能看到；考官接着又问能否看见山上的无线电天线，甲又回答能看到；考官继续问道："你能看见蹲在天线上的那只小鸟吗？"

甲不禁愣了，因为那根天线的距离在一英里之外，如果不借助望远镜，是无法看清一只小鸟的。

接着，考官以相同的内容考查了乙，乙像甲一样，同样沮丧地回答不能看见蹲在天线上的那只小鸟。

接下来轮到丙了，问题是相同的，最后，考官又问："你能看见蹲在天线上的那只小鸟吗？"丙以满腔的热情答道："看不见，长官，但是我能听见它在唱歌。"

（编译：庞启帆；推荐者：唐育铮）

（本栏插图：安玉民　梁　丽）

学写作文，
从读故事开始

阿P撞车

□ 程世清

阿P辛辛苦苦踩了几年三轮车，赚了点钱，就在旧车市场买了一辆二手货车。他心里很得意，有了这辆车，以后的生意就一定会上一个台阶了。

阿P趾高气扬地将车开回家，停好车，就去隔壁邻居大李家。大李是开出租车的，开车经验丰富，阿P希望讨教点经验。

大李也不保守，一二三四说了注意的几条，最后又特别加了一条："阿P，常在河边走，哪有不湿脚？天天开车，偶尔跟人家来点小碰撞，这不稀奇，但你无论如何要记得把损失降到最低！"

两人聊了一通，阿P觉得受益匪浅，连连点头："师傅，我记住了。"

这天，阿P接到一单活，替一家公司拉家具。车子开到一个十字路口，眼见绿灯马上就要变红灯，阿P一踩刹车减速，可这一脚踩下去，他立马知道坏事了，车子并没有慢下来的意思，刹车失灵，阿P的货车一个劲地朝前撞去。眼看就要追尾，而且肯定要负全责，就在这时，阿P反应出奇的快，他马上想到大李说的那句话——"把损失降到最低"，他眼光飞速往旁边一闪，说时迟，那时快，猛然一打方向盘，只听"砰、砰"几声响，阿P的货车已经避开前面的小车，撞向另一车道上停着的一辆小货车，小货车立马被掀翻了……

所幸阿P的车速还不算快，货车上的司机没有受伤，那人清醒过来，爬出车来，大声骂道"你是不是有病啊，有你这样开车的吗？"

阿P只得赔着笑，说"真是对不起了，我不是故意的，车子刹车失灵了，停不下来。"

司机看了阿 P 一眼，又看了看停在前面的车子，火气更大了："就算刹车失灵，要撞也是撞前面的车子，有你这样变道撞的吗？我跟你无冤无仇，你这不是跟我过不去吗？"

交警很快赶来了，一看阿 P 这样的撞法，也觉得很奇怪，问："你到底想干什么？为什么这样撞？"

阿 P 脸涨得通红，好半天才吞吞吐吐说出实情："因为我前面是一辆奔驰，要是撞了它，我就是房子卖掉也赔不起啊！"货车司机一听，气愤地问："什么，敢情我开的是货车，你就敢撞？"

原来那天大李介绍经验，最后一条就是——万一撞车，千万要避开昂贵的车子，有选择的话，宁愿去撞便宜一点的车，这就是"把损失降到最低"的撞车法，今天阿 P 活学活用，这才避开了价格不菲的奔驰，而撞向了小货车。

警察知道原委后哭笑不得，他正要开事故单，货车司机对着警察耳语几句，警察神情立刻大变，连忙指挥两辆车开向交警大队。

到了交警大队的院子，刚走下车，警察无奈地对阿 P 说："这次你是闯大祸了……"正要接着说下去，忽然看见一个身材偏胖的中年人冲过来，他打开小货车，抬出里面一只箱子，掀开盖子，一看，里面是一堆碎瓷片。中年人大叫一声："天啊，还没拉到家呢，一百多万就没了！"

阿 P 吃了一惊，脸色一变，急忙问："什么，一百多万？敲诈是犯法的！"

小货车的司机狠狠地说："敲诈？这个古董瓶子是我们张老板在拍卖行拍的，他怕招摇，才用小货车运的。"

阿 P 听了这话，脑袋一阵眩晕，顿时倒在地上……

醒来的时候，已经是第二天早晨，阿 P 发现自己躺在医院里，妻子小兰正坐在床前流泪。一见小兰，阿 P 就想起撞车的事，叹息道："我只想将损失降到最低，哪知道车上装的是一件古董，这下可不是天塌了？"

小兰眼中的泪又流了下来，但她还是安慰说："现在你已病了，就别想那么多了。只要人还在，总会有办法的，大不了我们这辈子慢慢挣钱来赔。"说罢，小兰让阿 P 在床上躺着别动，她出去买些吃的回来。

"慢慢挣钱来赔"，这话说说容易做起来难啊，一百多万，什么时候还得了？阿 P 只觉得万念俱灰，脑里昏沉沉的，他挣扎着下了床，不知不觉出了病房，往楼上走去。

走了一级又一级，走了一层又一层，最后，阿 P 来到了楼顶，他正要往下跳，猛地听见一声惊叫："阿 P，你别干傻事啊！"原来，小兰刚买了吃的东西回来，看到阿P站在楼顶，顿时惊叫起来。

阿P大声叫道："小兰，是我害了你，我不想再活了。"

小兰慌了，一下子冲到楼下，叫道："你不能跳啊，难道你想跳下来将我也砸死吗？"真是知夫莫若妻呀，小兰知道阿P心肠好，他绝不愿意自己跳下楼时把老婆也砸死的，果然，阿P真不知道怎么办了，眼见小兰正站在自己的下方，说不定这一跳下去真会砸上她，他一心想寻死，却不想害了小兰，一时之间，阿P手足无措了。

就在这僵持的时候，几辆小车开来，停在大楼前，从车里走出几个警

· 多重性格 憨态可掬 ·

察，还有那个张老板，张老板对着楼上大声叫道："小伙子，你别跳，你撞坏的东西根本不值钱，不要想不开啊！"

阿P一看古董瓶子的主人来了，叫道："对不起，张老板，我赔不起你的古董，只好以死谢罪了。"

张老板又叫道："我没有骗你，那只古董瓶子是假的，根本不值钱。"一旁的警察也跟着解释，原来，这是一个仿造得十分逼真的假古董，加上有"专家"的鉴定证书，于是就在拍卖行拍了个好价钱。谁知昨天古董被撞坏，张老板收拾碎片时，突然在瓷片上发现了作假的疑点，于是就报了警。现在事实已经查清，骗子和做托的"专家"也被控制了。

阿P听到这些，喜从天降，他从楼顶下来，张老板上前握住他的手，连声说道："我自认为眼力不错，但这次还是走了眼，要不是那瓶子被你无意中撞碎，直到现在还被蒙在鼓里，我真的要好好谢谢你，至于你那辆撞坏的车子，放心吧，我会替你修好的。"

想到刚才从鬼门关前走了一趟，阿P禁不住冒出一身冷汗，再一想，自己这一撞竟然破了一起大案，阿P不由乐坏了，咧开嘴一阵傻笑，哈哈，那些"鉴定专家"也败在我的手下啦……

（题图、插图：顾子易）

不要离了那双手

□ 袁炳发

昨晚丈夫和妻子又吵了，吵架的原因很简单，是因为妻子的那双手。

当时妻子在厨房洗碗，丈夫走到了她的身后，灯光下，他的目光落在妻子的手上：这是一双什么手呀，手背皮肤松弛，没有光泽，而且手指也变形了，指关节处还有硬皮。丈夫走上前去，捧起了妻子的双手，说"手，是女人的第二张脸，你看看自己的手，我们结婚刚十年，曾经那么美丽的一双手，怎么会变成这个样了？悲哀啊……"

妻子听了丈夫的话，怔怔地看了他半天，说："不变成这样，那每天擦地、擦窗、洗衣、做饭，这些活你干呀？"丈夫说："那你至少也要讲究一下护理嘛！"妻子显然很生气，说是她生来就不是富贵手，不想穷讲究。

就这样，两人不可避免地吵了起来。

几天后，丈夫给妻子买了胶皮手套，嘱咐她洗刷时戴上，他还到超市选了性能温和的清洁剂，让妻子的手少受些化学成份的侵害。

有一天，他让妻子坐到身边，给她背诵起在网上搜来的保护手部皮肤的方法：双手轻轻相互拍打，从小臂一直打到指尖，反复做五遍；五指分开，手指肚对着手指肚，略微用力对顶，反复做十遍……一会儿，丈夫发现妻子坐在那儿睡着了。

更让丈夫愤怒的是，几天后，他给妻子买的那双胶皮手套，竟然被扔进了垃圾桶。他问她这是为什么，她说用不惯。

就这样，他一句她一句，两人又吵了起来，吵到最后，妻子竟然双眼喷火，伸出她那粗糙的手，打了丈夫一个大嘴巴，嘴里还嚷嚷着"让你嫌弃我这手，看打你好使不！"

这巴掌打得丈夫耳鸣眼花，他摸着被打后火辣辣的面颊，瞪着妻子，嚷着"妈的，够了，这日子不能过了，明天和你离婚！"妻子顶嘴道："不过就不过，明天离婚！"

第二天，他们打了一辆出租车，去离婚。

丈夫坐在副驾驶位上，妻子坐在后面。出租车在等红灯时，司机掏出烟盒，抽出一支烟吸着后，顺手就把空烟盒扔到了车窗外的马路上。丈夫心里本来有气，看着就不顺眼，对司机说："师傅，你能不能维护一下公共环境，大家都像你那么扔，这马路不成垃圾山了吗？"

司机听了，侧过脸，看了看他，说："大哥，你有病吗？"

司机的话音刚落，妻子就从后面"咣"的一拳，打到司机的后背上，声色俱厉地对司机说："你才有病呢！你这种行为还不让人说吗？"司机毫无防备，被打得"吭哧"一声，回头一看，见是个女人，又看了看丈夫，不但没怒，反而笑着对丈夫说："大哥，这是嫂子吧？真猛，你在家没少受苦吧？"

丈夫苦笑着说："兄弟，还真让你说对了，我们这就是去离婚。"

司机听后一脸疑惑，说："不会吧？大哥，可别身在福中不知福，嫂子多好啊，眼看着要去离婚了，还帮着你打我一拳呢。"丈夫听了，白了司机一眼，说："这你就甭操心了！"

一会儿，两人办了离婚手续，走出民政局时，见那出租车司机还没走，那司机冲着女的说："嫂子，真离婚了吗？女人不易呀，来，我免费送你一程！"她听了，揉了揉眼窝，竟然真的走向了那辆出租车……

半年后，她打来了电话，主动约原先的丈夫吃一次饭。吃饭时，她说，她马上要结婚，对方就是那个出租车司机。他听后，吃惊得嘴巴张开半天没有合上。

她说，那天坐他出租车去离婚时，他妻子已病逝一年了。

"他说过为什么要娶你吗？"

她一脸自豪地说："说了，他说喜欢我的手——勤劳、勇敢。"

原先的丈夫听后，一句话也说不出来……

（题图：安玉民 梁 丽）

红版编辑部各编辑邮箱：

姚自豪：yaobianji@126.com;
吕 佳：lujia411@yahoo.com.cn;
叶小萌：xiaomeng.ye@gmail.com;
李天然：chin_poet@163.com。

红娘再世

□ 石高杰

周大伟三十多岁了还没找到对象，这天，他来到了一家婚姻介绍所，婚介所的李老板说，要想尽快找到一个好媳妇，最好花一千块钱，办个"金卡会员"。周大伟动心了，可一翻钱包，钱不够，还好，婚介所楼下就是银行，只是那里人很多，周大伟足足等了一个多小时，这才取到了钱，去婚介所办了会员卡。

一个多星期后，周大伟又来了，

他抱怨婚介所介绍的两个女子都不太理想，李老板劝他上一个台阶——白金会员，周大伟咬咬牙，又去银行排了一个多小时的队，取出两千块钱，升级到了"白金会员"。

没过多久，周大伟又找来了，他对李老板说，成为白金会员后，婚介所介绍的对象还是不理想，于是李老板劝他再交三千块钱，升级到"钻石会员"。周大伟心一横，说："好，我听你的，我要是找到了满意的对象，一定敲锣打鼓给你送锦旗！"

三个月后，周大伟如愿以偿，他没有食言，请了锣鼓队，带着女朋友，敲锣打鼓地来到了婚介所的楼下。

李老板听到动静，急忙下楼迎接。这时，大街上看热闹的人山人海，周大伟把一面锦旗送给了李老板，上面绣的是"一心为钱"，李老板一看，好不尴尬；接着，周大伟又打开了另一面锦旗，上面绣的是"红娘再世"，说是要送给银行，李老板和满大街的人一看全傻了，说银行是"红娘再世"，这哪跟哪呀？

周大伟笑着说："我每次来这家银行取钱，都要排一个多小时的队，我和女友就是在这里排队时认识的，送银行一面'红娘再世'的锦旗，合情合理呀！"

要命的误会

□ 李 吟

老赵自从妻子病故后一直没有再婚。这天，一位铁哥们逼着他去相亲，老赵心里虽不大情愿，为了不辜负好友的一片苦心，便开车去了。

正在路上呢，手机突然响了，是局长打来的。局长说他要下乡，叫老赵快点赶回局里，有点事要交代一下。老赵说他正去相亲，需要耽误一小时，请局长大人开恩。这是好事啊，局长当然答应了。

相亲完后，回来的路上，老赵遇上了一个女人，她提着两袋米，很吃力的样子，正气喘吁吁地走着。

老赵认识那女人，她叫罗菊，是局长的前妻，只因相貌平平，左腿还有点瘸，局长和她离了婚，她和女儿住在一起。罗菊见了老赵，就像见了救星一样，喊了起来："赵师傅，请你帮个忙，送我到家里好吗？"

这还有什么好说的？老赵当即开车将罗菊送回家，又把大米扛上了楼，忙完了，刚走下楼，忽然看见开来一辆车，从车里钻出个人来，老赵一看，傻了，来人竟是局长！

老赵见了局长，好不尴尬，他连忙解释说："局……局长，其……其实我相亲很快就回来了，路上正好遇见罗菊……"

局长没等老赵说完，怪异地一笑，说："不要撒谎，我都看到了。说实话，罗菊除了文化低些，脚有些残，别的都好，是个善良的女人。"

老赵急得跳了起来："局长，你误会了！"

局长严肃地说："老赵，你我都不是小孩子，我为你们感到高兴呢！既然你在这儿，我也就不上楼了，你再帮个忙，把我女儿这个月的生活费捎给罗菊吧！"

老赵彻底傻眼了……

最贵的画

□ 安广禄

最近，田园在市美术馆举办了个人画展，吸引了众多的观众前来观看。

这天上午，美术馆里来了一男一女两位老人，一看就是地地道道的关中农民。

一开始，田园没把两个农民和自己的画连在一起，以为老人逛商店时走错了门，顺道就闯进美术馆了，可万万没有想到两位老人走到他的画前，不但逐一观看，而且还指指点点，似乎在评论着他的画。

真人不露相，莫非这两位老人是

世外高人？出于好奇，田园悄悄来到老人身后，想听听他们对自己画作的评论。这时，老头儿来到一幅画前，用手指点着，对老伴儿说"咱们看了老半天，要我说，就这幅画最值钱！"老太太听罢，一边不住地点头，一边连声说道："就是，就是。"

老汉所指的那幅画名叫《田园风光》，画面上是一望无际的草原，草原上是成群的牛正在悠闲地吃着草，一个七八岁的男孩骑在牛背上，神态悠闲地吹着牧笛。

在这次画展中，这画确实是田园最为得意的作品，嗨，果然是深藏不露的高手哇！

于是，田园来到老人身边，先是打了个招呼，然后怀着寻觅知音的心情问道："老先生以为这幅画贵在何处？"

"你怎么连这个道理都不懂？"老人不知道田园就是这次画展的主人，语气中明显带着不屑，"这间房子里挂了这么多画，其余的都只有山水、花草、人物什么的，只有这画上有数不清的牛。"

田园大惑不解："可这牛和画的价值有关系吗？"

"怎么没有？"老人似乎更加生气了，"现在市场上一斤酱牛肉四十多块钱，一头牛少说也在三四百斤，这幅画上又有这么多的牛，它能不值钱吗？"

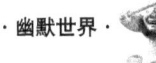

意大利特浓

□ 乌 加

杨光这人，爱虚荣，崇尚品牌。有时，为了显示自己很有品位，格调不俗，还爱鸡蛋里挑骨头，找个茬，摆摆谱。

一天，杨光到楼下新开的一家咖啡店去喝咖啡，点了杯"意大利特浓"。服务生端来，他尝了一口，立即皱起眉头："你这咖啡不对呀，味道怎么这么淡？唉，小店就是不靠谱，干事不用心，好咖啡也煮不出好味道，和星巴克就是不能比。"接着，他瞪了服务生一眼："去，给我换一杯，这次好好煮哦！"

服务生被唬住了，唯唯诺诺地端走了咖啡。过了一会儿，服务生又端来一杯，杨光一尝，脸上露出了满意之色："嗯，这回就好多了嘛。"

过几天，杨光听朋友说了一个笑话：楼下那家咖啡店碰到一个挑剔的

顾客，给他一杯正宗的意大利特浓，他却嫌淡，于是，老板在原来那杯咖啡里添了两勺速溶咖啡，速溶是浓缩的，多苦啊，再端回去，就搞定了那家伙。

杨光一听，感觉是在说他，于是深受打击，从此心里有了芥蒂。那一天，他又去了那家咖啡店，不免忐忑不安起来，心想：这家店里的人记得我了，知道我是重口味，这次肯定又是用两勺速溶来对付我。杨光打死都不愿让人看不起，哼，别以为能随便糊弄过去，不，不能让他们得逞！

杨光又要了一杯意大利特浓，等服务生端来，他抿了一口，就先发制人："这咖啡味道咋这么重啊？你们是不是往里面加速溶了？真不像话！去去，给我换一杯原味的。"服务生再次瞠目结舌，端走了……

过了一会儿，服务生又把咖啡端来了，杨光心情好多了，喝了一口，十分惬意地说："啊，谢天谢地，终于喝

到味道纯正的咖啡了！"接着，他还不忘对着服务生指责一番："怎么搞的，每回都要搞出花样，这么折腾有劲吗？踏踏实实做人、做事，多好！"

三天后，杨光又听到一个笑话，这次，那家伙又要了一杯意大利特浓，人家照常端上一杯原味的，谁知那家伙竟然又嫌味重，真是难伺候。老板一气之下，倒掉半杯，再加半杯热水，结果那家伙却喝得非常满意。

杨光如同当头挨了一棒，眼前一黑，差点晕倒：要是让熟人知道"那家伙"就是我，还有脸活吗？臊死了！自此之后，杨光内心严重挫伤，决定再也不去那家咖啡店了。

可是，躲得了咖啡店，躲不过朋友。这天下午，朋友打来电话，叫他去喝咖啡，偏偏就是那家店，盛情难却，杨光只得硬着头皮去了。

到了店里，杨光就感到服务生的眼神全有点异样，似笑非笑，好像还窃窃私语地在议论他。杨光一阵腿软，心里就更虚了。朋友要了两杯意大利特浓，一端上来，朋友就尝了一口，赞道："不错，味道很正。"杨光也跟着尝了一口，却觉得不对劲：怎么这么甜？还有别的什么味，可尽管满腹狐疑，嘴上却表示赞同："嗯，味是很纯正，这家店我很熟的。"

不料，第二天，杨光又听到有人在说笑话了：那家伙又去喝咖啡了，这次倒没找茬，还表扬了一番，可他哪里知道，这家店的老板可不好惹，早已将他视为无理取闹的不良顾客，上了黑名单。这次服务生给他端上去的根本不是咖啡，是什么？老板给儿子买的止咳糖浆！

（本栏题图、插图：顾子易　包丰一）

·本刊信息传真·

阿P系列幽默故事征文

阿P系列幽默故事栏目开辟二十多年来，深受读者欢迎。阿P是个有多重性格的喜剧人物，他正直、朴实，却又染有许多不良习气；他自作聪明，却又往往事与愿违，弄巧成拙；面对屡屡受挫的现实，他却能自我解嘲，很有点阿Q的精神姿态，让人啼笑皆非。

为了把这个栏目办得更好，本刊再次面向全社会征稿。

来稿方法：1. 从邮局寄发，请在信封上注明"阿P故事征文"字样，本刊地址：上海市绍兴路74号《故事会》杂志社，邮编：200020。2. 从网上传递，可寄以下信箱：wulun@vip.sohu.net，请在主题上注明"阿P故事征文"字样。凡已和我刊编辑有联系的作者，稿件可继续投给联系的编辑。

493

2011
SEMIMONTHLY
下半月刊

8月

STORIES

欢迎登录本刊主办的"故事中国网"(www.storychina.cn)

故事会
STORIES

2011 年 8 月
下半月刊·绿版

何承伟：社　长、主　编

夏一鸣：副社长

吴　伦：常务副主编(兼绿版负责人)

姚自豪：副主编(兼红版负责人)

本期责任编辑：朱　虹

电子邮箱：zhong98305@sina.com

绿版发稿编辑：

颜轶超　黄美舟　刘迎曦

美术编辑：李宝强

电脑制作：郭瑾玮

本社办公室电话：021-64375030

上半月刊编辑部电话：021-64332325

下半月刊编辑部电话：021-64336469

(上海市绍兴路 74 号 邮编：200020)

主管、主办：上海文艺出版(集团)有限公司

出版单位：《故事会》编辑部

发行范围：公开

制作、发行总监：张　凯

电话：021-64313938

广告业务：上海故事会文化传媒有限公司

广告总监：张　淮

广告业务：021-34010383

广告投诉：021-64333738

广告经营许可证

沪工商广字 3100320080016 号

发行：中国图书进出口上海公司

吃粥

妈妈想减肥，于是晚饭只煮了一锅杂粮粥。

爸爸和儿子不满地问："晚上就吃这个？"妈妈点点头，说："多健康呀，多吃杂粮有利于消化。"儿子听了，撅起了小嘴。

爸爸见状，拉过儿子说："凑合着吃吧，你边看动画片边吃，我呢，边打游戏边吃。"

儿子想了想，问道："那妈妈呢？电视机和电脑都被咱俩占了。"

爸爸不假思索地答道："你妈边称体重边吃。"

(焦淳朴)

(本栏插图：包丰一)

点　名

这天，小孙去驾校上课。老师点名时只念学号，学员举手报到。"1号！"有人举手。"2号！"有人举手……"119号！119号！119号来了没有？"见没人举手，老师幽默了一下，说，"这人救火去了。"

班上学员大笑。紧接着，老师叫120号也没人回应。这时，小孙脱口而出："这人救人去了。"

(谢小英)

病情加重

有个男人每次上街，总怀疑有人跟踪他，心理压力越来越大，到最后他只好去看心理医生。医生微笑着对他说："当你觉得有人跟踪你时，你就扭头确认一下，这样就能消除你的疑虑，你的病也会很快好起来。"

谁知一星期后，男人又来复诊了，他沮丧地对心理医生说："我按照你说的去做了，可是却把脖子扭伤了！"

(蓬安)

表 妹

小王第一天到公司上班，发现办公室里经常有人喊："表妹，来一下。"这时，一个漂亮的女孩就会跑过来。

小王很奇怪，就悄悄问那女孩："他们都喊你表妹，不会是都和你有亲戚关系吧？"

女孩听了，"咯咯"一笑说："才不是呢。我的工作是制作各种表格，不知道谁那么损，就叫开了。"

小王想了想，顿时恍然大悟：表妹，表妹，制作表格的漂亮美眉。

（邵 庄）

洗袜子

妈妈下班回到家，发现大儿子和小儿子都挤在卫生间里。妈妈好奇地问："你们俩在干什么？"

小儿子指了指手上带着肥皂泡的袜子，说："妈妈，我在帮哥哥洗袜子呢。"

妈妈一听，生气地拽着大儿子问："你的脏袜子为什么让弟弟洗？"

大儿子红着脸半天不出声。这时，小儿子解围道"哥哥说夏天快到了，今年夏天我一定要学会游泳。我现在帮哥哥洗臭袜子，可以练习憋气。"

（肃 宁）

生日礼物

这天，领导一进门，大家就齐声喊道："头儿，生日快乐。"领导呵呵笑道："谢谢，有礼物吗？"

小吴笑着说"有，我们联手给您弄了个十字绣，是按照您在香港迪士尼门口照的那张照片绣的。"

领导接过十字绣，赞叹道："真漂亮！真像！"

小吴继续说道："我们大家可都是用了心的。"

领导点点头，又看了看，笑着说"应该是挺过瘾吧，一人扎我这么多针，我怎么觉得我的脸都肿了呢？"

（小 北）

大刘口头禅

大刘是公司的副经理，每次上级来检查，如果不好应付，经理就让他顶在前面。一般情况下，对方总是说"你是经理，怎么连这也不懂？"这时，大刘总是弯着腰点着头说："副的，副的！"时间一长，大刘的口头禅就成了"副的、副的"。

这天，大刘儿子的学校要开家长会，大刘老婆没空，就让大刘过去。大刘是头一次参加，老师没见过他，见他坐在儿子的座位上，便问道："你是刘强的家长？"

大刘立刻点头哈腰道："嗯，副的，副的！"　　（朴淳）

领证

小李和未婚妻到民政局领证。小李排队去领登记申请表，他的未婚妻觉得口渴，就出去买水喝了。

等小李领到申请表一看，要填的内容还挺详细、挺麻烦，幸好旁边有个小伙子热心地给小李当起了参谋，很快就帮助他填好了表格。

小李连连表示感谢，然后把表格递给了工作人员。这时，帮忙填表的小伙子问工作人员："你看我们填的表行不？"

工作人员看了看小伙子，又看了看小李，惊讶地说："你们俩可不行！"　　（宁宁）

运动轨迹

一名运动员立志要成为网球新星，结果半年下来，网球教练摇头劝道："你体能太差，不能打网球。"运动员只好转打篮球。

过了半年，篮球教练告诉他"你对抗能力太差，不能打篮球。"运动员只好转打乒乓球。

又过了半年，乒乓球教练告诉他："你不但体能差、对抗能力差，而且敬业精神太差，不能打乒乓球。"

运动员听后不禁潸然泪下，乒乓球教练于心不忍地对他说："算了，给你指条明路，你还是去踢足球吧。"

（小英）

送礼有因

小张的老婆很爱唠叨，为此小张不胜其烦。这天，小张的表弟到他家玩，看到小张的老婆正拿着一个盒子直乐。表弟凑近一看，见是一盒名牌面膜，他惊讶地说："大哥对你可真好！"

小张的老婆得意地说："是啊，我现在就去试试。"说完，就进了卧室。

表弟见状，好奇地问小张："哥，那面膜可不便宜，你可真舍得啊。"

小张叹了口气，压低声音说："哎，我不就是图个清静嘛，她敷上面膜就不方便说话了。"（钟文翠）

找舒服

玛丽是鞋店的营业员。这天，店里来了一位男顾客，他要9号鞋。玛丽看出他的尺码不对，便微笑着说："先生，您应该穿11号的鞋子。"

男顾客不耐烦地说："你照我说的拿就是了。"玛丽只好拿了一双9号鞋给他，他费了好大力气才把脚挤进鞋子，还没走路，就痛苦得龇牙咧嘴。

玛丽试探着问："先生，要不要换双大点的鞋子？"

男顾客摇摇头，说："不用了。我的工厂破产了，我的房子被没收了，我的老婆和我的朋友私奔了……唯一能让我舒服点的，就是回到家脱掉鞋子的那一刻。"（赵红星）

小码菜

小华和同事去饭店吃火锅。服务员给他们发了个小竹筐，说是用来装蔬菜的，客人能装多少就装多少，但只能装一次。

同事一听来了兴致，拿着小竹筐就去装菜，可过了好一会儿，也没见回来，小华便到取菜处找他。到了那儿一看，只见同事的小竹筐里装满了菠菜、生菜、白菜等十几种蔬菜，足有一尺多高。小华直夸同事本事大。

不料，同事不好意思地笑了笑，说："来咱们单位前，我干过几年建筑活，平时用不着，这回可派上用场了。"（何 月）

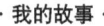

·我的故事·

买 房

□ 刘 超

说起买房，那可是很多老百姓心中的痛，我也不例外。最近我想买套二手房，可一来手头资金有限，二来就怕遇到骗子，所以找了大半年，也没找到合适的。

这天，我在街上走着，无意中发现了一张房屋转让信息单。一看，大小和位置正合适，我试着拨打上面的电话。电话通了，房主说他现在没空陪我看房，但我可以去找房子对面的邻居，他在邻居那儿留有钥匙。

我马上就找了过去。到了转让的房子那里，我敲了敲对面人家的门。开门的是个七八十岁的大爷，听我把来意一说，马上笑呵呵地点头说："行，我去拿钥匙。"

接着，大爷把门打开，领我进了屋。扫了一眼，我就喜欢上了这套房子。正要打电话问房主多少钱时，刚巧就有电话打来，原来是邻居老夏。他在电话中焦急地告诉我，刚才学校老师打电话给他，说他儿子发烧了，

可他和老婆都在乡下赶不过去，问我能否帮个忙，去学校接孩子上医院。

我一听，连声答应，然后匆匆跟大爷解释了几句。大爷一听忙说："那你快去，房子以后再慢慢看也不迟。"

第二天，我联系上房主，他开价是二十五万，这个价钱倒是十分公道。房主笑着说："怎么样？我知道你有诚意要买，也就不和你讨价还价了，报个实在价。"

我一听，也就不好意思还价了，就说得考虑几天。房主爽快地答应了："你可得赶快决定哟，好多人排队等着要呢！"

通完电话，我不由得暗暗心急起来。其实那房子我已经看中了，可自己手头只有十万多，把所有能借到手的也算进来，也不过十五万，离二十

8

五万还差一大截呢。

琢磨了两天，我估计自己无论如何也凑不够二十五万，只好打算放弃了。不料，那个房主却主动给我打电话，问我考虑得怎么样了。

我不好意思地说："这个价确实很便宜，可我实在拿不出二十五万。"

房主想了想，说："这样吧，你可以先付二十万，欠五万，怎么样？"我又惊又喜，这个房主可真够通情达理的，当下一口答应下来，一个星期内一手交钱，一手交房。

接下来，我立马开始筹钱。可我厚着脸皮到处借了几天，回来一清点，却只有十八万。

我决定向单位的同事借点来补齐这个缺口。不料，在办公室一提买房的事，对面的杨大姐却给我介绍起房子来，说有一套二居室，环境十分好，房主因为到省城买房了，急着要转让，价格也不高，二十八万。

再详细一问，我不由愣了。杨大姐说的那套房不正是自己要买的那套吗？可房主对我开价却只有二十五万，而且还主动提议我可以欠五万。

听我把疑惑一说，杨大姐警觉起来："昨天我有个朋友还去问他，已经出到二十七万了，可房主也没答应，说已经被人预订了。这么看来你可得当心点，别钻进人家的套子去。"

我一听，立刻吓出一身冷汗，细细一想，感觉这里面确实有问题。

两天后，房主又打电话来了。我已经有了戒备，推脱说："不好意思，我还是筹不够钱。"

房主考虑了一下，问："十八万有没有？"

我感觉心怦怦乱跳，说："没有。"

"那你现在到底有多少？"房主继续问，"十五万总有吧？先付十五万，余下的三年内付清，怎么样？"

听到这儿，我已经完全确定这是个圈套了，就一口推辞："没有！算了，我不买了，您再找其他人吧。"说罢，我就把电话挂了。

第二天，我下班回家，邻居老夏拿了瓶酒到我家找我喝酒。喝着喝着，老夏说起前几天有个陌生人来找过我，是个七八十岁的老头，拄着根

拐杖。这老头有点古怪，一个劲地和他东拉西扯，打听我的情况。

我一拍大腿，喊道："对了！这老头我见过，八成是个骗子！"

又过了一天，我正在家吃饭，突然有人敲门。打开一瞧，门外站着一个老头，正是那位带我看房的大爷！我愣了半晌，才问："大爷，您找我？"

大爷笑呵呵地说是，我只好硬着头皮请他进屋。大爷一坐下，就从怀里掏出一包用报纸包着的东西，摆在桌上，然后慢条斯理地打开。

我一看，愣了，报纸里包着的竟是厚厚两扎人民币。

大爷和蔼地问："小伙子，你怎么不买那套房子？"我下意识地摇摇头，说："我没有那么多钱。"

大爷指着桌上的钱说："这里有两万，是我攒下来的，你先拿去凑，够不够？不够再想办法。"

我顿时觉得脑子全乱了，搞不清这到底是怎么回事。不过我知道，这件事太奇怪，最好还是不要沾上。

于是，我连忙推辞，说和他非亲非故，不能要他的钱。不料，大爷呵呵一笑，说："以后咱们就是邻居了，怎么会非亲非故？这钱你一定要收下，字条呢，你打也罢，不打也罢。"

我还是坚决不肯要。大爷看看我涨红的脸，说："你一定把我当成骗子了吧？"我没有吭声，算是默认了。

大爷笑着说："你放心，我绝对不会骗人的。"说罢又从怀里摸出一个包，在桌上摊开，"你看，那套房子的证件都在我这儿呢。"

我疑惑地瞪大了眼，问："大爷，原来您才是房主呀？"

"不，我是房主的邻居。"大爷不知咋的，眼眶突然湿润了，说，"我和他做了十几年的邻居，好得就跟亲人一般。平时我一个人住，没少麻烦他照顾我。如今他要搬走了，就跟我说，未来的邻居由我选，只要我有一点不满意，出多少钱他也不会卖。小伙子，说实话，我是看上你啦！"

我听着听着，脑子渐渐清晰起来。大爷拍拍我的肩，说那天看房，邻居有事找我，我为了邻居的事而跑回去，他就给我打了满分。后来他还特地打听过我，知道我跟邻居的关系好得像一家人，跟我这样的人做邻居，错不了！

我猛然明白了，原来房主把价格开得那么低，一再给我优惠，根本不是什么骗局，全是因为邻居大爷选中我做邻居啊！

几个月后，我喜迁新居。老夏在我家喝完喜酒后，依依不舍地拉着我的手说："兄弟，常回家看看哦！"

我也动情地说："以后我的旧房，租给谁卖给谁，由你来定！"

（题图、插图：安玉民 梁 丽）

人哪，还是实诚点好，否则谎话说多了，可是有办法检测出来的哦……

说谎传奇

□ 田 光

有个年轻女孩叫玉莲，她第一次谈恋爱就被一个男人骗了，差点被卖到山里去。从此以后，她一谈恋爱就提心吊胆的，生怕又上当受骗。

最近，玉莲又交了个男朋友，男友天天对她说许多甜言蜜语，玉莲却怀疑男友说的都是谎言。这天，玉莲在网上看到，有位科学家发明了一种谎言收集器，这种仪器非常神奇，能把谎话收集起来，处理成黑色的颗粒，谁要是说了谎，想赖都赖不掉。玉莲一看就心动了，立刻买了一部。

当晚，玉莲悄悄带上谎言收集器，约男友见面。男友见到她后，照例又说了很多好听的话。等玉莲回到家，打开机器里的收集仓，发现里面

全是黑色的颗粒，都快装不下了。

玉莲当即打电话给男友，说"你满嘴谎言，以后我们不要见面了。"

男友着急地说："我跟你说的句句是真话，我发誓。"

玉莲索性不说话，将谎言收集器拿过来，放在电话旁。很快，收集仓里又多了不少黑色颗粒。玉莲挂断了电话，从此再也不理这个男人了。

可不说谎的男人实在太少了，这之后，玉莲左挑右选，始终找不到一个满意的。眼看玉莲快三十岁了，母亲着急地四处托人，帮玉莲寻找诚实的小伙子。工夫不负有心人，还真给她找到了一位。这位小伙子叫张忠实，刚刚到县统计局工作。介绍人说，张忠实做人再诚实不过了。

玉莲带上谎言收集器，试着跟张忠实见一次面。果然，张忠实没有半点虚情假意，讲话实实在在。

回到家，玉莲打开收集仓，发现

里面竟然一点黑色颗粒也没有。玉莲不由得喜出望外，不到两个月，就跟张忠实结了婚。

结婚后，玉莲把谎言收集器锁进了箱子里。不过，这几年来收集到的黑色颗粒，玉莲倒是都保留着，装了满满一个小布袋。玉莲将它们倒在家门前的一棵柚子树下，再浇上半桶水，算是给柚子树施了一次肥。

这是一棵老柚子树，要死不活的，每年只能结出几个小柚子。可自从施了这种用谎言做的肥料后，老树竟然焕发了青春，重新枝繁叶茂，结出满树果实，而且个个大得惊人。

中秋节那天，玉莲的爷爷摘了一

个大柚子，剥掉皮，只吃了一口，就赞叹道："我活了一百多岁，从没吃过这么甜的柚子。"

爷爷明明刚过完七十岁生日，干吗要说自己活了一百多岁呢？玉莲正纳闷呢，奶奶嗔怪道："这老东西，什么时候学会说谎了？这柚子不会是酸的吧？拿一瓣来，让我尝尝。"

玉莲递过一瓣柚子给奶奶，奶奶只吃了一口，就说道："这哪是柚子？简直是蜜糖。我活了两百年，没吃过这么甜的柚子。"

这是怎么回事呢？玉莲惊呆了，愣了一会儿，才想起这棵柚子树曾施过谎言做的肥料，树上的柚子可能被谎言污染了。

玉莲看着手上的柚子，吓得不敢吃了，赶紧扔在地上。这时，一只公鸡眼疾嘴快，一下子啄过来，叼起一瓣柚子，仰头吞下。

不料，吞下柚子后，公鸡立刻发出"咯咯咯"的叫声，这是母鸡生蛋后的特殊叫声，俗称"报功声"。公鸡怎么会发出这种叫声呢？难道它也在说谎，通报自己刚刚生完蛋？

玉莲吓坏了，赶紧叮嘱家人和邻居，千万不能吃这棵树上的柚子。可惜爷爷和奶奶已经变成了说谎专家，嘴上没几句真话了。玉莲正为爷爷奶奶的事而难过，偏偏丈夫又出事了。

这天中午，张忠实从单位回来，垂头丧气地说："我被停职反省了。"

玉莲吃惊地问："你犯了什么错？"

张忠实伤心地说："我说了真话。"原来，统计局上报的数字有很多是夸大的，比如今年招商引资，明明只有四千万元，局长却让张忠实写八千万元。结果，张忠实顶撞了局长，坚持写四千万元。局长一气之下，让张忠实不要上班，先回家反省反省。

玉莲生气地说："你这么较真干什么？局长叫你写多少，你就写多少。"张忠实诧异地问："阿莲，你不是最讨厌说假话的吗？怎么也叫我弄虚作假？"

玉莲没好气地说："不弄虚作假，那你就等着下岗吧。"张忠实小声嘟哝："就是下岗，我也不弄虚作假。"

玉莲气得直跺脚，说"我千挑万选，到头来怎么嫁了你这个榆木疙瘩？"不过玉莲嘴上虽这么说，但心里却想，可不能让丈夫真的下岗，必须让他学会说谎。她灵机一动，赶紧跑到门外，摘了一个柚子，叫丈夫快点吃。

张忠实叫起来："你想害我？"玉莲命令道："我这是救你，快吃！"

张忠实死活不答应，玉莲只好把柚子硬塞进他的嘴里。张忠实立刻把柚子吐了出来，还漱了半天口。

怎样才能让丈夫把柚子吃下去呢？玉莲一筹莫展。这时，母亲悄悄跟她说："忠实不是每天都要喝两杯酒吗？你可以挤点柚子汁，掺到他的酒里。"玉莲一听，立刻照做了。

到了吃晚饭时，玉莲亲自给丈夫倒了一杯掺有柚子汁的酒。张忠实还蒙在鼓里，端起酒，喝了一口，很很嘴说："今天的酒味道特别好。"玉莲开心地说："那你就多喝两杯。"

张忠实一连喝了四杯，玉莲估摸着柚子汁该起作用了，于是试探着问"忠实，我们县今年招商引资是四千万元，还是八千万元？"

张忠实哈哈一笑，答道："当然是八千万，四千万那是老黄历了。"

玉莲跟母亲相视一笑。

第二天，张忠实正要打电话给局长，请求让他回单位上班，可号码还没拨完，局长就找上门来了。局长一进门就向张忠实道歉。

原来，县里刚来了一位新县长，这新县长是个实干家，一看统计局报上来的数字就知道是假的。在得知务实的张忠实反而被停职后，县长更是大发雷霆，把局长叫去好好训了一通。从县长办公室出来，局长就赶紧来请张忠实回去上班。

这下，玉莲高兴坏了，说"忠实，这回你不用说谎了。"

张忠实却把脸一沉，说"谁敢说招商引资不是八千万，我跟他没完！"

玉莲听了，顿时脑袋嗡的一声，天哪！丈夫已经不会说真话了，这可怎么办呀？

（题图、插图：安玉民 梁 丽）

兔兔的职业经历

◆ **第一家公司**

老板：兔兔，今天工作忙不忙？

兔兔：不忙。

下班时老板对兔兔说：你明天不用来了。

兔兔：为什么？

老板：因为你不能多为公司做事，所以才会不忙，公司要你何用？

◆ **第二家公司**

老板：兔兔，今天工作忙不忙？

兔兔：很忙。

下班时老板对兔兔说：你明天不用来了。

兔兔：为什么？

老板：因为你做事没条理，所以才会整天忙，公司要你何用？

◆ **第三家公司**

老板：兔兔，今天工作忙不忙？

兔兔：还行。

下班时老板对兔兔说：你明天不用来了。

兔兔：为什么？

老板：因为你做事不理性，所以才会有什么"还行"之类的话，公司要你何用？

◆ **第四家公司**

老板：兔兔，今天工作忙不忙？

兔兔：刚忙完。

下班时老板对兔兔说：你明天不用来了。

兔兔：为什么？

老板：因为你做事效率太低，做完就不能检查一下吗？公司要你何用？

◆ **第五家公司**

老板：兔兔，今天工作忙不忙？

兔兔：有些事做完了，也检查过了。

下班时老板对兔兔说：你明天不用来了。

兔兔：为什么？

老板：因为你做事缺乏系统性，有些事不会一起做吗？公司要你何用？

◆ **第六家公司**

老板：兔兔，今天工作忙不忙？

兔兔：我的工作做完了，正在帮别人做。

下班时老板对兔兔说：你明天不用来了。

兔兔：为什么？

老板：因为你做事没有计划，你不会规划一下明天要做的事吗？公司要你何用？

◆ **第七家公司**

老板：兔兔，今天工作忙不忙？

兔兔：今天和明天的工作都做完了。

下班时老板对兔兔说：你明天不用来了。

兔兔：为什么？

老板：因为你做事不考虑整体，你不会帮同事分忧解劳吗？公司要你何用？

◆ **第八家公司**

老板：兔兔，今天工作忙不忙？

兔兔：我现在在帮同事的忙。

下班时老板对兔兔说：你明天不用来了。

兔兔：为什么？

老板：因为你太爱出风头了，你的帮忙会造成其他人的懒惰，公司要你何用？

◆ **第九家公司**

老板：兔兔，今天工作忙不忙？

兔兔：我……我……不知道……

下班时老板对兔兔说：你明天不用来了。

兔兔：为什么？

老板：因为你连做事忙不忙都不知道，公司要你何用？

◆ **第十家公司**

老板：兔兔，今天工作忙不忙？

兔兔：去你的，老子不干了！

老板：嘿！有个性，我们公司就不放你走！

（推荐者：夏 花）

总有相逢那一天

□ 杨晓雄

老三租了间门面房，开了家锁店，集卖锁、修锁和开锁于一身。这天夜里过了十点，他正要关店睡觉，忽然门外匆匆走进来一个男人，冲他叫道："师傅，快给我开一下门！"

老三立刻精神一振，说实话，他一天到晚都眼巴巴地望着门口，最期待的就是这一刻。今晚有点小财运，临关门还捡了只小肥兔。他二话不说，给男人办妥了相关手续，就兴冲冲地抓起工具包，手一挥，说"带路！"

男人带他到了门口，焦急地说："师傅，请你快点，我要进屋拿点东西，等着要呢！"

老三瞧了一眼那把锁，暗暗一笑：小菜一碟！可他知道，虽然容易，还不能一下就把锁捅开，得装出有点难度的样子，花点时间，让顾客感觉物有所值，付钱时不至于太心疼。

男人见老三正紧张地开着锁，忽然随口问了问价："师傅，你收多少钱啊？"

老三没有立刻回答，脑子里飞快地敲了下算盘，说："二百。"

二百？男人果然十分惊讶，说："行情不是一百吗？我以前也开过。"

老三放慢了手上的活，说："你看，现在物价上涨得这么厉害，这个价也该涨点吧？何况现在又是晚上，二百块没收贵。"

"你等等。"男人伸手拉他，让他停下工作，有点气愤地问，"你真要二百？"

老三知道，如果自己算得没错的话，这二百块一个子儿也跑不掉。男人急着要进屋，现在已经晚了，他来不及再去找第二个开锁匠。

老三不好意思地挠挠头，笑嘻嘻地说："老板哟，我就是靠这点手艺吃饭的，二百块对你来说算得了啥哟？"

男人脸上一点笑容也没有，盯着他问："你真要收二百？太黑了吧？"

老三知道自己是黑了点，可像这种机会，可遇不可求，就像在河里下网一样，鱼撞上来一条是一条。他也

没说话，只是点了点头。

"嘿嘿！"男人反而笑了，"你真会坐地起价啊！"说着一巴掌拍在老三肩膀上，意味深长地说"山水有相逢啊！这么小的一个县城，你就敢保证以后咱俩不再见面？你就敢说以后你不会有点事找我？"

老三一听，心里还真有点动摇起来，他打量打量男人，脸上滋润得很，像个在机关做事的人，又像个做生意的老板。

男人笑眯眯地望着他，等着他回话。老三犹豫了片刻，把心一狠说："老板，这样吧，你给一百五。你要开就开，不开就算了。"说罢他作势要走。

男人果然连忙叫住他，哈哈一笑："开吧开吧，其实你要二百，我也一样给你。"

老三心里暗骂了句，转回来，三下五除二，"啪嗒"一声把锁捅开了。

男人把一百五十块递给他，然后又在他肩膀上拍了一下，说："兄弟，山水有相逢。"

老三一声不吭，面无表情掉头就走，心里恨恨地想：等相逢的时候再说吧！

一晃过了几天，老三正在店里给人配钥匙，忽然从外面进来一个男人。他眼睛一跳，这不是那个被他宰了一刀的男人吗？

不知咋回事，老三似乎有些做贼

心虚，下意识地低下了脑袋。过了半晌，也没听见男人说话，不禁抬起头看，却见男人正背着两只手，打量他的小店，突然男人的眼光向他扫过来，脸上微微一笑。

老三被他笑得心里发毛，忍不住开口问："老板，买锁呀？"

男人摇摇头，说："不不，我就是来随便看看的，你忙你的。"说着，又对他古里古怪地一笑，大步走了。

老三愣愣地望着他走远，低声骂了句："狗日的，没事跑来唬你大爷！"

又过了些日子，这天一大早，老三的房东陪着一个男人走了进来。老三一看，又是那个被他宰的男人，而且居然和房东认识，他心里不禁有些发慌。

房东不知他们两人之间有啥过节，大声说："老三呀，你的租期还有一个月，我以前说过再租你三年的，是吧？"

老三连连点头，说对对对，自己正要找他说这事哩，他还想再租下去。房东伸手拦住他："不用跟我谈了，你跟王哥商量吧，我这间铺子已经卖给他了。"

老三见房东指着男人，"啊"地失声叫了出来，顿时蒙了。只见叫王哥的男人笑着说："师傅，咱俩又相逢了。"

老三这下终于尝到相逢的滋味

了，脸红耳热，结结巴巴地问："王哥，你、你还租吧？"

王哥想了想，说："租啊，这几年估计还没钱拆了重建，就先租着吧。"

"那、那……"老三呼吸急促起来，"这租金……"

王哥眉头一皱，说"一年一万块有点低了，你看，现在物价涨得这么厉害，肯定得涨点吧。"

房东插嘴说："这事你们俩慢慢商量吧，走，先喝茶去。"说罢，拉着王哥走了。

老三丢了魂似的看着两人走得没了影，一屁股跌到椅子上，心里直喊完了！且不说王哥愿不愿意把铺租给自己，就算他愿意，那租金肯定也会开出一个天价来，好报他的一箭之仇啊！自己已经在这里租了十几年，地段好，铺面合适，租金又低，倘若租不下去，还真不知上哪儿找这么好的地方。

老三琢磨了几天，觉得自己肯定租不成了，还是赶紧另找新窝吧！哪知找了半个多月，一点眉目都没有。

眼看租约就要到期了，老三心想，我还是把东西先搬回家，慢慢找吧。他请了几个人，正打算开始搬家时，王哥来了。

一见这阵势，王哥奇怪地问老三："你不想租了？还是不干了？"

老三难堪地摇摇头，嗫嚅着说：

"我租不起，另外再找个地方吧。"王哥哈哈大笑"你还没有和我商量过，怎么就说租不起了？"

老三听了，心里一动，鼓起勇气问："王哥，你想租多少钱一年？"

王哥两眼盯着他，不说话，向他伸出一根手指头，一晃，又张开五根手指。

一万五！老三心里咯噔一下，这个价倒也不算天价，可还是涨得有点快了。他脑子里激烈地斗争了一会儿，狠狠心，咬牙说："一万五就一万五，我租了！"

哪知道，王哥却笑着摇头说："什么一万五？我没说一万五啊！"

老三倒吸一口冷气，这家伙是存心捉弄自己来了。他又恼又羞，什么话也不说，转身就去搬东西。

王哥在后面冲他喊："一万零五十，你租不租？"

什么？老三不敢相信地回头望着他。王哥从包里取出一张纸递给他，说他已经把协议写好了，老三要同意的话，他们现在就可以签字。

老三接过看了看，惊喜交加地张着嘴巴。王哥拍着他的肩膀说："我虽然坐地起价，可也没敢多要，就要了五十。为啥？山水有相逢啊！"

（题图、插图：谢　颖）

· 本刊信息传真 ·

故事会 ■ **新浪** 微故事大赛

6月金奖得主诞生　8月征集主题：领导

让你的脑细胞兴奋起来，一起跳个舞吧！

这是一次对灵感、睿智、情感和文字驾驭能力的挑战——

用1条微博，讲完1个故事。

《故事会》杂志和新浪微博（weibo.com）联合主办2011微故事大赛，邀请各路故事名家、草根英雄和世外高人展开较量！活动持续全年，每月产生一名金奖得主。

本次大赛所有作品通过新浪微博平台征集，分为"命题故事"和"自选题故事"两部分。命题故事每月一个主题，当月设金奖1名，奖金1字10元（字数低于120字计）；银奖2名，奖金1字5元；自选题故事由作者自由命题，全年评出金奖1名（5000元），银奖2名（2000元）。优秀作品将在《故事会》上刊登，并结集出版。更多详情请登录新浪微博页面搜索"故事会微故事大赛"或故事中国网（www.storychina.cn）了解。6月微故事（主题：手机）金奖得主：郑智威。7月获奖作品（主题：情书）名单已在网上公布。

本月微故事主题：领导。请您根据该主题构思一篇微博故事，力求情节出人意表，立意隽永深远，文字鲜明生动，本月的微故事达人或许就是你！

（本期刊物特别选登7月微故事大赛优秀作品，详见P79）

有时,自家某个小小的角落,能带给别人无限的期盼和温暖……

冰箱里的
朝盼

□ 张春风

端午节快到了,天气渐渐热了起来。这天傍晚,村民立山和媳妇巧珍正在屋里说话,突然有人敲门。开门一看,是邻居马奶奶。

马奶奶手里拎着一大一小两包粽子,笑眯眯地说:"立山啊,你家的冰箱有空地儿吗?"立山笑着问"马奶奶,啥事呀?"

马奶奶有点不好意思地说:"家里没冰箱,我想冷藏一包粽子,留给孙子吃。他呀,最喜欢吃我包的粽子了。另外那包小的,就给你和你媳妇尝尝鲜。"

立山知道,马奶奶的孙子乐乐在城里工作,很少回老家。听马奶奶这么一说,立山爽快地答应道"您太见

外了,就放这儿吧!"

眨眼,一个多月过去了,田里的豌豆、蚕豆都要过季了,立山夫妻俩想趁着东西还鲜嫩,剥些籽儿放进冰箱。可由于东西太多,冰箱里显得很拥挤。

巧珍盯着那包粽子,嘟哝着说:"马奶奶怎么还不把粽子拿走呀?这么大一包,害咱家的东西没地儿放了。"

立山安慰她说:"乐乐还没回来,再等等吧,都是街坊邻居。"

巧珍不服气地说:"我也不是小气,真要是稀罕东西,那放着也没事!可这粽子咱也尝过,味道一点也不好,赤豆是夹生的,咸肉也没味儿,她还当什么宝贝呢,非要留给乐乐。"

就这样,又过了一个月,眼看田里的玉米也要老了,巧珍急了:"当家

的，得赶紧想办法把粽子拿走，不然，过年时吃不着嫩玉米了。"

立山有点为难地说："这可怎么办呢？总不能明说。"

巧珍点点头，说："我先去探探口风，没准马奶奶记性差，把这事给忘了呢。"

第二天，巧珍就去了马奶奶家。一番寒暄后，巧珍假装不经意地问："马奶奶，最近咋不见乐乐回来呀？"

马奶奶乐呵呵地说："乐乐说，最近领导很器重他，所以有点忙，过一阵子再回来。"

巧珍赞叹道："这孩子，还真有出息！"顿了顿，又说，"只是呀，乐乐出门在外，吃不着家乡的饭菜，他不是最爱吃您包的粽子吗？"

马奶奶点点头，说"那是！所以我才把粽子寄放在你家冰箱里，等着他回来呢。"

巧珍听罢，真是又好气又好笑。看来，老太太没忘记呀，这事没法说了。

回家后，巧珍只好从冰箱里拿出一些东西，腾出了地方来放玉米。

很快到了初秋，这是海鲜上市的最佳季节。平日里，夫妻俩最爱吃的就是鲳鱼。所以，每年他们都会去港口的渔船上批发一些鲳鱼，放在冰箱里留着慢慢品尝。

这天，巧珍打开冰箱看见了那包粽子，顿时气又上来了："当家的，这包粽子再不拿走，咱家吃不上海鲜了。"

立山也没什么主意："可是，马奶奶不拿走，总不能送过去吧？"

巧珍想了想，说："看我的！"

当天，巧珍又来到了马奶奶家。马奶奶一见巧珍，兴奋地说："昨晚，乐乐又打电话回来了，说领导要派他去外地学习三个月，回来就升职了，以后就在城里娶媳妇过日子了。"

巧珍一听，顿时傻眼了。看来，想等乐乐回来，只能到年底了。巧珍恭维了一番，巧妙地转移了话题："城里好是好，不过呀，现在咱们农村生活也好了。就说我家吧，平时想吃啥就吃啥，这冰箱里都快装不下了！"巧珍生怕马奶奶耳背，在说"装不下"三个字时，故意提高了音量。

谁知，马奶奶充耳不闻，话锋一转，又继续说他家乐乐长、乐乐短了。巧珍气得直咧嘴，见这办法不奏效，就只好回家了。

不管怎样，海鲜还得买呀。没办法，巧珍又从冰箱里拿出了一些玉米，腾出了地方放鲳鱼。不过，巧珍心里越来越堵，每次打开冰箱，瞧着那一大包粽子就来气。

过了几天，立山正在家看球赛，突然"啪"的一声停电了。立山气得直跺脚："这电管所也真是的，非在这个节骨眼上停电！"

不料，巧珍眼睛一亮，笑着说："当家的，停电好呀！"

立山瞪了她一眼："你脑子没坏吧？"巧珍哈哈大笑道："真希望，电能停一天。这样，咱就可以把马奶奶的粽子送过去了。"

立山一拍大腿："对呀！"

还别说，真是天遂人愿，直到傍晚电也没来。巧珍拿着那包粽子，迫不及待地送到了马奶奶家，假装气呼呼地说："电管所太缺德了，竟然停了一天的电。看情形，还不知道停多久呢。这不，冰箱没了冷气，我赶紧把粽子送过来，免得坏了可惜。"

马奶奶点点头，说："谢谢啊！这包粽子都放在你家几个月了，太麻烦了！"

巧珍摆了摆手，说："马奶奶，您这说的是啥话？咱们都是好邻居，有事互相帮忙呗。"说罢，再也不敢耽搁，转身就走了。

谁知，巧珍刚回到家，这电就来了。立山尴尬地说："要不，咱再把粽子拿回来吧？"

巧珍撇着嘴说："管它呢！好不容易才送回去，干啥还拿回来呀？之前，我两次旁敲侧击，这马奶奶愣是不接这个茬儿。咱就别瞎操心了，除非，她厚着脸皮再把粽子送过来。"

立山迟疑着说："这样做，是不是太不厚道了？"巧珍斜着眼睛说："当家的，你也太窝囊了吧？这又不是她

家的冰箱，当然不能随心所欲了。"

第二天清早，巧珍又批发了一些鲳鱼，放在了冰箱里。立山见了，问道："如果马奶奶突然又把粽子送过来，那可咋办？"

巧珍摆了摆手，说："到时就说，冰箱里装不下了，我可不想再折腾了！"

当天晚上，夫妻俩正在吃饭，突然有人敲门。门一开，竟然是马奶奶的孙子乐乐，原来他从城里回来了。只见他面带微笑，肩上还扛着一箱东西。立山诧异地问："乐乐，你这是……"

乐乐放下东西，感激地说："听

·新传说·

说，叔叔婶婶最爱吃鲳鱼了，这不，我顺便带了一箱回来，还请收下。"

巧珍接过一看，这几条鲳鱼跟盘子一样大，顿时呆住了："这……这么大的鲳鱼，一定很贵吧？"

乐乐笑了："没事，这点钱您大侄子还花得起。奶奶说，一定要谢谢你们，她包的粽子在你家冰箱里放了好几个月呢。"

立山涨红了脸，说："这……这不是，最后你也没吃着……"

乐乐摇了摇头，说："可是，你们的心意在那儿呢！奶奶包的粽子，我想想就知道有多好吃了，小时候，怎么也吃不够。这几个月，奶奶天天盼着我回家，你们家的冰箱呀，也装着奶奶的期盼呢。"说罢，乐呵呵地准备走了。

立山赶紧拦住他，讨好地说："大侄子，明年让你奶奶再把粽子放这里吧……"

乐乐摆了摆手，说："谢谢您的好意！我已经给奶奶买了一台冰箱。以后呀，奶奶想包多少粽子，就在冰箱里装多少，再也不用发愁了。"虽然，乐乐只是无意中说了这句话，但仿佛一个巴掌同时打在了立山夫妇俩的脸上，顿时，两人都觉得脸上火辣辣的。

乐乐走后，立山打开冰箱，将鲳鱼放了进去。装完之后，立山意外地发现，冰箱里竟然还剩下不小的空间。他下意识地用手量了量，若有所思地说："瞧，其实，还能放下马奶奶那包粽子的。"巧珍望了望立山，一言不发地关上了冰箱。

（题图、插图：魏忠善）

·本刊信息传真·

2011年"岳阳杯"幽默故事创作大赛征文启事

为进一步繁荣幽默故事创作，《故事会》杂志社与上海市松江区岳阳街道决定联合举办2011年"岳阳杯"幽默故事创作大赛，并面向全国征文。

一、征文内容： 1. 内容贴近生活，健康向上；2. 情节生动有趣；3. 语言活泼，具有口头文学特点；4. 作品尚未在公开出版物上发表；5. 篇幅在2000字以内。

二、奖项设置： 本次大赛设一等奖2名，奖金各3000元；二等奖5名，奖金各2000元；三等奖10名，奖金各1000元；创作奖10名，奖金各500元。优秀作品将陆续在《故事会》上发表，并结集出版。

三、征稿时间： 2011年2月1日—2011年12月1日。

四、征稿方法： 1. 从邮局寄发，请在信封上注明"'岳阳杯'幽默故事征文"。本刊地址：上海市绍兴路74号《故事会》杂志社，邮编：200020。2. 从网上传递，可发至各责任编辑信箱，请在主题上注明"'岳阳杯'幽默故事征文"。

本期责任编辑的信箱是：zhong98305@sina.com。

22

·新传说·

□ 陈　铭

庙小菩萨大

就不买账

老管开了间酒楼，生意还不错。这天他刚到酒楼，餐厅经理就告诉他，刚才有个气象局的人打来电话，说是想找老板聊聊。

老管有点奇怪，自己在气象局并没有熟人呀，再说了，开酒楼跟气象局简直就是风马牛不相及，气象局找他干啥？过了一会儿，气象局的电话又来了，一接，对方自称姓杨，是办公室主任。

杨主任打着哈哈说："管老板，听说你这个酒楼很有特色哟，我们局长很有兴趣，准备去打扰一下，不知管

老板方不方便呀？"

老管一听这话，眉头一下皱了起来，心里冷笑一声：果不其然，又是一个想吃白食的！

杨主任见他沉默，笑着问："怎么样，管老板，我们也就一桌而已，不会让你为难吧？"

老管顿时来了气：连你气象局也来打秋风，真把我当唐僧肉了啊！开业才两个月，相关单位一拨接一拨地来，吃完一抹嘴走人，自己还得赔着笑脸。为啥？得罪不起哟！倘若是工商局、税务局、卫生局这些单位，也就罢了，可你气象局以为你是什么单位？能把我怎么样？

这么一想，老管不冷不热地说："欢迎气象局的朋友，各位想来的时候先预订一下吧。"

杨主任在那头愣了一下，哈哈笑

道："一切由您安排，我就安心等着您的电话了！"

老管简直哭笑不得：这种单位，还以为有个破庙就是真神了。开饭店跟你气象局有何关系？我老管可用不着拜你！他跟对方装起了糊涂："随时欢迎各位呀！我们做生意的就盼着客人上门嘛！"

杨主任似乎听出一点话外之音，阴阳怪气地说："管老板是不是不太瞧得起咱们干气象的呀？在这里我得提醒你一句，别看咱气象局庙小，可也是管点事的！"

老管暗骂一句：管个屁事！谁不知道你们是管天气的，难道管得了我开酒楼？不过，他也没点破，满不在乎地搪塞了几句，把电话挂了。

事后，老管自然没把气象局放在心上，也没给人家发邀请。几天后，他正在办公室坐着，忽然餐厅经理跑来告诉他：有一个包房的客人请他去一下，说是气象局的。

老管一怔，嘿，这帮家伙等不到他的招呼，就自己跑来了。他赶紧去了包房，进去一打量，嗬，满满一桌人，满满一桌菜，都是店里最好的。他做了个自我介绍，旁边一个脑袋光光的胖子马上站起来，满脸堆笑地握住他的手，说："管老板呀，我就是气象局的杨主任，幸会幸会。"说罢往对面一指，"这位是我们王局长。"

王局长笑眯眯地跟他握了手，大声说："管老板，我们贸然打扰了，您不会不高兴吧？"说着指了指桌上的菜，"还请管老板多多照顾哟！"

老管打心眼里讨厌这些人，可脸上还是笑着，打了几个哈哈，然后推说有事，匆匆走了。来到服务台，他特别叮嘱服务员说："等他们结账时，不许记账，一定要用现金。还有，一点折也不许打！"

过了两个小时，老管估计他们应该差不多了，就来到服务台，躲在后面。等了一会儿，气象局的人果然出来了，一个个脸红脖子粗，打着饱嗝，大声说笑，径直就往外走。

服务员赶紧出来拦住："各位请等一下。"接着把账单一递，"不知哪位埋单，一共是3499块。"

账单正好递到王局长面前，王局长脸上的笑容顿时凝结了，他往身后的杨主任看去。

杨主任他们也都一怔，叼着牙签面面相觑。服务员拿着账单，又问了一遍。杨主任把嘴里的牙签一吐："刚才那位不是你们管老板？"

服务员点头说："是呀，他就是我们管总。"

"那……"杨主任一脸惊诧，"他没吩咐你们什么？"

"说了，"服务员大声说，"记得要叫你们结账！"

话音一落，王局长鼻子里重重地哼了一声，脸色难看之极。而杨主任更是尴尬无比，额头甚至冒了汗，有点语无伦次起来："他、他真要我们结账？我们是气象局的，这、这……"

王局长突然大声吼了句："还问个屁！拿笔来！"

服务员摇头说："对不起，管总交代过，不能记账。"

"什么？"王局长一张脸红了又青，青了又白，一时间竟说不出话来。沉默了半晌，他伸手往兜里一掏，摸出一把钞票，啪地往柜台一放，掉头冲部下怒吼："还愣着干什么？凑钱吧！"

杨主任他们急忙一个个翻起了腰包，你三百，我五百，凑够了3499块。

王局长不愧为领导，结完账，情绪恢复了正常。他咚咚咚地敲了几下柜台，淡淡地对服务员说"麻烦你给管老板捎句话，别把气象局不当回事。庙再小，也是供着菩萨的。我们还会再见面的。就这样，再见！"说罢一扭头，率先走了出去。

老管躲在后面，把这精彩的一幕看在眼里，听在耳中，感觉真是畅快透顶。眼见他们狼狈不堪地走后，老管忍不住捂着肚子大笑一通。

服务员正要传达王局长的话，老管一摆手："不用说了，我全听见了。哼，他一个管气象的，我就是不拿他当回事，我倒要看看他怎么管我？"

耀武扬威

转眼过了一个多月，气象局的人不再来了，连电话也没有。老管的底气更足了，心想，以后对付这些不沾边的单位，就得这样做！

这天，老管正在外面和朋友谈事，忽然餐厅经理打来电话，大呼小叫地说："不好了，气象局来了十几个人！管总，你快回来看看吧！"

老管吓一跳："他们想干什么？"

"不知道，反正看样子来者不善！"餐厅经理焦急地说，"是那个杨主任带的头，说是来检查。"

老管又来气又纳闷：

检查？他们以为他们是什么，也学人家检查！他立刻风风火火地回到酒楼，一看却没见杨主任那帮人。服务员一指楼上："他们都上楼顶去了。"

老管又噌噌噌地爬上楼顶，一瞧，果然上面站满了人，杨主任夹着一个公文包，像模像样地指指点点。老管冷笑一声：腰里揣个死老鼠，就冒充打猎的！他挤到杨主任跟前，嘲笑着问："杨主任，你们来检查什么呀？检查食品卫生？还是营业执照？"

杨主任却面不改色，一本正经地说："那些是卫生局工商局管的事，不归我们气象局管。"

老管嘿嘿一笑："那你们到底检查什么呢？"

"这个……"杨主任伸手往半空一指，"这个归我们管。"

老管抬头一看，愣了，杨主任指着一根避雷针。

没等他回过神来，杨主任刷地拉开皮包，拿出一份文件，振振有词地念了起来。老管听着听着，傻了。原来这是一份有关避雷针年检的文件，这玩意儿还真归人家气象局管。文件里说了，不配合年检的，最高可罚款三万，年检不过关的不得继续营业。

老管张着嘴巴半天合不拢。就在他发愣时，有人向杨主任报告，说这家酒楼的避雷针有点问题，需要维修。接着，有人刷刷刷地开了一张单子递给他。

老管慌了，忙拉着杨主任走到一边："杨主任，这、这……"

杨主任严肃地说："不用和我套近乎！小小一根避雷针，关系到千千万万人民的生命安全，必须严肃对待！"说完，带领众人走了下去。

第二天一早，老管往气象局打去电话，首先进行了诚恳的道歉，然后向对方发出了热情的邀请。不料，对方不冷不热，淡淡地说了句"以后再说吧。"说完把电话挂了。

老管心想，糟糕，这帮王八蛋肯定想给他点颜色瞧瞧了，提心吊胆等了几天，却没见气象局有什么动静。

道高一尺

这天老管有事要出门，生怕气象局搞突然袭击，就特地吩咐餐厅经理，见到气象局那帮人，要把他们当成爷爷一样孝敬。

晚上，老管回到饭店，迎头撞见一群人大步往外走。定睛一瞧，这不是气象局那帮冤家吗？王局长还亲自带头，一个个红光满面，酒气冲天。

老管心中一阵激动，老远就伸出双手，笑着说："局长、杨主任呀，你们终于来了！咋不给我打个电话呀，我好安排安排……"

哪知王局长一瞧是他，重重地哼了一声，连手都没有跟他握，扭头就走。老管愣愣地伸着手，这是咋的啦？

杨主任走过他身边，杀气腾腾地说："管老板，算你有种！等着接通知停业吧！"

老管摸不着头脑，谁又把他们惹毛了？一跺脚，快步跑进去找到餐厅经理，问他怎么回事。

餐厅经理喜滋滋地说："看不出，气象局这破单位还挺有钱，这次一共吃了九千多块，反正是公款，我也没打折。"

老管一怔，明白是咋回事了，指着他的鼻子吼："我不是叫你把他们当爷爷孝敬吗？你聋了？你存心想让我破产啊！"

不料，餐厅经理不慌不忙地说："老板，咱用不着当孙子。"

"不当成吗？"老管简直气疯了，"谁叫人家管那根避雷针呢？人家庙里有神，咱就得拜！"

"他有神，咱也有啊！"餐厅经理一拍大腿，"咱傍的还是一位大神呢！"

老管一听愣了，这小子脑筋短路了吧？餐厅经理笑嘻嘻地指指外头，说："老板，电视台不是咱们的邻居吗？"

老管愣愣地说是呀，那又咋的。餐厅经理洋洋得意地说："电视台不是有座电视塔吗？上面不是有根避雷针吗？比咱们高多了。我有个亲戚在电视台的，他告诉我，有了电视台这根避雷针，在这附近的避雷针根本就不用年检，文件上都写得明明白白的。他们以为我们不懂，唬咱们呢！"

老管一听，乐得哈哈大笑，这可真是道高一尺，魔高一丈啊！笑过之后想了想，然后豪情满怀地对餐厅经理说："去，你把这些年国家、省里和市里关于餐饮行业的法规文件都给我拿来。老子就不信，只要守法经营，就堵不住这些吃白食的嘴！"

（题图、插图：魏忠善）

谁会想到，一个巧妙的故事就能扭转乾坤……

第八座山峰

□ 杨汉光

林树青是镇上河西中学的校长，这两年，他一直有块心病：学校的教学楼早就成了危房，全校师生天天在里面上课，太危险了。最近，林校长求爷爷告奶奶，几乎跑断了腿，才争取到一百万元建校款。

这天，林校长正忙着跟包工头商量怎样建教学楼，张镇长突然到访。当初争取建校款的时候，张镇长帮了不少忙，那一百万还在镇政府的户头上呢。此时，张镇长把林校长拉到操场边，有点难为情地说："这教学楼，暂时不要建了。"

林校长一下子着急起来，指着身后陈旧的教学楼嚷道："张镇长，你看这教学楼，地基都下沉了，墙壁也开裂了，随时有可能倒塌，不建新的怎么行呢？"

张镇长叹了口气，说"建教学楼的钱被挪去造山了。"

原来，离河西中学不远有一座奇山，山坡陡峭，山顶却像足球场般平坦，山顶周围立着七座小山峰，要不是南面有个缺口，在山顶搞足球比赛，那球都不会掉到山下来。更奇怪的是，山顶明明只有七座小山峰，当地人却祖祖辈辈把这座山叫做八峰岭。

八峰岭风光秀丽，是个旅游景点。前不久，县长陪同省城来的领导游览八峰岭。之后，县长就叫张镇长在八峰岭上再造一座山峰，让这座山名副其实。张镇长说镇里资金紧缺，

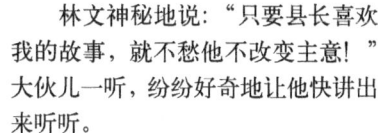

县长说:"你不是刚争取到一百万建校款吗?可以先挪过来造山。"

听到这里,林校长气坏了,他着急地说:"难道师生的性命抵不上那座破山?你怎么不跟县长争取争取?"

张镇长一脸无奈地说:"我好话都说遍了,也说服不了县长。我还提议把八峰岭改成七峰岭,县长也不同意,他说八峰岭已经叫了千百年,这个名字既响亮,又吉利,改不得。"

两人在操场边琢磨了半天,也不知道怎样才能说服县长。

当天晚上,林校长发动全家人出谋划策,邻居们也来凑热闹。人多嘴杂,说着说着,大伙儿就开始骂人,有骂镇长的,有骂县长的,还有人骂起祖宗来:"怪就怪我们的老祖宗,连七和八都分不清,不知搭错了哪根神经,偏要起这个名字!"

林校长说"不要骂祖宗,我估计山上原来是有八座山峰的,后来崩塌了一座,所以南面才有个缺口。南面山坡下,不是有一堆乱石吗?那些石头一看就是从山顶滚下来的。"

林校长有个儿子叫林文,是河西中学的历史老师,上课之余,他喜欢收集民间故事,他想了想,说:"我们可以用一个故事,顶替那座崩塌掉的山峰。那样就不用造山峰了,一百万可以继续用来建教学楼。"

林校长撇撇嘴,说:"人家张镇长磨破了嘴皮子都说服不了县长,你一个故事就能让县长回心转意?"

林文神秘地说:"只要县长喜欢我的故事,就不愁他不改变主意!"大伙儿一听,纷纷好奇地让他快讲出来听听。

林文当即讲了一个故事。大意是说,远古时候,这一带并无山岭,偌大的平原上只住着八户人家。有一年暴雨连绵,洪水泛滥成灾,把先民们的茅草屋都冲毁了。幸好他们的首领有先见之明,预先砌有八个大石堆,让八户人家爬到石堆上躲避洪水。不料洪水越涨越高,眼看着要把石堆淹没了。危急时刻,首领竟拆下自己家的石头,拿去加高别人家的石堆。此时,玉皇大帝外出巡游路过这里,看到了这一幕,首领的无私行为让他深受感动。玉皇大帝决定拯救这几户人家,他食指一弹,洪水消退,拇指一跷,八户人家居住的地方就隆起成高山,他们砌的石堆,成了山顶上的小山峰。原本应该有八座小山峰,因为首领拆了自家的石堆,所以只剩下七座。可为了纪念舍己为人的首领,人们还是把这座山叫做八峰岭。

这个故事并不新鲜,是当地古老的民间传说,只不过林文做了一些改动,让这个传说跟那七座山峰扯到了一块儿。大伙儿听到这里,都觉得这个故事太老了,县长不一定喜欢。

林文笑了笑说:"那首领的名字

叫王保民。"

大伙儿愣了一下，纷纷拍手叫好，说县长肯定会喜欢这个故事。原来，县长的名字叫王宝明，听起来跟那位首领的名字几乎一模一样。

第二天，林校长来到镇政府，把儿子编的故事告诉张镇长。张镇长觉得林文的主意不错，就带着林校长一起去找县长。

张镇长亲自把这个故事绘声绘色地讲给县长听，县长听完，果然非常喜欢，他想了想，说："如果我们把这个故事写到景点的解说词里，再根据故事的内容，做成雕塑、绘画、影像，那一定会大大提高景区的吸引力，对

招商引资也很有帮助。"

林校长兴奋地问："那第八座山峰，是不是不用造了？"

县长沉吟说："造山峰并非我的主意，是省里的领导开了金口的。解铃还须系铃人，我马上请示一下省里的领导。"

林校长的心立刻又悬了起来，他紧张地看着县长跟省里的领导通电话。拨通电话后，县长笑着说："李书记啊，我要向您作检讨。上个月陪您游八峰岭，有个流传千年的故事忘了告诉您，今天我要专门给您讲这个故事。远古时候，我们这一带是没有山岭的，好大一片平原上只住着八户人家，他们选举出一位首领叫李勇……"

故事里的首领怎么改名换姓了？林校长和张镇长先是一愣，但很快想到县长是跟"李书记"通电话，两人不由得相视一笑。

县长添油加醋，把故事讲得更生动。只听电话里李书记哈哈大笑道："王县长，你这哪里是作检讨啊？分明是将我的军。你的苦心我懂了，那座山峰确实不该造。谢谢你的提醒。"

通完电话后，县长说："没事了，你们回去好好建教学楼吧。"林校长和张镇长都如释重负地出了一口气。

很快，被挪走的一百万还了回来。不久之后，一幢崭新的教学楼拔地而起。

（题图、插图：谭海彦）

完美主妇

□ 竹 韵

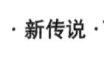

李婉是个漂亮能干的家庭主妇。这天，她在电视上看到，电视台要举办一场完美主妇大赛。顿时，她的心就活了，如今各种选秀活动层出不穷，若能夺冠，转眼间就能红透半边天。

于是，李婉信心满满地报了名，并且顺利进入了决赛。不过，很快她就发现，进入决赛的主妇个个光鲜亮丽，多才多艺。

决赛开始了，各位主妇都将自己最完美的一面展现出来，李婉也不甘示弱，在各个方面都发挥出色，她对夺冠充满了信心。终于到了最后一关，主持人严肃地宣布道"这一关是最重要的时刻，如果谁能完美地解决这些问题，那么完美主妇的桂冠就会戴在谁的头上！"

很快，工作人员给每位主妇都戴上了一个特殊的耳机。主持人说道："接下来的过程我要暂时保密，我只能告诉大家：请你们依照内心最真实的想法来回答！"

李婉正在心里飞快地揣摩着会是什么考题，突然听到评委问她"你儿子最喜欢吃什么？"李婉不假思索地回答："可乐鸡！"评委又问："你老公最爱吃什么？"李婉也立刻答了出来。评委再问："你婆婆爱吃什么？"李婉心里一动：哦，原来玄机在这里！她的大脑飞速转了一下，答道："婆婆不挑食，什么都爱吃！"

评委又接着问道："现在物价上涨很快，你怎么用最少的钱让家人过

最好的日子?"听到这个问题,李婉暗暗一笑,从口袋里掏出一个小本子,翻开来让大家看,只见上面详细记录着:什么超市哪天打折,什么网站何时有竞拍秒杀,哪家餐厅会送优惠券……

李婉得意地说:"我平时会很留心看报纸杂志,逛街时也会留意看店铺的种种促销信息,有用的就都记下来,需要时只要一翻,就能找到又便宜又好用的东西。"

评委们频频点头,又问道:"你这么优秀,让你呆在家里当家庭主妇,你不觉得委屈吗?"

对于这个问题,李婉早有准备,她侃侃而谈:"当然不会委屈!我喜欢这样平凡安定的日子,能与家人相伴是一种最大的幸福……"

这个回答彻底征服了评委们的心,他们一致决定将完美主妇的桂冠戴在李婉的头上。

从此以后,李婉成了名人,她完美主妇的形象深入人心,很多地方都可以看到她的宣传照,报纸杂志上也经常有她的专访,她的生活变得多姿多彩起来。

一天,李婉忽然接到一个电话,是著名导演刘安平的助理打来的,说是刘导演无意中看到了主妇大赛的片段,一眼就相中了又有气质又有才华的李婉,想请她出演新片中的一个角色。

这下,李婉真的兴奋了,她的眼前仿佛已经出现了星光大道,出现了那条令多少人魂牵梦萦的红地毯。她毫不犹豫地答应了对方,但没想到却遭到了婆婆的坚决反对:"什么大导演、大明星的,别以为我老了,啥都不知道。现在那些电影都是搂搂抱抱、又脱又露的,我可告诉你,我们是正经人家,我坚决不同意!"

李婉的老公是个孝顺儿子,他本来就怕李婉成名之后出点什么事,听妈妈这么一说,自然也表示反对。于是,三个人越吵越厉害,三岁的儿子不知道发生了什么事,吓得哇哇大哭,李婉硬起心肠也不去管。

婆婆更火了,说"看看!这么小的孩子你都不管,还像个当妈妈的样子吗?"

李婉一听这话,心里的火气再也压不住了:"我怎么不管了?结婚前,我也是公司的白领,收入不比您儿子少!结婚后,为了要孩子,我只能选择辞职。为了这个家,为了孩子,我又当厨师又当保姆,还得当勤杂工!如果没有我,您儿子能过得这么光鲜舒服吗?没有我,孩子能教育得这么健康聪明吗?我付出了这么多,你们都没看见吗?"

婆婆没想到儿媳妇会突然发难,气得直哆嗦:"哪家女人不是这样?女人生孩子做家务不是天经地义的事吗?想当初我年轻的时候,不比这困难多了……"

李婉一挥手，打断了婆婆的话："您别想当初了，想当初五十块钱还能养活全家人呢！现在行吗？您看看现在的女人，哪个不是活得又精彩又舒服？谁像我，早早就成了黄脸婆、管家婆！"

这时，一旁的老公听不下去了，说："你参加主妇大赛时可不是这样说的！"

李婉火气更大了："不那样讲我能得奖吗？难道要我说：我早就对主妇的日子过够了，我再也不想把自己的青春、才华全耗在这些琐碎的家务事里了？告诉你，反正现在我也是名人了，咱们能过就过，不能过就离，谁怕谁呀？"

婆婆听到这里，急火攻心，身子一软就倒了下去。

李婉见状，赶紧和老公一起把婆婆送到了医院。医生告诉他们：老人是脑出血。虽然抢救及时，但会半身不遂，生活不能自理，需要有人照顾。

就在这时，李婉的电话响了，原来是刘导演的助理打来的，问李婉什么时候可以启程。李婉迟疑着说："请让我再考虑一下。"

老公盯着李婉问："你真的要走？虽然刚才吵了架，但妈平时一直对你不错的呀。现在妈都这样了，你能不能留下来？"

李婉低下了头，她知道，老人一

旦得了这种病，只怕三五年都不会有起色。到那时，她就得在床前照顾，喂饭擦身，端屎端尿……

一想到这里，李婉全身都发冷了。她坚定地对老公说"我不能！我好不容易得了完美主妇的大奖，成了名人，刚刚要开始精彩的新生活，我不能放弃这个机会！"

老公失望地看着李婉，哀求道："亲爱的，我知道这几年委屈了你，我以后会对你更好……"

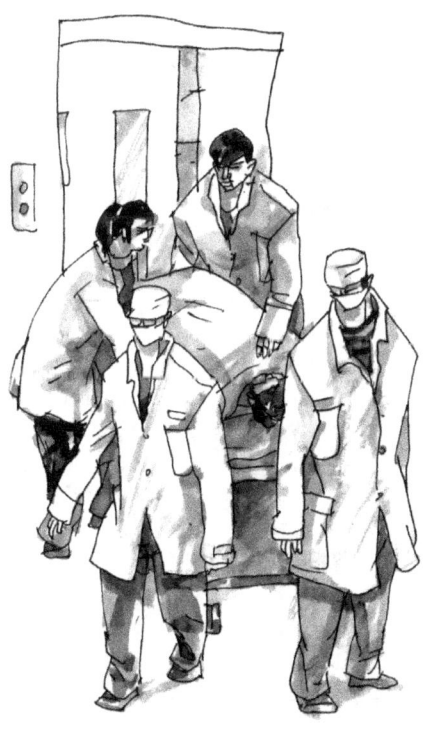

李婉摇摇头，说："你不用说了。出名要趁早，我现在已经来不及了。我会把儿子先交给我父母带着，你照顾妈妈吧。"不等老公发表意见，她已经对着电话另一端说道，"我考虑好了。我明天，不，现在就可以启程！"

猛然间，李婉发现自己眼前灯光闪烁，老公的脸也变得模糊起来。她眯起眼，想看看清楚。只见周围的灯光渐渐清晰起来，身边的景物也都清晰起来。咦，这不是完美主妇的决赛现场吗？主持人就站在旁边，评委们正用遗憾的眼神看着自己，而别的参赛主妇也都一脸迷惑地站在那里。

这时，工作人员走了上来，拿走了所有参赛主妇的耳机，主持人上台解释道："相信刚才各位都经历了很多事情。但那些事情都不是真的，而是现场的仪器发送出来的幻象。每个人面临的问题都一样，但每个人解决的方式各不相同。我们从仪器显示屏中看到，最终，只有一位主妇战胜了所有的诱惑，承担了所有的责任，她，无愧于完美主妇的大奖，她就是……"

当然，李婉失败了，她没能获得完美主妇的桂冠。她的心里，始终觉得酸酸的。

（题图、插图：谭海彦）

·本刊信息传真·

共青团中央学校部 故事会杂志社 联合举办"我的青春故事"征文大赛

征文内容：欢迎创作或搜集整理一批以党的历史或当地革命故事为基础，具有鼓舞人、激励人、感染人、影响人的优秀故事作品；或以第一人称讲述个人成长经历中的感人故事以及与个人成长经历有关的励志故事。

征稿要求：作品要有故事特点，情感真挚，立意健康，篇幅一般不超过3000字。

参赛对象：28周岁以下的青年（重点参与对象为中学、中职在校学生）。

奖项设置：本次大赛设特等奖1名，奖金5000元（含税）；一等奖10名，奖金各1000元（含税）；二等奖30名，奖金各500元；三等奖50名，奖金各300元。对指导学生参赛成绩突出的老师，我们将颁发优秀指导奖，人数30名，各奖励《话说中国》一套（价值1100元）。

征稿时间：2011年5月8日到8月31日。

来稿方式：电子信箱：mhpingpang@163.com；在线投稿：登陆《故事会》官方网站"故事中国网"（www.storychina.cn）投稿专区；邮局投稿：投稿至上海绍兴路74号故事会杂志社，邮编：200020。稿件后请注明作者姓名、出生年月、学校年级、指导老师（如无指导老师可不写）、通讯联系方式等。

最通人性的狗

□ 曹 茂

大毛在街边开了家超市，为了防贼，还养了条狗叫阿黄。这阿黄颇通人性，机灵异常。前些天，阿黄刚下了一窝幼崽，大毛只留下了一只，其余的全都送了人。

这天清早，大毛正在看店，突然听见街上人声鼎沸，出门一看，不远处围了一群人。只见一个光头正捂着额头，站在路中央叫嚷："娘的，这是谁家的狗？害老子摔了一跤！"

大毛低头一看，这不是自家的阿黄嘛，此时，它正躺在地上，一条后腿好像断了。大毛跟路人一打听，原来，刚才光头正骑着摩托车，阿黄冷不丁从边上蹿了出来，光头躲闪不及便撞上了。所幸他只是擦破了点皮，可手上那块价值上万元的名表却摔坏了。

光头心疼地拣起名表，气急败坏地问："这是谁家的狗？它主人得赔钱！"大毛见状，一边朝后躲，一边朝几个街坊努嘴。大伙儿都是熟人，每天抬头不见低头见，谁愿蹚这个浑水？更何况，那光头是外地人。见众人不吱声，光头立马打电话报了警。

几分钟后，民警匆匆赶来了，可问了一圈也没什么结果。民警无奈地说，这事只能备案慢慢查，然后就走了。谁知，光头特别较真，气愤地说："那我自己解决！"说罢，又打了个电话。不一会儿，两个朋友拖着条碗口粗的铁链赶来了。

光头指了指阿黄，恨恨地说："给我拴上，老子就在这儿等，啥也不给它吃，看它主人心不心疼？"说完，就把受伤的阿黄拴在了街边的石柱上。

然后，光头他们就在对面的饭馆一边喝酒，一边饶有兴致地看着阿黄晒日头。

看到这里，大毛赶紧跑回家叮嘱媳妇千万别认账，还警告六岁的儿子小毛，千万别去街上看阿黄，否则家里要赔很多钱。小毛点了点头。

当天，光头在饭馆坐到了天黑。到了晚上，他干脆铺了张凉席，席地而卧。街坊们纷纷摇头，这光头真难缠，大毛可咋办呢？

此时，大毛正在家看电视，媳妇心疼地说："天都黑了，要不我偷偷给阿黄送几根骨头去吧？毕竟，它跟了咱们七八年了。"

大毛瞪了她一眼，说："真是妇人之仁！光头正守株待兔等你上套呢。一万块呀，我可舍不得。"顿时，媳妇不吱声了。

第二天清早，大毛开车去进货，拴着阿黄的地方是他必经之路。远远地，大毛就看见光头又坐在饭馆里喝酒，大毛想快点离开，不料，前面一辆大卡车突然横在马路当中。巧的是，大毛停车的位置就在阿黄旁边。

才过了一个晚上，阿黄明显憔悴了，一条后腿耷拉着，满眼都是哀伤。大毛看在眼里，心里也挺不是滋味。

这时，阿黄看见了车上的大毛，两眼放光，"汪"地轻轻叫了一声。光头依稀听见了声响，站起身朝这边张望。

大毛吓坏了，生怕阿黄跟自己表现出更多的亲近。奇怪的是，阿黄看了看大毛，又回头看了看光头，立刻安静地趴了下来，再也不吭声了。大毛长舒了一口气，这阿黄真是聪明绝顶，竟然能猜透主人的心思。光头见没什么动静，又坐下喝酒了。

很快，大卡车开走了，大毛飞也似的开车跑了。

进完货，大毛又从原路返回，阿黄看见后，果然没再吱声，就像看见陌生人一样。

回到家后，大毛得意地说："阿黄简直太聪明了，真不愧是咱家养的，以后不用绕道走了。"

媳妇也是连连称奇："嗯，等过几天，那光头找不到债主，估计也就消停了！"

于是，大毛夫妇上街再也不用心惊胆战了，他们甚至可以像陌生人一样，大大方方地去瞅拴在石柱上的阿黄。阿黄也一遍遍地看着他们，神情越来越失落，这样的变化，只有大毛夫妇才看得懂。

到了中午，太阳愈加地强烈，光头继续坐在饭馆里喝酒，始终没有走的样子。再看阿黄，被晒得直吐舌头，后腿的伤口开始化脓，引得苍蝇到处乱飞。可是，谁也不敢上前送吃的。

这时，大毛的儿子小毛独自上街玩耍。不知不觉，他来到了阿黄旁边。

阿黄看见小毛，眼中流露出了欣喜。但是，当它看见小毛两手空空时，又沮丧地耷拉下脑袋。

小毛看了看阿黄，匆匆跑了。可没跑出多远，遇上了隔壁包子店的李老板。这李老板平时最喜欢和小毛逗乐，这会儿，趁小毛没注意，突然摘走了他的帽子。小毛哭着上蹿下跳地要拿回帽子，但李老板嘻嘻哈哈，愣是不给。

两人正纠缠着，阿黄护主心切，立刻直起身子，愤怒地朝李老板叫了起来："汪汪汪……"光头听到声响，一个箭步从饭馆冲了过来，望了望小毛，恍然大悟道："哈哈，可逮住你了！"

这时，大毛闻讯赶了过来，护住儿子问："你……你想干什么？"光头得意地说："整整一天一夜了，这畜生一声也没吭。刚才，你儿子跟别人抢帽子，这畜生竟然叫了起来，不用说，这条狗就是你家的！"

大毛愣了愣，争辩道："真好笑，叫几声就是我家的狗，这里满大街的人，谁知道它朝谁叫？"光头点点头说："行，老子现在松了铁链，看它跟不跟你走？到时，你不认也得认！"说完就去开锁。

顿时，大毛搂住儿子，紧张得直冒汗。旁边的人也全围了上来。

奇怪的是，铁锁打开后，阿黄毫无反应。光头急了，猛踢了它一脚："娘的，见到主人怎么不走啊！"催了半天，阿黄一动不动，甚至连看也不看大毛。这下，大毛的底气足了，嚷道："怎么，找不到狗主人想讹人啊？门都没有！"说罢，拉着小毛头也不回地溜了。光头气坏了，只好又将阿黄锁了起来。

几个街坊暗暗感叹：嘿，这阿黄简直成精了。看来，光头彻底没戏了。

就这样，又过了大半天，阿黄的情况看起来越来越糟，它目光呆滞地趴在石柱下面，好半天才费力地呼出一口气。这样四十几度的高温，换谁

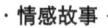

晒个半日，也不行了。

到了傍晚，阿黄的嘴里开始发出一种奇怪的声音，听起来满腹期盼，又似乎带着忧伤，听得人心都碎了。光头坐在小饭馆，不停地回头看阿黄，端起酒杯又放下，显得心神不定。

突然，街那头跑来一条小黄狗，肉乎乎的，和阿黄仿佛是一个模子里刻出来的。小黄狗径直朝阿黄扑了过去，含住它干瘪的奶头吮吸起来。可是，阿黄两天没进食了，一点奶水也没有。小黄狗吃不着奶水，着急地叫着。阿黄心疼不已，只能用发干的舌头舔舔小黄狗。

见此情景，街坊们全围了上来。光头也放下酒杯，跑过来兴奋地说："这下好了，待会儿看小黄狗往哪儿跑，就知道主人是谁了。"话音未落，小黄狗突然转身，朝大毛的超市跑去。大毛一家三口也在人群中，见此情形，不禁吓出了一身冷汗。

此时，小黄狗在人群里不停地拱来拱去。突然，一个小孩吓得哇哇大哭，大毛立刻有了主意，他抱起小孩，猛地踹了小黄狗一脚，嘴里骂道："哪来的野狗，咬了小孩怎么办？"

大毛那一脚太狠了，小黄狗被踢出足足七八米远，头部撞在墙壁上，顿时鲜血四溅，瘫在地上。众人一阵惊呼。阿黄见幼崽丧命，撕扯着铁链，凄惨地干嚎着，同时，目光凶狠地瞪

着大毛。光头也愣住了，过了一会儿，再看看阿黄，已经软软地瘫在地上，奄奄一息了。

光头叹了口气，说："算了，看来你主人不心疼你，那一万块钱我不要了！"说罢，急忙跑去饭馆，问老板要了一盆骨头汤，放在阿黄面前，然后，小心翼翼地打开了铁锁。谁知，饿了很久的阿黄竟然呆呆地盯着肉骨头，一动也不动。

围观的人群纷纷指责道："造孽呀，好好的一条狗，就这样丢了性命……"

光头满脸羞愧，匆匆上车跑了。

光头一走，小毛忍不住好奇地凑到阿黄跟前。突然，阿黄睁开眼睛，像饿狼一样凌空扑了过去。那一扑，似乎凝聚了阿黄所有的力量，小毛重重地摔在了地上，嚎啕大哭起来。

阿黄张开大嘴，露出了尖尖的利牙，作势要咬。顿时，所有的人都屏住了呼吸。大毛夫妇吓坏了，撕心裂肺地大喊："阿黄……"阿黄抬起头，呆呆地望了望大毛夫妇，又低头看了看小毛。那一声熟悉的呼唤，它已经期待了好久，这一刻，终于听到了。

过了一会儿，只见阿黄轻轻伸出舌头，像刚才舔自己的幼崽一样，替小毛舔了舔伤口，然后，一瘸一拐地走了。从此，再也没有回来。

（题图、插图：张恩卫）

38

□瞿德军

一张QQ币

万事留心皆学问,在日常生活中,如果能别具慧眼,发现别人视而不见的东西,说不定就撞了大运,年轻人星剑就是这样的例子。

星剑大学毕业刚工作,工资很低,手头很是拮据。这天,他从ATM机里取钱,发现了一张特殊的百元人民币。这张人民币的号码前两位是字母"QQ",后面是一串八位数字。这一发现,让他吃惊不小,这不是一张"QQ币"吗?

星剑赶紧跑到网吧,上了QQ,输入这张人民币上的八位数字,嘿,还真有同样号码的QQ号。看这个QQ号的资料显示,QQ主人是一个叫雪米的女孩。星剑激动得双手颤抖,要发财了!他决定,无论如何,都要想办法把这张QQ币卖给雪米。

星剑马上把雪米加为好友,可对方设置了身份认证,星剑加不上去。星剑写了一封情况说明信,说这张QQ币对雪米来说,具有重要的收藏价值,他还把那张QQ币用手机拍下来,一起发到雪米的QQ邮箱里。

可星剑等了好久,都没有回音,他怕雪米没注意到他的信,又发送了一遍。过了好几天,还是没有消息。星剑很有耐心,一有空就上网重复发送,可能是经不住他的死缠烂打,雪米终于回信了:"你的创意挺好,照片PS得也不错,可惜是个骗子。"

见对方误会了,星剑立刻写信解释道,如果这张QQ币与雪米的QQ号绑定的话,就是一件很有升值潜力的收藏品。他借了个数码相机,清晰地拍下了那张QQ币,连同信件又一起传了过去。

真可谓峰回路转，很快，雪米主动加星剑为好友，和他谈起了这张QQ币的事情。

雪米好奇地问："你说这张QQ币真的会值钱吗？"星剑信誓旦旦地回道："请相信我，你的投资一定会有丰厚的回报。"两个人你一句我一句的，星剑终于把雪米给说心动了，雪米同意五千元钱买下这张QQ币。不过，她要求星剑把QQ币包好，第二天放到南湖公园北侧指定的一棵大树下，雪米会派人去取的，验好货再交钱。

到了约定时间，星剑兴冲冲地来到南湖公园，可是走到北侧，发现那里是一片高楼，根本就没有树。星剑

赶紧上QQ问雪米，是不是搞错了？

雪米连声说着对不起，说她看的地图版本太老，接着又说道"你要是真有诚意，就坐火车到我家乡来，下午四点半到站，你就站在车站的售票大厅门口，手里举一把黄伞，到时会有人过去跟你联系的。"

星剑听了有些为难，可看着手里的QQ币，他真的不想当成一百元钱去花，更不想让自己一个很好的创意流产，他决定亲自去一趟，就当出去玩了。

可当星剑来到约定的车站，雪米还是没有出现。星剑生气地上网质问雪米到底是什么意思。雪米抱歉地说："我已经看到你了，这次我真的相信你了，也相信你的QQ币能值那个价，可是我手里没那么多钱，我决定忍痛割爱，把我的QQ号卖给你，成全你行吗？"

被雪米将了一军，星剑无言以对，他也想过拥有这个QQ号，可是手头没有钱啊。

这时，雪米的头像又闪了，她反问道："你哑巴了吧？不说话，就证明你自己觉得不值，连你自己都没信心，为什么还要劝别人买呢？"

星剑仿佛吃了一个耳光，如果不买下，就说明自己是一个骗子。他当场就决定，无论如何，也要买下这个QQ号，因为诚信很重要。他让雪米在QQ上等着，三天后，他会把钱汇到雪

米的银行账户上。

于是，星剑请假回了一趟乡下老家，见到了年迈的父母。星剑知道，要是实话实说，两位老人肯定不会拿钱的，于是他撒了一个谎"我认识了一个女朋友，条件特别好，我准备到她家里去一趟，用五千元钱算是定情了。"父母一听，欢天喜地地说："下次把她带回家，让爹妈看看。"说完，就高兴地拿出了五千元钱。

很快，星剑回到了城里，把钱汇到了雪米的银行账户里。雪米收到后，就将QQ号的密码、绑定邮箱和密码问题都给了星剑。接着，星剑开始在网上叫卖这份藏品。感兴趣的人不少，可到了最后交易的时候，都没有成功，对方都怕他是网络骗子。星剑有些伤心，但他相信自己的眼光不会错，这是一份有价值的网络收藏品，总有一天会遇到识货的买主。

这天，星剑突然接到了母亲的电话，问他女朋友的事怎么样了。星剑随口说道："挺好啊，我到她家里去过了，她父母对我特别满意。"

母亲焦急地说："那你还等什么？把她领家里来看看。"

星剑一听，知道不好办了，只好又撒谎说："妈，实话跟你说，那个女朋友黄了，你可千万别告诉我爸。"说完，就挂了电话。

第二天，父母就风尘仆仆地从老家赶来了。父亲一见面就问："不是谈得好好的，怎么黄了？"

星剑小心翼翼地应付说："他们家里不同意。"

母亲叹了口气，说："不同意就不同意吧，没什么，慢慢找，我和你爸就是怕你想不开，特意来看看你的。"

星剑长出了一口气，突然觉得对不起父母，嗫嚅着说："爸妈，我倒是没什么，可是那五千元钱……要不回来了！"

父亲一听，瞪大了眼睛说："什么？婚事不同意，钱还不还？哪有这个道理，她家在哪儿？我找她们去。"

星剑看这情形，觉得事情不好收场了，赶紧拦住了父亲："爸，妈，我错了，我骗了你们，根本就没这回事。"接着就把事情经过说了一遍。

父亲听完，气得直哆嗦，骂道："儿子，那五千元钱，是我和你妈土里刨食，干了一年才攒下的，就值一个什么号？你让人骗了！你口口声声说对陌生人讲诚信，可是你对父母却说了一大堆的谎话！"父母一跺脚，就回家了。

听了父母的教训，星剑突然觉得自己很没用，被人骗了还不知道，还反过来骗自己的父母。星剑后悔死了，他决定远离网络。可没有网络的日子，星剑过得并不开心，他觉得仿佛与这个世界阴阳相隔。

过了一阵子，星剑忍不住又打开了QQ，里面有好多的网友要加他，这些人都是对他的那张QQ币感兴趣。星剑心想，这些人里，会有多少个骗子呢？他一个一个地回复他们，这张QQ币是无价的，他是永远都不会卖的。

让星剑想不到的是，他说卖的时候没人肯买，现在他说不卖了，这些人反倒是跟着起哄要买，一起竞拍加价，价格炒到了一万多，可星剑就是不卖。

这天，星剑收到一个叫明月清风的网友写给他的一封邮件，邮件里说，无论花多少钱，明月清风都要买下那张QQ币，并说第二天会在红花酒楼里等星剑，一直等到他来为止。

考虑了一晚上，星剑还是决定去一探究竟。第二天，星剑来到了红花酒楼里明月清风指定的包间门口，他迟疑了很久，才推开了门，只见里面坐着一个漂亮的女孩。

星剑好奇地问："你就是明月清风？"女孩点了点头，说："不像吗？"

星剑说："可你的QQ资料里显示是男的。"女孩笑了："网络嘛，真真假假，虚虚实实。"

坐下后，星剑问她为什么非要买下QQ币不可，女孩突然严肃了起来，叹了口气说："等你听完这个女孩的故事，你一定会卖给她的。"接着，她就讲了起来：

有一个女孩，毕业后到了一个陌生的城市，她在网上找工作，结果所有的钱都让网友给骗走了。走投无路时，她想到了自杀，就在她最后一次上网时，她发现了一个男孩的好多邮件，起初她以为这个人也是网络骗子，所以想抓到这个骗子再走。于是她和骗子周旋起来，可让她万万没想到的是，对方并不是骗子，还给她寄了五千元钱，让她顺利地找到了工作，重新获得了做人的尊严。所以，她想永远收藏那张带给她生命奇迹的QQ币。

听到这里，星剑吃惊地看着眼前的女孩，问："你就是雪米？"女孩点了点头。

星剑没想到，自己无意中所做的一切，竟然挽救了一个女孩的生命。他拿出那张QQ币，动情地说："我把这张QQ币送给你，是你让我找回了信心，因为你不是骗子，我没有被骗。"

雪米捧起QQ币，真诚地说："我这次来，除了要收藏这张QQ币之外，还有一件事要问你。"星剑说："你问吧，我一定如实回答。"

雪米顿了顿，有点不好意思地问："你在网上做这样的傻事，你女朋友没有反对过你吗？"

星剑苦笑了一下："我还没有女朋友。"雪米一下子羞红了脸说："我也还没有……"

（题图、插图：张恩卫）

阿P团购

□刘 丹

阿P单位来了个新同事叫小孙。那天下班后，小孙拖着阿P来到一家气派的火锅店。

一落座，小孙就客气地说："阿P老师，我一个职场新人，刚上班懂得少，今后请您多多指导。"阿P一听，顿时觉得脸上很有面子，刚想发表一番感人的演说，这时，服务员送上了菜单。小孙指着一页菜单对阿P说："阿P老师，您看这份套餐如何？"阿P看了一眼，吓了一大跳，这是一份双人套餐，价格：八百八十八元。

阿P连忙摆手："不要太浪费嘛，咱们之间的友谊可不在一两顿饭上。"小孙可不答应，说："请您当然得上些档次了！"说着叫过服务员，指了一下菜单，又拿出手机按了几下，然后把手机递给服务员。服务员仔细看了

一下手机就还给了小孙，很快菜就上齐了。阿P和小孙就着热腾腾的火锅喝起酒来，很快两人就喝高了。

酒足饭饱，小孙又叫了辆出租车送阿P回家，在车上阿P口齿不清地说："小孙哪，今天这顿饭叫你破费了！"小孙连忙摆手，同样口齿不清地说："别客气，阿P老师，我实话跟您说吧，今天请您的这顿饭，是我团购来的！"

团购？阿P愣了一下，最近总能听到这个词，好像是大家一起买东西，就能便宜些，可吃饭也能团购阿P还真不知道，他刚想细问，小孙歪着脑袋醉醺醺地接着说："阿P老师，团购，你懂的！"一听这话，阿P怕在年轻人面前丢了脸面，忙说："我懂，我当然懂，团购好，好！"

第二天是周末，阿P一觉睡到中午，这才酒醒了，他想起了小孙说的

团购，不禁起了好奇心，他打开电脑，输入昨晚饭店的名字进行搜索，还真找到了。这是一家团购网站，团购的内容五花八门。阿P仔细一看，还真有这事，这种八百八十八元的套餐，团购价只要三百元，参加团购的网友只需在规定期限内，在网上付款，就会收到网站发来的确认短信，网友凭着确认短信就可以到饭店就餐了。

好家伙，现在还有这样的便宜占，阿P顿觉全身热血沸腾。接下来的几天，阿P一有空就上各大团购网站研究，他想看看年轻女孩喜欢团购什么。原来，阿P想给儿子的老师送点礼。这钱不要花太多，但又得让老师有感觉。

工夫不负有心人，这天，阿P在团购网站上发现，一家影楼的艺术照特别便宜，原价一千八百元，现在只要二百九十八元就能搞定。阿P立刻

付了款，很快就收到了定购成功的短信，并在短信中通知阿P拍片的日期排在一个月后，也就是八月七日。完成了一件大事，阿P的心情那叫一个舒畅，腰杆也挺直了。

回到家，阿P在小兰面前拿出手机，调出短信，然后看似不经意地递给小兰说："老婆，你看看这是什么？"阿P的本意是想让小兰把这条短信转发给儿子的老师。

不料，小兰看了看短信，突然一把搂住阿P的脖子，送上一个香吻，喜出望外地说："阿P，你终于变浪漫了！八月七日是我的生日，你让我拍一套艺术照，留住青春的记忆，这份生日礼物我喜欢！"

阿P一下子傻了，他可不敢说自己忘了老婆的生日，只得顺着老婆的话，连声说："老婆大人喜欢，就是我最开心的事，到时我陪你去！"

在小兰热烈的期盼中，拍艺术照的日子到了。阿P陪着小兰一起来到了那家影楼。拍照的人真多，阿P找到客服，拿出手机给她看团购短信，确认后就排队等候。

等了一会儿，小兰一脸焦急地把阿P拉到一边，说："阿P，我看我还是不要照了！刚才我在旁边看着，贴个指甲要一百元，化妆前的护肤品要一百元，选礼服又要一百元，还有很多的费用，而且照片要两个月后才能拿到手，算了算了，不照了！"

见小兰这么说，阿P男子汉的尊严立马上来了："老婆，你一年才过一次生日，花这点钱算什么！这是我阿P对你的爱，必须照！花多少钱都照！"听阿P这么说，小兰感动得差点掉下泪来。

好不容易拍完了照，阿P和小兰就开始天天等着影楼的通知，这一等就是一个月。小兰不高兴了，对阿P说："这相照的，不仅多花了钱，摄影师和化妆师的态度也不好，最后的相册还得等这么长时间，太没意思了。阿P，明年你可别送我这礼物了。"

阿P苦笑着安慰小兰："老婆，到时一本精美的相册到你手上，你就会觉得一切的等待都值了。我在网上看过了，那叫PVC相册，可好看了！"

又过了一个月，阿P接到影楼通知去取相册。客服的态度还是不冷不热，她查了阿P的名字后，扔给阿P一个A4纸大小的白皮本，转身就走。阿P一翻，大哪，里面小兰辛苦拍摄的照片，竟都用双面胶贴在了白皮本上，连自己家的普通相册都不如。

阿P气愤地喊住客服："小姐，这就是你们说的PVC相册啊，这简直就是本'白皮书'嘛！"客服冷冷地说："我们的PVC相册就是这样啊！你花那么点钱还想要什么样的相册？"

这时，阿P的身边又围过来几个顾客，她们也纷纷谴责影楼的这种欺骗行为。客服不耐烦地说："实话告诉你们，这次团购是我们和另一家影楼联合办的，结果那家影楼在收了款之后竟然跑了，要说欺骗，我们也被骗了。为了不让顾客白花钱，我们这是在赔本给你们照呢，你们就知足吧！"

阿P拿着相册回到公司，心想这本相册要是让小兰看了，不骂死他才怪！阿P正愁眉苦脸呢，正巧小孙来送文件，见阿P这样，忙问怎么了。阿P忍不住把团购摄影的事和小孙说了。

小孙听完，惊讶地说："阿P老师，我以为像您这样经验丰富的人对团购一定很在行呢！您没听说过：团购有风险，入团须谨慎嘛！这团购啊，有真给咱老百姓实惠的，也有打着团购旗号骗人的，比如有卖假货的，还有抬高价格的，像您遇到的还算好的，听说有的影楼在圈了一大笔钱后就玩消失，然后过一阵子换个地点重新起个名字，还会在一些团购网站上出现。总之，没有火眼金睛，还真得悠着点！"

阿P叹了口气，突然想起了一件事，不由得吓出一身冷汗：如果当初自己直接将这个团购送给儿子的老师，那这次上当的就是儿子的老师呀，那后果可就严重了！一想到儿子躲过一劫，阿P忘了不快，他大脑又开始飞快地转起来，想着如何回去摆平小兰。

（题图、插图：顾子易）

爱的位置

老师要学生们各剪两个小纸人，一个是"自己"，一个是"母亲"，另外再剪一棵挂满果实的果树。接着，老师要学生们围绕这棵果树，试着把"自己"和"母亲"摆放在什么位置。

几乎所有的学生，都把"母亲"摆放在树下，"自己"则摆放在树上。老师问他们这样摆放的原因，学生们说，因为树上危险，只有自己到树上摘果子给母亲吃，才会心安。

唯有一个学生，把"自己"摆放在树下，而把"母亲"摆放在树上。问其原因，这个学生说，因为只有母亲亲手摘下自己的劳动果实，才能真正享受到丰收的喜悦和甜蜜。

老师又问，树上那么危险，母亲从树上摔下来怎么办呢？这个学生回答："我在树下呀，我随时都会用我有力的臂膀和厚实的胸膛接住母亲。"

看来，一个人无论处在什么位置，只要他能从爱出发，心中装着爱，哪个位置都是爱最适合的位置。

（作者：黄小平；推荐者：思 洁）

态度也是财富

在北方有一座建筑精美、保存至今的古老庄园。这座庄园的院墙，由长长的条形石垒砌而成。相传在建造这座庄园的时候，庄园主人把建造院墙的工程承包给了老大、老二两兄弟。

开工前，庄园主人给了老大、老二每人一袋铜钱。他嘱咐老大和老二：为了让条形石结合牢固，一定要把条形石的上下两个平面打磨平整；实在无法打磨平整的，就在条形石之间的缝隙里塞上一枚铜钱。

两个多月后，院墙砌成了。庄园主人过来一看，很满意。虽然有些条形石之间塞了一些铜钱，但这种做法是他所允许的，早在预料之中。

这时，老大站了出来，想把先前庄园主人给他的那些铜钱，还给庄园主人。砌墙的时候，他非常用心，把每一块条形石都打磨得异常平整，庄园主人给他的那些铜钱，一个也没派上用场。庄园主人却把那些铜钱重新推给了老大，笑着说：那些铜钱，自打给了他们，就没打算收回。也就是说，老大、老二手里的铜钱，现在不论剩下多少，都属于他们的了。

望着大把的铜钱，老大高兴坏了。老二却懊悔极了。他的手艺，本来和老大不相上下，可是拿到铜钱后，他失去了打磨条形石的细心和耐心，条形石之间一有不平，就拿铜钱来塞。结果，手中一枚铜钱也没有剩下。

态度也是财富！用心做事，往往会有意外的回报。

（作者：刘克升；推荐者：黄　玉）

有个少年写了篇文章，十分得意，将它寄往报社，并告诉家里人，请他们准备好"惊喜"。

然而，很长时间过去了，没有任何消息，少年很沮丧。母亲见状，乐呵呵地抚摸着少年说："孩子，那篇文章写得很美，是我看见过的最好的作品。"少年没兴致听这样的夸奖，他已对自己失去了信心。

这时，母亲从瓶中取出一枝玫瑰，说："孩子，你看这是什么？"少年说："花。"母亲说："它是我种的，叫玫瑰，是一种植物。在姑娘们眼里，它代表美丽；对于一位商人，它是利润；而在一头牛嘴里，它又变成了食物。"

少年迷惑地望着母亲。母亲接着说："在我看来，那篇文章的确很优秀；但是，别人却未必有同样的感觉。因为各人的思维方式、审美眼光不同，每个人都有自己的角度，你要所有的人都赞赏你的文章，是不可能的，也没必要。为什么不继续努力呢，尝试各种各样的手法，写不同情趣的文章，再寄给十家、二十家报社呢？"

少年豁然开朗，不再在乎那"一朵玫瑰"的去向和结果，开始勤奋地写作，播种更多的"花朵"。他相信：他最终会被不同的人所接受、喜爱。

很多年后，这个叫海明威的少年成了大作家，从瑞典国王手中接过了诺贝尔文学奖。

（作者：刘珍莲；推荐者：偶　然）
（本栏插图：安玉民　梁　丽）

对玫瑰的看法

学写作文，从读故事开始

上帝送来的吻

□ 邢 东

意外失手

十六世纪中期，在欧洲西部的一个小镇上，有一个叫希尔的老贵族，他厚颜无耻，诡计多端，镇上的人们见了他都躲得远远的。

最近，老希尔看上了一个叫林赛的孤女，他不断给林赛送礼物，可林赛并不领情，把他的礼物全退了回来。老希尔又急又气，他让仆人去打听，这才明白，原来林赛有心上人了，他就是住在镇外的拉尔丹。

老希尔不由得恼羞成怒，拉尔丹只是个穷得叮当响的贱民，怎么有资格和自己抢女人呢？一想到"抢"，老希尔有了主意。

这天，老希尔带着仆人，跟踪林赛到了郊外。林赛正挖着野菜，老希尔冷不丁地走到她面前，嘿嘿笑着说："可爱的姑娘，做我的情人吧？我会让你住进高大的房子，让好多人伺候你……"

林赛把脸一扭，说"不要痴心妄想了！我宁愿和拉尔丹坐在门前的大树下看星星，也不愿住在你的豪宅里做噩梦！"

老希尔一点也不生气，他伸出双手，朝林赛扑了过来："姑娘，现在不管你愿不愿意，你还能逃出我的手心儿吗？"

两个仆人坏笑着扭过脸去，就在这时，只听到老希尔突然杀猪般地叫了起来，回头再看，只见他捂着肚子躺在地上，鲜血染红了他的长袍。林赛战战兢兢地站在一边，手里握着一把血淋淋的挖菜铲。

两个仆人惊叫着冲过来，背起老希尔，朝镇里的诊所跑去。

林赛这一铲子，差点儿要了老希尔的命。老希尔伤还没痊愈，就找到了镇上的法官凯文，要求他按照法律规定，立即绞死林赛！

凯文是个秉公执法的好法官，他知道，按照现行的法律，老希尔的要求并不过分：贱民刺杀贵族，就应该判为绞刑。

然而，凯文非常同情林赛，他劝老希尔放弃追究林赛，但老希尔一口拒绝了，他气势汹汹地嚷道："这个小贱人必须上绞刑架，而且必须在拉尔丹门前的大树下执行！她不是想和那个穷鬼一起坐在大树下看星星吗？哼，那我就让这棵树成为这两个贱民的噩梦！"说完，气呼呼地走了。

不一会儿，拉尔丹也找上门来了，他一进门，就伏在地上，哭着哀求道："法官大人，求求你救救林赛吧！"

凯文叹了口气，告诉拉尔丹：从法律角度来看，老希尔的要求是合法的，解救林赛的希望微乎其微。拉尔丹听后，绝望地走了。

送走了拉尔丹，凯文把所有的法律文件都翻了出来，他查了整整一夜，到天亮的时候，终于在一本老法

典里，找到了一条早已被遗忘的的法律条文：在对未婚少女执行死刑的时候，如果有人敢冲进刑场亲吻她一下，那么这个少女就可以免除死刑，但她必须嫁给亲吻她的人。

顿时，凯文欣喜若狂，他让助手赶紧把拉尔丹叫来，他有主意了……

危急时刻

到了行刑那天，全镇的人都聚集在拉尔丹家门前的大树下。绞刑架已经安置好，林赛站在绞刑架下，脖子上套着粗粗的绳子。

此时，凯文坐在大树旁边的一张桌子后面，旁边坐着他的牧师朋友。按照他事先给拉尔丹出的主意，在他宣布执行的那一刻，拉尔丹应该从人群里冲出来，冲到绞刑架下，亲吻林赛的脸颊。这样，凯文就可以马上拿出那部法典，当众宣布林赛无罪释放，并且必须嫁给拉尔丹，然后由牧师当场主持婚礼。可现在到了这最关键的时刻，拉尔丹却不见了！就连拉尔丹家的大门也一直紧闭着。

凯文焦急万分，正在这时，老希尔凑了过来，笑嘻嘻地说："法官大人，你是在找拉尔丹吗？他不会来了，我的仆人已经把他困在家里了。感谢你有个好助手，我只给了他二十枚金币，他就把所有的消息都告诉了我。现在，我可以去吻一下林赛，然

后请你判决：林赛必须嫁给我。当然，如果林赛还那么桀骜不驯，那她就是在找死，违拗我老希尔的人，连上帝也救不了她！"

凯文听了，只觉脑袋嗡的一声，他扭头寻找自己的助手，却发现助手已经不见了，凯文顿时全明白了。

这时，老希尔一步一晃地踱到绞刑架下，得意洋洋地喊道："林赛姑娘，我老希尔是真心爱你的，也不愿看着你被绞死。现在，我可以救你一命，只要你当着大家的面，承诺成为我永远的情人、奴仆，我就可以用我的一吻，把你救出来……"

老希尔正说在兴头上，没想到林赛一口唾沫啐在了他脸上，人群里顿时响起了一片叫好声。

老希尔恼羞成怒，他转身跑回凯文的桌子前，大声吼了起来："还等什么？赶紧执行！"

凯文站了起来，摆摆手说："急什么？牧师还没有给她做祷告呢，林赛这么年轻，如果没有牧师的指引，她可能找不到去天堂的路。"说完，他拍了拍牧师的肩膀，握了握牧师的手，说，"去吧，替这个可怜的姑娘好好祷告一下吧。"

牧师点点头，走上行刑台开始祷告。听着牧师的祷告，林赛的眼泪落了下来，人群中也有人开始低声哭泣。

老希尔知道凯文在拖延时间，可他一点儿也不着急，牧师的祷告终究会结束，到时候，看凯文还有什么花招？

绝妙之吻

就在牧师的祷告快要结束时，凯文突然惊叫起来："哎呀，法槌，我的法槌怎么不见了？"

没有法槌，凯文就没法下令执行死刑，这招数太小儿科了。老希尔立刻蹿到凯文的身边，翻了几下，就从桌子下面找到了法槌，他把法槌塞到凯文手里，回头一看，牧师正好结束了祷告，于是冲着凯文喊道"赶紧落槌吧，马上！"

凯文高高地举起了法槌，慢慢地落下，大家的眼睛都死死盯着凯文的手。可凯文的法槌落到一半，却突然停了下来，老希尔气急败坏地质问道："你又有什么鬼主意？为什么不赶紧落槌？"

凯文轻轻放下法槌，从桌子下面拿出一本很旧的法典，翻到其中一页，高声念道"根据古法典第七十二条规定，对于正在行刑中的未婚少女，如果有人亲吻了她的脸颊，行刑自动终止，她必须嫁给那个亲吻她的人……"

老希尔伸出手，在凯文眼前晃了晃，说："你眼睛没有花吧？刚才根本没有人上台亲吻林赛！"

凯文微微一笑，说："有，我亲眼看到了！"

老希尔朝人群看了看，说："他是谁？站出来！让我看看谁这么胆大包天？"

凯文走到行刑台上，指了指林赛的脸颊，大家仔细一看，原来林赛的脸颊上粘着一片翠绿的树叶。

凯文拈起那片树叶，说："刚才，就在法槌下落的过程中，我看到这片树叶飘然落下，粘在了林赛姑娘的脸颊上。你说连上帝也救不了她，可这片树叶是上帝送来的，上帝用它告诉我们：林赛不能死！"

老希尔的鼻子都要气歪了，他跺着脚嚷道："一派胡言！那只是一片普通的树叶，怎么会是上帝送来的？"

凯文不慌不忙地说："这当然不是一片普通的树叶。现在正值初夏，正是树叶生长的季节，这么绿的树叶，为什么会无缘无故落下来呢？而且恰恰在即将行刑的时候，落在林赛姑娘的脸上，又恰好被她的泪水粘住？这只可能有一个解释——上帝也被林赛和拉尔丹的爱情感动了！他不希望看到这份坚贞的爱情被一条粗粗的绳子结束！至于你说没有看到树叶落在林赛姑娘脸上，是因为你的眼睛一直死死盯着我的法槌，大家说说，你们看没看到？"

人群静了一会儿，突然爆发出震耳欲聋的喊声："看到了，我们看到了！"

老希尔眼珠子转了转，还是不服气地嚷道"法典上是说，如果有人亲吻了她的脸颊，她必须嫁给那个亲吻她的人，但现在只是片树叶，树叶怎能算数？"

凯文笑了笑，扬了扬手里的法典，说："不错！根据古法典规定，林赛只能跟这棵大树结婚，因为是这片树叶吻了她。不过，你并不知道，这法典中还有这样一条条文：主人对属于自己的财产，有自由处置的权利。这棵树是拉尔丹家的，怎么处置这棵树的妻子，由拉尔丹说了算！"

听到这里，老希尔一下子变得面如死灰，他用手紧紧捂住自己的伤口，喊道："快，快送我去看医生，我的伤口疼得厉害！"几个手下赶紧扶着他走了。人群里爆发出一阵哄笑声。

很快，刽子手把套在林赛脖子上的绳子解开了，几个小伙子撞开了拉尔丹家的大门，放出了拉尔丹，把他送到了林赛身边。

凯文笑眯眯地走到两个人身边，高声宣布："大家静一静，既然上帝都认同这对年轻人的婚事，我们还等什么？我宣布：林赛和拉尔丹的婚礼，现在正式开始！"

现场一片欢腾。拉尔丹一脸的幸福，悄悄对林赛说："连上帝都这样帮我们，我一定会好好待你一辈子的！"

林赛指了指身边的凯文和牧师，说："亲爱的，事情的经过，只有我看得最清楚：当老希尔威胁我的时候，凯文法官偷偷从身后的树枝上，揪了一片叶子，塞到了牧师手里，然后低声说了一句话。等牧师祷告快结束时，凯文法官高声嚷着法槌丢了，把大家的目光都吸引到了他那里。就在那一刻，牧师冲我使了个眼色，把树叶粘在了我的脸颊上。要说真正的上帝，其实应该是他们啊！"

牧师笑了笑，说："凯文把树叶塞给我时，只说了一句，让我把树叶粘在你的脸上。当时我也不明白他要干什么，没想到他能想出这样的主意！"

凯文擦了擦额头上的汗，说："当时，我也差点蒙了，幸亏老希尔说了句'连上帝也救不了她'，顿时让我眼前一亮。既然如此，那就只好让上帝送给林赛一个吻了！"

（题图、插图：佐　夫）

绿版编辑部各编辑邮箱：

吴　伦：wulun@vip.sohu.net
朱　虹：zhong98305@sina.com
刘迎曦：liuyingxi1203@163.com
颜轶超：yanyichao1004@sina.com
黄美舟：piggybank81@sohu.com

万里寻子

□ 刘　晖

清朝年间，万州有个叫关二的人，家有父母，老婆得急病死了，留下一个三岁的儿子。关二和父母对孩子万分疼爱，只盼着他平安长大。

不料儿子长到五岁那年，一日外出竟被人贩子拐走了。关二发了疯般在家附近四处寻找，却始终杳无音信。这天，关二告别父母，打算去外地寻找，不料越找越远，竟来到了千里之外的江南，算算这一趟走出家门，居然快十年了。

这天，关二来到了一个叫青州的地方。此时他早已身无分文，刚巧看见一家偌大的酒坊，于是上前找活干。酒坊的老板五十开外，姓杜，长

得慈眉善目，听关二说了自己的经历，深表同情，说："好吧，那你就留下吧。"关二喜出望外，连声道谢。

在酒坊做了几天，一日酒坊管事告诉关二，杜老爷请他晚上去一趟。关二受宠若惊，也不知杜老爷叫他去有什么事。

晚上，关二来到杜府，有人带他走进屋子，只见当中摆着一桌酒席，杜老爷已经坐在那里等着了。他招呼关二坐下，亲自给他倒上一杯酒，说请他来只是随便聊聊，没什么事。

酒过三巡，杜老爷问起关二有关他儿子被拐的事。关二说着说着，便眼眶泛红，嘴角抽搐，又说起自己这些年为寻找儿子受尽了苦难，却依旧难见儿子一面，终于忍不住扑在桌上嚎啕大哭："十年了啊……十年了，我还没找到儿子……"

杜老爷拍拍他的肩膀，问："关老弟，你一找就找了十年，接下去还有

什么打算？"

关二一抹眼泪，哽咽道："没什么打算，我还要继续找下去。"杜老爷想了想，又问："倘若最后还是找不着呢？"

关二一怔："那……我就把这条命丢在外面算了。反正，找不回儿子，活着也没啥意思。"

杜老爷沉吟片刻，忽然长叹了口气："关老弟，我也不见了一个儿子呀！"

关二大吃一惊，只见杜老爷痛苦地摇摇头，接着说道："我也只有这么一个儿子，在他七岁那年，被人拐去了。算起来，他今年也该有二十岁了。"

关二十分惊讶，问："杜老爷，您找过少爷吗？"

杜老爷点点头，叹着气说，开头几年，他也曾请人四处打探，直到今天仍杳无音信。事已至此，他也只能盼着儿子还活在人世，落在一个好人家里，过他自己的日子，虽然不能团聚，但也心安一些。

关二听罢，低头一想，自己的儿子要是落在一个坏人手里，此时正不知在遭受什么样的苦难呢。

杜老爷又对他说道"关老弟，你走过那么多地方，问过那么多人，有没有听到过我儿子的消息？"接着，就把他儿子的相貌特征详细地说了出来。

关二这才明白，原来杜老爷今晚请他来，是想向他打听儿子的消息。他细细地回忆起自己一路走来的地方，虽然也曾见到过几个被拐的孩子，但其中似乎并没有杜老爷的儿子。要么是女孩，要么年龄相差太大。

杜老爷看他摇头，尽管早在意料之中，但脸上还是掩饰不住一阵失望。关二忙说："杜老爷，以后我一定多多留意，如果知道您儿子的消息，马上就回来告诉您。"杜老爷微微点头，说那就拜托。

过了几日，关二正在酒坊干活，忽然有杜府的下人跑来传话，说杜老爷叫他马上去一趟。关二急忙跑到杜府，杜老爷一脸的着急，一见就问道"关老弟，你再说说你儿子的相貌。"

关二说"他一生下来，左脸就有一颗黑痣，后来越长越大，到现在，恐怕有铜钱大小了。"

"这就是了！"杜老爷轻轻一拍掌，"他肯定是你儿子。"

关二心中突地一跳，颤声问："什、什么？"

杜老爷告诉关二，他刚刚得到消息：上个月青州曾来了一伙盗贼，在偷盗一户人家时被抓住了两个，另有三个逃窜。后来有人回忆，逃走的三个盗贼中，有一个年纪轻轻，左脸有一块铜钱大的黑痣。

关二当下又喜又悲，喜的是儿子终于有了下落，悲的是儿子竟然做了贼。杜老爷又道："有人看见，那三个逃脱的人往平城方向去了。"

关二一下跳了起来："杜老爷，我这就去追！"

杜老爷道："也不急在这一时。"说罢拿出一包碎银，塞到关二手里，说这些银两就当是他的工钱。然后从桌上拿起一封信，叮嘱关二，待找到儿子回到家后，方可打开。接着又提笔另写了一封信，并告诉关二，他在平城有个姓卢的朋友，关二到了平城，可拿信去找他朋友帮忙。最后，杜老爷又备了一匹马，送给关二赶路。

关二感激不尽，趴在地上给杜老爷连磕三个响头，然后爬起来就走。

三天后，关二骑马到了平城，然后按照信上的地址，找到了杜老爷那位姓卢的朋友。这卢老爷看了关二递上来的信，就对他说："关老弟放心，

杜兄交代的事，我一定会尽力。"说罢安排他在府内住下。

第二日，卢老爷便亲自出去打听。到了晚上，卢老爷回来说，多日前，关二所找的人确实曾到过这里，但并没有犯案，而是径直又往介州方向去了。

关二一听，心中焦急万分，一夜合不上眼。第二天天一亮，他就要告辞前往介州。卢老爷让他莫急，说道："我在介州有不少朋友，我也给你带封信，好让他们替你打听。"说着提笔写好一封信，交给关二。

两日后，关二到了介州，谁料仍是迟了一步。卢老爷的朋友很快打探来消息，说那三人已经逃往增县了。关二临走时，卢老爷的朋友又依法炮制，

给他写了一封信带去增县。

就这样，关二依照儿子的行踪，自北往南，一路狂追，但结果都差了一步。一个多月后，他到了郁州，这里离关二的老家万州仅有一日半的路程了。

在来郁州之前，前面的人又给关二一封信，让他求助郁州的朋友。关二找到信的主人，那人只出去打探了半个时辰，就回来告诉他，那三个人前天曾在郁州出现过，但关二要找的那人昨天独自往万州方向走了。

关二一听，高兴得流下泪来："苍天开眼啊！"他心想，难道儿子知道了自己的身世，不愿再做贼，与那伙人分道扬镳，自己回了家？他立刻动身回家。

第二日中午，关二就回到了家门口，一看，大门却紧闭着。他上前一推，口中大叫："爹，娘，儿子回来了！"冲进屋内四处一看，不禁呆住了，非但儿子没回家，连父母都不见了。屋内挂满了蜘蛛网，灶台冷清，落了厚厚一层灰尘，显然好久没有人在此居住了。

关二呆了半晌，口中大叫着"爹、娘"，转身想出去找个邻居问问。跑到门口，刚好外面有个人进来，仔细一看，原来是他的二叔。

关二顿时泪流满面："二叔，我是关二啊！"

二叔手中提着香烛祭品，听了这话，猛地一怔，接着一巴掌打了过来："你还回来干什么？"

关二捂着脸，不解地瞪着二叔。二叔老泪纵横，颤巍巍地指着他骂："你你这个畜生！还有脸跑回来？你一走十年，把老父老母扔在家中忍饥挨饿，你老父去年病死在田头，还是乡亲们给他凑了副棺材……"

关二"啊"地叫了一声，心中悔恨不已。此时他才想到，自己离开家的时候，父母尚能下地种田，谁知自己一走就是十年，老父去年已过七十了呀。

关二哽咽着问二叔："那、那我母亲呢？"二叔长叹一声："她见你久久不归，早在五年之前，就一个人跑出去找你了，直到现在，音信全无啊，多半是死在外头啦！"

关二蹲到地上，掩面痛哭。二叔怒斥道："关二，你走了十年，父母都死了，你还回来干什么？还不如死在外面算了！"说罢，踉踉跄跄地走了。

关二哭了半天，突然想起杜老爷给他的信，赶紧摸出来拆开，只见上面写道：父母在，不远游。关兄弟，好生在家侍奉双亲吧……

只看了两句，关二已经明白了杜老爷的一片苦心，禁不住泪如泉涌。只过了一天，关二骑上马又离开了家乡。只是这一回，他却是要去寻找自己的母亲了。

（题图、插图：黄全昌）

茶蛹

□ 风过铃

百年老字号品茗茶庄是青州最大的茶庄。这日，茶庄方老板刚打开店门，就从外面拥进来一大群客商，嚷着要退货。方老板忙问缘故，为首的是个粗壮汉子，气愤地说："方老板，你以次等茶叶冒充好茶卖给我们，这是为何？"

方老板一拱手，朗声说："品茗茶庄创立百年，一向诚信待客，这才有了今日的成就，我方某岂能自砸这块金字招牌？诸位可能有所误会了。"

粗壮汉子冷笑一声，取出一包茶叶道："这是我昨日在你这里买的上等白毛尖，你自个儿看看。"方老板接过茶叶仔细察看，确实是自家茶庄卖出的上等白毛尖无疑。粗壮汉子又说："你先沏上一盏，尝尝再说。"

方老板依言，用手中茶叶沏上一盏，才尝了一口，立刻呆若木鸡。品茗茶庄之所以能在青州茶界占据龙头之位，是因为其茶叶历来都以祖传秘法炒制，入口醇厚，回味无穷，但这茶入口却寡淡无味，如白开水一般。

方老板又从其他客商那里取了些茶叶泡上一喝，也是淡然无味。他愣了半晌，吩咐账房将银子赔付客商，然后颓然坐在椅子上，思忖起来：从采摘茶叶，到挑选、炒制、焙干，都是自家伙计操办，最重要的几道工序还是自己亲自动手的，其间并无差错。较之往年，今年炒制的茶叶成色要好许多，原本以为可以大赚一笔，谁知会出这么大的纰漏。

就在方老板百思不得其解时，从外面进来一个年轻和尚。这和尚法名清风，是城外白云寺住持苦竹大师的

徒弟。这苦竹大师是方老板的老友，爱好喝茶，每年都要差清风来品茗茶庄买些上等茶叶。

方老板见了清风，苦笑道："清风小师父，今年恐怕要让你空手而回了。"接着就把事情经过说了一遍。

清风听了沉吟片刻，道："方老板，可否带小僧去存放茶叶的仓库看看？"方老板领着清风来到仓库，只见一篓一篓的茶叶堆积如山，清风搬起一篓茶叶，悉数倒在空地上。

方老板不知清风葫芦里卖的什么药，只见他一连倒了七八篓茶叶，才歇了手。清风从倒在地上的茶叶里捡起一件东西，笑道："方老板，你的茶叶变了味道，就是这东西作怪。"方老板定睛一看，这是一条碧绿色的蚕虫，手指粗细，晶莹剔透，竟似用上好翡翠雕成。

这时，正好有两个伙计抬着一篓刚炒好的茶叶来到仓库，清风从篓里取了一撮，泡成两杯，方老板喝了一口，只觉入口醇厚，与往年无异。方老板正觉奇怪，清风微微一笑，把那条翡翠蚕虫轻轻放入篓里，不一会儿，那蚕蠕动了起来，竟是活的。

那蚕在茶叶上蠕动了一圈后，身上变得更绿，也更透明。清风从篓里取出一撮茶叶，又泡了两杯，这次的茶水却没了味道。清风这才说道："小僧曾听师父谈论茶经，说世上有一种怪虫，以茶为食，方才听方老板说起

这事，就怀疑是此虫作怪，才请方老板带小僧到仓库里来查找一番。"

方老板恍然大悟道："可这茶虫是怎么到我的仓库里来的？"清风道："这茶虫极为罕见，只栖息于百年以上的老茶树上，这次却在方老板的仓库里出现，小僧也觉得奇怪。"

方老板略一思索，说道"品茗茶庄的茶叶比别的茶庄香醇，除了炒制方法不同，茶叶也是我带着伙计进入深山，专门从上了年岁的老茶树上采摘而来的。莫非这茶虫是伙计上山采茶时，无意中连带着茶叶一块儿采来的？"

清风笑道"俗话说老树新芽，茶中极品。茶虫来到你家仓库，犹如空手入宝山，难怪赖着不肯走了。"

方老板听他说得有趣，不禁笑了起来。清风又道："这茶虫还有一个奇特之处，到了月圆之夜，吸足茶味的茶虫能像蚕一样化蛹结茧，可称天下奇观。我师父年轻时游历四方，因机缘巧合，见过一回，小僧却一直无缘得见。"

方老板一听，好奇不已，心动道："今天是初九，离月圆之夜不过六天，到时我俩可一道观赏。"清风摇摇头，说："方老板有所不知，这茶虫极难饲养，每日至少进食一担上等茶叶，到了结茧之日，还需岫玉和无根之水作引，这二物白云寺中倒有，但六天下来消耗的茶叶，可不是一笔小数目。"

方老板哈哈一笑，说："区区数百斤茶叶，又有何难？清风师父帮了我这么个大忙，茶叶就由我来出了。"清风喜上眉梢，说："那有劳方老板破费了。"

清风告辞后，方老板按清风所说，把茶虫单独放在一间静室里，每日以茶叶饲养。一晃到了月圆之夜，清风如期而至，只见茶虫比当日更加莹润，身体里还隐隐透出绿光。

清风取出一个竹筒，把里面的清水倒进钵盂里，又拿出一块薄如蝉翼的岫玉，轻轻放于水面上，把茶虫置于玉上。茶虫到了玉上，身子蜷缩成一团，口里开始吐丝，其丝浅绿，散发出一股浓郁的奇香，闻之令人神清气爽，不一会儿，整个屋子都充满了茶香。

方老板不禁啧啧称奇，清风却一脸严肃，说道："这茶虫一旦结茧，离修炼成精也不远了，若等它破茧而出，恐怕于人不利。师父命我把它带回去，找个妥善之地处理掉，告辞了。"说着，小心翼翼地用筷子把茶虫结成的茧夹起放入锦盒，匆匆走了。

说来也怪，这屋子里的茶香过了整整三日，才完全消散。方老板为了弥补前些日子的损失，忙着带伙计上山采茶炒制，半个月后才空闲下来。

这日，方老板挑选了几斤新茶，正准备上白云寺向清风道谢，仆人来报说苦竹大师到访。

方老板连忙亲自出迎，沏上香茶，苦竹大师开口道："半个月前，小徒清风说是和方老板有约，离寺之后就不曾回来，故今日老衲前来询问方老板，可知小徒去向？"方老板奇怪道："那天晚上，清风取走茶虫时说要交给你妥善处理，怎会没有回寺？"

苦竹大师一愣："茶虫？"方老板

便把当日的经过说了一遍。

苦竹大师听了，默然半响，说："方老板，你可上了清风的当了。"方老板忙问究竟，苦竹大师说道"茶虫是千载难逢的灵虫，岂会害人？清风编造假话哄骗你，是为了把茶虫据为己有，唉，他得到了这件宝贝，想必已经远走高飞了。"

方老板大吃一惊，说"这茶虫真是个宝贝？"苦竹大师点点头，说："茶虫以茶叶精华为食，化蛹结茧后，体内蕴藏的茶气与灵气融合交汇，结成灵丹。任何粗劣的茶叶只要和这颗灵丹放上一夜，便可成为极品好茶。"

方老板听了，懊恼不已，苦竹大师却又叹了口气，说："方老板，可记得十年前青州大旱，你开设粥铺，施舍灾民的事？"方老板一愣："当年我不过施舍了几日米粥，跟大师的功德相比，根本不值一提。"

苦竹大师道："当年你救济了不少灾民，然而有一日你施完米粥后，却还有一个八九岁的男孩没有领到米粥，以致当场饿晕过去，你因有事要回茶庄处理，所以顾自匆匆离去，可有此事？"

方老板想了想，红着脸问："确有此事，但这事和茶虫有何关系？"苦竹大师道："这一饮一啄，莫非前定，那个男孩便是清风，当时我凑巧路过，将他救起，后来我见他天资聪

慧，又勤奋好学，就收他为徒，准备将衣钵传授与他，谁想十年后他仍然对你记恨于心，才会做出这等事来，这也怪我管教不严啊。"说完，告辞而去。

方老板万万没想到，十年前的一个疏忽，竟是茶虫被骗的前因，不禁追悔莫及。

几个月后，方老板从一位客商口中得到消息，说是京城里来了位年轻的茶商，所卖的茶叶醇厚香浓，味道纯正，生意特别好，很快成了京城巨富。根据客商的描述，那年轻茶商的相貌与清风极为相似，方老板听了嗟叹不已。

过了一年，又有消息从京城传来，说是年轻茶商成了富翁后，转而向皇帝进贡上好茶叶，皇帝喝了大声赞好，封茶商做了大官，命他按时进贡茶叶，开始半年并无差错，哪知之后进贡的茶叶每况愈下，皇帝一怒之下，抄了他的家产，年轻茶商因此服毒自杀，临死前说了一句让人费解的话："成也茶虫，败也茶虫。"

方老板终于明白，茶虫虽是个宝物，但使用也该有个限度，清风每日用茶虫生产大量上等茶叶，时日一久，虫中灵气渐渐消退，再也产不出好茶了。方老板不禁感慨万千："人的贪念都是从小到大，若是不能克制，也就离祸事不远了。"

（题图、插图：黄全昌）

煮熟的鸭子
也会飞

□ 范大宇

赵雷在北京漂了多年，有了点积蓄，经过小半年的折腾，他相中了一套房子。这房子位置好，在地铁旁边，两居室七十平米，不大不小，而且价格便宜，每平方米才两万出头。这真是打着灯笼都难找的好事儿。但天底下没有免费的午餐，正因为这房子太便宜太好了，赵雷就犯嘀咕，一点也不敢大意。虽然是通过中介，但赵雷坚持要面见房主。

房主是个五十岁左右的男子，人很精明、也挺实在，一见面就将房产证、身份证拿了出来。赵雷扫了一眼房产证，就发现了问题："这房主……"

那男子一笑，说："噢，是我爸爸

的名字。可是老爷子上个月去世了，把这套房子留给我了，还没来得及过户，这不……"

见赵雷沉默不语，那男子又递上几页纸。赵雷一看，原来是一份遗嘱。这遗嘱上写道："我百年之后，将位于某某地段的一套房子全部留给我的儿子某某某，其他子女不得分享。"

赵雷是法律专业出身，对这方面的事特别内行，于是问："令慈……"

那男子一愣，随即大笑，说"噢，你说我妈呀，她老人家早在十年前就'走'了。"

赵雷又仔细地看了一遍遗嘱，没有发现什么问题，而且在遗嘱的最后，还有公证单位的公证，证明此份遗嘱真实有效。

赵雷知道，这套房子的地段，房价已经近三万了。他不明白这男子为什么开价这么低，当他委婉地道出心

中的疑虑后，那男子说：一是自己还有房，二是眼下手头紧，急需一笔钱做生意。这笔生意做成了，就能把少卖的钱成倍地挣回来，如果把房价抬上去，人家都要按揭。他虽然要得低，可是得一次付清。赵雷听了，琢磨了一会儿，对那男子说："你这套房子我愿意要。可是老弟，恕我直言，一下子掏出一百多万，也不是小钱，我得方方面面考虑得周全些为好，我想咱们一同去公证处再当面核实一下，如何？"

那男子脸上有些挂不住，说"难

道我这公证是假的？你不愿意要就算了，我又不是卖不出去。"

中介公司的小伙子一看，马上打圆场，对赵雷说："哎，大哥，你上网查一查就是了。"

但赵雷也是个认死理的人，摇摇头，说："我不太相信网络。"说罢，"啪"地主动拍出一万块钱，说，"我拿一万，算是你们的辛苦费，行不？"

中介小伙子又转过身劝男子："大叔，咱真金不怕火炼。不就是去一趟嘛，我开车送你们！"

话说到这份上了，那男子再不去，倒好像心虚似的，于是就坡下驴，跟着赵雷出了门。

在公证处，人家一查档案，就承认有这么一份遗嘱，并应赵雷的要求，又开出了一份特别说明。

这下子，赵雷心中的石头彻底落了地。房型好，朝向好，地段好，价钱便宜，有公证，卖主又没有其他麻烦，这么好的事儿，真是打着灯笼也难找啊。为了防止夜长梦多，赵雷一反优柔寡断的作派，在公证处就与那男子签了买卖协议，并交了三万块钱的定金。

赵雷心中别提多高兴了，辛苦打拼十几年后，终于有了自己的房子！赵雷给妻子打电话，把购房的事连说了好几遍，简直比他当年考上清华还兴奋。

可是，好事多磨。就在赵雷拉着

妻子到家具城转悠时，他接到了中介公司的电话，那个小伙子沮丧地说："大哥，黄了！"

"什么什么，什么黄了？"

"那房子。"

"为什么？"

原来，那男子要卖房的消息传出后，他的三个妹妹不干了，说这房子不是哥哥一个人的，是她们兄妹四人共同的财产。

赵雷听罢，笑了，说："他那仨妹妹是法盲，她们的哥哥持有老爷子的有效遗嘱，这房子非她们的哥哥独自拥有不可。"接着主动给卖房的那男子打去电话，一条一条地分析法律条文，说你把心放到肚子里，你妹妹们这叫没事儿找事儿。

但事情并不像赵雷想象的那么简单，法院的传票下来了，法院开庭了，经过调查、审理，法院判决：这套房子由那男子与他的三个妹妹共同持有。具体到个人，就是那男子占 70% 的份额，他的三个妹妹各占 10%。房子买不成了，赵雷这个学法律的栽了个大跟头。

事后，不甘心的赵雷又作了一次深入的调查，终于深深叹了一口气，唉，真是智者千虑必有一失呀，我怎么就没有往那儿考虑呢？

原来，那男子的母亲十年前去世时，没有留下任何遗嘱，自然也就没有对这套房子如何分配留下方案，但这并不等于说她死后这房子就全归丈夫所有了。她的丈夫只有一半的产权，另一半产权理应按丈夫及四个子女各 10% 平均分配。当老爷子去世时，他只有这套房子 50% 的产权加上他妻子去世时留给他的 10% 产权。所以，他的遗嘱虽然真实有效，但只是部分有效，即他可以有权支配自己的那 60%。那男子只能得到父亲给他的"全部"，即 60%，加上母亲给他的 10%。

但赵雷不愧是学法律的。他在明白了自己在哪儿疏忽了之后，主动提出用钱买下那男子三个妹妹的产权。可是，那仨妹妹出的价格可不是每平方米两万了，她们开口就是四万，否则免谈。这下子，赵雷就要多掏四十万块钱呀。那男子也真是急等现金做生意，眼看到嘴的鸭子飞了，也不甘心，就主动对赵雷提出自己减去十万。

赵雷究竟买下了这套房子了吗？等我有消息再告诉大家。

律师点评：

本故事主要告诉大家一个法律知识：即在审核遗嘱时，光凭遗嘱文书公证的法律效力还不够，关键还得看遗嘱人是否处置了完全属于他（她）自己的财产。否则，就会出现故事中房产还有他人份额的问题，从而招来"煮熟的鸭子也会飞"的被动局面。

（题图、插图：刘斌昆）

他，是众人眼中不折不扣的"冤大头"，一次又一次地做出超越常人之事，让众人不解，令亲人反目，然而古话说得好，善恶到头终有报，只争来早与来迟……

□ 杜辉

冤大头

1. 好友设套

太行山下有个石槽村，村里有个单身汉叫李木，李木为人老实厚道，村里不论哪家有了困难，他都会主动帮助，出钱出力，不图回报。有时好心被骗，吃亏上当，他也无怨无悔，为此还落下一个外号：冤大头。

年前，李木卖了一头猪，得了千把块钱，他在镇上转了一个上午，买了点年货，待到日头当顶之时，他走进一家饭店，点了两个菜，要了一壶酒，自斟自饮。就在他自得其乐之时，忽然发觉旁边有人在盯着他看。他侧过脸去，和那人的目光一对，只见那男人和他差不多年纪，长相英俊，眉目清秀。

那男人朝李木一笑，然后走过来，在他对面坐下，双手抱拳道："刚才听店主叫你的名字，敢问兄弟，你就是石槽村的李木吗？"

见李木点头，那男人突然"啪"一拍桌子，兴奋地叫道："原来真的是你，本人久仰大名，心怀倾慕，早就想结交你这位朋友，可惜没有机会，想不到今天居然在这儿遇上了！"

那人一惊一乍，弄得李木一头雾水，只听那人自我介绍道："本人姓王名天秋，你叫我天秋吧。我是个民办教师，平生别无所好，最爱品读有格调的文章，结交有情义的人士。我听到许多有关你无私助人的事迹，对你敬佩得五体投地。在如今的社会，像你这样的人，着实是凤毛麟角呀！"

李木被夸得晕晕乎乎的，不知如何应对，耳中又听得天秋大声道"老板，多上几个菜，今天我请客！"

接着，两人热络地聊了起来，等到吃饱喝足的时候，两人已经以兄弟相称了。该结账了，天秋在身上左掏右掏，就是没掏出一个子儿，他急得直翻白眼，说："咦？钱呢？明明……"

这时李木已经交完钱回来了，他握住天秋双双还在不停忙活的手，说道："今天能认识你，我太高兴了，希望咱们还能再见面……"

天秋走后，店主对李木说"这小子明显是在宰你。是他请的客、点的菜，你干吗掏钱？"

李木正色道："你这话就不对了，对朋友要以诚相待，人家怎么会贪这点小便宜呢？"

店主撇撇嘴，说"什么朋友？你认识他吗？知人知面不知心，你呀……唉……"

几天之后，天秋不请自到，登门拜访来了。李木当即买酒买肉，热情招待，两人一直喝到日头西斜，天秋才打着饱嗝，告辞而去。此后天秋隔三差五出现在李木家里，李木一如既往盛情款待。可村里人却看不下去了。

村里有个德高望重的老五伯，是李木的远亲，他指着李木的鼻子训斥道："你的钱是大风刮来的还是大街上捡来的？别人宰你不奇怪，可你自

己心甘情愿伸长颈子让人宰，怪不得别人叫你冤大头，我看一点都没冤枉你！"

村民们也随声附和，劝李木多长点心眼，可李木却说："五伯，我知道您是为我好，大家都是为我着想，但你们想多了，天秋不是那样的人！人家登门是客，我能不接待吗？朋友之间不能太计较钱的事。"

老五伯气得一跺脚走了，但等到天秋再来的时候，老五伯领着村民把他堵在了村口，斜眼看着他说："看你气色不错呀，李木家的肉很好吃吧？有来有往才是人情世故，你什么时候也请咱李木一回？"

天秋不慌不忙地拍拍衣兜说：

"巧了，我今天来就是请李木兄弟去镇上最大的酒店吃一顿的。"就在这时，李木气喘吁吁地赶到了。

老五伯把李木拉到一边，吹胡子瞪眼睛地下了死命令："这次你绝对不许再掏钱！当冤大头也得有个限度，那种人让他出点血受点疼，再惦记着割你的肉时，他就得思量思量了。记住我的话了没有？"

李木只好点头答应，但心里觉得老五伯多此一举。他认为天秋今天既然有言在先请自己，恐怕自己想出钱也没有机会了，可让他没想到的是，平时海量的天秋，今天却酒量大减，等吃得差不多时，他竟醉得倒在地上，人事不知。

李木连摇带喊叫了半天，天秋却一点反应也没有。李木只得苦笑了一下，把手伸进自己的兜里。

李木不放心就这样离开，他把天秋扶到一个僻静的地方，往地上铺了些草，让天秋躺好，然后脱下外套盖到他身上，自己坐在地上守着。就在他要打瞌睡的当口，天秋突然一跃而起，目光炯炯地盯着李木，没头没脑地蹦出一句话："你听说过锦毛鼠三试颜查散的故事吗？"

见李木茫然摇头，天秋微微一笑道"锦毛鼠就是大侠白玉堂，他有意结交书生颜查散，为了试探对方的心胸，他佯装落泊，屡吃白食。颜查散毫无怨言，倾尽囊中所有，后来两人结为生死兄弟，演绎出一段千古佳话！"

李木听得一愣一愣地问道："这和我有关系吗？""当然有！"天秋说道，"我早闻你为人实在，但我还得亲自试一试，因为关系他人终身，我必须慎之又慎！"

李木越听越糊涂，呆呆地看着天秋。天秋用力一拍他的肩膀说："兄弟，你的桃花运降临了！"

2. 娇妻出墙

天秋说，他有个远房表妹名叫闰月。几年前闰月外出打工，爱上了一个能说会道的男人。不料那男人是个寻花问柳之徒，闰月发现之后，愤然与他分手。哪知这男人竟倒打一耙，把她说成水性杨花见异思迁的女人，害得闰月成为被人唾弃的对象。

闰月受此打击，便不再相信任何男人。转眼她已经二十七岁了，父母不断央人给女儿说媒，但闰月总是只见一面便彻底回绝，问她对男方哪一点不满意时，她的回答始终是四个字：不够老实。

作为表兄，天秋看在眼里，急在心上。就在不久前，天秋和一帮朋友聚餐时，听到关于李木的事，朋友们以嘲笑的口吻议论这位冤大头，但天秋听了却不由心中一动：世上还有如此老实之人？如果传言不假，倒是天作之合。于是天秋找机会和李木结识，经过几次三番试探，结果令他颇为满意。

听了天秋的讲述，李木不知是喜还是惊，好半天才说："竟会有这种事？你表妹那样挑剔，怎么会看得上我？"

天秋说："闰月现在唯一的要求，就是找个实在的男人，从这个角度看，你是最适合的。三天之后，就在这里，我会带闰月来和你见面。"

等见到那位闰月姑娘，李木又惊又喜，闰月长得实在太好看了：细皮嫩肉，粉面桃腮，如同一朵娇嫩的鲜花；但她的神情却很冷漠，柳眉微蹙，眼睛低垂，看都不看李木一眼。

李木本来就很紧张，见闰月这副表情，慌得他语无伦次，不停地擦汗。

闰月离开之后，李木觉得肯定没戏了。哪知第二天，天秋便找到李木，满脸笑意地向他表示祝贺，说是闰月相中了他，要他找媒人上门提亲。李木激动得声音都变了调说："天秋，你不是拿我寻开心吧？"

天秋脸色一沉，说："这是什么话？我把你当至交兄弟，对你掏心掏肺，你怎么能……"李木一把握住他的手："对不起，天秋，你别在意，我实在是太兴奋了，都不知道该说什么好了！"

天秋微微一笑道："你的心情我能理解。说真的，闰月是个百里挑一的好姑娘，如果不是受的心理伤害太深，恐怕她不会这么容易接受你，说到底这也是你们之间的缘分。好了，你就准备办喜事吧。"

春光明媚的四月，李木把闰月娶进了门，村里人感叹不已：真是憨人有憨福啊！

婚后，李木对闰月好得不得了，白天做好饭递到她手中，晚上打好水放到她脚下，连跟闰月说话都低声细语的。尽管闰月对他始终缺乏热情，但李木已经心满意足了，毕竟自己也真正有个家了。

可过了没多久，李木就打算外出打工赚钱。一来办喜事跟亲戚借了不少钱，二来李木一心想让闰月过上好日子。他把想法跟天秋一说，天秋不住点头道："不错，男人嘛，就得撑起一个家。我有个朋友在城里搞装修，我可以推荐你去他那里干。"

李木说"我就是不放心闰月，她一个人在家，她在村里连个熟人都没有。"

天秋拍着胸脯说："这个你不用担心，我会经常过来看看，照应一下，有力气活我也会帮忙干了，你在外面安心赚钱就行了。"

李木发自内心地感叹道："能结识你这样的朋友，真是我的幸运。"

很快，李木安心地外出打工了。一天晚上收工前，李木不小心弄伤了

手指,活是不能干了,只得提前回家。回到村里,已经是半夜了,门是从里面闩着的,李木砰砰敲门,叫闰月来开门。

房里突然传出慌乱的响动,分明夹杂着一个男人的声音。李木愣了一下,顿时,全身血液涌上脑门,发疯般用力踹门。随着门板轰然倒下,李木冲进屋里,猛地抬起头,看清了那对衣不蔽体、狼狈不堪的男女。

李木不敢相信自己的眼睛,他慢慢走上前,死死盯着那个男人,发出呓语般的声音:"天秋,是你……"

3.再遭伤害

天秋低着头站在那里,房间里死一般沉寂,只有李木急剧的喘息声。突然,李木发出一声怒吼,操起木棍朝天秋猛扑过去。

闰月不顾一切抢上前,用身体拦在两人中间。她披散着头发,冲李木

大声叫道:"你要伤他,先打死我!"

李木怒目圆睁,恶狠狠地瞪着闰月。闰月毫无惧色,冷冷地与他对视着。李木的双手开始发抖,木棍哐当一声掉落在地上。

闰月掉头向着天秋,撕心裂肺喊了一声:"你还不快走!"

见天秋的身影消失在夜色里,闰月缓缓闭上眼,泪水沿腮簌簌滚落。

这时,李木带着哭腔怒吼道"为什么,为什么会这样?你们一个是我最信任的朋友,一个是我最亲近的女人,你们怎么可以这么做,怎么可以……"

闰月轻轻叹道:"对不起李木,这件事从一开始就是个悲剧,天秋才是我自始至终深爱的那个男人……"接着,她就抽抽噎噎,说了起来。

原来,天秋和闰月根本不是什么表兄妹,而是一对交往多年的男女。好几年前,闰月便认识了天秋,她见天秋英俊潇洒,能说会道,顿时便被他勾走了心,并在他的甜言蜜语之下,很快委身于他。可天秋已有家室,当闰月提出让他离婚,天秋却告诉闰月,他老婆娘家在当地势力很大,搞不好会殃及自己和闰月两家。

情迷心窍的闰月,舍不下这个男人,多年来和天秋暗中来往。但纸里包不住火,

两人的关系还是暴露了，天秋老婆带着人气势汹汹地找上门来，闰月父母让她躲到亲戚家，老两口打躬作揖好话说尽，闰月虽然逃过一劫，但名声却彻底臭了，再也没人愿意给她说媒。

这天，天秋约闰月偷偷见面，对她说："我帮你物色了一个人选，这男人是个十足的老实疙瘩，老实到从不会怀疑任何人，嫁给这样的人，既能让你摆脱眼前的困境，也有利于我们日后来往……"

闰月虽然不愿意，但想到村里人的鄙视和冷眼，想到父母的伤心和为难，也只得无奈地接受了这种安排。她和李木成婚后，一切正如天秋所料，李木对他们毫无戒心，甚至把闰月托付给了天秋，两人明铺暗盖，好不快活。石槽村的人以为他们真是表兄妹，也没对他们的关系产生怀疑，哪知人算不如天算，李木竟会提前回来，撞破了两人的奸情。

李木听完，气得浑身发抖，悲愤地说："我把人家当好兄弟，人家把我当冤大头！他煞费苦心帮我牵红线，只是为了偷情方便！我被你们骗得好苦！"

闰月背对着他，缓缓说道"千错万错是我的错，不该把你牵扯进这份孽缘中。如果你不能再容我，我们明天一早就去离婚，彻底做个了断。"

李木没有出声，他一夜未眠。到天快亮时，他走到闰月面前，低沉地说："我想好了，昨晚那一切，只当是个噩梦，就让它永远过去吧。我不再追究你们的以前，但我也不希望你们有以后，你能做到吗？"

闰月双手掩面，泣不成声地点了点头。

可是，好事不出门，坏事传千里。很快村里人都知道了，他们一个个义愤填膺地说："这种女人不能要！李木，你如果有点血性，揪住她的头发，把她拖回娘家，我们和你一起去，向她父母讨回公道！"

李木摇头说道："我已经原谅她了，我不想再追究这件事。"人群中又有人说："那你也不能就这么放过她，至少要让她吃点皮肉之苦，你得狠狠把她打怕了，她才不敢有下一次！"

李木还是摇摇头，村民们只得快快散去，边走边愤愤道："冤大头，真是个不折不扣的冤大头！"

李木说到做到，在闰月面前，再也没提以前的事，对她也一如既往的好。但村里人对待闰月的态度就完全不同了，尤其是那帮嘴上不饶人的女人们。

这天，闰月在河边洗衣服，从上游飘过来一只鞋，她捞起这只鞋高高举着，朝着上边那群女人喊道"这是谁的鞋？谁的鞋掉了？"

一个尖厉的女人声音传了过来：

"那是我的鞋，不过我不要了，现在只有你才配穿！"闰月一愣，再看那鞋，原来是只破鞋。

在女人们的哄笑声中，闰月羞愤交加，衣服也不要了，顺着河边一路狂奔，惊得河滩上的鹅群"嘎嘎"乱飞，看鹅人一把揪住了她，叫道："闰月，你怎么了？"

看鹅人正是李木，他没再外出打工，而是买了一群鹅放养，此刻看着闰月的模样，再听到远处隐隐的笑声，他已明白了一切。

李木走到那群女人面前，言辞恳切地说道："我知道你们是替我不平，我真的很感激，可人难免有走错路的时候，希望你们再给她一个机会，以后别再为难她，我给大家鞠了个躬！"

李木俯下身去，现场一片沉默，过了好半天，才有个女人说道："李木，你如今一心一意为她，就怕到头来再受她的坑害……"

李木连连摆手，笑道："怎么会呢？她已经有了我的孩子……"

李木万万没有想到，那女人的话后来还是应验了。过了几个月，闰月顺利生了个儿子，取名叫小虎。就在小虎七个月大的时候，一天傍晚，李木放完鹅回到家，只见小虎在摇篮里哇哇大哭，却不见闰月的人影。李木有点奇怪，又等了一会儿，天已经黑透了，闰月还没有回来。

李木心里有种不祥的预感，他起身想去外面寻找，突然发现桌子上有张纸，他一把抓过那张纸一看，顿时觉得天旋地转……

4. 忍痛割爱

在这封信中，闰月告诉李木，她跟着天秋走了。原来天秋的老婆不久前死于车祸，天秋偷偷找到闰月，要闰月和他私奔，一起到城里去。尽管她对李木有深深的愧疚，对小虎有万般不舍，但她还是选择了离去，希望李木以后可以好好照顾小虎。

李木扶着桌子，定了定神，然后把哭着的孩子抱了起来，流着泪说："小虎，你再也没有妈妈了……"

从此以后，李木既当爹又当妈，含辛茹苦地拉扯着儿子，为维持生计他得种地放鹅，又不放心把小虎一个人搁在家里，于是他做了一个背篓，把儿子驮在背上种地放鹅。

就这样，日子一天天过去了，转眼间小虎七岁了，到了该上学的年龄。这天，李木领着小虎来到镇上，想给他买些必需的学习用具，父子俩说说笑笑，很是开心。

在一家文具店里，李木相中了一款儿童书包，让店主取下来，仔细看了下，头也不回地问道："小虎，这书包你喜欢吗？"

身后却没人应声，李木回头一看，哪还有小虎的影子？他连忙走出文具店，左右张望，还是不见小虎。他顿时有些发慌，快步走到转角处，当他看见小虎时，不由停住了脚步。

只见一个女人半蹲在小虎面前，双手放在小虎肩上，眼睛盯在小虎脸上，情绪激动地问着什么，小虎好像很害怕，只是一个劲地摇头。

这个女人烧成灰李木也认得，她就是李木爱过也恨过的闰月。闰月也看到了李木，她慢慢站起身，看了一眼李木，很快低下了头，似乎在等待着一场暴风雨的来临。

现场沉寂得令人窒息。小虎看看闰月，又看看李木，眼睛不停地眨巴着。终于，李木长长地吐出一口气，声音有些苦涩地说："闰月，这些年你还好吗？"

闰月没想到李木会是这种反应，一时间反而愣住了。李木对闰月确实有过切齿之恨，但这种恨意早已被岁月冲淡了，想想闰月毕竟和自己夫妻一场，还给自己生了个儿子。想通了这一点，李木早就不恨闰月了。

但对于闰月而言，李木这种态度，反而让她更难以承受。她宁愿李木狠狠地打她骂她，这样她的良心或许会好过一些。她明白自己把这个老实人伤得太深了，而今天又会带给他更致命的一击。她含泪望着李木，过了

好一会儿，好像是咬牙硬起了心肠，柔声对小虎说："你去那边玩会儿好吗？我想跟你爸爸说几句话。"看着小虎走开后，闰月才轻声说道，"这些年你一个人带着小虎，一定很不容易……"

李木不想谈这些，他打断了闰月的话，说："你想说什么就说吧，我还要带小虎早点回去。"闰月又沉默了，好半天才一声叹息道："在你面前我是个罪人，我做了太多伤害你的事，只是我没想到，我的罪孽还会延续……"

听她说出这话，李木警觉起来："你到底想说什么？"闰月声音不高，却字字清晰道："我要把小虎接回去……"

李木一愣，盯住闰月问："把小虎接回去？接到哪儿去？""当然是我那里，李木，小虎是我身上掉下来的

肉，这些年我想他快想疯了，去年我在城里买了房子，总算有条件把他接过去了……"

李木快气疯了，冲着闰月大吼："你想接走就接走？凭什么？"闰月一字一句道："就凭我是小虎的亲生母亲……"

"母亲？你配吗？"李木的愤怒如潮水决堤喷涌而出，"小虎喝不惯奶粉，整夜整夜哭闹时，你这个母亲在哪儿？小虎半夜高烧不退，我背着他往医院跑时，你这个母亲在哪儿？小虎长大了懂事了，看到别人都有妈妈，他哭着向我要妈妈时，你这个母亲又在哪儿……"

闰月的头低了下去，声音也低了下去，颤声道："我不是个称职的母亲，但我以后会好好补偿的，李木，求求你答应我吧……"

"你做梦！"李木冷冷道，"想把小虎从我身边夺走，除非踏着我的尸体过去！"

闰月重新抬起头，似乎下定了某种决心道："有件事我真的不想说，但你逼得我不说不行了……"

接着，闰月语气凝重地说："李木，小虎根本就不是你的亲生骨肉，天秋才是小虎的亲生父亲……"这话如同巨雷，震得李木全身发冷，脸色苍白。突然他像还了魂似的跳起来，冲上前，一把揪住闰月，嘶声吼道："你胡说……"他边吼边用力把闰月推倒在地。

闰月倒在地上，但她双眼仍然盯着李木，目光中丝毫没有退缩之意。李木大脑一片空白，他努力思索着，是的，小虎长得很秀气，像闰月而不像自己，那么他像不像天秋呢？忽然，他一个激灵，不对呀，从那晚天秋逃走到闰月怀孕，整整隔了半年，这期间他们哪来的接触机会？

闰月似乎看出了李木的心思，她从地上站起来，低声说道"你别忘了，我曾经回过几次娘家，每次经过村后那片树林时，守候在那儿的天秋便会把我拦住……小虎就是在那时怀上的……"

此时李木已是万念俱

灰，觉得整个世界快坍塌了，可闰月还在继续说道："我知道对你来说，这个事实很残忍，但早醒总比晚醒好，李木，你放心，我们一定会对小虎好的……"

李木呆呆地看着在远处玩耍的小虎，眼神里渐渐充满爱意，这些年他和小虎相依为命，早已建立起牢不可破的感情，难道血脉就能阻断自己对小虎的父爱吗？不！不能！

李木决心已定，他斩钉截铁地说："就算小虎不是我的亲生骨肉，我对他的感情也与亲生的没两样，我不会把他给你们的，如果你们不服气，可以打官司告我。再见了！"

李木径直朝着小虎走去，身后却传来闰月的嘶喊："李木，你自私！你只考虑自己的感受，你为小虎想过吗？你可以给他父爱，你能给他母爱吗？没妈的孩子多可怜！还有，你能给小虎创造好的条件吗？我已经给他联系了城里最好的学校，你呢？就想让他上村里那所破烂的小学吗？是你的感受重要，还是小虎的未来重要？"

闰月这番话，如同一记重拳，瞄准了李木的性格弱点，击中了他的要害部位。李木呆呆地站着，又看了小虎一眼，然后一咬牙，毅然朝另一个方向走去。他的步子越来越快，到后来变成了拼命的狂奔。他奔到一片荒芜草地，倒在地上，仰面朝天发出一声悲啸！

5. 破产救子

李木带着儿子出去，却独自一人回来，村里人见了都很奇怪。等到问清事情的原委后，一个个气得大骂，骂那对男女心太黑，怪李木心太实，不但没跟他们算总账，反倒白白把孩子给了他们！

这时老五伯发话了："亡羊补牢还不算晚，你明天就到城里去，想办法打听到他们住哪儿。什么话都不用说，直接跟他们去法院，让他们赔偿你这些年的经济和精神损失。到时候咱全村子的人给法院写联名信，一定帮你讨回这个公道！"

李木沉默半晌才说："孩子是我自愿给她的，只要孩子过得好，我什么也不计较。我若要他们一分钱，那会让我感觉是卖了孩子！再说真要打官司的话，夹在中间的最大受害者还是小虎，我不想看到那种局面。"

老五伯气得骂道："好！好！你这个冤大头，算是冤到家、冤到底、冤到头了！恐怕再也没办法更冤了！"

然而让老五伯万万没想到的是，李木还真的做出了更冤的事，冤得让老五伯彻底跟他翻了脸。

失去了小虎的日子，李木像是丢了魂，脸色呆滞，两眼迷茫，短短不到两年，人像是老了十岁。

这天，有个市人民医院的医生找

到李木，说前不久他们医院住进来一个身患重病的小男孩，大概因为手术和治疗费用太高，男孩的父母居然撇下小孩跑了，医院派人找到他家里，发现连房子都换了主人。

李木脸上陡然变色，颤声问道："那个小男孩是不是叫……小虎……"医生点点头说："我们实在不忍心把孩子撵出医院，但要院方承担这笔巨额费用也不现实。后来我们问孩子还有什么亲人，他说出了你的名字和住址，我受院方之托……"

李木没等医生说完，一把抓住了他的肩膀，心急如焚地叫道："别说了，快带我去医院……"

到了医院，李木推开病房的门，见小虎孤零零地躺在床上，全身浮肿，脸色灰白，双目无神。李木悲从中来，快步上前，俯身呼唤着小虎的名字。

小虎见到李木后，把头扭向墙壁，紧咬嘴唇一声不吭。李木好生奇怪，连声询问下，小虎才有气无力地说："你不是早就不要我了吗……"

李木只觉鼻子发酸，眼眶发热，说："谁说的？小虎永远是爸爸的好儿子，爸爸怎么会不要你？""那你怎么把我一个人扔下就走了？我还以为你再也不要我了……"

李木的眼泪终于刷刷刷地流下来，他紧紧搂住小虎，哽咽道："是爸爸混蛋，是爸爸该死！你放心，爸爸以后再也不会离开你半步……"

李木找到小虎的主治医生，详细地询问了他的病情后，不由倒吸一口冷气，小虎患的是风湿性心脏病，目前病情已经相当严重，急需更换心脏的两个瓣膜，否则随时有可能死亡。所幸手术的成功率很高，只要资金到位，小虎完全有可能恢复健康，但手术费和治疗费，至少在八万以上。

李木呆坐在医院走廊的椅子上，心情悲愤而沉重，他骂那两口子丧尽天良，抛弃亲生儿子，又发愁去哪筹集那八万块钱！

突然，他脑子里猛地闪过一个念头，但又马上被那个念头吓坏了。他想那样去救小虎，代价也未免太大了，那可是自己安身立命的根本啊！

李木心乱如麻地回到病

房，正好赶上小虎病情发作，剧烈的胸痛伴着呕吐，经过医生紧急施救，才缓解过来，小虎眼泪汪汪地看着李木，声音中充满恐惧和绝望："爸爸，我是不是快死了？我好害怕……"

李木肝肠寸断，他为刚才的犹豫而感到羞愧，他大声对小虎说："不准胡说！我这就回去筹钱，回来后咱马上做手术，用不了多久，你就会和从前一样结结实实、健健康康！"

当天李木回到村里，就把这个重大的决定跟村民们说了。大家听了，一个个瞠目结舌。老五伯指着李木，手不住地哆嗦："你说什么？你再说一遍……"

李木一字一句道："我要卖了房子，给小虎凑钱治病！"

老五伯气喘吁吁地说："卖房卖地是败家子才会干的勾当，你为了别人的孩子，竟然要卖自己的祖业！你以后有何颜面去见你的父母！去见李家的列祖列宗！"

李木低声说："我、我不能眼睁睁地看着小虎去死……"

老五伯怒道："他亲爹亲妈都不管，轮得到你去管吗？你花钱给人家娶了个老婆，你白白替人家养大了儿子，这还不够吗？现在孩子生了病又扔给了你，要你卖了房子去救他，这世上哪有这个道理？你被人家坑了半辈子不说，还要把一辈子搭进去？"

众人七嘴八舌相劝，李木始终一言不发，但谁都能看得出来，李木心意已决。这时老五伯颤巍巍地说道："良言难劝该死鬼，他铁了心要做冤大头，我们能有什么办法？卖吧！卖吧！他把祖坟卖了，跟我们也没关系！我们走！"

看着一干人愤然而去的背影，李木痛苦地低下头去。

离石槽村不远有家小型食品厂，厂方早就想在附近买套房子做仓库用，李木找到他们，双方很快谈妥，以九万元的价格成交。

很快，小虎的手术顺利完成，并出院了。由于需要定期到医院复查，李木在附近租了间民房住了下来。李木牢牢记住出院前医生的叮嘱，对小虎精心照顾、小心护理。为此，他不但白天竭尽心力，连晚上都睡不踏实。小虎需要增强营养，同时宜少食多餐。于是，李木把手中所剩不多的钱都花在了小虎身上，对自己近乎苛刻，一日三餐都是馒头加咸菜。

小虎一天天胖了起来，李木却一天天瘦了下去。这天他在火炉前熬鸡汤，突然觉得头一阵发晕，身子往前一栽，额头重重地磕在炉角上，扑通一声倒在地上……

6.善心如水

小虎听到动静，从里屋出来，顿时吓得魂飞魄散，他冲出屋子，没命地哭喊："快救救我爸爸啊……"

这时从对面的一棵大树后，闪出一个人来，一边奔跑，一边叫着："小虎，发生什么事了？妈妈在这儿……"

她正是闰月。闰月跟着小虎来到屋内，看到躺在血泊中的李木，赶忙一手捂着李木的额头，一手拨打了急救电话。

李木被推进了急救室，闰月呆呆地站着，医生刚才的话还在她耳边回响："伤者失血很多，处于休克状态，我们会尽全力施救，但你一定要有心理准备……"

身后传来小虎带着哭腔的声音："妈，我爸他会不会死啊……他说过再也不会扔下我不管的呀……"

闰月深吸了一口气，自言自语道"他不会死，他一定不会死！老天爷不会像我一样不长眼睛，他要就这样死了，这世上还有什么天理……"

接着，闰月双膝一屈，慢慢跪倒在冰冷的地板上，面对着急救室的门，含泪叫着："李木，你一定要醒过来，别让我负罪一生，我会一直这样跪着，向菩萨祈祷……"顿了顿，她神情凝重地继续说道，"为了你最爱的小虎，你也一定要坚持住，他不能没有父亲！你知道吗？李木，小虎是你的亲生骨肉，我上次之所以撒谎骗你，只是为了夺回小虎……"

闰月一动不动地跪在那里，往事如潮水般喷涌而出：当初她狠心丢下孩子，跟着天秋私奔到城里，她本以为爱情会让她忘掉过去的一切。但她很快发现自己错了，她已经成为了母亲，心里怎么也忘不了孩子，当她向天秋提出把小虎接来时，却遭到了天秋的强烈反对。天秋只想要自己的孩子。

可是几年过去了，闰月也没有怀上，她渐渐起了疑心，硬拉上天秋去医院一查，天秋傻眼了，他竟然没有生育能力。他不死心，到处寻医问药，又过了两年，他终于泄气了，为了自己老了之后有人养老送终，这才同意把小虎接来。

不料平安的日子只过了两年，小虎开始经常胸痛心悸，闰月带他去医院一检查，结果好似晴天霹雳。闰月决心哪怕倾家荡产，也要治好小虎的病！

闰月一心扑在小虎身上，却忽略了天秋的沉默。她做梦也没想到，在她最需要帮助的关键时刻，那个她深爱的男人，竟然一把将她推上了绝路。天秋偷偷卖了房子，卷了家产，离开了这座城市，和他同行的还有另一个女人。

闰月木然地站在一座桥上，脚下是滔滔的河水，她像个失去魂魄的躯壳，嘴里反复念叨着两个字：报应。小虎她是救不了了，与其眼睁睁看着儿子被病魔夺去生命，不如先他而去。闰月双眼一闭，从桥上跳了下去。

可是，闰月却被下游的一位渔民

救了起来。等到她身体一恢复，她谢过好心的渔民一家，急切地跑到医院。当她从医生口中得知，小虎已经转危为安，救他的人是李木时，禁不住泪如雨下。

闰月很快找到了李木和小虎落脚的地方，她想进去和他们相见，却始终缺乏勇气，她实在无颜面对这对父子，直到这天，她看到小虎惊慌失措地从屋子里冲出来……

闰月一直跪着，小虎几次拉她衣服，医护人员多次劝她，但她却执拗地跪着，两眼直视前方，嘴里喃喃自语："这些年来，我分不清好坏，辨不出香臭，把金子当废铁，把顽石当珍宝。我吃亏遭罪也是活该，却连累你跟着受苦受难。李木，求你再给我一次机会，让我用自己的后半生，还你的情，赎我的罪……"

急救室的门开了，医生走出来，宣布病人已脱离生命危险，闰月喜极而泣，急忙挣扎着站起来，进入病房。

在李木卧床养病的日子里，闰月像当初李木对待她那样，尽心尽力，体贴入微。

很快，李木的伤好了，不久小虎也结束了复查。这天，李木带着闰月和儿子，来到石槽村，想看看乡亲们，希望能得到大家的谅解。

一进村，李木便看到很多人在那儿忙活，那里原先是一片空地，现在已矗立起几间青砖瓦房。李木感到奇怪，这是谁家在盖房子，咋有这么多村里人帮忙？

这时一群人朝着他走过来，为首的正是老五伯，离着老远便拉开嗓门大声嚷道："是李木啊？你回来了？回来就好！"

李木快步迎上前去，声音有些哽咽"五伯，我……"老五伯摆了摆手："你什么都不用说了，该说的闰月都说过了……"

闰月？李木回过头去，闰月以微笑回应，他这才知道，闰月此前已经来过石槽村了。

前不久的一天，闰月来到了石槽村，她挨家挨户登门谢罪，忏悔自己的过往。正所谓解铃还须系铃人，村

里人和李木之间的心结，完全来自于闰月，现在既然连冥顽不灵的闰月，都被李木彻底感化了，大家还有什么可说的？

这其中感触最深的还是老五伯，当他得知小虎原来是李木的亲生骨肉时，不由惊出一身冷汗，自己差点成了促使李木害死亲子的元凶！再看看迷途知返的闰月，老五伯暗自发出一声感叹，看来是自己错了，人间自有公道，善心终有好报啊！

这时，老五伯掉转身，看着前方热火朝天的场面，挥挥手说："那天我站在这儿，对全村人说：李木是什么样的人，我相信大家心里有数。这些年里，谁得过李木的好，谁受过李木的恩，有木头的拿根木头，有砖头的拿摞砖头，什么都没有的，力气总有吧？咱们同心协力，帮李木把房子盖起来！大家说怎么样？我没想到的是，村里人都来了，你看……"

李木顿时热泪盈眶，张着嘴说不出话来，老五伯瞪了他一眼："还愣着干什么？自家的房子，自己还不出把力啊？快去快去……"

回城里的路上，闰月拐进一家服装店，给小虎看了下衣服，这样一来，便和李木父子拉开了一段距离。当她加快脚步想赶上去时，突然从斜刺里蹿出一个人，拦住了她的去路，闰月一见，失声叫道："天秋，是你……"

天秋眼中含泪，哀求道："我错了，离开你以后我才明白，我爱的只有你一个，没有了你，我的生命毫无意义。闰月，求你原谅我这一次……"

天秋深情款款地说着，闰月面无表情地看着。等到天秋自觉无趣，闭上了嘴，闰月这才开口说道："从前那个闰月已经死了，死在了滚滚河中，如今的闰月，心里只有一个人，那就是李木！"

天秋故作惊讶地说："你怎么对那个冤大头又有兴趣了？我就不明白他有什么好的？"

闰月掷地有声地回答："也许论外表和心计，李木没法和你比。但如果论人格和心胸，李木是天你是地，你根本不配和他比！我瞎了眼，才会爱你这么多年，如今我眼睛已经亮了，你别再妄想了！"

这下天秋彻底傻眼了，也许正应了一报还一报的说法，坑了闰月的天秋到头来又被新欢给耍了。那女人在一个深夜卷走了他的全部家当跑了。天秋人财两空之后，这才想起了闰月的好，他决定把闰月夺回来。这些年来，闰月只是他手掌心里的一个木偶，只要他动动手指，还怕闰月不乖乖就范？可惜这次，他失算了。

闰月头也不回地往前走去，李木和小虎还在前面等着她呢。看着那一家三口远去的背影，天秋慢慢地蹲到了地上……

（题图、插图：杨宏富）

故事会▪新浪 微故事大赛

7月优秀作品选登 （主题：情书）

@杨信社　大刘无房无车，几次恋爱都告吹。这天他发现一家情书代写公司，一封情书收费500元。不久大刘爱上一位姑娘，物质缺乏的他决定走浪漫路线，再次来到这家公司。详谈之后老板说："请交代写费1000元。"大刘迷惑："不是500吗？"老板说"收费标准根据难度而定，无房无车的加收500！"

@李龙1981　他很爱她，她也一样。只是她品学兼优，是清华大学的保送生，而他从不用心学习。高二结束，她向他要一件礼物，作为毕业分手时的纪念。他愣了好一会儿，最后说给她写一封情书，不过要用一年的时间。一年后，离别的车站，她拿到了他递过的信封，信封里面没有情书，是他的清华录取通知书。

@漫南　她在儿子的书包里看到一封情书。儿子还在读小学，就收到情书了！现在的孩子真早熟。走进儿子房间，发现儿子睡着了，一封写好的信放在一旁。她打开，看了之后很欣慰，信里说：我也喜欢你，可是我们还那么小，又正是学习的时候……她退出房间，儿子立刻睁开眼睛，重新拿出一张纸写回信。

@师逸而功倍　他和她交往了一段，双方感觉都不错，这时好友建议他给她写封情书，制造点儿浪漫。他不会写，只好上网搜了一篇。抄好后，他内心十分不安，在最后加了一句："这是我在网上下载的。"她看完情书后，给他发了条信息："你信里的一句话打动了我。""哪句？""最后一句。"

@乜也他　婚礼之上，朋友们恶作剧有意难为新娘子，让她读新郎给她写的第一封情书。新娘："他可早熟了，这是他小学三年级给我写的情书：我愿意把所有玩具都和你一起玩，我愿意把所有好吃的都和你分享……"新郎羞红了脸："你才早熟呢，其实当年最后一句我没好意思写：如果你愿意帮我写作业的话。"

@正版无字仓颉　第一次和你吃饭，我点了一桌我爱吃的菜，没一个合你胃口，我以为你会生气，可是你没有；那次，我硬拉你去看露天电影，果然下了雨，我以为你会说"早提醒过你"，可是你没有；我把你的新车撞坏了，我以为你会骂死我，可是你没有……我不是一个好姑娘，我以为你会去找更好的，可是你没有。

@流浪之羽　她一下子闯进我的寝室，怒气冲冲的样子。我把目光从书上移开，有些害怕。"什么年代了，你还从邮局寄信！我三个月后的今天才收到！""我……""信里什么都没写，还把邮票倒着贴！什么意思？""我……以为你……"沉默，许久。"傻瓜，你说如果信再晚些，咱们都毕业了，那多遗憾啊！"

（大赛启事见本期P18）

为啥不能
活

□ 张洪杰

正所谓，天灾人祸躲不过。这天半夜，村里的吴老二起来上茅房，刚提好裤子，突然感觉屋外传来轰隆隆的巨响。他只喊了句"不好了，山塌啦"，就连人带房被泥土埋住了。

不知过了多久，吴老二悠悠醒来，往脸上一摸，怪事，脑袋上套着一个蛇皮袋。他把蛇皮袋一扯，坐了起来，四周黑咕隆咚的，天还没亮。

吴老二一拍脑袋，明白了：哈，你们都当我吴老二死了吧？他站起来拍掉满头满脸的黄泥，活动一下筋骨，居然啥事都没有。往前面一看，只见几十道手电筒光在照来照去，大半个村子都不见了。大伙儿哭爹的哭爹，喊娘的喊娘，乱成一锅粥。

吴老二把袖子一挽，正要冲上去救人，忽然跟一个人撞了一下，那人打着手电筒，往他脸上一照，惊叫一声"吴老——"却硬生生把最后那个"二"字咽了回去。

吴老二眯着眼一认，这不是镇里的王主任吗？吴老二是镇里的重点扶贫对象，王主任就是和他一对一挂钩的干部。吴老二兴奋地说："是我呀，王主任，你们以为我死了……"哪知话没说完，王主任就一把捂住他的嘴巴，拖着他径直往暗处走。

吴老二吓了一跳，等对方松开手，迫不及待地说"王主任，你别怕，我不是鬼，我又活了！"

不料，王主任却默不作声，只是呼哧呼哧地喘气。吴老二手舞足蹈地说："真的！我吴老二命大，阎王爷不敢收，哈哈！"

王主任却皱起了眉头，有点责备地说："你怎么又活了呢？吴老二，你要活就早活嘛，哪怕早活半个小时。"

吴老二愣了一下，问："咋啦？我、我活得不是时候？"

"当然不是时候！"王主任拉他蹲在一个角落里，压低声音说，"你已经被宣布为遇难者了，领导向你鞠过躬了，也向上级通报了，可你现在又活过来，这算咋回事？你让我们怎么办？关键是，你让领导怎么办？"

吴老二又一愣，心想，难道被上报遇难就不能活了？

王主任告诉他，吴老二是县领导和抢救队一起扒出来的。当时，王主任认出了他，喊了句"这是我的挂钩对象吴老二"。接着，领导亲自摸了摸他的心跳，探过他的鼻息，然后对身边的医护人员说，这位老乡已经遇难了，快去抢救其他伤员。最后，领导亲手把蛇皮袋盖到吴老二脸上，深深地鞠了一躬。

听王主任说话的口气十分严肃，吴老二挠了挠头皮，说："可阎王爷不收我，我有什么办法？我跟领导说一声，说我并没有死，不就行了嘛！"

"你想得简单！"王主任板着脸说，"你考虑过这会造成什么影响吗？"

吴老二吓了一跳，王主任耐心地给他分析：领导当着这么多人的面宣布他遇难了，放弃了抢救，谁知死人又活过来，这事传出去别人会怎么想？领导的面子往哪儿放？轻的，会笑话领导不懂装懂；重的，会说领导草率对待人命！

吴老二越听越心惊，不由倒吸一口凉气，说："那、那咋办？总不成让我自杀吧？"

王主任苦恼地说："我也不知道咋办，我得去请示领导！真是麻烦！"然后叮嘱吴老二在这儿躺着装死人，在没有得到领导的批复之前，就算天上下刀子，他也不能爬起来吓人。

吴老二很不乐意，可也没办法，只好又躺回原来的位置上去，把蛇皮袋拉到脸上。

过了好一阵，王主任才悄悄地跑回来。吴老二急迫地问："怎么样？领导怎么说？"

王主任叹着气说："吴老二啊吴老二，你这次可把我害惨了，麻烦！"他担心引起别人注意，干脆陪吴老二一起躺着，在他耳朵边说，"领导说了，给你两条路选择：一是继续死下去，就当你没活过来。"

吴老二大吃一惊："第二呢？"

王主任小声说："第二，你再死一次，也就是回去让泥再埋一次，等我们把你扒出来，再光明正大地活过来。到时，我会说刚才认错了人，如此一来，才能顺理成章，天衣无缝。"

吴老二顿时哭笑不得，亏领导想得出这种馊主意！他又害怕又憋气，猛地把蛇皮袋一扯"管他呢，反正命是老子的，老子想咋样就咋样！"

"你敢！"王主任严厉地低声喝道，"你以为你是谁？你要想活就听我的！领导有本事让你复活，也有本事让你永远消失，你信不信？"

吴老二一听，没了脾气，咕嘟咽了口口水，说："该我倒霉，我认了！"

王主任爬起来，拉了拉吴老二，说："快，抓紧时间跟着我走，别让人瞧见，天亮就不好办了！"吴老二只好爬了起来，低着脑袋跟在后面，跌跌撞撞地回到倒塌的房子前。

王主任看看旁边没人，就打开手电筒照了照，叫吴老二躺下来。吴老二一瞧，王主任可真会找地方，这儿正好有个窟窿。

王主任让他把大半个身子藏进窟窿里，又往他身上堆了些碎砖黄泥。吴老二恳求道："王主任，你们可要说话算数，快点来救我啊！"

王主任点点头，叮嘱吴老二待会儿被挖出来时要装着昏死过去，领导会亲自给他抢救，到时再醒过来。说完，他就匆匆离开了。

吴老二等了好一会儿，也没见一个人影往这边来。他感觉双腿有点麻木了，想换个姿势，谁知一动，上面的泥石压下来，怎么也动不了了。

这下弄假成真，吴老二真的慌了，眼巴巴地盼着王主任带人来。哪知等了好久，还是不见人影。他又惊又怒，王主任这王八蛋，难道是骗人的？这么一想，他再也顾不了那么多了，张嘴就要喊救命。不料刚张开嘴巴，上面正好一堆泥掉下来，把他完完全全地埋住了。吴老二心说完了，这回真死了……

等吴老二再次醒来，发现自己躺在一张雪白的床上，原来这是医院的病房。吴老二把手放嘴巴里一咬，疼，到底还是活过来了！再看看全身，一个零件也不少。

正要跳下床，突然有个人走进来，猛地一声尖叫"天哪，他醒了！"没等他反应过来，病房里一下拥进几十个人来，举着长枪短炮，噼里啪啦对着他就是一顿猛拍。

王主任也来了，拼命挤到他身边，紧紧握住他的双手，激动不已地说："吴老弟，你醒啦！是县领导救了你呀！你挖出来的时候，谁都说肯定没救了，只有领导坚持说，你一定可以救活的，坚持要送你去医院……"

（**题图、插图：安玉民 梁 丽**）

"岳阳杯"幽默故事创作大赛征文选登
本活动由上海市松江区岳阳街道与本刊共同举办

请你吃饭

□戚 霞

大李最近当上了科长，饭局暴增，半年没在家吃过一顿饭。

这天，大李突然接到一个陌生电话，对方用威严的声音说："是小李子吧？"大李一愣，赶紧说："我就是，请问您是哪位？"

对方严肃地说："今晚我在明珠大饭店请你吃饭，有点事儿请你办一下，李部长也参加，你一定要来。"没等大李表态，对方就把电话挂了。

大李想来想去，他认识的只有县委组织部的李部长，说不定就是他，人家可是位高权重。于是，大李推掉了两个饭局，下了班准时来到明珠大饭店。

一走进包间，大李顿时惊呆了，只见包间里坐着的竟是老婆和儿子。

大李诧异地问："怎么你俩在这里？"老婆示意大李坐下，说："是我请你吃饭呀。"

大李惊呼："你请我吃饭？这哪儿跟哪儿呀？"

老婆埋怨道："自打你当上科长，一家人在一起吃个饭，简直比登天还难。我今天就是想一家人在一起吃个饭。电话是儿子捏着鼻子给你打的。"

大李冲儿子笑道："还说什么李部长作陪，你小子挺能蒙人的啊。"

儿子得意地说："我是我们学院体育部的部长，当然就是李部长了。"

大李哈哈大笑，拿过酒瓶给老婆倒酒，说："老婆，都是我不好，我保证以后尽量少在外面应酬，多在家陪你们一起吃饭。"不料，老婆却不以为然地说："可我不敢保证。"

大李一脸困惑："为什么？"

儿子笑嘻嘻地接上话茬说："老爸，老妈当上财政局局长了，这请她吃饭的人，早就排成队了。你以后想跟她吃顿饭啊，更难！"

就理三块钱

□ 邓祖薪

老王开了个理发馆。这天，有个男人走进店里要理发。老王拿起剪刀，飞快地给他理起来。理着理着，男人突然怪叫一声："停！"

老王吓一跳，问："怎么啦？"男人一指墙上："这怎么回事？"

老王一看，原来是这个呀！前几天他把理发的价格从三块提到了四块，还写在了墙上。

老王跟男人解释说，现在什么都

在提价，别的理发店早就提了。

可男人还是十分不满，埋怨道："你真是的，提价也不早点说！"

老王心想，早说又咋的？难道提到四块钱你就不理了？他正想接着理发，男人使劲地摆摆手，说："停！四块钱，我不理了！"

老王一愣，不禁又好气又好笑地说："理了一半，你这样没法出去见人啊！"男人往镜子里看了看头发，说"这样吧，你就给我理三块钱的。"

老王一听，简直哭笑不得，敢情这小子是来找茬的呀！这么一想，他也来了气："对不起，现在已经理了三块五了，你要么就理四块，要么就给钱走人！"

"什么？"男人大喊一声，"现在已经三块五啦？"

老王抱着手，冷冷地哼了一声，心说我还看你有什么花招。

男人耷拉着脑袋，沉默了半晌，猛地跳了起来，丢下一句："师傅，等我一下！"拔腿就冲出了理发店。

老王怔了怔，一拍大腿：这小子不但理了个霸王发，还带走了他的理发围裙！可没过几分钟，那个男人居然回来了，后面还跟着一个女人。他指了指墙上，对女人说："你看，我没骗你吧？人家真的提价了。"

女人看了看，扭头就走了出去。男人追出去喊道："老婆，求求你再给我一块钱，总得让我把发理完吧！"

喊爸爸

□ 刘六良

这天，小吴和女友去坐公交车。坐在他们旁边的是个年轻女人，手里抱着个小孩。那小孩瞪着小吴，嘴里不停地喊着"爸爸"。

小吴觉得很尴尬，一旁的女友脸色也立刻"晴转阴"。小吴辩解道："我不认识他们。"

这时，那小孩还在冲小吴不停地喊爸爸，小吴实在忍不下去了，就对抱小孩的女人说："你的孩子随随便便喊别人爸爸，你怎么也不拦着？"

那女人白了小吴一眼，说："我干吗拦着，是我教孩子这么喊的。"

女友一听这话，气得站起来要下车。小吴赶紧拦住她，气愤地质问那女人："我又不认识你，你为什么教孩子朝我喊爸爸？"

谁知，那女人满不在乎地说"我又不是光教他朝你喊，我教他见到你们这岁数的男人都喊爸爸。"

小吴更糊涂了，那女人说，她和

丈夫离婚后生下了儿子，前夫一直想见见孩子，说只要听孩子喊他一声爸爸就给一百元钱。所以她天天教孩子喊爸爸，想让孩子到时喊对方几百声爸爸，多要点钱！

小吴听完，顿时哭笑不得，可那小孩并没住口，还是冲小吴不停地喊爸爸。小吴觉得实在太别扭了，就对那女人说："我求求你，别让孩子冲我喊了，行吗？只要他不喊了，我出一百块钱给他都行！"

女人一听，惊讶地问："真的吗？"

小吴无奈地点点头。那女人立刻给孩子喂起奶来，孩子也就不喊了。同时，女人冲小吴伸出了手，让他给钱。

小吴正准备掏钱，一旁的女友却一把拦住他，拉着他准备下车。

那女人见状，气急败坏地举起小孩，让他继续冲小吴喊爸爸。小吴觉得头都要炸了，幸好车很快到站了，他回过头气愤地说："我算明白你老公为什么跟你离婚了，要是我摊上你这样的老婆，也非得跟你离！"

要命的故障

□ 张淑霞

约翰开了家电子游戏厅，里面引进了一种最新的"拳王"模型。在模型的胸口，安装了一块电子感应面板，玩游戏的人只要花 1 美元，就可以用拳头击打"拳王"的胸口一次。如果拳头的力量小于 40 公斤，"拳王"会轻蔑地说："无能！"如果拳头的力量超过 40 公斤，"拳王"会苦苦求饶说："厉害！"

模型刚安装好，就来了个体格健硕的小伙子，身后还跟着个女孩。小

伙子扔给约翰 2 美元，活动了一下手腕，挥拳朝"拳王"的胸口打去。只听"砰"的一声，"拳王"的身体晃了晃，嘴里发出了轻蔑的声音："无能！"

小伙子愣住了，看到身后的女孩在捂着嘴偷笑，他脸上有些挂不住了，又活动了下胳膊，狠狠地冲着"拳王"的胸口击出了一拳，这次的拳头力道更足，击打的声音更响，但听到的依然是"拳王"轻蔑的声音："无能！"围观的人们都笑了起来。

小伙子恼羞成怒，他掏出 50 美元，扔在约翰面前，说："再打 50 拳，我就不信它总说我无能！"于是，小伙子抢起拳头就打开了，然而"拳王"还是一遍又一遍地重复着"无能"……

终于，小伙子气喘吁吁地停了下来，带着女孩垂头丧气地离开了。

约翰觉得很奇怪，他立即检查了一下机器，这才发现，有一个重要的部件被卡住了，无论使多大的力气打"拳王"，它也只会说"无能"。

第二天，那个小伙子又来了，约翰正想和他表示歉意，不料，小伙子掏出一张纸条递给约翰。约翰接过一看，只见上面写着一个单词"无能。"他愣住了，问这是怎么回事。

小伙子都快气哭了："这是我妻子写的！今天早晨，她离家出走了。要知道，昨天晚上是我的新婚之夜啊，可你这个破机器，却让我把所有的力气都用在了这里……"

美女拦车

□ 马淑敏

这天，有个叫布鲁克斯的年轻人在街上闲逛，突然看到有个妙龄女郎手一伸，拦下了一辆自行车。骑车的是个小伙子，女郎在他耳边轻声说了几句，小伙子点点头走了。

不一会儿，一辆黑色轿车开了过来，女郎手一伸，又把车拦了下来。她在司机耳边说了几句，轿车也开走了。

又过了一会儿，一辆豪华宾利车开了过来。女郎再次把车子拦了下来，司机是个老头，女郎对着他轻声说了几句，然后送上了一个香吻。

布鲁克斯看呆了，心说，漂亮的女孩就是招人爱。转眼间，女郎已经拦了三辆车，车子是一辆比一辆好。

过了一段时间，一辆消防车开了过来，女郎猛地冲到马路中央，手一伸，消防车也停了下来。女郎对消防车司机说了几句，还比划了几下，司机点点头，也把车子开走了。

又过了一段时间，一辆灵车缓缓地驶了过来。女郎手一伸，居然把灵车也拦了下来！女郎推开灵车上面的棺材，用手捏了捏棺材里的人，点点头，手再一挥，灵车开走了。

布鲁克斯看得目瞪口呆，他忍不住走到女郎跟前，惊讶地说："天哪，你居然可以一连拦下五辆车！"

女郎笑了笑，轻描淡写地说："我嫁给了一个富翁，但他是个糟老头，我决定干掉他。那个骑自行车的是我的情人，我让他去找一个杀手。很快，杀手开着黑色轿车来了，我让他制造一个意外爆炸的现场。接着，我丈夫的宾利车来了，我让他马上回家，其实杀手正在家等着他呢。杀手做掉我丈夫后，拨打了消防电话，消防车来了，我告诉他们我家起火爆炸的情况。当然，等他们把火扑灭，我的丈夫已经死了。灵车上的人正是我的丈夫，我捏捏他的脸，是想看看他烧得焦不焦。"

养鸡也烦恼

□ 高亚娇

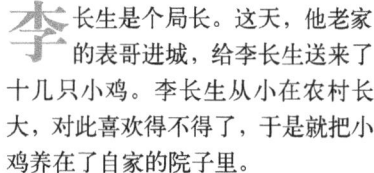

李长生是个局长。这天，他老家的表哥进城，给李长生送来了十几只小鸡。李长生从小在农村长大，对此喜欢得不得了，于是就把小鸡养在了自家的院子里。

很快，邻居们得知了此事，纷纷跑到李长生家看稀奇。对门的老王最先来到李长生家，他看到院子里满地撒欢的小鸡，说："哎哟，老李，行啊你，啥时候学会养鸡了？"

李长生一笑："嗨，这有什么，好养得很，喂点残渣剩饭就行了。"

老王对着小鸡看了半天，又问："老李啊，你说实话，你养鸡干吗？"

李长生愣了愣，说："还能干吗，也就是图个乐子呗。"

老王不信："就这么简单？这鸡有没有什么特异功能？"

李长生哑然失笑："嗨，你以为我是马戏团的啊。"

老王哼了一声："老李啊，亏咱们

还是对门邻居呢，你竟然不说实话。不过你要记住，做人不能太自私了。"说完，气哼哼地走了。

李长生是丈二和尚摸不着脑，我养鸡就是为了好玩啊，怎么养鸡还跟人品联系到一起了呢？难道是因为他住我隔壁，嫌我养鸡扰民？那我以后注意就是了嘛。

没过多久，二楼的老钱也登门了，一进门就对李长生的小鸡赞不绝口："老李，你的鸡养得真水灵啊！莫非里面有什么奥妙？"

李长生说："哪里呀，我就是让它们在院子里随便活动，多给它们点自由而已。"

老钱又说："老李，你的鸡能不能给我一只呢？"

李长生奇怪道："你没地方养啊，你又不像我住一楼。"顿了顿，又掏心掏肺地说，"你要喜欢的话，就常来看看吧。不过，养在屋里可不成，光这

气味你就受不了啊。"

老钱恼了："不想给就直说，干吗强调那么多理由？我知道，这是你的救命鸡！"说着，气呼呼地走了。

这下，李长生更是一头雾水。救命鸡？真是莫名其妙。

接下来的几天，又有几个邻居陆续上门，也是对着李长生的小鸡研究了半天，说起话来阴阳怪气，李长生心里越想越不是滋味。本来，自己跟邻居的关系挺不错的，可自从养了鸡，竟然导致邻里关系如此紧张。这是何苦呢？于是，他给乡下表哥打电话，让表哥赶紧把小鸡带回乡下去。

打完电话，李长生就到院子里去抓鸡。那些小鸡拼命似的乱跑，还咕咕地乱叫。正乱成一锅粥时，忽然听到外面有人喊："不好了，地震了，大家快跑啊！"接着，只听楼道里传来一阵杂乱的脚步声。

李长生一听，心想，怪了，我好像没有感觉到什么地震啊。这会儿，他追鸡也追累了，就一屁股坐在地上喘气擦汗。突然，只听大门"砰"的一声被撞开了，老王和老钱闯了进来。老王紧张地问道："老李，是不是要地震了？"

李长生愣了。"没听说啊。"

老钱生气地说"老李，做人要厚道啊，你一个地震局局长，有什么风吹草动，你是第一个掌握消息的，可不能独吞啊。"

李长生奇怪道："我真没听说要闹地震。那消息能随便传播吗？"

老钱振振有词地说："听说鸡能预报地震，刚才我们分明听到你家的鸡上蹿下跳，咕咕乱叫，表现异常。这肯定是地震的前兆，你还敢骗人？"

李长生这才明白：闹了半天，邻居们以为他养鸡是为了预报地震啊……

千万别加油

□ 陈新祥

小明的父亲报名参加社区举办的攀岩比赛。比赛这天，小明带着一帮同学到现场给父亲加油打气。

进场前，小明就叮嘱同学"待会儿比赛过程中，无论我爸爸表现怎样，都不要喊加油。"

同学们一听，觉得很奇怪，问他为什么。小明红着脸笑了笑，说："这你们就别问了，反正听我的没错！"说完，就领着同学们进了场。

很快，比赛开始了。只见小明的父亲如武侠小说里的轻功高手一般，攀岩走壁，不一会儿就把其他选手甩在了下面。这可把小明乐坏了，他仰着头不停地朝父亲喊道："爸爸，加速……爸爸，加速……"

就在所有人都认为小明父亲胜利在望时，不想半路却杀出个程咬金，一个年轻小伙爬到一半时突然发力，很快就缩小了与小明父亲的差距。眼见就要到终点了，同学们既兴奋又紧张，一时间都忘了小明的叮嘱，不自觉地大呼起来："叔叔，加油……叔叔，加油……"

谁知这一喊，坏事了！小明的父亲不但没有加快速度，反而越爬越慢，最后竟"啊"的一声，从攀岩墙上栽了下来，所幸只是受了点轻伤。不过，他的比赛资格却被取消了。

看着父亲被扶上医疗车，小明突然哇的一声哭了起来，冲着同学嚷道："早说了别喊加油的。都怪你们！"

同学们觉得很委屈，纷纷辩解道："加油是为了燃起叔叔的斗志，为什么不能喊？"

小明听后撇撇嘴，哭得更厉害了："你们不知道，我爸爸是个出租车司机。最近油价涨得厉害，他一听到那两个字，就会两腿发软……"

(**本栏题图、插图**: 包丰一　顾子易)